Introduction

Pour mesurer un cercle, on commence n'importe où, a dit Alan Moore, en citant Charles Fort, au début de *From Hell*, son exploration de la société victorienne. Le cercle, ici, est de nature temporelle, et de nature géographique. C'est un cercle constitué de chiens noirs et de bûchers en novembre, de pieds morts et de têtes tranchées, de souhaits, de regrets et de désir. Un cercle qui va vous entraîner sur quelques kilomètres à travers six mille ans.

Je suis assis aux Pays-Bas dans une chambre d'un château victorien anachronique, en train de composer l'introduction d'un roman d'Alan Moore intitulé *La Voix du feu*. Ce n'est pas la meilleure introduction possible à ce livre, bien sûr. La meilleure vous sera fournie par le dernier chapitre, écrit par Alan Moore en novembre 1995 dans une pièce enfumée, avec la voix d'Alan Moore, sèche et amusante, beaucoup trop amusante pour être honnête, écrit dans une pièce où s'entassent les ouvrages qu'il a employés pour se documenter, écrit en un dernier acte de magie et de foi.

Pour mesurer un cercle, on commence n'importe où. Mais pas partout, bien entendu. Un cercle, un lieu. Après tout, cette histoire est celle de Northampton.

Si la narration en question était linéaire, nous suivrions Northampton, une voix après l'autre, de tête en tête et de cœur en cœur, d'une étape dans un enclos à cochons avec un jeune homme un peu simple, jusqu'à Ham Town, pour arriver au centre de commerce médiéval et à notre époque. Mais, comme la ville, la narration ne va en ligne droite que si vous le voulez bien, et si vous espérez une récompense pour avoir atteint la fin, vous avez déjà perdu. C'est un tour de manège, pas une course ; un *magical mystery tour* à travers l'histoire, pas plus évolutionnaire qu'il n'est révolutionnaire, où la seule gratification vient des motifs récurrents et des gens, des voix, des têtes coupées, des pieds estropiés, des chiens noirs et des bûchers crépitant en novembre, qui se répètent comme les lames d'un jeu de tarots pris de folie.

À sa parution, en 1996, le roman a eu moins d'impact sur le monde qu'il n'aurait dû : sorti directement sous couverture souple, il débutait, sans préambule, par le récit personnel d'un homme-enfant retardé, à la fin de l'Âge de pierre – sa mère est morte, sa tribu nomade l'a abandonné, il va devoir affronter la malveillance et la ruse de ceux qui sont plus intelligents que lui (et tout le monde est plus intelligent que lui), et aussi s'initier à l'amour, découvrir ce qu'est le mensonge et apprendre le destin du cochon dans la porcherie de l'habile-homme. Il va également conter son histoire sous la forme la plus idiosyncrasique qui soit depuis le *Riddley Walker* de Russell Hoban (ou depuis « Pog », peut-être, un épisode de la bande dessinée *Swamp Thing* écrit par Alan Moore), en utilisant un vocabulaire minuscule, une narration au présent et son incapacité à distinguer les rêves de la réalité. Ce n'est pas le point de départ le plus facile, même si cela constitue un tour de force qui met en place tous les éléments qui reviendront à travers le livre. Les poulains pelus sont là, d'énormes chiens noirs qui courent les rêves et les ténèbres, les cheveux coupés de la tête de la femme morte sous le pont, et le pied de la mère du garçon qui dépasse de sa tombe, et le poignant bûcher final. Cela se passe en novembre, quelque part aux alentours de ce qui deviendra pour nous la nuit de Guy Fawkes, ce 5 novembre où, aujourd'hui encore, on brûle des effigies sur des feux de joie sous les yeux des enfants.

Une partie du bonheur de ce livre consiste à regarder un maître raconteur adopter la voix des morts : la psychopathe anonyme qui, avec son nom volé et son collier de cuivre volé, va voir l'habile-homme tatoué de la tribu, pourrait se promener dans un roman policier de l'Âge de bronze ; son châtiment représente encore une offrande pour le bûcher, inattendue, cruelle et appropriée. La fille est dangereuse, et aussi assurée de son intelligence et de sa supériorité qu'un représentant de commerce en lingerie qui, avec sa voiture et sa triste existence, allumera son propre bûcher des sacrifices une nuit de Guy Fawkes – il nous parle avec la voix du baratineur, il nous ment et se ment tout à la fois, et pendant un instant, Moore nous apparaît comme un Jim Thompson anglais ; l'issue, comme pour un personnage de Jim Thompson, ne laisse jamais planer le moindre doute. Un enquêteur romain, venu enquêter sur une bande de faux-monnayeurs, le cerveau et le corps détériorés par le saturnisme, à cause du doublage en plomb des aqueducs romains (le mot *plombier* nous vient bien entendu du latin : *celui qui travaille le plomb*) découvre que le plomb mine l'empire sous une autre forme. La tête est celle de l'empereur, frappée sur une monnaie circulaire. On mesurera le cercle, on le comparera et on constatera son insuffisance.

Partez du principe, pendant votre lecture, qu'on peut se fier à l'aspect historique. Le secret des Templiers que Moore suggère ne représente peut-être pas la vérité (rien n'est vrai, dans ce livre, pas de la façon que vous pensez, même pour ce qui s'est vraiment produit), mais il cadre avec les faits établis (en nous apportant encore une tête tranchée, en même temps que l'église templière de Northampton), tout comme la pauvre tête de Frances Tresham nous livre son histoire en même temps que sa vie. Ces histoires sont des boîtes qui renferment des mystères – dont la plupart restent sans solution, tandis que toutes les solutions apportées ouvrent la porte à des problèmes et des difficultés plus vastes. Ou, pour s'exprimer autrement, *La Voix du feu* dit la vérité, d'une certaine façon, même si ses vérités sont d'ordre fictionnel, historique et magique ; les éclaircissements qu'on reçoit sont donc toujours fragmentaires et insatisfaisants, des histoires, qui, comme celles de notre vie, demeurent inexpliquées, incomplètes.

C'est un plaisir de lecture, et de relecture. Commencez où vous voudrez : le début et la fin sont deux bons choix, mais un cercle commence n'importe où, comme un bûcher.

Ne vous fiez pas aux histoires, ni à la ville, ni même à l'homme qui raconte les histoires. Ne vous fiez qu'à la voix du feu.

Neil Gaiman
Château de Haar, 26 avril 2003

Le cochon de Hob

4000 avant J.-C.

En arrière de colline, loin vers soleil-descend, est ciel devenir pareil à feu, et est moi, souffle tout dur, venir en haut sur chemin de lui, où est herbe froide sur pieds de moi et mouiller eux.

Herbe est pas en haut de colline. Est juste terre, tout en un rond, et la colline est pareil homme peau-nue, tête de lui. Debout est moi et tourne figure de moi à vent pour sentir, mais est pas de sentir qui vient de beaucoup loin. Ventre de moi fait mal, en milieu de moi. Air de ventre vient en haut en bouche et goût de lui est pareil à goût de pas de chose. Croûte de sang sec est devenir noire sur genou, et est chatouiller. Moi gratte, et sang est encore plus venir.

En haut de moi sont beaucoup de bêtes-de-ciel, grosses et grises. Lent sont elles bouger, pareil si pas de fort est en elles. Peut qu'elles veulent à manger, pareil à moi. Une d'elles est tant vide en ventre d'elle maintenant, est tête d'elle partir et flotter vers loin, et elle est courir plus vite derrière, pareil si veut attraper tête. En bas du ciel, sont herbe et bois partir loin, où moi est voir une autre colline, après quoi sont juste petits arbres qui poussent au tour du bord du monde.

Maintenant moi regarde en bas, à herbe en bas de colline et vois moi cochons. Cochons gros, et longs, avec un sur dos d'autre et lui pointe elle, à sembler voir. Ça fait monter os en vît de moi, à regarder eux. En ventre de moi pense moi que peux moi courir à bas de colline vers cochons, et cogner un caillou sur un d'eux et faire lui pas vivant, pour manger tout lui. Est penser de moi. Maintenant moi fais ça.

De haut de colline là depuis terre sèche viens moi, par travers d'herbe froide et cours vite en bas, pour que moi est arriver sur cochons quand eux sont pas avec temps pour changer en quoi moi peut pas manger, pareil à rat que moi attrape un-temps, qui change en petites pierres. Vite cours moi vers cochons, que eux sont encore cochons quand moi arrive à eux. Vît de moi est debout, un os en lui, qui danse un côté et un autre en courir de moi, en sous de ventre. Vite cours moi, mais oh, pieds de moi volent du mouiller de l'herbe et tombe moi, oh, et tombe moi sur cul en bas de colline.

Debout vite, pour attraper les cochons. Chute fait moi lent, que peuvent eux venir à changer, car sens moi pas de cochon du tout. Alors, ventre de moi est avec peur, pour quoi moi cours plus vite, et regarde vers cochons quand moi est venir plus près d'eux, mais oh. Oh, un, lui est changer, pattes arrière de lui partir. Tout dehors de figure noir de lui est tourner en dans, et est trou plein de sombre maintenant. Cours moi plus vite pour que sont eux encore un peu cochon quand moi est venir à eux, mais oh, est plus de bouger en eux, et sont eux sentir de pourrir. Deviennent eux plus petits cochons quand plus de pas moi fais.

Maintenant moi est près d'eux, et sont eux juste troncs de bois-blanc, appuyer un sur autre. Yeux deviennent trous de bois. Pied de cochon est devenir bout de branche. Ah.

Reste moi sur branche plus en sous, fais là herbe plate en bas de colline, et fais eaux chaudes hors de figure de moi.

Os est encore en vît de moi. Moi frotte mouiller des yeux et viens debout de tronc, pour faire pisse au contre de lui, que lui peut penser être plus bon si lui rester cochon. Vieux vît, maintenant, os va en hors de lui, et lui revient coucher en peau de lui, et moi pareil à ça, reste encore sur tronc où, de marque de pisse de moi, est fumée d'eau grise monter.

Oh, beaucoup de sombres sont venir et partir, et moi est voir pas peuple de moi, qui jettent moi loin. Eux veulent pas moi, et seul moi est rester sur vieux tronc, et vide en ventre de moi.

Regarde maintenant en haut de moi. Ciel, est lui plein de bêtes-de-ciel, là, et sont elles tout un troupeau gris qui court de bord du monde à bord du monde. Sombre est en petit temps venir, pour quoi moi peux pas voir longue forme-esprit noire de moi, qui suit sur pas de moi. Tout seul est moi.

Peuple de moi est sans vouloir de moi, et dit comment moi cherche pas à manger mais mange chercher des autres. Au dans de ventre de moi, moi est entendre mère de moi dire, pareil à quand elle est en vie, que moi est paresseux et pas bon, qu'elle va tous les temps pour chercher à manger pour moi. Dit elle, peuple de nous aime pas moi, et garde moi avec eux quand elle est en vie, et après, plus de temps, et quoi moi dis en retour à ça, et pareil. Et dis moi pas de chose en retour, et elle est taper tête et jambes de moi, et faire du bruit. Ah, mère, peut pas être changer, ça. Est moi pas avec bonnes pensées en ventre de moi, pareil à sont les autres.

Bizarre, maintenant. Un temps, moi est avec penser au dans de moi, après quoi pas de penser est suivre, et tout est silence en moi. Pourtant, à d'autres temps, moi est avec penser, et un autre est venir qui est pareil à lui, après quoi beaucoup de penser suivent en une ligne, pareil à peuple de moi marchant au sous des arbres. Ces penser viennent tant beaucoup et tant vite que pas une chose est en entre d'elles. Un penser devient un autre, pareil à cochons et à troncs.

Pense moi à mère frapper jambes de moi, pourtant moi est maintenant avec penser quand moi couche près d'elle et tout est bon. Arrière de grosse tête de moi couche sur terre, où est frotter sur cailloux et poussière. Eux piquent peau de tête de moi à travers cheveux de bébé de moi, pas plus que sont sur une mûre. Tout en bouche de moi est lait de tétine qui pend en fils au tour de langue de moi, et pas une chose en milieu de moi veut courir loin, ou est vouloir un autre où.

Moi est en sous de peaux de couvrir, près de mère, chaud en sentir d'elle, souffle d'elle avec racine-amère en lui. Elle grande, moi petit pareil à un ourc.

Maintenant est autre penser au dans de moi, en quoi moi deviens grand, mère de moi devient plus petite maintenant. Nous sont en sous des arbres. Premier clair est venir et moi est ouvrir les yeux et vois mère de moi rester avec dos au contre d'un arbre de bois-blanc. Sont petits bouts de clair tomber maintenant sur figure d'elle par travers de branches en haut de nous, et sur yeux d'elle, et bouge elle pas ni est elle regarder au loin de clair. Moi dis maintenant, mère, viens debout, pourtant est elle pas bouger, yeux d'elle sont pleins de bouts de clair. Une peur est venir en moi.

Arrête, mère, dis moi maintenant. Fais pas bizarre avec moi. Peuple de nous est debout et veut voyager plus loin. Debout, pour que nous restent pas en arrière d'eux. Frotte maintenant main de moi sur jambe d'elle pour faire elle vite. Elle est plus froide que pierre, et bêtes-qui-piquent sautent loin d'elle.

Moi est dire plus fort, debout, et maintenant tiens moi elle pour tirer et frapper. Est pas de fort en tenir de moi, et tombe elle. Les bouts de clair sont bouger en hors des yeux d'elle et accrocher à arbres. Tête d'elle est coucher en trou de pluie, cheveux flottant.

Moi pense pas quoi pour aider elle. Saute moi sur elle là et fais pareil à mettre vît de moi en dans d'elle, pour que lui fait elle pas froide, et fait elle bouger. Jambes d'elle sont dures, rester une contre autre, genou sur genou. Est pas de fort en moi pour ouvrir elles, et vît de moi est pas debout. Moi couche lui mou sur cheveux de ventre d'elle et pousse, et pousse. Tête d'elle en trou de pluie bouge. Cheveux de ventre d'elle sont froids, et sentir d'elle est autre. Pousse et pousse.

Un homme est venir maintenant, de peuple de nous, et lui tire moi en hors d'elle. Dit lui que moi est pareil à merde et fait geste pour frapper moi, et moi est courir un peu loin, en sous des arbres. Maintenant, beaucoup de peuple sont venir au tour de mère de moi. Tirent eux tête d'elle du trou de pluie maintenant et disent, est plus de chaud en elle, est plus de souffle en elle, et pareil. Maintenant, est Homme-penser de nous venir là et rester près de mère de moi, en ceinture de plumes qui gratte cul de lui, et lui est gratter tous les temps.

Dis lui, elle est plus vivante, et est travail qui fait elle devenir ainsi, à voir. Dit lui, coucher elle en terre, après quoi, voyagent nous loin.

Dit maintenant une femme sale-bouche que si mère de moi est plus en vie, est fils paresseux d'elle qui rend elle pareil à ça, qui fait travailler elle tous les temps et trouver pour lui. Et beaucoup là sont dire oui, et elle dit bon, et pareil.

Plus fort dit femme sale-bouche maintenant que si mère de moi est coucher en terre, le trou est pas pour sale-bouche à creuser. Oui, est dire homme qui tire moi de sur de mère de moi. Fais garçon creuser pour coucher elle en terre, que lui travaille pour elle un-temps. Maintenant, Homme-penser dit oui, et gratte cul de lui. Trouve garçon, dit lui.

Veux moi courir. Ah, eux sont hommes, plus longs des jambes que moi, et moi est avec tant peur que cours à buisson d'épines et tombe en là. En hors sont eux tirer moi, tout griffer, pour traîner à plumes-au-cul, qui est rester près de mère. En mouiller, est tête d'elle coucher. Sont bouts de clair ramper lent hors d'arbre, traverser herbe, et revenir au dans d'yeux d'elle.

Gratte lui cul et donne moi hache de pierre de mère, que pas est de fort en mains de moi pour tenir. En bas elle est tomber, et Homme-penser est frapper figure de moi, que sang sort de nez de moi. Maintenant ramasse elle, dit lui, et creuse trou d'elle. Qu'esprits de sentir-bizarre sont pas venir à elle et par souffle d'eux rendre nous malades. Que oiseau de pourrir et chien de pourrir viennent pas. Que terre est prendre dû de terre et penser bon de nous, qu'elle est pas venir dure en bas de pieds de nous. Ça Homme-penser dit maintenant et, léchant sang de nez, creuse moi dur en terre.

En sous d'herbe, est terre froide, grise et molle, que peux moi pousser toute d'un bout. Creuse moi au tour de racine et pierre, et creuser de moi est lent. Clairs de soleil sont revenir sur figure de mère, partir de joue d'elle et lent aller loin en entre d'herbe et de fleurs. Lève moi une pierre et en sous d'elle, sont beaucoup de vers. Enfonce moi maintenant coupant de pierre de hache de mère entre eux, et de beaucoup d'eux fais encore beaucoup plus. Saigne moi de doigts de moi par creuser de moi. Sang sur pierre de mère, maintenant. Sang en trou de mère.

Peuple de moi sont debout au tour de trou sur un pied, maintenant sur autre, veulent seulement qu'eux sont partir loin d'ici, qu'eux sont continuer grand tour d'eux et marchent au tour du bord du monde de temps-de-glace à temps-de-glace, en trouvant rat-qui-pique, et cochon, et racine à mâcher.

Soleil marche haut en sur de nous, avec bêtes-de-ciel qui courir devant lui, en peur que lui peut chauffer eux et tout partir en rien autre que ciel. Creuse moi, et Homme-penser devient colère à lent de moi et dit assez, maintenant, et dit que bas de trou est bon, et pareil, mais est moi pas plus bas que ventre en trou. Dit lui, saute en hors et jette elle en bas.

Sors moi, gris avec terre jusqu'aux genoux, et regarde à elle. Pas de chose que blanc. Pas de chose que nu, et bouger est tout partir d'elle. Fais moi un pas, après quoi un autre suit. Gris pareil à terre, les cheveux d'elle. Fais vite, dit plumes-au-cul, et viens maintenant, lève elle, et pareil. Fais moi un autre pas et, de cette façon, vient elle près.

Penche moi, pour prendre pied d'elle. Elle est plus froide maintenant, et pas de clair est sur elle. Lève moi jambes de mère, toutes blanches sur elles, et vois que sous d'elles est sombre, pareil si plein avec sang. Tire moi, après quoi bouge elle un peu loin du trou d'eau, traînant des cheveux pareil à l'herbe d'eau en arrière d'elle, et fais moi un pet. Pareil à ça nous sont arriver près de trou, moi et mère de moi. Jette elle en dans, dit plumes-au-cul, et couvre elle.

Jette moi elle en dans. En dans de trou est pas de grand pour elle. Une jambe est debout, sur haut du bord, que peux moi pas pousser en bas. Couvre moi elle, et fais mains de moi grises avec terre, que terre tombe en yeux d'elle, en bouche, en trou de ventre, et maintenant figure d'elle est partir, et maintenant bras et tétines d'elle partent, et elle est maintenant juste un pied blanc debout, que moi mets terre au tour, et pousse molle et grise jusqu'à doigts de pied d'elle. Marche moi sur terre, et plumes-au-cul pose hache de pierre de mère au près de trou, sur autre bord que où terre monte au tour du pied d'elle, pareil à colline de petites bêtes.

Dis moi, maintenant est elle mettre en terre, et nous peuvent continuer voyage pour trouver rat-qui-pique et cochon et racine à mâcher. Et maintenant peuple de moi regarde un autre où et reste avec silence en eux. Et maintenant vers moi, vieux plumes-au-cul, lui regarde avec gros œil. Et secoue tête de lui.

Et signe que non.

Tout seul rester moi près de pied de mère. Peuple de moi est pas près de moi maintenant, et beaucoup loin sont eux, sous arbres et à travers de colline, et partent, et reviennent plus ici. Terre grise sur mains et pieds de moi est sèche et dure, que peux moi gratter de moi par petits bouts. Terre que pousse moi au tour du pied de mère est pareil devenir dure, et bouts tombent. Vois moi doigts de pied d'elle, et en terre qui tombe maintenant d'eux, vois moi une forme pareil que sans-doigts. Mère.

Maintenant une autre pensée est avec moi, en quoi un sombre vient et moi est rester près de pied de mère avec pas d'où pour quoi voyager. Tout le temps est moi avec mère, et est pas moi avec vouloir d'aller loin d'elle maintenant, mais fait-mal est en ventre de moi qui dit autre que ça. Est moi rester un temps et peux pas penser si pars moi ou reste par ici.

Debout moi, marche vers loin et reviens, maintenant reste moi et encore debout et marche. Saute moi sur terre et tape moi arbre et arrache d'herbe, et beaucoup de choses est dire à pied de mère. Reste moi et bouge pas moi et, loin en sombre, est bruit de chien queue-de-feu en l'herbe, et chiens de troupeau à travers de collines. Moi est avec peur, et mal de ventre est venir encore. Fais moi merde près d'arbre, en entre de racines, et merde est pareil à eau.

Premier clair arrive, et ventre vide. Moi dis, pied, reste ici. Moi est aller loin pour chercher à manger, après quoi, reviens moi ici avec manger pour nous. Maintenant pied est silence, pareil que si dire lui écouter tout le temps pareil à ça, pourtant aucun temps vois moi lui faire ça. Marche moi lent loin de lui, et arrête moi plus d'un arbre plus loin, et regarde sur arrière de moi, et est pied. Lève bras de moi et signe que tout est bon, et marche moi encore.

Entre des arbres vient plus petit, et ronces sont venir plus. Suis moi chemin à tas de ronces, où regarde moi en arrière et vois pas pied, mais peux encore trouver lui par sentir de merde de moi, et moi est pas avec peur. Marche plus, à travers arbres, et ronces, et pareil.

Semble à moi maintenant, est quand est moi arriver à baies de sang que première pluie tombe, dure pareil à si beaucoup de bêtes-de-ciel pissent toutes. Vite penche moi en sous de trou en buisson de baies, et entre moi là où grotte de baies est. Là, reste moi sec et beaucoup de baies de sang est manger. En hors de grotte de moi, pluie est tomber dur, mais en dans d'elle, est silence et un peu de clair, et en dans de ventre de moi est bon. Maintenant, frotte moi sang de baies de sur de menton. Ferme yeux, lèche main et écoute pluie.

Maintenant, est un-temps où pas de pensées viennent, après quoi tout vient bizarre. Est moi plus en grotte de ronces. Est moi en sous d'arbres, et tout est sombre autre que bois-blanc debout clair. Comment sombre est venir tant vite, moi peux pas penser, ni comment moi viens ici. Plein tout de peur, moi regarde au tour, et vois une forme qui est debout en entre des arbres. Est mère de moi. Appuie elle avec une main sur arbre et regarde vers moi. C'est tant bon que moi avance plus près d'elle et vois maintenant jambes d'elle, une d'elles finit par une corde en sang, avec pas une chose en bas de l'os-qui-tourne d'elle. Regarde moi de souche à figure de mère. Figure d'elle est colère, pareil que si elle est avec pas d'aimer pour moi. Où est pied de moi aller, dit elle.

À ça, moi fais un bruit de peur, grand et fort pareil moi jette haut en ciel et hors du sombre, et tombe moi encore en dans de grotte de ronces, où est encore clair. Tout en un vite est ça, que moi peux pas penser façon de ça. Entends moi pas pluie, qui elle est partir loin, et moi viens debout et penche en sous de trou et, de cette façon, sors de buisson.

Par tout est mouiller, et beaucoup de trous de pluie sont maintenant rester en terre. Sentir de terre et d'herbe monte mouiller, et sentir d'eux est bon, et fort, et est pas vieux.

Moi est pas sentir merde de moi. Merde de moi est toute partir par mouiller de pluie, et maintenant moi sens pas elle. Merde de moi que l'arbre est où. Que le pied est où.

Cours moi un côté au tour de buisson, maintenant un autre, que peux moi voir où l'herbe est plate, et, de cette façon, à quel chemin moi arrive près d'ici. Maintenant, vois moi que la pluie est tomber dur, et faire par tout l'herbe plate, que chemin est pas à trouver. Cours moi en sous des arbres, et sens moi pas de chose autre qu'herbe. Maintenant cours ce côté, maintenant cet autre, près d'arbres et ronces, et fais dire-fort au pied, et fais dire-fort à mère. Tout au tour, en bas de fossé et haut de monter avec herbe-fourrure épaisse sur pierres, et ici tombe moi sur terre et sais pas où de moi.

Plus est moi voir pied. Buisson à baies de sang est pareil partir, que peux moi plus trouver encore. En cette façon viens moi hors de là, et marche en sous de beaucoup de sombres et de clairs, et tout le marcher de moi est sans un où d'eux.

Marche moi sur herbe seule et petite rivière est moi sauter. En travers d'arbres marche moi avec peaux-sèches d'eux tout au tour de pieds de moi et trouve un rond de fruits-en-hutte pousser en l'herbe, sombres sur bords en sous d'eux, qui sont bons à manger. Sont temps passer et trouve moi maintenant pas de choses du tout, et marche moi encore et trouve moi plus pas de choses encore, et clair, et sombre, et clair et sombre.

Marche moi où peux moi pas voir en sur de l'herbe, tant haute elle est, et trouve moi un oiseau qui est plus vivant. Moi est si vide en ventre de moi que mange lui, mais lui est tout avec vers. Maintenant, maladie est sortir de bouche de moi, et fais moi merde sur jambes de moi, et clair, et sombre, et marche.

À travers beaucoup de temps-de-glace, dit peuple de moi, est peu de manger à trouver, que temps sont durs pour nous qui marchent, et viennent plus durs encore. Avec temps-de-glace après temps-de-glace, est plus de peuple-qui-reste, avec beaucoup de peuple-qui-marche de nous qui viennent plus peu, que nous sont pas beaucoup, maintenant. Avec un tout seul pareil à moi est ventre vide, et pas être chose que peux moi faire à ça.

Un-temps, arrive moi par marcher de moi à peuple-qui-reste, avec cabanes d'eux au bout pointu, en peaux de bête accrocher à des branches, rester haut sur colline. Huttes pas encore sont tant beaucoup que doigts sur une main de moi. Sens moi feu d'eux, et viandes de feu d'eux, pour quoi est moi avec vouloir en ventre, maintenant.

Marche moi à haut de colline et, un peu loin, vois moi homme sur elle et voit lui moi, avec maladie et sang sur figure, et merde sur jambes de moi. Dit lui que moi est pareil à cul de cochon, et quoi est moi vouloir de là, et pareil, et dire de lui est bizarre, avec beaucoup de dits que moi peux pas penser. Un autre homme, plus gros du ventre, approche maintenant sur haut de colline, pour regarder moi. En bas du ventre, est vît de lui tout petit, plus pareil à un bébé.

Maintenant dis moi que mère de moi plus vivante, et que peuple de moi jette moi en hors d'eux. Dis moi : vouloir de moi est juste un peu à manger, pour que moi est avec une chose en ventre de moi.

Hommes regardent maintenant un à autre, et maintenant petit-vît penche pour prendre bâton-à-lancer. Ici est une chose, dit lui, et dit si moi est aimer avoir elle en ventre de moi. Autre homme est prendre pierre, que jette lui fort à moi. Pierre tape jambe de moi, et pointu d'elle déchire peau en sous de genou de moi, et là est sang. Fais moi un bruit et est tomber, grand fait-mal à jambe de moi. Homme prend une autre pierre et dit, va loin maintenant, cul-à-merde, et dit veut lui plus sentir moi près de là. Homme à gros ventre lève bâton de lui, pour jeter sur moi.

Maintenant, debout est moi, avec fait-mal en jambe, et fais marche bizarre vers bas de la colline, pareil à chien malade. En arrière de moi, homme lance autre pierre de lui, mais tape pas moi, avec pierre tombe silence en l'herbe. Marche moi vite pareil que peux, et regarde pas en arrière, et est ça tout temps de moi avec peuple-qui-reste.

Marche moi encore lent, et traîne pied en arrière de moi. Avec venir de sombre, est trouver moi arbre où poussent pommes-tétines. Sont elles encore dures, et peux moi manger peu d'elles. Regarde moi fait-mal de jambe et vois que sang est sec avec terre grise et avec merde, que sang est pas sortir encore, et est ça bon. Couche moi près d'arbre et ferme yeux pour que personne peut voir moi. Pense à pas de chose.

Clair vient, marche encore. Jambe est maintenant bonne pour marcher avec, mais avec fait-mal qui gratte en elle. Marche encore, et pareil, et avec soleil haut, viens moi maintenant en sous de bois-blancs sur un rond ouvert d'herbes toutes longues et noires, avec arbres au tour. Debout en hors de l'herbe est grande vieille pierre, qui est avec marques pareil à vers et bêtes de filet grattées en sur de là. Ferme moi maintenant yeux, et peur est venir, que peux moi pas faire souffle.

Peuple de moi dit qu'est pas de chose bonne en ça, faire marques. Marques prennent formes d'elles à arbre et à chien, et pareil, et font pareil que sont arbre et que sont chien, mais sont pas chose autre que marques. Si homme regarde elles, penser de lui est devenir tout bizarre, que lui peut plus penser quoi est monde, et quoi est marque. Moi est entendre dire que beaucoup de marques sont tant vieilles que sont faire par Ourcs et peuples de cette sorte en grands temps-de-glace. Maintenant, peuple ourc est plus en monde, mais beaucoup disent que petit peuple est en sous de colline, profond en grottes d'eux, et cacher pour attraper nous de haut. Pas est bon, regarder marques.

Yeux de moi fermer, prends moi un autre chemin au tour d'herbe rase et de pierre. Tombe moi sur racine, et griffe figure en ronces, mais pas ouvre yeux, autre que maintenant quand pierre est venir loin en arrière de moi.

En hors d'arbres, et marche à haut de colline qui est avec soleil pareil à feu en arrière, et vois moi cochons et cours maintenant à bas, et cochons sont devenir troncs, et est moi ici maintenant, rester sur eux, avec pas autres temps à quoi penser.

Gratte moi tas de sang sur genou de moi, et regarde moi en haut vers ciel. Un sombre est venir quand moi est rester tout à penser, que peux moi pas voir maintenant bêtes-de-ciel, mais peux moi voir petits yeux d'elles, clairs en haut de sombre, là. Tout froid est moi, et couche en arrière de tronc au vent. Ferme yeux, que sombre est venir en moi pareil que vient lui en monde.

Maintenant est sombre, et debout est moi près de troncs et peux pas penser comment est moi venir debout, avec yeux ouverts. En petite peur, est moi regarder au tour, et maintenant entends bruit en arrière de moi, pareil à marcher en peaux-d'arbres sèches. Tourne moi pour voir, et maintenant, plus est peur de moi petite.

Est là poulain pelu, debout en l'herbe, pas plus qu'un homme et un autre en loin de moi. Lui regarde vers moi, avec yeux de lui plus clairs que feu, et grands, pareil à souche d'arbre. Fais moi pisse sur long de jambe, qui est venir chaude, et maintenant froide.

Au tour de pieds de poulain pelu sont petites formes bouger, et plus pas bons à regarder encore, sont eux pareil à poulains pelus. Noirs sont eux, et avec pas d'yeux du tout, et pense moi qu'eux sont bébés de poulain pelu, tous rampent et griffent en sous de mère d'eux. Langue d'eux est longue et blanche et pareil à ver, et bougent les langues tout au tour en avant d'eux, pour lécher et sentir air. Font eux pas de bruit, et est moi plus avec peur d'eux que d'elle qui debout au sur d'eux.

Poulain pelu regarde moi, et fort pour bouger est partir de moi, et moi est pareil à pierre. Pense moi dur maintenant à poulains pelus, pour que penser de moi peut faire aide à moi.

Peuple de moi dit que poulains pelus sont gros chiens fait-peur, que race d'eux est en vie en grand temps-de-glace sur monde, pareil à Ourcs, et maintenant pareil à peuple ourc, plus est en vie. Seuls marchent chiens-esprit d'eux maintenant, montent en ce monde et descendent en l'autre, et où terre vient mince en entre de mondes, pareil à un chemin-croiser et un pont de rivière, poulain pelu est venir par là.

Moi pense, et pas une aide est venir en tout penser de moi. Debout là, plus grand que moi, poulain pelu regarde en bas avec des yeux pareil à soleil, que peux moi pas faire regarder loin. En entre des grandes pattes avant sombres bébés d'elle rampent sur ventre, tous lèchent et sentent, mais peux moi pas regarder en bas d'yeux d'elle, qui deviennent plus grands, et encore plus clairs, pareil si tout au tour de moi est en feu. Deviennent eux si clairs que moi peux pas regarder et ferme maintenant yeux, mais peux moi voir clair encore à travers peaux des yeux.

Maintenant tout est devenir bizarre.

Moi est plus debout, et moi est coucher sur terre en arrière de tronc, et vois moi encore clair de poulain pelu à travers fermer des yeux. Maintenant, est moi ouvrir eux, lent, tout en peur.

Clair plus est d'œil de poulain pelu. Clair est clair de soleil qui suit le sombre, et maintenant regarde moi et vois que poulain pelu est plus ici, ni bébés d'elle. Viens debout maintenant, jambes de moi toutes mouiller de pisse, et marche moi à où vois moi bêtes-esprit d'eux. Penche moi et regarde. Pas est forme de pied marquer en terre, ni est un autre signe d'eux.

Peux moi pas penser quoi faire de ça. Moi est pas voir de chemin-croiser, ni de pont de rivière, mais poulain pelu est venir à moi. Pense moi à ça, et maintenant ventre de moi est faire bruit pour dire que moi dois marcher plus loin et trouver à manger pour lui.

Marche moi et, loin, tourne et regarde en arrière. Vois troncs, et eux sont devenir cochons maintenant que moi est encore pas près d'eux. Cochon de haut, lui pointe elle en sous et semble lui être en bons temps. Pense moi que si moi cours en arrière, eux sont changer et devenir pareil que troncs pour faire moi colère. Fais un cracher, et tourne, et marche moi encore.

Haut, à travers de branches d'arbres, est soleil qui suit moi. Marche moi à travers bois vers autre colline, que vois moi depuis monter tas de terre où vois moi cochons. De loin, colline est pareil petite, mais est maintenant devenir grande, en près d'elle. Terre en sous de pas de moi est d'abord monter lent, maintenant plus et plus, et longs temps est moi marcher vers le haut par bas de beaucoup d'arbres. Souffle de moi est dur, et jambe de moi est faire mal pareil à feu, et de cette façon arrive moi à haut de colline.

Ici, épais des arbres est arrêter, et ne vient plus, et après sont juste souches d'eux. Souches sont tant beaucoup, en tous chemins loin vers bas de colline, que ciel est devenir plus grand où sommet du monde est nu. Reste moi maintenant sur cette souche pour regarder.

Est moi en sur de vallée, qui va depuis ici à bord du monde. Là et là sont des arbres, mais sont beaucoup plus de souches, qui font tout un ouvert fait-peur. En bas de vallée est rivière, avec au loin un pont en croiser d'elle, à voir, qui est pour quoi poulain pelu vient au tour d'ici. En entre de moi et de rivière est une autre colline plus basse, où est moi voir ce que moi vois pas en autre temps.

Est là sur colline un fabriquer, plus grand que peux moi penser. Est lui fabriquer tout en rond, qui est avec ronds plus petits en lui, pareil à vers séchés coucher en l'herbe. Ces ronds sont murs, et près d'eux sont beaucoup de trous de terre creuser, plus bas que trou que creuse moi pour mère et un autre pareil. Pense moi que terre du hors des trous est toute pousser en haut pour fabriquer de murs.

Au tour de ça, dans de fabriquer est plus pareil à d'autres avec beaucoup de bêtes toutes blanches, là. Maintenant, vent est tourner, et moi est venir en sentir d'eux, de merde d'eux et pareil, et pense eux sont juste aurochs, mais sont plus beaucoup d'eux que peuple de moi voit d'un temps-de-glace à autre temps-de-glace. Là, en milieu de ce rond plus-dans est hutte de bois, avec bœufs tout au tour d'elle. Sont temps passer, et hors de hutte est un homme venir, tout couvert de peaux, pour faire pisse, après quoi est lui en dans revenir. Peut que lui est rester en hutte là pour garder bêtes.

Mur au tour d'aurochs est avec beaucoup de trous pour aller en dans et en hors, et trous sont boucher par bois-qui-ferment pour que bêtes peuvent pas aller. En rond plus-hors, sur travers de mur des bœufs, sont cochons. Sont eux tous beaucoup, avec des oiseaux vole-pas qui grattent au tour des pieds d'eux. Ventre de moi fait du bruit, et est avec fait-mal.

Sur travers de mur des cochons est autre rond debout plus hors encore, mais est avec peu d'où pour bouger, en entre de lui et de rond des cochons. Là sont gens marcher au tour, pas tant beaucoup que bêtes, et debout pour faire des dits, un à l'autre, un peu là en sous de moi. Peux moi pas penser au beaucoup des gens qui peuvent travailler à un fabriquer pareil à ça, tant grand est lui.

Sur travers et en bas de petite colline, loin de fabriquer, vois moi beaucoup de huttes à toit pointu en près de rivière. Sont elles pareil beaucoup à doigts des mains mis avec ceux de pieds de moi, et beaucoup fumées sont monter par là. Pense moi que fabriquer est un travail de peuple-qui-reste pour garder bêtes d'eux, pourtant est dur de penser que tant grand fabriquer que ça est en dans de monde.

Pas est en moi, pour quoi viennent eux faire fabriquer d'eux près de pont de rivière, où terre d'entre des mondes est mince, où pareil qu'un bébé peut penser est pas bon de faire. Ah, peut être qu'eux pensent pas à poulain pelu, et pareil, car moi est entendre que peuple-qui-reste peut pas penser plus bon que bébés. Peuple de moi est avec beaucoup de bons dits sur peuple-qui-reste, pareil à celui-là. Un dit : comment l'homme-qui-reste trouve compagne, et l'autre, dit lui alors : eh bien, est lui attendre qu'elle prend cornes d'elle en ronces.

Moi est avec fait-mal à la jambe, où d'autres hommes-qui-restent jettent caillou à moi, et est pas vouloir encore pareil. Vois moi que peux marcher par colline avec fabriquer en haut, sur travers d'autre côté de huttes à bout pointu, et venir par ce chemin près de pont de rivière, pour que moi peux continuer voyage.

Debout viens moi, et marche maintenant en bas de colline, en entre de beaucoup de souches. Sont elles toutes pointues au sur, que vallée est elle pareil à bouche, et souches pareil à dents d'elle. Est moi pas avec aimer pour tout cet ouvert, où hache être prise contre arbres. Est pas de bon en ça.

Arrive moi maintenant en sous de petite colline, où colline devient plus grande, et moi est entendre maintenant petit bruit d'aurochs, depuis haut où lui être. Colline est pour moi sur chemin de soleil-descent, pour quoi marche moi sur un autre chemin, qui va vers soleil-monte. Terre est devenir plus molle maintenant en bas de vallée, et quand plus bas vais moi, plus molle devient elle encore, que moi peut aller jusqu'à genou de moi, et marcher est lent. Souches des arbres sont maintenant pas tant beaucoup qu'en haut de colline, et sont avec pourrir en dans d'elles, tout noir, marquer par herbe-fourrure et pleines d'eau-de-morve, où sont beaucoup bêtes-qui-piquent.

Loin en arrière de moi, aurochs est parler bas à compagne de lui. Tire pied de moi de trou-qui-suce de mouiller et de terre, et marche encore. Peux moi pas voir pont de rivière, pareil à moi vois depuis haut, car est lui venir en arrière d'arbres qui sont tous debout en un épais en devant de moi, mais fais moi chemin pour où pense moi que lui est rester, en travers de rivière.

Lent, à travers d'herbe-tuyau et à travers de terre-qui-suce. Ventre de moi fait mal. Est lui tant vide que tout est bizarre avec moi, et moi est tout avec peur que tête de moi vole loin, pareil qu'avec bête-de-ciel. Terre suce à pied de moi. Vieille terre, pense elle que moi est pas mettre pied de mère en elle et veut dû d'elle, car un pied est encore dû à elle, et prend elle pied de moi pour faire bon. Cette pensée met moi tout en peur, que tire moi jambe haut pareil à oiseaux-qui-marchent, et vais moi tant vite que peux vers arbres, qui sont rester sur terre plus sèche.

Près d'arbres, maintenant. Peux moi marcher et terre pas sucer vers bas, mais fort pour marcher pas est en moi. Sont arbres debout en un petit épais, et pense moi pas une autre chose qu'aller au pont. Marche moi en sous des arbres, et appuie sur eux avec main pour être debout, et tombe plus de temps que moi est marcher. Feu-malade fait mal à jambe de moi. Tombe moi. Debout. Tombe moi. Debout, et maintenant est moi à travers épais des arbres, à autre côté d'eux, et regarde en hors. Pense moi que moi est devenir plus bon maintenant, et est plus avec fort en moi. Tombe moi.

Peux moi pas venir debout. Dos plat sur herbe est moi, tête appuyer à contre de racine d'arbre. En haut de moi, est pas de chose autre que beaucoup branches d'arbre, d'où toutes les peaux sont tomber. Regarde en bas en travers de ventre, de jambes et de pieds de moi, et vois moi hors des arbres sur chemin de rivière, où est fort bruit d'eaux. Pas de pont vois moi. Est lui pas où moi pense. Peut que moi trouve pas chemin de pont en travers d'épais des arbres. Maintenant bêtes-à-merde volent au tour de tas de sang qui est devenir noir sur genou de moi, et bêtes-à-merde restent elles sur jambe de moi, où moi est pas avec fort pour frapper et faire elles partir.

Regarde moi à rivière, où est plus bon de regarder qu'à jambe de moi. Entre rivière et épais d'arbres ici, vois moi monter de terre, avec herbes-tuyau tout au tour. Sur monter...

Sur monter, est debout une chose toute blanche, plus haute qu'un homme et un autre, où en sur sont cheveux voler en vent, tout noirs et longs. Est une femme, toute en blanc, mais elle est grande qui fait-peur, pareil si est elle pas en ce monde. Ferme les yeux, pour qu'elle voit pas moi.

Hutte. Est elle hutte, toute accrocher au tour avec peaux

d'aurochs et par là, est elle blanche. Toit pointu est elle, d'où pend un long de fourrure, toute noire qui vole au vent. Moi peux pas penser si sont peuples en dans de hutte, ni pour quoi est hutte d'eux rester ici toute seule, loin d'autres peuples-qui-restent et de grand fabriquer d'eux sur haut de colline.

Regarde moi maintenant fort à hutte, car moi est pas avec autre chose à regarder. Tout au tour de moi, bêtes-à-merde font petit bruit d'elles, qui vient plus fort encore, maintenant. Regarde moi, et peux voir pas autre chose que gris, avec forme de blanc où hutte est debout, et maintenant blanc est devenir gris, et gris devenir noir, et noir, lui devenir pas de chose.

Bruit. Crachat de moi est avec lécher bizarre en lui. Bruit maintenant de peuples, avec un dit à un autre. Grand et vieux est un, par bruit de lui, et autre petit. Petit est dire maintenant oui, et dire choses que moi peux pas entendre, et choses sur l'eau. Est juste un petit clair à travers peaux des yeux de moi, maintenant, et ça est bon.

Fleurs, sens moi beaucoup de fleurs, pareil à si est pas maintenant temps-de-nu, mais temps-de-fleurs. Ouvre yeux, et vois moi hutte. Une peau d'aurochs qui fait la hutte est lever maintenant, et en hors vient quelqu'un pencher, longs cheveux clairs avec ceinture de fourrure au tour, et couvert en peaux jusqu'au genou. Est une fille, par voir d'elle, et pas plus grande que moi. Sens moi, pour sentir fente d'elle, et sens moi pas de chose autre que fleurs, et vois moi pas de fleurs, mais vois fille. Moi sais pas si elle est fleur qui est à voir pareil à fille, ou fille qui sent pareil à fleur.

En entre de mains d'elle, tient elle une petite forme, toute grise. Marche elle loin de hutte, et pareil, loin de moi, à bas de monter de terre et sur chemin de rivière. Marche elle en entre d'herbe-tuyau, mais est pas sucer en bas, pareil si marche elle sur chemin où terre est sèche. Maintenant beaucoup loin est elle, que peux moi pas voir elle en sur des herbes, et sentir de fleurs est devenir maintenant plus petit.

Maintenant est chose bouger près de hutte, que reviennent yeux de moi vers là. Peau blanche est soulever, et maintenant penche en hors un qui est grand, nu autre que ceinture et couvrir de fête en fourrure qui cache vît. Est un homme. Est un homme fait-peur.

Est debout lui pour voir vers ici, mais lui voit pas moi. Est plus vieux homme que moi est voir, longs cheveux de lui sont blancs, avec cheveux de menton pareil à ça, et oh, la figure de lui. Figure de lui est avec marquer de noir de feu, où pas de chose autre qu'yeux est blanc. Est une petite ceinture au tour de tête de lui, d'où vont vers le haut bâtons avec beaucoup de pointu en eux, que lui pareil à bœuf cornes-de-branches. En mains de lui, est l'une avec fleurs et l'autre avec bâtons. Maintenant, regarde lui plus au tour et fait un pet, et installe lui sur avant de hutte en peau blanche de lui.

Peux moi pas voir quoi lui est faire, mais lui fait vite des mains de lui, et plus de temps pareil à ça. Fumée. Sens moi fumée. Lui est faire feu, et maintenant pose lui en feu plus de bâtons, pour faire plus gros. Prend lui petites pierres rester près de lui et pose elles une sur autre au tour de feu, pour faire garde-feu.

Dos à contre de hutte est lui rester, et maintenant prend une chose de bois et de pierre, pas plus longue que main de moi, toute plate et coupante. Cette hache de main est lui mettre à autre pierre près de là, où gratte lui avant et arrière, pareil à faire plus coupant. Mais couche moi en arrière, et écoute bruit de ça, et soleil est venir plus bas en ciel.

En sentir de fumée vient maintenant plus sentir de fleur, et lève moi tête pour regarder vers rivière. Fille est revenir ici avec monter d'herbe-tuyau en sous de pieds d'elle et peaux de couvrir bougent tout au tour de genoux d'elle. En entre des mains d'elle est encore une petite forme, toute grise, et quand elle marche vois moi un petit mouiller sortir, et tomber là sur le bras. Pense moi que tient elle un fabriquer pareil à petite vallée, que fait elle plein d'eau à la rivière. Marche elle lent maintenant à haut de monter de terre, où l'homme tête-à-bâtons est prendre d'elle l'eau pour poser en sur de garde-feu.

La fille est rester maintenant sur genoux d'elle près du feu, et est pas bouger. Soleil vient plus bas et quand clair part du ciel, est clair du feu venir plus, que la forme-esprit noire de la fille est longue sur la hutte en arrière d'elle. Plus longue encore la forme-esprit de l'homme tête-à-bâtons, toute noire avec bâtons sombres qui bougent pareil à beaucoup de vers sur la tête. Prend lui les fleurs et jette elles en dans d'eau en sur de feu, d'où fumée-d'eau grise est monter.

En clair de feu, est moi voir maintenant un mur bas, fait avec terre, qui est debout en arrière de la hutte. Moi vois pas lui en avant-temps. Peut que lui est pour garder de bêtes, pareil au plus-gros fabriquer en haut de colline, mais moi est voir pas autre qu'un peu de lui, et pense non. Le feu monte haut. Les formes-esprit noires appuient avant et arrière sur travers de peau d'aurochs.

Un blanc, épais et mou pareil à glace-poussière est monter de fabriquer en sur de garde-feu, de travers de lui, et blanc est tout couler pour faire maintenant en feu bruit de chat. Couvre l'homme tête-à-bâtons avec un peu de fourrure au tour de mains de lui pour faire elles pas chaud. Soulève lui le fabriquer de garde-feu, que lui est poser maintenant près de lui.

Prend lui en dans de fabriquer un peu d'épais blanc, une main pleine et autre pareil. La fille reste près sur genoux et est pas bouger. Sombre vient en ciel. Esprits noirs appuient sur hutte. Maintenant, l'homme tête-à-bâtons met blanc sur figure de la fille, mais bouge elle pas, et blanc est épais en sous des yeux d'elle, et épais sur bouche d'elle. En petits morceaux, tombe ça sur couvrir de tétines d'elle.

La fille est pas bouger. Maintenant met l'homme visage-noir mains tout au tour de lui en sombre, pareil à lui cherche pour trouver chose, et maintenant un grand gris chaud est venir sur moi, et ferme maintenant yeux. Sens moi fumée. Sens moi fleurs et entends encore bruit de gratter, qui est gratter avant, et arrière, et avant.

Et arrière.

Sombre. Beaucoup petits pensers. Froid. Jambe fait-mal avec feu et oh. Oh, moi. Sombre. Pas de chose. Jambe fait-mal, oh. Oh mère, moi est pas en vie plus de temps-de-glace que de doigts de moi. Sombre. Sombre, fait-mal à ventre et froid. Mère et moi marchent en sous d'arbres, en pas bizarre et appuient nous un sur autre, car elle est avec une jambe seule, et avec une jambe pareil est moi, souches de nous toutes en sang. Sombre. Sombre, froid, et pas de chose en ventre de moi. Fleurs. Sombre.

Clair. Sens moi... clair, à travers peaux des yeux. Sens moi fleurs et... ouvre. Ouvre les yeux et... fleurs, et regarde moi en haut vers...

Regarde elle en bas à moi. la fille qui est sentir de fleurs. Reste elle sur genoux près de moi, qui couche avec dos sur herbe en épais des arbres. En entre des mains d'elle est fabriquer gris, en quoi est elle tenir eau de rivière. Long de cheveux clairs d'elle chatouille ventre de moi, et regardent nous un l'autre pareil à ça, et pense moi pas de chose à dire.

Mange ça, elle dit, et dis moi pas de chose, seul regarde. Maintenant met elle fabriquer à bouche de moi, que mouiller de lui vient chaud sur menton, sur langue, et est ça lait, et lait est tant bon. Mange moi, et pareil en temps, regarde vers elle, en sur de bord de fabriquer. Comment est ça, dit elle maintenant, que moi est venir ici. Dire d'elle est bizarre, avec dits qui viennent pareil que d'un autre côté, mais peux moi penser quoi elle dit. Bouche de moi est pleine de lait, que peux moi rien dire à elle, mais lait descend et est plus, et elle est prendre fabriquer à bouche de moi. Comment est que moi viens ici, un-temps plus est elle dire.

Fais moi beaucoup de dits maintenant, et eux en courant. Dis moi pied de mère, et peuple de moi partir beaucoup loin. Dis moi oiseau avec ver de pourrir, et peuple-qui-reste qui jette caillou à moi et déchire jambe de moi. À ça, fait fille bonne bouche et dit qu'elle est prendre pourrir à jambe de moi, et pense moi maintenant que jambe fait pas mal, et est regarder en bas vers elle.

Est pas tas de sang. En sous de genou, sont merde et terre toutes partir par mouiller et, où jambe de moi est déchirer, est peau-d'arbre poser, toute douce et chaude. Regarde moi de jambe à fille et dis, oh, comment est ça maintenant, et autre pareil. Dit elle qu'elle est trouver moi ici à premier clair, et voit que jambe de moi est avec mal. Elle tire moi plus en épais des arbres, pour cacher, et elle est faire jambe de moi bonne, en temps que moi est pas penser.

Tout ça elle dit, et elle est maintenant avec plus que moi peux manger. Des couvrirs d'elle, elle est prendre bâton de viande-sèche qu'elle met maintenant en main de moi. Lève moi bâton de viande à bouche de moi, et mâcher de lui est dur, mais lécher est bon. Dis plus de venir ici, dit elle.

Moi est avec bâton de viande sèche en bouche de moi, que beaucoup de dits de moi est elle faire moi dire encore, pour penser plus bon. Dis moi marche, et cochons qui deviennent troncs, et dis moi maintenant poulain pelu. Elle est secouer la tête avant et arrière, pour signe qu'elle est avec penser d'eux. Moi dis comment est moi arriver sur vallée, et voir grand fabriquer de colline, que vais moi au tour sur autre côté et, de cette façon, viens par ici.

Dit elle, sont hommes sur le fabriquer qui voir moi, et dis moi en retour non, et dit elle que ça est bon. Comment est ça bon, dis moi. Oh, dit elle maintenant, eux sont hommes durs qui venir de camp de rivière. Si eux sont voir moi, eux sont pouvoir jeter pierre à moi. Regarde moi jambe, et pense bon est en dire d'elle.

Maintenant regarde moi plus loin qu'elle, en travers d'herbe-tuyau où hutte est debout sur monter de terre, et la rivière loin, en arrière de hutte. En rivière, sont formes bouger, que moi pense sont elles rats queue-plate, qui sont tous faire huttes de rivière pour eux. Par quoi est qu'elle est sentir de fleurs, dis moi.

Est façon à ça, elle dit, de prendre sentir de fleurs et faire par là eau-de-sentir, que peut mettre sur peau et cheveux. Maintenant regarde elle loin de moi, vers rivière. Dire d'elle devient plus petit.

Hob est vouloir que sent elle pareil à fleurs, dit elle, pour que lui peut penser où elle va en temps que lui est pas voir elle. Dit elle pas plus, et regarde beaucoup loin. Arrache elle maintenant un peu d'herbe, et met ça en bouche d'elle. Moi pense pas qui Hob être, moi dis, et tire sur viande-sèche avec dents de moi. Regarde pas elle encore vers moi, mais lève main d'elle et fait maintenant un doigt, en chemin de hutte. Cette hutte est de Hob, dit elle.

Moi est voir Hob, dis moi. Lui est un homme visage-noir avec bâtons au tour de tête de lui.

Tourne elle maintenant tout-vite, et regarde vers moi. Comment est ça que moi vois Hob, elle dit et fait un œil bizarre. En retour, moi dis comment vois moi elle va pour eau de rivière, que Hob est rester à garde-feu, où est venir du blanc. Dis moi comment est moi voir Hob mettre blanc sur visage d'elle, après quoi moi est voir plus rien.

Lent tombe elle, dos en l'herbe, avec bras tout appuyer en travers yeux d'elle, pour arrêter de clair. Ce blanc est eau-de-sentir, dit elle, pour faire elle sentir pareil à fleurs. Pense moi que moi est voir comment est l'homme tête-à-bâtons mettre fleurs en l'eau, d'où est venir blanc, que bon est en dire d'elle.

Sommes nous coucher sur l'herbe. En ciel là en haut de nous sont maintenant bêtes-de-ciel courir après soleil, et pas lui après elles. Attrapent elles lui et mangent lui, et plus est soleil et clair est partir de ciel. Grise est vieille rivière maintenant, et herbe-tuyau est grise pareil à ça. Dis moi, comment elle est trouver à manger pour moi, et faire jambe de moi bonne. Maintenant est elle lever un peu de coucher, appuie sur un bras et regarde vers moi. Cheveux clairs sont tomber en yeux d'elle, où elle est pousser eux en arrière.

Elle est toute seule, pas avec autre que Hob, dit elle. Est pas avec un pour dire elle choses à lui, ou marcher en bons temps. Hob, est lui vieux, avec sombre en penser de lui, pour quoi est plus lui en bons temps, et est faire peu de dire. Est elle trouver lait pour moi et aider pour jambe, pour que peux moi dire à elle de beaucoup de choses que vois moi en le monde et, de cette façon, fais venir en elle bons pensers, quand elle est seule avec Hob.

Douce est peau de visage d'elle, avec seule petite marque de griffer sur joue d'elle. Une bête ailes-à-taches est voler tout au tour des cheveux d'elle, et bête est maintenant poser sur ceinture de fourrure blanche, tout couvrir là au tour de tête d'elle. Comment est elle venir avec Hob, dis moi, si lui est sombre, avec pas de bons temps en lui.

Fait elle maintenant un souffle pareil à vent doux, et dit qu'est elle venir de camp beaucoup loin, et faire à travailler pour Hob. Hob est avec grand dit sur beaucoup de peuple-qui-reste, car lui est un...

Ici, fait elle un dit que peux moi pas penser, et moi dis maintenant comment est ça, et dit elle en retour qu'est ça pareil à Homme-penser, mais avec plus de bizarre en ça.

Plus est Hob avec fils, qui travaille pour lui à grand faire de lui, dit elle maintenant, et est pour quoi elle est venir pour travailler, et met à feu manger de lui, et trouve bois, et pareil. Fait elle une bouche qui pas est bonne avec dire de ça. Est maintenant venir petit bruit d'aurochs, loin en haut, et herbe-tuyau au tour de hutte est grise et bouge pareil à fumée en vent. Où est Hob maintenant, moi dis.

En avant de premier clair, lui est marcher loin, dit elle, pour voyager au camp de peuple là en bas de rivière. Lui est avec beaucoup de choses pour faire ; après quoi, revient lui ici.

À ça, une peur est venir en moi. Pense moi à visage noir de lui, à bâtons de lui pareil à cornes de bête, et dis que bon est que moi voyage encore, pour que lui peut pas trouver moi. Veux moi être maintenant debout, mais est peu de fort en moi.

Fais à fille une bouche encore plus pas bonne, et dit elle que jambe de moi est pas avec temps pour devenir toute forte, et que moi est pas encore avec ventre plein, et elle dit bon en ça. Dit elle que moi peux cacher où Hob est pas trouver moi, que seule elle est pouvoir penser où. En arrière de hutte, dit elle, est là un mur en terre d'un fabriquer pour garder de cochons. Hob plus est avec cochon, et le fabriquer est debout vide, pour quoi moi peux cacher par là. Pense moi que ça est le fabriquer que moi vois par clair de feu.

Là peux rester moi, dit elle, pour que jambe est devenir plus bonne, et elle est trouver manger pour moi. Si Hob voit que plus de manger est partir, hé, elle est dire à lui que rat est prendre à manger.

Est ça une chose plus bizarre que peux moi penser. Pense moi ça, une façon maintenant, et maintenant une autre, mais peux moi pas penser ça de bonne façon. Comment est, dis moi maintenant, que moi est changer en rat.

Elle fait bonne bouche à ça et dit que moi est pas changer en rat, mais est elle seul dire ça à Hob. Regarde moi elle. Moi est pas encore avec penser de quoi elle dit, et voyant ça, fait elle plus bonne bouche encore. Pour quoi, dit elle maintenant, moi est pas penser que peut dire être fait de chose, quand chose pas être.

Est ça un penser que moi est en aucun temps entendre, de dire qu'est chose qui est pas. Être un plus grand penser que moi peux tenir en moi tout en un-temps. Regarde moi elle avec bouche de moi rester ouverte. Secoue tête de moi, et signe que non.

Bonne bouche d'elle devient plus large à ça, et dit que tant bon pour elle de trouver un pareil à moi, qui est tout bizarre en penser et dire de lui. Viens, dit maintenant elle, et moi est avec pas de temps pour penser à ça. Viens à travers d'herbe-tuyau et près de hutte en peau blanche pour cacher en fabriquer là, elle dit.

Debout vient elle et prend main de moi, et main d'elle est petite maintenant, et chaude. Viens maintenant, elle dit et tire et, pareil à ça, aide moi pour venir debout. Est pas de fort en moi, et pose elle bras au tour de dos de moi, pour aider moi marcher. Est pareil si moi marche bas avec visage de moi en fleurs, par sentir de ça.

Viennent nous lent en hors d'épais des arbres et marchent maintenant à travers herbe-tuyau, où est un chemin sec en l'entre de mouillé et de terre-qui-suce. Chemin va par monter de terre où est debout la hutte en peau blanche, et marchent nous maintenant en haut de monter, bras d'elle au tour de dos de moi, et viennent près de hutte. Nous marchent juste un peu, mais fort est partir de moi, jambes sont toutes trembler.

Par voir d'ici près, hutte est plus grosse que moi est penser, mais est fabriquer pour juste un homme et juste une fille. Pour premier un-temps, peux moi penser comment est avec Hob, avec grand dit sur beaucoup de peuple. Temps sont tant bons pour lui. Si peut être, que temps viennent aussi bons pour moi. La fille tire main de moi et, pareil que ça, marchent nous au tour de hutte, et viennent nous à garde-cochon.

Murs en terre de garde sont debout, hauts pareil à cou de moi, avec trou de mur boucher par bois-qui-ferment. Terre en bas de garde-cochon couverte toute d'herbe-sèche, épaisse et chaude et, où un mur est venir à l'autre, pareil à genou d'eux, est debout une petite hutte fabriquer de branches. Sens moi pas beaucoup cochon ici au tour, et moi sens plus de fleurs. Ouvre elle bois-qui-ferment, et en garde-cochon sont nous aller.

Hob est pas regarder en dans d'ici, elle dit, maintenant que cochon plus est ici. Dit elle, si moi est cacher en herbe-sèche, est elle aller faire travail pour Hob, après quoi revient elle à sombre avec manger pour moi. En main de moi pose elle maintenant un autre bâton de viande-sèche, pour manger en l'entre de temps, et est maintenant ouvrir bois-qui-ferment pour que va elle en hors. Moi est vouloir qu'elle peut rester plus de temps avec moi. Cherche moi en penser de moi une chose que peux moi dire à elle et faire partir d'elle plus lent.

Dis moi : comment est qu'elle est dire que Hob plus est avec fils. Est fils partir pareil cochon partir, de garde où moi est maintenant rester.

À ça, est elle regarder en bas, un sombre vient sur visage d'elle. Fils de Hob est plus venir ici, elle dit, et dit qu'elle est partir maintenant. Hors de trou de mur est elle aller, avec fermer des bois-qui-ferment en arrière d'elle. Marche elle au tour de hutte que peux moi plus voir elle, mais sens moi elle, pareil si fleurs d'arbres sont tomber.

Rampe moi maintenant en petite hutte de branches et creuse en sous d'herbe-sèche. Mets en bouche de moi bâton de viande-sèche pour mâcher, et en ventre de moi est là bon. Marche de moi depuis épais d'arbres est faire moi devenir pareil à avec pas de fort, et est moi coucher maintenant, joue sur herbe qui pique, et suce viande, et ferme yeux.

Maintenant ouvre eux. Tout est devenir sombre. Une chose est en bouche de moi. Oh, est bâton de viande. Bout de lui est devenir mou pareil à merde, et lécher de viande est fort sur langue de moi. Toute piquer est joue de moi, et est moi pas pouvoir penser où de moi, mais pense moi à fleur maintenant, et à fille, et à hutte et garde-cochon qui est là debout, et pense à façon de moi de venir ici.

Là, sur travers de garde-cochon, est debout hutte de peau blanche, en où est moi entendre bruit d'homme dire beaucoup de choses, et bruit de fille dire en retour à lui. Moi pense que Hob est revenir ici de faire avec eux, peuple-qui-reste.

Maintenant, tout devient silence. Reste moi en herbe-sèche à mâcher viande, et temps sont passer de cette façon.

Est moi entendre bruit de bois-qui-ferment bouger en trou d'eux, et sens moi fleurs et, oh, est ça tant bon. Fille est venir en garde-cochon, et par travers de petite hutte, en où que moi est rester. Veux moi dire beaucoup de choses à elle, mais elle est poser main d'elle à bouche et signe de pas-faire-de-bruit. Maintenant est elle dire bas, plus pareil à bruit que vent fait en herbe-tuyau.

Dit elle, tout petit maintenant, qu'elle est venir avec manger pour moi. Hors de couvrir d'elle prend elle maintenant viande-de-feu, et une chose à mâcher que moi est pas pouvoir penser, toute dure en hors, mais molle en dans d'elle. Prends moi ça de fille pour mâcher, et dis moi, quoi est ça, tout dur et mou.

Fait elle bruit de chat, pareil si dire que moi dis plus fort que peux moi. Dit elle que chose à mâcher est faire en feu avec poussières que prendre à herbes-soleil qui poussent ici, avec un peu d'eau mettre en elles. Moi mange, et est ça bon, et bonne est viande-de-feu en bouche de moi maintenant. Est bœuf, par lécher de lui. Reste elle sur genoux près de moi, et fait pas bruit. Bouche vide maintenant, et pas de chose peux moi penser pour dire à elle, autre que de fils de Hob, et pour quoi est lui plus par ici.

Regarde elle vers moi, et sont rats-qui-volent faire ronds d'eux en ciel en haut de garde-cochon. Temps silence passent, et maintenant dit elle avec sombre, ah, est long en dire, et pas de bon est en ça. Maintenant elle est silence, que pense moi qu'elle dit plus autre chose, mais moi est pas penser bon pour ça.

Dit elle que Hob est rester longs temps avec fils près de rivière, où peuple-qui-reste est arriver pour que Hob peut penser pour eux, et pour que fabriquent eux beaucoup de choses. Pour tous les faires de lui, est peuple-qui-reste trouver pour Hob peaux, et manger, et beaucoup de choses, pareil que dû à lui.

De tout qu'est à faire pour Hob, elle dit, est un faire plus grand que sont autres. Dit elle que sont beaucoup de camps en travers du monde, depuis eau jusqu'à grande eau, et tous camps sont avec homme tête-à-bâtons pareil à Hob. Tous hommes tête-à-bâtons sont venir en un où, pour penser et dire l'un à un autre, après quoi eux sont tous dire d'un grand faire, qu'ils pensent en l'entre d'eux. Couche moi une autre façon en herbe, pour qu'entendre de ça est bon.

Dit elle que penser des hommes-à-bâtons est pour faire de chemin, plus grand que chemin est en avant-temps, chemin qui va depuis bord de grande eau, en côté du où que vent chaud est venir, et court à où de beaucoup d'arbres, que vient de là vent froid. Chemin doit courir par passage de collines et de hauts-où, et par bord de vallée.

Est ça beaucoup plus long que moi peux penser, car moi en

aucun temps est voir grandes eaux. Moi est seulement entendre dire d'elles. Pour quoi est bon de faire grand chemin, dis moi à elle, qui reste en sombre, et fait jouer avec cheveux d'elle. Dit elle que chemin, est lui pour venir et partir de beaucoup de peuple, que hommes d'un camp peuvent voyager à autres camps, beaucoup loin, et prendre avec eux pierres et fourrures, pour quoi sont eux apporter couvrirs et fabriquers d'autre camp, en dû d'eux. De cette façon, viennent à tous les camps choses à quoi eux pas penser en avant-temps, et bons temps viennent à tous eux qui restent au long de ce chemin.

Hé, si est faire chemin pareil à ça, elle dit, plus bons temps encore viennent à camp ici que viennent à camps en autres où, car ici est pont de rivière, où hommes-qui-voyagent sont avec pas de chemin pour aller, autre que celui par quoi arrivent eux, et beaucoup de bonnes choses viennent ici avec eux.

Tourne moi maintenant sur ventre, avec chatouiller d'herbe-sèche sur vît de moi. Couche moi avec cul et jambes de moi en petite hutte de branches, tête et bras en hors. Tourne moi tête, pour regarder ciel, où bêtes-de-ciel sont toutes fermer yeux d'elles, car pas de clair est moi voir. Moi pense à chemin, que fille est tout dire de lui, mais plein de lui, moi est pas encore pouvoir penser. Dis moi à la fille : comment est faire chemin si pas beaucoup de pieds sont marcher là. Mais comment peuvent peuples marcher sur long de chemin, si eux sont pas penser que lui être là.

Maintenant, dire d'elle vient bizarre, et dur à penser. Dit elle : est une façon que homme peut encore avoir chemin en penser quand chemin, est lui tant long que va par tout au tour du monde, et façon de ça est ceci, elle dit. En tous beaucoup camps d'eux, les hommes tête-à-bâtons font un dit, bizarre et long, qui dit beaucoup de choses. Dit lui de camp où est l'homme tête-à-bâtons, et dit de collines et de chemins près d'où de camp de lui, que peuples venir d'autres où peuvent trouver chemin à lui. Maintenant, le tout des beaucoup de dits par beaucoup d'hommes tête-à-bâtons sont eux mettre en une ligne, pour faire un long dit encore plus grand, qui dit chemin depuis bord de l'eau au vent chaud, à vent froid où sont beaucoup d'arbres.

Hé, comment est ça, dis moi. Si dit est tant long, un homme peut pas penser ça tout en un-temps. Ah, elle est dire maintenant, ça est où vient bizarre. Hommes tête-à-bâtons font long dit d'eux en une façon qu'un homme peut entendre ça un-temps, et maintenant un-temps plus, après quoi est lui en tous temps pouvoir penser à dit d'eux. Le dire de ça est fait avec bruits, pareil un à un autre, qui sont avec formes-de-dire pareil à pas d'autres, plus bon pour garder en penser.

Ici est elle pas dire plus, mais est elle venir plus debout et prend souffle en elle. Maintenant fait elle, doux, un bruit qui est avec des dits en dans, mais est plus bon que moi est entendre en avant-temps sauf par oiseaux, et dit d'elle est pareil à ça.

Oh, comment vais moi trouver compagne, garçon du voyage [est dire
En haut bord de vallée, en sombre d'arbre, par colline ver de [terre et tout,
Et couche avec elle quand est moi pas encore en terre toute [grise
En haut de bord de vallée, en sombre d'arbre,
Par colline de ver de terre et genou de rivière
Et là sont eux coucher, lui et elle, en sous d'herbe et tout.

Ça met un froid en ventre de moi d'entendre elle. Maintenant, elle est silence, et dit pas plus, mais peux moi encore entendre dit d'elle, car lui va en rond et en rond pareil à oiseau aile-malade ici en dans de moi. *En haut de bord de vallée, en sombre d'arbre...*

Maintenant vient grand bruit de la hutte en peau blanche, par travers de garde-cochon, et est Hob. Fort dit lui : où est fille, et est ça fille qui fait bruit en arrière de hutte de lui, et pareil que ça. La fille, saute elle debout et dit, tout petit, qu'elle est aller loin, pour que Hob, vient lui pas pour trouver elle, et trouve moi aussi. Elle va pour marcher en travers d'herbe-sèche, sentir de fleurs tout au tour d'elle, pareil à couvrir. Attends, dis moi petit, avec peur que Hob peut entendre. Dis moi, elle est pas dire de fils de Hob, ni de comment il est partir loin, que moi dis vouloir d'elle.

Dire cette chose est long, dit elle, plus grand que peut être dire tout en un-temps. À premier clair Hob est lui partir, et elle est venir encore ici pour que moi est entendre plus, et de fils de Hob. Maintenant penche elle, et maintenant est elle lécher joue de moi.

Debout est elle, et tourne, et elle est partir loin vite pareil à bœuf cornes-de-branche, par travers trou du mur, au tour de garde-cochon, loin en sombre, et vois plus. Vent est prendre sentir de fleurs d'elle, pareil si vent est vouloir personne sentir ça, juste lui. En bas de ventre de moi, vît de moi est avec un os, que herbe-sèche est piquer pointu. Lécher d'elle devient froid là sur joue de moi.

Petits dits viennent de hutte de peau blanche, d'homme à fille et fille dire en retour à homme, et maintenant est silence. Sentir de fleurs d'elle est tout partir, que sens moi plus les cochons qui en avant-temps sont ici. Sens pourrir d'arbre avec souche toute devenir pleine d'eau-de-morve, et sens rivière lente, qui bouge loin. Tourne moi côté avant en haut, avec dos sur herbe-sèche, en regardant en haut vers ciel. Est pas en ciel autre chose que sombre.

Pense moi à comment est que peut parler de chose, mais chose est pas, et plus, sur tout quoi un homme peut faire avec penser pareil à ceci, qui est tant grand. Pense moi à comment un long dit bizarre peut être pareil à chemin, sur quoi homme peut voyager au tour du monde. Fille, elle est mettre tant beaucoup grands pensers bizarres en ventre de moi, que pas de silence est en moi. Tourne moi ce côté et un autre, sur herbe-sèche, et maintenant, est moi vouloir faire pisse.

Peux moi pas pisser près de hutte en peau blanche, où Hob peut sentir moi. Rampe moi depuis fabriquer tout en branches pour venir debout et traverse garde-cochon. En hors par trou en mur, et maintenant est moi marcher silence à avant de hutte, où est une petite colline de branches et de ronces, la fille et Hob sont venir porter beaucoup de bois-pour-feu pour poser ici. Moi vais maintenant au tour de colline de bâtons, et par bord de monter de terre, est moi arriver.

Là, en ciel en haut de moi, sont bêtes-de-ciel toutes reculer une des autres et, en arrière d'elles, est lune. Par clair d'elle, est moi voir herbe-tuyau debout toute pointue et blanche, que peux moi voir où pieds sont faire herbe plate, pareil à chemin par quoi fille est aller à rivière, pour trouver eau. Viens moi en bas de monter, et viens à sentier sec par où est pas terre-qui-suce, où moi peux marcher.

Jambe de moi est pas faire mal, car fort est venir en elle, et regarde moi en bas pour voir elle. Peau-d'arbre que met la fille en bas de genou est encore là, tient à jambe de moi par terre-et-eau. Est ça bon, et marche moi encore, et viens de cette façon où lent et sombre de rivière bouge en entre des arbres, où pareil moi va. Est pas en penser de moi que peux moi marcher si loin pour pisser, mais est bon marcher et pas rester coucher en garde-cochon.

Arrive moi maintenant au long de rivière et par travers d'arbres, où loin en avant de moi, moi est voir maintenant pont de rivière pareil à moi est voir depuis bord de vallée. Lui est tant grand, tout fabriquer avec arbres, et pense moi maintenant pour quoi sont debout beaucoup de souches, près d'ici. Pont est coucher au sur de beaucoup de huttes de rivière, que rats queue-plate sont faire, et bruit de rivière est devenir grand en bas de lui. Sur autre bord, à travers de rivière, vois moi chemin qui va loin, tout clair en blanc de lune.

Est un vouloir en moi. Est un vouloir que moi marche à travers de pont, pars de vallée sur chemin blanc-de-lune, et reviens plus ici. Mère de moi est pas faire moi pour moi rester près de hutte avec homme tête-à-bâtons, et fille à sentir de fleur, et bizarre pareil à ça. Moi est un de peuple-qui-marche, et faire moi pour marcher. Moi est avec vouloir de monter en hors de ce bas, où est tout mouiller et sentir de pourrir. Un camp près de rivière, où est marcher poulain pelu. Est pas de bon en ça.

Mais maintenant pense moi à beaucoup de choses. Si moi est marcher tout seul et pas trouver choses à manger, moi est faire ventre-vide, pareil à temps que moi est pas encore venu ici à hutte en peau blanche. Pense moi à fille à ceinture en fourrure de bœuf qui tient longs cheveux clairs d'elle, et sentir de fleurs tout au tour, et beaucoup de bonnes choses qu'elle est dire. Pense moi maintenant à fils de Hob, que moi est avec vouloir d'entendre de lui, et maintenant moi regarde pont, et chemin blanc par travers de lui, et entends fort de rivière, qui tombe là en sombre.

Fais moi maintenant pisse sur contre d'arbre, et tourne, et fais retour par bord de rivière et travers d'herbe-tuyau, haut de monter de terre et tout au tour de hutte en peau blanche, où arrive moi à garde-cochon. Rampe en hutte de branches et en sous d'herbe-sèche. Fais maintenant fermer des yeux, pour que tout du monde est partir de moi.

Fleurs. Premier clair. Fille est dire : viens. Hob est partir loin à camp en bas de rivière. Viens, lève toi, et pareil à ça. Elle prend moi par cheveux en queues de rat de moi et fait un petit tirer. Viens maintenant, elle dit, et dit aussi qu'elle est avec manger pour moi. Maintenant ouvre yeux et soulève moi.

Ah, est bonne chose que moi est pas aller par travers du pont, en sombre, et plus voir elle. Reste elle près de moi avec clair de soleil sur elle, peau d'elle plus blanche que ceinture d'aurochs qui couvre tout au tour de cheveux d'elle. En une main est elle tenir chose à mâcher qui est fabriquer d'herbe-soleil et en autre main d'elle sont pareil pommes-tétines.

Pommes-tétines sont tant molles et bonnes à manger, avec

mouiller d'elles couler en bas de menton de moi. Fait elle bonne bouche à ça, et dit qu'elle est trouver autres choses pour moi, mais pas que moi peux manger. Moi regarde maintenant, et près d'elle est moi voir couvrirs. Sont couvrir de jambes, couvrir de ventre et couvrir en peau-sèche pour pieds. Comment est elle trouver couvrirs, dis moi et, en disant, moi crache de pommes-tétines qui sont tomber sur main d'elle, un petit bout. Maintenant lève elle main, et fait une langue et lèche ça et, tout ce temps, est elle regarder moi. Un chatouiller est venir en vît de moi.

Couvrirs sont couvrirs de fils de Hob, est elle dire, et dit pas plus que ça, et regarde vers rivière, claire en soleil, où elle est faire yeux d'elle tout petits. Dis moi : pour quoi est fils de Hob partir et prend lui pas couvrirs de lui.

Regarde elle plus vers rivière. Dit elle : est lui pas vouloir de couvrirs où lui est partir.

Devient elle debout maintenant, et tourne vers moi. Dit elle, viens, mets couvrirs en sur de toi, que nous peuvent marcher en bord de rivière. Debout moi et fais pareil qu'elle est dire, et mets moi couvrirs au tour de jambes de moi, de ventre de moi et de dos de moi, et maintenant à pieds de moi, et frotter de couvrirs est bizarre.

De garde-cochon vont nous par hutte, que colline de bois-pour-feu est en avant, et debout est plus grande que moi. À bas de monter et par travers d'herbe-tuyau par bord de rivière, que moi venir avant-temps pour pisser. Là marchent nous près de l'eau. Dis moi qu'elle est dire à moi des hommes tête-à-bâtons et de grand chemin de dit d'eux, mais est elle pas dire pour quoi fils de Hob est tout un avec ça, ni pour quoi est lui partir.

Dit elle, si moi est rester avec elle en sous d'arbres en bord de la rivière, là est elle dire tout à moi. Et maintenant sont nous trouver arbre, et restent nous ici sur herbe, elle avec pied d'elle pendre et doigts de pied d'elle en l'eau, où sont faire ronds clairs.

Elle est maintenant dire d'hommes tête-à-bâtons, et de chemin de dit d'eux. Chemin est un fabriquer plus bizarre et plus grand que sont fabriquers en monde en avant-temps, plus grand que pierres-debout-en-rond que peuple dit est faire sur grand ouvert, loin sur chemin de soleil-haut. Dit elle, pour faire ce chemin-de-dit, les hommes tête-à-bâtons sont vouloir un fort et un bizarre de penser qui est pas en dans d'eux, en avant-temps. Un fort qui est venir d'autre monde, en sous de terre, où sont marcher les esprits.

Hob et son peuple de têtes-à-bâtons sont prendre ce fort à

monde des esprits, dit la fille, et esprits sont prendre pareil dû d'eux aux hommes tête-à-bâtons. Maintenant, elle est silence. Comment sont les esprits prendre dû d'eux, dis moi.

Dit elle que esprits prennent quoi les hommes tête-à-bâtons sont avec plus vouloir qu'une autre chose en monde, tant que ça peut être. Hommes tête-à-bâtons sont prendre hache contre cette chose et faire elle plus en vie, pour qu'esprits sont prendre elle en bas à autre monde. En dû pour ça, esprits sont mettre un fort en homme tête-à-bâtons, et bizarre en penser de lui, que lui peut faire bon chemin-de-dit.

Et quoi avec Hob, moi dis, et avec cette chose que lui veut plus qu'une autre chose en monde, contre qui les esprits font lui prendre la hache. Met elle maintenant pied en hors de rivière, blanc et froid, avec petits yeux de froid debout en sur. Est fils de lui, elle dit. Est fils de lui.

Par travers d'eau montent beaucoup d'oiseaux bouche-plate, tous en bruits d'eux, et volent loin en haut de mouiller et d'eau, par chemin de bord de vallée. Un ver peau-d'arbre tombe sur pied de moi, un de peuple dos-de-fourrure d'eux. Moi lève lui maintenant en entre de doigts de moi et tire, que vient lui en bouts, et fais jouer de lui long temps pareil à ça, et lèche lui sur main de moi. Fille tourne maintenant de rivière, pour regarder vers moi. Sont peuple-qui-marche prendre hache contre fils d'eux, elle dit.

Non, dis moi. Aussi pas contre bête ou oiseau, sauf si eux sont avec maladie en penser d'eux. Moi est pas entendre en avant-temps une chose tant fait-peur et tant bizarre que ça. Ah, prendre de hache contre bébés est plus pas bon que moi peux penser. Plus dis moi pareil à ça, et dis : est Hob pas avec un aimer pour fils, qu'il peut faire ça avec lui.

Est pas ça, dit fille. Est pas ça du tout. Hob est plus en lui avec aimer et vouloir pour fils qu'est en homme pour compagne. Pareil qu'est en feu pour arbre de bois-sec. Lui est pas vouloir faire fils de lui plus être en vie.

Dis moi : mais Hob peut dire lui non à ça, et dire lui pas est prendre hache contre fils, car lui est avec grand dit en sur de beaucoup de peuple.

Peuple veut chemin, dit elle. Peuple est vouloir peaux et viandes, et bons temps que chemin fait venir à ici. Peuple-qui-reste, eux longs temps sont trouver pour Hob manger, et couvrirs de lui, et pareil à ça, et maintenant sont vouloir que lui faire chemin pour eux, pareil que dû à eux. Si lui est pas prendre hache contre fils de lui et faire chemin bon, pas est lui encore avec grand dit en sur d'eux. Si lui est pas faire bon pour eux, alors, eux sont pouvoir faire lui et fils de lui partir d'ici. Jeter, et faire eux chercher à manger, et peuvent eux devenir pas en vie.

Quoi est fils de Hob penser de cette chose, dis moi. Bouge elle maintenant cou d'elle, et bras, pour signe que peut elle pas penser. Dit elle : que fils de Hob pense une chose ou autre, est pas de bon pour lui en ça. Si lui est courir loin de camp, est lui pas avec quoi à manger, et est lui pas en vie long temps. Si lui court pas, Hob est prendre hache contre lui. Fils de Hob, peut lui faire une chose et peut faire autre, mais ni une ni autre est faire bon pour lui.

Lève elle bras d'elle, pour faire long dos d'elle. Petites tétines d'elle poussent une forme d'eux contre couvrir de ventre d'elle. Maintenant est elle debout et dire à moi : viens, que peuvent nous marcher plus loin en bord de rivière. En avant met main d'elle pour tirer moi debout, et main est mouiller avec chaud d'elle.

Marchent nous par rivière maintenant, et disent pas de choses, mais marchent jusqu'à bas de genoux de nous à travers colline de peaux-d'arbres sèches, et par marcher de nous jettent elles tout au tour. Viennent nous à travers du sous des arbres, où voient nous pont en loin. Pont est plus grand à clair de soleil que moi est voir à sombre, et dis moi à fille pareil à ça. Arrête elle, et tourne pour regarder moi.

Dit elle : comment est moi voir pont à sombre, et dis moi en retour comment moi est venir par ici pour pisser, après quoi reviens moi à garde-cochon là-bas. Elle regarde moi, pareil à si elle pense à ça, et maintenant est faire bonne bouche. Viens, elle est dire, pour que nous peuvent être debout sur pont de rivière.

Marchent nous sur tout long du chemin, et pont de rivière est devenir plus grand quand viennent nous plus près de lui, que moi peux pas penser combien beaucoup de troncs sont tomber pour faire de lui. À bout d'ici de pont sont vieux bois noirs monter à lui, pour faire traverser de pont plus haut que bord de rivière. Fille maintenant est coucher elle ventre en bas sur monter de pont, nez pousser sur bois noirs pour voir en entre d'eux. Couvrirs d'elle sont faire bonne forme au tour de cul d'elle que penser est venir en moi de soulever eux et regarder elle, mais ah, est pas pouvoir faire ça. Viens, elle dit, pour regarder ici, en entre des troncs.

Couche moi maintenant près d'elle, en sur de pont, et regarde où elle est dire, par travers de bois noirs vers sombre en sous d'eux. Pour petits temps est moi pas voir de chose autre que sombre, mais maintenant, voir de moi devient plus bon, et vois moi forme toute mince et blanche, qui couche en sombre, et bouge pas. Peux moi pas penser si est homme ou femme, mais vois moi qu'ils deviennent tout os et peau-sécher, et pas chose de plus. Eux sont avec couvrirs à trous tout au tour, mais sont pas de cheveux sur tête en os d'eux, pareil à si sont arracher à eux. Trous d'yeux d'eux sont faire pareil à regarder nous, et rester en bas d'os de tête sont dents d'eux toutes faire bonne bouche à moi.

Est femme, fille est dire. Est mettre femme vivante ici, qu'esprit d'elle peut rester à pont et faire pont bon, que lui tombe pas, et que lui est pas devenir en feu. Maintenant fille est debout et dit pas plus, et marche haut sur monter et plus loin sur pont, où est moi suivre en arrière. Quand elle est marcher, elle est faire maintenant un autre dit, bizarre et pareil à oiseau, mais pas à dit de bord de vallée, et sombre d'arbres, et pareil. Ce dit maintenant est avec plus de vite en dire de lui, et entendre lui est bon, et pareil à ça...

Couche elle là en sous de bois
Et os elle est, et os elle est
Couche elle là, femme de moi,
Et par rivière nous aller.

Marchent nous sur travers de pont, et avancent de rond de tronc à rond de tronc, tout lent, que nous sont pas tomber avec herbe-morve qui est pousser sur là, et arrivent nous à milieu, où est un bord pas plus loin qu'autre. Vieux vent est fort, maintenant, et rivière fait tant fort en sous de nous qu'un peut pas entendre dire autre. Fille dit une chose que moi entends pas, et dis moi : quoi est ça, et dit plus fort, et pareil que ça. Maintenant, est elle dire, sur bruit de rivière : regarde maintenant. Regarde à autre bord, et avec doigt, elle signe vers le où qu'elle est avec vouloir que moi regarde.

Là en travers d'eau vois moi maintenant beaucoup d'hommes-qui-restent, qui sont trouver bête. Eux sont avec bâton-à-lancer en main, et tirent en arrière d'eux bœuf à cornes-en-branche. Moi est avec peur, car est moi penser que fille est dire qu'eux peuvent jeter pierre à moi, tant durs sont eux. Ça dis moi à elle maintenant et veux courir en hors de pont, mais dit elle : attend. Dit elle qu'eux sont penser à elle, et sont pas blesser moi quand elle est près. Regarde, dit elle maintenant, les hommes sont signer à nous. Signe à eux, dit elle, et signe que tout est bon.

Hommes loin sont lever main d'eux, et lève moi main pareil à ça. Fille est pas bouger. Dit elle que ça est bon que voient eux moi avec elle. Comment est ça bon, dis moi, et en retour dit elle que hommes sont voir maintenant qu'elle est avec bons pensers de moi, et eux sont pas jeter pierres à moi encore. Loin sur autre bord sont hommes marcher au tour d'arbres, où nous sont plus voir eux. Viens maintenant, dit fille, que peuvent nous aller en retour à hutte de peau blanche quand Hob est pas encore venir de camp en bas de rivière, où lui est aller.

Lent sont nous avancer sur bois mouiller, en marche pour retour. En bas de monter de pont viennent nous, et pense moi à femme d'os coucher en sombre en sous de pieds de nous, à tout qu'elle est penser, en dans de tête mince et vide d'elle.

Long chemin, par travers d'arbres en bord de rivière, en travers d'herbe-tuyau, et de cette façon arrivent nous à garde-cochon. Soleil est en haut de ciel, d'où après maintenant lui peut juste tomber. Noire forme-esprit de moi est devenir toute petite et est avec peur, et est cacher elle en sous de pieds de moi.

Appuyer sur mur de terre, la fille dit qu'elle est partir maintenant et faire travail pour Hob. Gratte à cou d'elle, pareil que si est chatouiller, et dit comment peut elle pas venir en sombre à garde-cochon, car Hob est vouloir elle pour beaucoup de choses. Elle est venir voir moi quand tout sombre est partir et clair est revenir ici. Dit elle, moi est avec chose à mâcher faire d'herbe-soleil, pour que moi pas est devenir ventre-vide en entre de temps.

Dis moi en retour : oui, et elle dit : bon, et pareil que ça, mais moi est avec sombre en dire de moi, que peut elle penser que moi est avec pas aimer qu'elle est aller loin de moi longs temps. Ah. Est pareil à si elle est pas entendre sombre là, en dire de moi. Tourne elle de moi vers chemin de trou de mur et de bois-qui-ferment, et elle est arrêter et tourner encore ici. Fais maintenant bonne bouche à moi.

Dit elle que couvrirs sont bons sur moi. Dit elle que couvrirs sont faire moi plus bon à voir. Maintenant passe trou du mur, où pousse elle bois-qui-ferment, et est elle partir loin, voir elle pas encore, sauf si moi fais fermer yeux, où peux encore moi voir bonne bouche d'elle, en penser de moi.

En sous d'herbe-sèche, couche moi près de hutte de branches, et tire maintenant couvrir de jambes loin de moi, pour regarder genou. Peau-d'arbre que fille est poser sur jambe est devenir plus sèche, et tenir de terre-et-eau à elle est devenir sec, pareil à ça. Prends maintenant peau-d'arbre en entre des doigts, et lève elle de sur de jambe, d'où en bas d'elle est peau douce toute pousser là, et déchirer en jambe de moi est tout partir.

Maintenant mets moi couvrir encore au tour de jambes. Dit elle que moi est plus bon à voir en eux, et pense moi qu'est bon penser en ça, mais frotter de couvrir est bizarre à moi. En avant de hutte en peau blanche, est moi entendre la fille aller un chemin, et maintenant un autre, pour faire choses que peux moi pas voir, mais sentir de fleurs est tout au tour. Main en dans de couvrir maintenant, gratte moi peau douce pousser bas de genou, car est chatouiller. Mâche moi chose d'herbe-soleil, en temps que beaucoup de pensers viennent à moi.

Pense moi que jambe pas fait encore mal maintenant, et que peux moi voyager plus loin. Si moi est rester plus longs temps en garde-cochon, ah, Hob, peut pas lui pas trouver moi et est plus bon que pars moi loin d'ici. Mais maintenant moi pense que peux moi pas trouver beaucoup à manger si moi marche tout seul, et de cette façon deviens ventre-vide. Pense moi maintenant à la fille, à petit des pieds d'elle, et à mince d'os-qui-tournent et à jambe en bas de couvrirs d'elle. Pense moi à cheveux d'elle, tout clairs et couverts au tour par aurochs blanc. Moi est avec vouloir en moi de tirer ce couvrir d'elle que clair est tout tomber au tour de bras d'elle, et pense moi maintenant que partir d'ici est pas voir elle encore.

En dans de ventre de moi sont pensers de moi devenir tout colère, et tombent eux maintenant pour frapper et mordre un l'autre, pareil à chats. Est pas silence en moi. Entends moi un bruit en près de hutte, pareil à homme dire à fille, et pense moi que Hob est revenir ici. Est pas d'aimer en moi pour Hob, et tous pensers de moi pensent pareil à ça, et eux deviennent silence en ventre de moi, et couchent eux et pensent tous sombre de Hob.

Mâche moi le mou et gris de chose d'herbe-soleil et soleil vient bas en ciel. Forme-esprit de moi, plus avec peur, est appuyer longue tête noire d'elle en travers de garde, et poser oreille d'elle sur peau d'aurochs, pareil à écouter là plus bon les dits.

Par travers de rivière, vois moi que soleil est blesser quand vient lui vers soleil-descend. Pense moi que bêtes-de-ciel sont toutes attraper et déchirer lui, car sang de lui est tomber sur elles, que tout le ciel est devenir pareil à sang. Fort est moi entendre, pour écouter bruit-de-blesser du soleil, mais lui est plus loin que peut bruit aller.

Moi est long temps pas bouger, que fait-mal est venir en os

de moi, pour quoi rampe moi maintenant en hors de hutte de branches pour venir debout. En avant et en arrière marche moi, pour faire plus bon en jambe, et regarde maintenant en hors, par travers de mur de garde-cochon, et travers de monde pareil.

En loin est moi voir Hob, et baisse moi en arrière de mur que lui peut pas voir moi. Mets maintenant yeux en haut de sur de mur pour faire petit regarder. Est lui traverser herbe-tuyau vers épais d'arbres, par autre chemin depuis rivière. Bord du monde en arrière de lui est tout venir en fumée et en sang. Hob est debout, avec clair de ça en dos de lui, que lui est devenir tout noir, pareil à une forme-esprit. Bâtons au tour de tête de lui sont pareil à fines mains noires, pour griffer ciel et attraper tous pensers de lui, pour eux sont pas voler loin.

Penche lui, vient debout maintenant pour marcher, et vient maintenant encore à pencher. Pense moi que lui est chercher du bois, car est moi voir maintenant branches en sous de bras de lui. Peut être que sont pour colline de branches qui est debout en avant de hutte d'aurochs. Marche lui pareil à un qui est avec faires pour pensers de lui, et pensers pour faires de lui, qui est dit que mère de moi fait en tous temps, mais pas de moi. Penche lui là maintenant, et maintenant autre où, et beaucoup de branches en sous de bras de lui deviennent plus beaucoup encore.

Tourne lui maintenant, qu'un bord de visage fait-peur de lui est tout avec clair, et sang de soleil mouiller sur cornes-de-branche de lui. Pense moi que Hob est pas de terre, pas pareil à moi et à peuple-qui-marche de moi, qui naître de terre et qui vivre par terre et que mettre en terre et tout. Est lui de feu. Noir de feu au tour des yeux de lui. Sang de feu sur cornes de lui.

Fait lui pareil à revenir ici par travers d'herbe-tuyau, pour quoi baisse moi maintenant plus bas en arrière de mur, et rampe sur genoux pareil à cochon vers petite hutte de branches, mais viens pas en dans d'elle. Moi est tirer herbe-sèche en sur de moi pour faire un chaud, et regarde ciel, en où que sang de soleil est sécher et devenir tout noir, pareil à genou de moi.

Est un chemin, loin en sombre, qui est tout faire de dits bizarres. Lui va de bord du monde au bord du monde, et sont beaucoup de fils contre qui hache est prendre pour faire de lui. Peut que sont os d'eux qui restent en sous de chemin, pareil à os de femmes restent en sous des ponts. Un chemin d'os, tout au tour de monde, que os sont faire un haut pour monde en bas de nous, où sont poulains pelus marcher à travers sombre, avec petits ourcs sur dos d'eux qui grattent viande de garçon de sur des os qui sont accrocher en haut d'eux.

Ce monde est devenir tant gros et sombre tout au tour de moi, et vois mur de garde-cochon pareil à loin. Moi est avec vouloir de ventre pour la fille, qu'elle couche ici près de moi, pareil à mère de moi, mais plus bonne à sentir. Ce monde est faire moi petit, que par peur peux moi pas bouger ni faire pas de chose. Ferme yeux, et ciel est partir, et monde est partir, mais sombre part pas, et reste ici. Pas est de façon pour arrêter sombre.

Maintenant est un autre temps-bizarre venir. Moi est entendre bruit, et pense est mère de moi, faisant marche un-pied à travers arbres pour trouver moi, et ouvre yeux pour regarder elle, mais vois moi pas elle. Est pas autre chose que garde-cochon, silence en sombre, et bruit vient d'arrière de mur où est trou de bois-qui-ferment. Debout viens moi, pour marcher à mur en clair de lune, qui est venir haut en ciel pendant que moi pense pas. Près de mur, maintenant, regarde moi sur travers de lui.

Tout au tour de monter de terre, herbe-tuyau est venir blanche et pointue, pareil que glace en lune. Est Hob qui marche en herbe, bas à ventre de lui, et près de lui est un garçon marcher. Pareil que lune et herbe-tuyau, sont eux blancs, et tout est blanc, et vois moi maintenant que visage de Hob est pas noir encore, seulement est noir où est noir frotter sombre en trous des yeux de lui, pareil si lui peut pas mouiller pour faire partir.

Garçon marche près de Hob, et sont cheveux sur tête de lui noirs et tout en souche. Vois moi que lui est pas avec cheveux de menton ou visage, et pense moi que lui est pas tant vieux que moi. Hors d'herbe-tuyau maintenant, formes blanches d'eux marchent haut de monter vers un petit épais d'arbres, et Hob est marcher avec main en main de garçon. Lune est faire clair sur dos et culs d'eux, blanc d'eux qui est aller maintenant en dans d'arbres et est devenir là tout en bouts, en dans de noir des branches, où moi est pas voir plus.

Longs temps est moi regarder rien, et maintenant reviens moi coucher en herbe-sèche. Pense moi que garçon est fils de Hob. Pense moi à mère, appuyer sur arbre et dire : où est partir pied de moi. Est ça un bizarre du sombre. Sombre fait que nous peuvent voir chiens-esprits et gens qui sont devenir pas vivants. Herbe-sèche est chaude. Sombre est presser sur peaux-d'yeux maintenant, et moi est pas avec fort en moi pour tenir elles haut. Et chaud. Et sombre.

Froid maintenant en pieds, et froid en mains. Fais pour ouvrir yeux, mais morve d'yeux est tenir eux tout fermer, que moi gratte maintenant et sors, plus bon pour ouvrir eux. Un clair est venir, mais est lui venir tout gris. Bêtes-de-ciel sont tant beaucoup que faire une seule bête, tant grosse qu'est elle accrocher tout en travers de ciel. Vieux vent est dur, et fait bruit de chien ici en haut de garde-cochon.

Maintenant sens moi viande de poisson, faite en feu. Sens moi pommes, maintenant. Sens moi fleurs.

Viens, dit elle, ici est manger. Où est moi vouloir aller, en ce clair, elle dit.

Mange moi pommes et poisson, et est elle rester près de moi, tout silence à genoux. Debout viens moi, pour faire pisse. Vieux vent est avec tant grand fort en lui que fait sentir de pisse de moi partir loin, que peux moi pisser sur mur de garde-cochon avec pas une peur que Hob peut trouver moi. Vît de moi est gros, mais devient plus petit avec eau qui est sortir de lui. Tourne moi et vois que fille est regarder vît de moi, et fait bonne bouche de voir lui.

Ce clair, sont nous aller en haut de bord de vallée, dit elle, en sur de fabriquer de garde-de-bête haut sur colline. Depuis là, dit elle, nous peuvent voir camp de rivière, et tout beaucoup de choses.

Cache moi maintenant vît en couvrir de ventre de moi. Oui, dis moi, est ça bon, et pareil, mais un chaud est venir sur visage de moi. Debout vient elle, pour marcher par trou de bois-qui-ferment. Vent est tirer longs cheveux clairs d'elle, qu'elle est pousser couvrir d'aurochs vers bas plus dur au tour. Sont tant bon à voir, tout voler en vent. Viens maintenant, elle dit. Viens haut de bord de vallée.

En entre d'herbe-tuyau et par travers d'épais d'arbres, et maintenant en bas avec mouiller et terre-qui-suce où sont souches toutes noires avec pourrir. Fille est sur un chemin en avant de moi, où elle est pas marcher en trous-qui-sucent, ni moi qui suis elle, et de cette façon arrivent nous en haut de grande colline par chemin de bord de vallée. Au tour de nous sont souches, et ciel ouvert en haut de nous. Sur chemin de soleil-descend est colline avec fabriquer en sur, où sens moi bœufs et cochons, et entends bruit d'eux, car vent est venir d'eux en chemin vers moi.

Quand moi et la fille marchent haut de colline, vent est faire beaucoup de peaux-d'arbres sèches courir à nous, tout en travers d'herbe. Bord en sur de bord viennent elles, tout vite, que sont pareil à beaucoup petites bêtes qui courent en avant de feu d'arbres.

Haut maintenant et plus haut viennent nous, et regardent, et voient que nous sont venir plus haut que colline avec fabriquer dessus, et vont nous plus haut encore. En fabriquer sont aurochs rester tous à terre, avec cochons coucher près de mur de terre, pour cacher eux de vent. Suis moi fille et dis pas de chose, car faire souffle est dur, et vent est prendre à nous tous dits. Marchent haut, et haut, en chemin de ligne d'arbres, debout tout noirs là en haut de nous, en bord de vallée. Fille marche en avant de moi, et maintenant vent est frotter sentir de fleurs d'elle en visage de moi.

Près de ligne d'arbres arrêtent nous et restent sur souche, et longs temps sont nous durs de souffle, que nous peuvent pas faire dires. Regarde moi le fabriquer, rester sur colline là en bas de nous, où homme garde-troupeau, tout petit, vient de hutte en bois debout en milieu de rond plus-dans du fabriquer. Marche lui en entre d'aurochs, va en travers de rond, et vient par trou de bois-qui-ferment à rond où sont cochons et oiseaux vole-pas. En mains de lui est lui tenir un fabriquer qui peut être plein de poussière d'herbe-soleil, et jette lui poussière à oiseaux vole-pas, pour que peuvent eux manger. Maintenant est lui revenir en dans de hutte de bois, et vois moi pas lui encore.

Tourne moi vers la fille, en installant moi près sur souche. Comment vieux est Hob, dis moi.

Regarde elle moi, et regarde elle maintenant à loin, pour tirer peau de bœuf au tour de cheveux d'elle qui volent en vent. Dit elle que Hob est plus vieux qu'elle, et que moi, et qu'un autre pareil à moi. Il est plus vieux qu'homme de qui elle est entendre. Dis moi en retour que ça est bizarre, et est pas bon qu'homme peut rester longs temps en vie, pareil à ça. Ça dis moi avec un sombre, pour qu'elle peut penser que moi pas est avec aimer pour Hob. Moi est avec vouloir qu'elle est venir à pas aimer pour Hob, qu'elle est venir à plus aimer pour moi. Mais est elle faire juste bonne bouche, et regarde maintenant par travers de vallée, et dit pas de chose.

Dis moi, moi est voir Hob et fils de lui, par clair de lune.

Est elle tourner vite vers moi, et regarde moi dur, et dire d'elle est bas et petit. Comment est ça, elle dit.

Dis moi tout que moi est voir, et dit elle à moi pas de chose en retour. Dis moi, est ça pareil à temps-bizarres que moi vois poulain pelu, et vois mère. Est un voir qui est venir à sombre et fermer-des-yeux. À ça, est elle secouer tête, maintenant avant, maintenant arrière, et signe qu'est bon en dire de moi.

Dit elle qu'en temps sombres, quand nous sont fermer des yeux, par là vont nous en un autre monde, que poulain pelu est, et peuples qui sont devenir plus en vie, et beaucoup de bizarre pareil à ça. Dit elle, est cet autre monde qui fait plus de bizarre encore, en dire de Hob et fils.

Pourquoi, comment est ça, dis moi. Comment est un dire tant bizarre que ça devenir plus bizarre encore. La fille regarde moi, et fait pas elle bonne bouche. Fait elle pas de bouche du tout. Regarde elle moi, mais voit elle à beaucoup loin.

Dit elle : peuple-qui-reste est faire Hob prendre hache contre fils de lui, et si Hob est pas faire ça, sont Hob et fils de lui rejeter, et deviennent plus en vie. Mais est Hob pas avec vouloir de prendre hache contre fils. Lui pense et pense à ça, mais est pas de chose que lui peut faire, autre qu'une.

Dis moi : quoi est cette seule chose que lui peut faire.

Dit elle qu'est en ça qu'un bizarre vient. Dit elle, Hob est prendre hache contre garçon, que lui est devenir plus en vie. Mais pas un peut dire si garçon reçoit la hache en ce monde, ou si est garçon recevoir hache là-bas en autre monde. Pas un autre que Hob peut penser maintenant quoi être, dit elle, ce monde ou un autre. Est telle chose que peux moi pas penser. Regarde moi vers elle, et pas de chose dis.

Maintenant dit elle, si Hob est prendre hache contre garçon en autre monde, alors est garçon encore en vie ici en ce monde. Et si Hob est prendre hache contre garçon en ce monde, est garçon encore en vie en autre monde, pour quoi moi est voir lui et Hob par clair de lune, pareil à moi est dire à elle.

Est plus dure chose à penser que moi est entendre. Pas de chose dis moi, mais regarde à loin, où camp est debout près de rivière. Peuple-qui-reste est tout à faire beaucoup de choses, à voir eux. Peaux claires sont eux accrocher sur huttes, et beaucoup de feux sont tous fumer, au tour de quoi peuple fait marche à pas vite, tout en un rond, par ce côté et par cet autre. Pense moi que sont bons temps pour eux, mais pour quoi de ça, moi peux pas penser.

Fille vient debout de souche maintenant et marche elle, lent, en petits ronds pour faire jouer, tape peaux-d'arbre sèches avec pied d'elle, que volent elles tout au tour. Petits ronds d'elle deviennent plus grands encore, que va elle loin et plus loin de moi, qu'est elle venir à bord d'arbres, debout en arrière de nous. Pense moi qu'elle est tourner, et revient ici près de moi, mais oh. Oh, elle est marcher en sous de gros arbres sombres, et va à où que peux moi pas voir elle. Tout seul est moi, avec souches d'arbre tout au tour, en sous de grand ciel fait-peur.

Vite debout viens moi, et cours vers arbre sur chemin par quoi moi est voir elle partir. Fort dis moi : reviens ici, et où est elle aller, et pareil à ça, mais pas de chose est elle dire, et viens moi en l'entre des bois hauts, sombres, et arrête pour regarder tout au tour. Partout sont arbres, avec plus d'arbres debout en arrière d'eux, et beaucoup chemins sombres venir ici. Fais moi pour entendre bruit de petits pas d'elle sur peaux-d'arbre, mais est tout silence, car pas de bruit est elle faire.

Sens moi maintenant fleurs, par travers arbres en avant de moi, et vais moi doux par chemin de sentir, et viens à arbres qui sont tomber et pourrir, et sens pas fleurs, encore. Mais, ah. Vent fait venir sentir plus par ici, et avec plus de fort, par tout le chemin à soleil-descend de moi. Moi est pas encore poser un pied ou un autre sur ce chemin que moi est entendre elle faire un dit, pareil à venir de loin :

Oh, comment vais moi trouver compagne,
Garçon du voyage est dire...

Sentir vient avec plus de fort, et cours moi vite sur chemin, avec pieds faire fort par travers de peaux-d'arbre sèches en sous d'eux. En sur de ça, est moi entendre dire d'elle, que flotter tout petit par travers de haut de bois.

En haut bord de vallée, en sombre d'arbre,
Par colline de ver de terre et tout...

Arrive moi à buisson de ronces, et tourne pour suivre sentir. Est pareil à courir et attraper bête à manger, et penser de ça est bizarre et bon en ventre, et sang de moi vient vite en moi. Peaux-d'arbres, elles volent tout au tour de là que pieds sont tomber, pareil à beaucoup oiseaux séchés.

Et couche avec elle quand est moi
pas encore en terre toute grise...

Maintenant sentir de fleur est par tout, et un os est venir en vît de moi, que lui est frotter dur sur couvrirs de ventre. Bruit de dire d'elle est venir plus fort, pareil si elle est pas loin. *En haut bord de vallée, en sombre d'arbre...*

Vois moi un clair de soleil en avant de moi, que sentir est

venir de là, et dire vient plus fort encore, et cours moi par ce chemin. *Par colline de ver de terre et genou de rivière...*

Est là un ouvert en dans d'arbres, tout clair de soleil, que vient voix d'elle, que vient sentir de fleurs d'elle, et moi pense pas est moi loin en arrière. *Et là sont eux coucher, lui et elle...*

En hors du travers de hauts bois sombres avance moi, tout vite, et viens arrêter en ouvert, où sont arbres debout en rond tout au tour. Souffle de moi est dur, et fort, mais autre que lui fait tout silence. Fille pas est ici, mais sentir de fleurs est ici, et moi peux pas penser comment elle...

Regarde moi en bas. Tout au tour de pieds de moi et sur travers de rond ouvert sont fleurs, sont beaucoup de fleurs œil-de-sang, toutes claires et bas juqu'à genou, pareil si moi est marcher en sang. Est pas bruit. Est pas fille. Est elle changer toute en fleurs.

Bruit. Peur. Vite marche moi en arrière et, oh, et beaucoup de peaux de fleurs œil-de-sang volent pareil à beaucoup de bêtes ailes-à-taches, et fille lève de là qu'être cacher en l'entre d'elles, et fait bon bruit à moi.

Marche moi en travers de fleurs à où qu'est elle rester, mais fait elle vers moi bruits avec main sur bouche d'elle, et ventre tout secouer. Est ça tant bon, de voir elle, mais est elle mettre en moi peur que moi peux pas trouver elle, pour quoi moi est colère. Dis moi, elle est pas bonne qu'elle est cacher et fait moi courir, pareil si elle veut faire moi pareil à bébé, et tout ça. Plus est moi dire, et plus colère est moi devenir, que viennent tous dits de moi avec cracher.

Pose elle maintenant une main sur vît de moi, sur travers de fourrure de couvrirs, et tient elle fort fourrure tout au tour de lui, et dits de moi sont venir à arrêter.

Reste ici, elle dit, et tire sur vît, que moi est maintenant venir rester près d'elle en fleurs œil-de-sang. Jambes de moi sont trembler, car os est partir d'elles et est maintenant monter en vît de moi. Est pareil si pensers de moi sont descendre de hors de ventre de moi pour maintenant tous tenir là en l'entre de doigts d'elle.

Couvrir de ventre de moi est faire petite hutte. La fille est avec vouloir de voir vît de moi, et tire elle de sur lui peaux de couvrir, pareil à homme qui tire en arrière peau de bête que lui est attraper et faire tomber à terre. Vît de moi est debout, sombre et chaud, en l'air froid de ce rond d'arbres ouvert, et maintenant sont doigts d'elle couvrir au tour de lui, et doigts sont plus froids encore, mais est ça bon. Main d'elle va haut, maintenant bas, et peau de vît de moi est aller pareil à ça, et oh, est un frotter tant doux, et maintenant sont doigts d'elle devenir chauds.

Mets moi maintenant main en sous de couvrirs d'elle, pour que moi peux mettre doigt de moi en fente d'elle, mais elle est fermer jambes dur, et attrape main de moi en entre d'elles, tout doux et fort et mouiller de chaud. Non, elle dit, et dit que si moi est pas prendre main de moi loin de fente d'elle, est elle pas frotter moi plus.

Fais moi pareil à elle dire, mais dis maintenant si peux moi sucer tétines d'elle, et elle dit en retour non, et que pas d'homme peut mettre une main à elle. Dit elle que peux moi juste coucher en arrière en fleurs œil-de-sang, et elle est faire bonnes choses là sur vît de moi. Couche moi encore, que fleurs œil-de-sang viennent haut, pareil à arbres clairs bizarres au tour de tête de moi, depuis bas où est moi voir elles. Lève moi tête, pour voir quoi est la fille faire.

Elle est pencher, et appuie tête d'elle que longs cheveux clairs d'elle est pendre là pareil à cordes d'arbre tout au tour de vît de moi. Maintenant en main d'elle est elle prendre un long épais de cheveux d'elle, pour couvrir doigts d'elle au tour d'os chaud de moi. Oh, elle est frotter moi avec cheveux d'elle, tout haut et bas, tout vite et dur, que ça est tirer et peut faire mal à tête d'elle, mais fait elle pas bruit et juste frotte et frotte, et frotter de ça est bon, et penser de ça est plus bon encore, les cheveux d'elle tant doux et clairs de soleil, et fort de ça va en haut d'os de moi, lent pareil à ver d'arrière de hutte, depuis cul par travers d'épais de vît, vers pointu où est chatouiller bon, et maintenant est venir un petit rond de lait de ventre sur lui, pareil à yeux de pluie qui viennent sur herbe quand est premier clair, et est elle frotter plus vite, plus fort, et moi est penser que ça est pas frotter de cheveux en main, mais frotter de cheveux tout au tour de fente d'elle, et oh, et penser de ça est aller vite en bas de ventre de moi, en haut de vît de moi et oh, et fille est tenir plus dur qui fait mal, mais mal est bon, et plus dur encore, pour arrêter lait de ventre de moi, mais est maintenant, et maintenant, et maintenant, un fil de lait tombe sur joue d'elle, en cheveux, et mouiller sur peau d'aurochs au tour de tête d'elle, et plus, et plus, sur jambes de moi et en bas de doigts d'elle, mouiller sur herbe et blanc en sang de l'œil des fleurs et oh, et Mère. Mère.

Silence. En haut de nous en l'ouvert des arbres, un beaucoup d'oiseaux noirs sont voler tous un, par ce chemin et un autre chemin avec vent, si haut qu'eux sont devenir pareil à petites bêtes. La fille frotte main d'elle sur herbe, pour que lait de ventre partir avec frotter. Maintenant signe elle par un doigt de regarder, et vois moi que lait de moi est accrocher pareil à petit pont de corde en l'entre de fleurs œil-de-sang, loin. Lui va plus loin que moi est penser, et moi et elle font bon bruit à ça.

Plus silence, maintenant. Beaucoup loin sur vent est venir bruit de peuple-qui-reste, qui font bons temps tout au tour de feux d'eux. Est bruit de beaucoup dits, et est grand bruit de battre, pareil à peau-à-battre poser en haut de bois-en-rond, et est bruit, pareil à homme fait vent de bouche avec un tuyau d'os à trou par travers. Sont bruits de petits et de chiens. Maintenant vent est venir par un autre chemin, et bruit est partir. Dit la fille que nous sont aller en bas maintenant, et revenir à hutte de Hob, pour que lui revient pas là et trouve elle est pas là. Dit elle que peux moi mettre vît de moi encore en couvrir de ventre, et fait bonne bouche à ça.

Debout vient elle, et debout fais moi pareil maintenant, mais sont jambes de moi encore tout trembler et pas avec un fort en elles. Viens, est elle dire, et prend main de moi en main d'elle et marchent nous de cette façon en travers de fleurs, et travers d'arbres, et en bas de colline de souches nue. Tout ce temps moi est pas penser à autre chose que main d'elle, doigts de nous attraper tous en entre d'autres. Moi est avec plus de bon en dans de ventre de moi qu'en autres temps que moi est vivant. À bas de colline, par chemin de terre-qui-suce et bêtes-qui-piquent, avec pourrir en souche et pourrir en air. Sentir de fleurs sur fille est faire bêtes-qui-piquent venir près de nous, que moi est frapper tous les temps pour sortir elles.

En haut sur monter avec petit épais d'arbres, maintenant en bas en herbe-tuyau et, de cette façon, à hutte et garde-cochon. Tant longs temps sont nous sur colline qu'est soleil aller par haut du ciel, et venir plus bas. Un froid est venir, que tire moi maintenant plus fort tout au tour de moi couvrirs de fils de Hob, car est lui pas vivant ni avec vouloir d'eux. Fille ouvre bois-qui-ferment et dit maintenant à moi d'aller en garde, qu'elle est trouver pour moi plus à manger quand Hob est pas encore revenir ici.

Ça fais moi, et reste sur herbe-sèche avec en moi penser de beaucoup de choses. Fille est partir loin, pour chercher maintenant en hutte de peau blanche et trouver choses à manger. Pense moi comment elle est fermer jambes, que de cette façon peux moi pas frotter fente, ni tétines, et comment elle dit pas d'homme peut mettre main sur elle.

Maintenant est moi penser un tout de ça.

À sombre, est elle en hutte toute seule avec pas autre que Hob. Lui est plus grand, et fait elle faire choses. Lui est mettre vît en elle, et pointe elle. Non. Non, est plus pas bon que moi est avec vouloir de penser. Peut que lui est faire elle frotter os de lui avec cheveux d'elle, pareil à moi, et penser de ça est plus pas bon encore. Hob est vouloir qu'elle est pas pointer par autre homme que lui, et est mettre peur en elle, et elle est faire moi pas mettre main sur elle. Une colère est venir maintenant sur moi. Hé, ça est pareil si elle est pas d'elle, mais de Hob.

Pense moi sur comment est ça pas bon pour elle, qu'elle est rester tous ces temps près d'un homme pareil à Hob, avec sombre et bizarre en penser de lui. Est lui plus vieux qu'arbres, et est porter hache contre fils en ce monde, que seul en autre monde Hob est voir lui, maintenant. En autre monde, où peuple ourc est rester sur poulain pelu, en sous de haut de caverne tout d'os de garçon fabriquer, où Hob est faire aller fils de lui, car esprits sont en dû qui mettent en Hob penser que lui peut faire bizarre dit-de-chemin de lui. Est ça pas bon et pas est de dire pour ça. Moi est faire fille pas rester ici encore. Moi est faire elle et moi aller loin, et marcher, et voyager plus loin, et pas arrêter. Est ça pas bon, que peuple reste. Est pas de bon en ça.

À hutte de peau blanche sur travers de garde-cochon entends moi fille, et elle est chercher maintenant à manger. Pense moi comment est, si nous sont courir loin, pas autre qu'elle et moi. Pense moi que moi est faire pas bon chercher quand moi est tout seul, mais fille est plus bonne en penser d'elle que moi, et peut elle chercher pour nous beaucoup de choses, pareil à mère de moi faire. Penser de ça est tant bon. Nous peuvent marcher par travers pont de femme-os, et de là en travers de monde, moi et fille à sentir-fleurs. Vient temps qu'elle est pas près de Hob et lui est plus fait-peur à elle, et moi faire qu'elle sort couvrir d'elle et ouvre jambes d'elle haut jusqu'à elles sont pouvoir aller.

En couvrir de moi, vieux vît est juste faire petit chatouiller, pareil à pas encore avec fort pour debout.

Maintenant fleurs, et fille est venir de hutte par mur au tour de garde-cochon, et par travers de trou de bois-qui-ferment. Elle est avec viande d'oiseau et avec chose d'herbe-soleil. Reste elle maintenant sur genoux d'elle et est poser manger à coucher en herbe-sèche, pour que peux moi voir ça.

Moi est pas regarder manger, mais est dire tout vite choses que moi est penser. Dis moi que pas bon pour elle de rester près de Hob, et comment peuvent moi et elle partir et loin, pas autre que nous tout seuls, et chercher bon, que nous sont avec vouloir de rien. Prends moi main d'elle, et tiens elle dur maintenant, et dis moi que pense moi qu'elle est pas avec aimer par tous temps trouver du bois pour Hob, ou mettre viande de lui à feu. Dis moi, elle est pas avec bons temps près de Hob, si elle veut pour moi de rester ici et faire bons temps avec elle, pareil à elle dire à moi. Est elle maintenant silence, mais secoue tête d'elle avant-arrière, pour signe que bon est en ça.

Dis moi, si elle est venir loin et voyager avec moi au tour de monde, que tous temps sont bons moments avec nous. Fais moi beaucoup de dits pareil à ça, et arrive que peux moi pas penser plus à dire, et maintenant est tout devenir silence et temps passer, et pas de chose est elle dire. Oh non. Pense moi que dire de moi, est ça pas bon. Est elle pas venir avec moi. Est elle faire moi partir tout seul, pour voir elle pas encore. Ventre de moi est plein de peur, tant est silence en garde-cochon, maintenant.

Regarde elle vers moi. Fait elle bonne bouche.

Oui, elle est dire maintenant. Oui.

Est ça plus bon que moi peux penser. Dit elle que nous peuvent voyager loin au sombre, quand premier clair est pas encore arriver. Dit elle, si nous sont vouloir marcher loin, est bon de faire ventre plein de nous, pour faire ça. Est elle revenir quand premier clair est pas encore ici, avec choses pour manger plus beaucoup et plus bonnes que moi est voir. Nous sont faire ventre plein, après quoi sont nous voyager beaucoup loin, pas autre que moi et elle.

Elle dit, elle est maintenant aller, car Hob est lui juste petits temps revenir. Dit elle que moi est encore coucher un sombre en garde-cochon, et après-temps est coucher avec elle. Baisse elle, et lèche joue de moi, et lèche bouche de moi. En retour est moi lécher visage d'elle. En sur de lui, lécher de lait de ventre est fort, sec sur joue d'elle. Vient elle debout, et fait bonne bouche. Quand premier clair est pas encore, elle dit, et est en hors par trou-de-mur, fait fermer de bois et va.

Soleil est venir bas en ciel, et est moi manger viande d'oiseau jusqu'à os. Hob est revenir ici, et moi est entendre en hutte dires bas de fille et de lui. Hob est dire chose, et fille fait bon bruit en retour à lui, et ça est bon, car pense moi fille est vouloir que Hob est avec aimer pour elle, que peut lui pas penser qu'elle est vouloir partir beaucoup loin, et plus revenir vers lui.

Fais moi bonne bouche à ça. Est tant bon, que fille peut dire une chose à Hob quand chose est pas. Si penser d'elle est bon pareil à ça, peut qu'elle est penser bon pour chercher à manger et trouver pour moi. Par travers d'herbe-tuyau, par travers de rivière, soleil est venir tant gros et bas que chaud de lui est faire bord de monde fumer. Rivière est pas bouger, que par travers d'elle peux moi regarder ciel d'autre monde devient sombre ; en sous des eaux est autre oiseau voler, qui fait pas de bruit.

Maintenant viande d'oiseau est tout partir, et soleil pareil, tout partir du ciel. Maintenant est juste sombre, et moi mâche os.

Est pas de voir, et entendre est venir plus fort. De rat en herbes-sèches à travers de garde. De rivière qui dit lèche-vite, lèche-vite, lèche-vite, loin en sombre. Maintenant vient un bruit loin, pareil si peuple-qui-reste est marcher près de rivière. Eux sont tous faire bon bruit, et fort, si peux moi entendre, tant eux sont loin. Haut et loin est vent de bouche venir en tuyau d'os et sont bruits de peaux-à-battre, et sont eux faire dits bizarres, pareil que fille est faire pour moi. Vent va, maintenant vient, que peux moi pas entendre tout dire d'eux, mais un dire est moi entendre.

Fais un feu et fais chaud lui,
Et os est lui, et os est lui
Chemin est long, mais pas sont nous
Et par la vallée vont nous...

Est plus de ça, mais sont peuple-qui-reste aller loin bas de rivière, par chemin de beaucoup de huttes d'eux, que peux moi plus entendre dire d'eux, ni peaux-à-battre d'eux, ni tuyaux à trous-en-os d'eux. En bas de rivière, sont beaucoup de feux de camp d'eux faire venir en ciel un petit clair de sang, haut sur grand accrocher de sombre. Mets moi maintenant une main et une autre en couvrir de ventre de moi, pour fermer sur vît de moi et faire chaud à mains de moi, et fermer d'yeux. Est pas de chose du tout...

... autre que sombre.

Et fleurs.

Ouvre yeux. Visage de moi est froid. Un gris est venir en sombre par autre chemin de camp de rivière, pareil si beaucoup de temps sont passer. Sens fleurs, et entends dire-bas de la fille en hors de garde-cochon, à trou à bois-qui-ferment qui est ouvert.

Est pas encore premier clair, elle dit, et elle est ici avec beaucoup à manger. Viens hors, dit elle, que nous peuvent manger, et après, voyagent nous loin.

Maintenant est moi penser à tout quoi nous sont dire de faire, et est avec bonne peur en ventre de moi. Marche par monde avec la fille. Avec la fille trouve à manger, et couche avec la fille. Ah, bons temps viennent que moi peux pas penser. Vite maintenant, dit elle. Vite maintenant.

Debout viens moi, et fais traverser de garde pour venir à bois-qui-ferment ouverts. Pense moi qu'est bon qu'elle est trouver couvrirs pour moi, est tant froid, avec temps-de-nu venir lent pour changer en temps-de-glace. Sont yeux devenir plus bons pour voir en sombre, et est moi maintenant voir la fille. Elle est rester sur genoux d'elle, en hors de garde. En avant d'elle sont coucher pommes, chose à mâcher et viandes de beaucoup de sortes. Sens moi manger, et sens fleurs, et est avec vouloir que moi est tous temps sentir eux. Est moi avec vouloir que fille est près de moi tous les temps que moi est vivant, et est pas partir, pareil à peuple de moi faire. Pareil à mère de moi faire. Regarde elle profond en yeux de moi. Sors, elle dit. Sors.

Par travers maintenant de trou de bois-qui-ferment avance moi, et hors de garde. Est moi juste un pas et un autre en loin d'elle. Fais moi bonne bouche, mais fait elle pas de bouche en retour et regarde juste en yeux de moi. Tends moi maintenant un bras, et pense pas si est pour prendre manger, ou prendre long de brillants cheveux d'elle pour frotter.

Main sur dos de moi.

Bras au tour de cou de moi. Sentir d'homme. Peau chaude. Fort en bras de lui sur cou, ventre de lui sur dos de moi. Peux moi pas faire souffler. Peux moi pas faire dire. Peur. Peur et sentir d'homme, de chaud vît de lui. Pieds de moi sont plus sur terre. La fille est regarder profond en yeux. Grand bras fait mal et arrête souffle de moi, oh, Mère, et maintenant est une chose venir clair et vite, et faire un petit froid sur cou de moi, où est grand chaud maintenant venir.

Pense moi que homme est lui jeter eau chaude sur ventre de moi pour faire moi mouiller, mais est pas penser comment de ça. Bouge moi sur un côté, maintenant sur un autre, mais oh, est pas pouvoir, et plus de mouiller chaud tombe encore maintenant sur ventre de moi et fort est tout lent partir de moi. Bras bouge de sous de menton que peux moi prendre souffle, et bras est venir maintenant à bas de dos de moi et à bas de cul de moi pour soulever moi. Couche moi en fort de bras. Regarde en haut, et yeux tout blancs regardent en bas à moi, mais pas est un visage. Est juste noir, et sombre. En bas d'yeux est maintenant un autre blanc venir, et ça est dents, et Hob est faire bonne bouche.

Oh, lui est trouver nous. Lui est penser nous vouloir voyager loin. Tourne moi tête et regarde fille, pour que peux moi dire à elle de courir, mais un mauvais lécher est venir en bouche de moi que peux moi pas dire une chose, et peux juste cracher. La fille regarde moi, mais est elle pas faire visage de peur ou vouloir courir. Elle est pas bouger, fait elle pas de visage du tout. Maintenant Hob est marcher, avec moi en bras de lui. Fort est tout partir de moi, pareil si moi est avec maladie. Peux moi pas partir. La fille vient debout pour suivre en silence en près de Hob et moi. Sentir de fleurs. Sentir d'homme. Sentir de sang.

Fais moi eaux chaudes par les yeux, et veux dire que moi est faire toutes choses pour Hob si lui est pas faire mal à moi. Moi est partir. Moi est pas voir la fille. Tout ça veux dire moi, mais bouche est pleine, et peux moi pas dire choses. Hob est prendre moi au tour de garde-cochon, à avant de hutte de peau-blanche, où est clair pareil à un petit feu, et vois moi maintenant visage noir de lui et cornes de bois de lui, et vois qu'est lui avec sang sur lui. Et pareil est moi. Oh non.

Maintenant est lui coucher moi sur terre, pareil à bébé, sur chose-qui-pique en avant de hutte d'aurochs. Beaucoup de pointes viennent en dos et jambes, et moi est penser que lui pose moi sur colline de branches, que moi vois lui faire. Lui prend maintenant main de moi. Couche moi sur colline de branches avec pas de chose pour tenir moi, et veux moi bouger pour aller loin, mais peux moi pas bouger. Est pas de fort. Est pas de fort en moi. Peux bouger moi pas de chose autre que main, pour frotter de cou.

Est un trou en cou de moi, par quoi est mouiller sortir, par quoi est sang sortir, qui est pas arrêter. Hob. Hob est prendre hache de main contre cou de moi, quand moi est pas penser. Oh, tout sang de moi sort sur ventre, cou et colline de branches en sous de moi. Sens moi pas fleurs. Sens moi pas chose autre que sang.

Hob est marcher en loin de colline de branches et de moi, et vient lui près de petit feu en avant de hutte, et lui est pencher. Forme-esprit de lui monte haut et noir sur blanc de peau d'aurochs, et lui est prendre à feu bâton, qui est devenu avec feu, pareil. Maintenant Hob est tourner et revenir par chemin de moi, tient en main bâton-à-feu de lui, qui fait blancs mouiller de clair bouger sur ventre de lui, sur bras de lui et bord de joue noire de lui.

Regarde moi la fille, et peux pas penser pour quoi elle est pas faire aide pour moi. Debout est elle loin de moi qui coucher sur colline de branches, et prend elle maintenant de cheveux d'elle couvrir d'aurochs, et pas est regarder moi. Peau de couvrir est tomber, un petit blanc en sombre. Tourne la fille tête d'elle en chemin de clair, et vois moi qu'elle est porter couvrir pour cacher là marque pas-bonne sur tête d'elle. En haut d'yeux d'elle est une déchirure fait-peur. Est pas de sang, mais peau est soulever sur bord, tout long en sous de ligne de cheveux d'elle.

Maintenant sont bras et jambes de moi devenir tout trembler, que peux moi pas faire eux arrêter. Cul est faire bruit, et merde est venir sur jambes de moi. Moi est pas vouloir que la fille voit ça. Moi est pas vouloir regarder elle. Tourne moi tête, tout lent, et maintenant regarde en haut. Hob est revenir ici, et est debout en sur de moi. Blancs yeux. Blanches dents en bas de noir vide où est pas de visage, et cornes-de-branche montent là.

Tout bien, dit lui à moi, et met maintenant bâton-à-feu de lui en colline de branches. De bois en sous de moi est venir bruit pareil à beaucoup de petites bêtes faisant toutes petit dire, vite et tape et pose, et pareil à ça. Maintenant, bruit de bêtes est devenir pareil à bruit de rats, et rat dit gratte, et rat dit pique-et-claque, et pareil. Sentir de sang. Sentir de fumée. Oh, maintenant. Oh, où est la fille.

La fille est elle debout et prend couvrir loin de ses tétines. Couvrir est épais, mais tétines sont maintenant tant petites. Blanches là en clair du feu, elles sont pas du tout pareil à tétines. Bruit de rats est maintenant devenir pareil à bruit de chat, et est un chaud sous moi et en colline de branches. Où sont beaucoup de fumées monter là au tour.

Chaud est devenir brûler, sur dos de jambes, et brûler est faire mal, pour quoi est moi faire bouger des jambes, mais est pas de où que peuvent elles aller qui est pas pareil avec brûler. Moi est maintenant sentir cheveux à feu, et sont couvrirs de moi, et moi fais bruit, bruit fort et plein de fait-mal, mais dire de moi est venir épais et mouillé. Sang en bouche de moi. Sang sur menton de moi.

Moi est pas vouloir devenir pas en vie par feu, de cette façon. Est pas bon. Fait plus mal que moi peux tenir. Feu en dos de moi, feu en sous de tête, et sont monter petits bouts de clair tout au tour sur chemin de ciel sombre, en sur de nous tous. Moi peux pas faire souffle. La fille est sortir couvrir de ventre d'elle et couvrir de sur jambes d'elle, est tant chaud. Toute nue est elle. En entre de jambes d'elle est...

Met elle main à tête, où déchirure fait-peur de peau est bas de cheveux, et doigt est elle mettre à bord de peau, que tire elle maintenant et...

Fumée et sang en bouche. Sont cheveux clairs tomber en sombre avec peau de tête tomber près d'eux. Vît d'elle, plus gros que vît de moi, que moi est pas sentir par les fleurs. Moi est pas avec souffle pour faire du bruit. La fille est devenir changer. Fille est changer en garçon, pareil à rat devenir pareil à pierres et cochons à troncs. Est ce changer qui est en choses. Est ce changer fait-peur qui fait tout du monde pas bon. Fumée monte et tombe pareil à rivière grise au tour de moi, et fait-mal devient grand pareil à ciel. Pas de souffle et voir de moi est devenir tout sombre.

En sombre sont choses bizarres et beaucoup, avec beaucoup de petits voirs accrocher en fumée. Vois moi hommes cheveux de feu qui peuvent faire couler feu des pierres, pareil à sang. Vois moi un où que peau d'homme est tomber noire de ciel. Vois moi un chemin, long d'eau à grande eau, où sont clairs aller maintenant avant et arrière, plus vite, plus beaucoup que poissons. Vois moi un fabriquer pareil à os de tête, grand, et noir et tout en feu. En dans de bouche de lui est rester un homme avec feu sortir cheveux de lui et tout avec fait-mal. Vois moi maintenant femmes qui tiennent à tronc, avec feu au tour de pieds d'elles. Regardent nous, un à autre, depuis feux de nous. Est pas de fait-mal, maintenant. Seule est fumée.

En arrière de fumée vois moi maintenant chiens avec yeux grands pareil à souches d'arbres. Soulève moi main, maintenant, pour frapper eux loin de moi, et main est toute avec feu. Peau est lever en petits ronds et faire bruit de chat, tout noir en sous d'elle. En travers de fumée est moi voir Hob. Le garçon est rester près de lui, feu clair sur souches de cheveux noirs de lui. Hob est trouver petits ronds de terre grise, pousser tout plat, et est avec bâton en main, pour faire de marque sur eux. Est pas bon, faire marque.

Feu est en cheveux, et par là vient en tête de moi, et en ventre de moi, et avec feu est un penser venir en dans de moi. Est pas penser de moi, mais penser de feu, plein de bizarres dits, pareil que pas de langue peut faire. Phror. Becadom, sissirichic et hiouf. Hob est rester plus près de moi pour entendre.

Fait lui une marque en gris de terre avec bâton, et maintenant une autre, en travers d'elle.

Ouvre moi bouche, pour faire bruit en fait-mal de moi, et dire de feu est venir à travers de moi, et monte, et monte, avec bouts de clairs, en sous de vieux ciel noir.

Les Champs de crémation

2500 avant J.-C.

En flottant loin de moi au fil du courant, on pense à une grande main blanche qui traîne ses doigts à travers l'eau couleur grenouille, avec des touffes de poil noir qui poussent entre eux.

« Tu vas vers le sud jusqu'à Pont-dans-la-Vallée ? Nous pouvons y aller ensemble pour plus de sûreté », elle dit.

Elle voyage vers son père, qui est en train de mourir, et elle me dit que c'est un habile-homme qui vient un Été, il y a longtemps, d'en haut de la piste, de Pont-dans-la-Vallée, passe les grandes Forêts du Nord, et va jusqu'au bord des terres, où commence la mer froide et grise. Là, il fait des enfants à une femme, un garçon et une fille. Emporte le garçon avec lui et laisse la fille derrière. Passent tous les longs Hivers. Elle ne voit pas son père. Il ne la voit pas. Maintenant, il est en train de mourir.

« Pont-dans-la-Vallée ? » ma réponse lui revient. « Oui, c'est sur mon chemin. Il y a un plus-court-chemin par la rivière que nous pouvons suivre, si tu marches derrière moi. »

Autour du cou, elle porte des perles de verre bleu.

On ne le voit presque plus, maintenant, pas plus gros qu'un caillot de frai qui glisse au loin sur le ventre de la rivière, lisse, vert, gonflé de pluie. Il se prend à la chevelure traînante d'un saule, continue et me laisse en train de retirer mes couvrants parmi les roseaux, qui chuchotent comme des filles de vît-lage.

« Mes perles de verre te plaisent ? » elle me dit, et me raconte comment, en haut de la piste, après les grandes Forêts du Nord, les hommes font des feux de minerai sur la côte. L'herbe de mer sèche en longues bandes noires sur les rochers glissants, puis brûle à l'intérieur d'un trou de forge dans le sable, au-dessus de quoi se trouve une autre chambre. Là est le minerai, et le cuivre fondu coule, aussi vif que du sang, dans des fentes du sable vers des auges de fonte. Les jus de l'herbe qui brûle se mélangent au sable et se changent en masse lisse autour du feu. Le cuivre la rend bleue, et les jeunes filles les taillent en perles.

« Maintenant, où est ce plus-court-chemin ? elle dit.

– Pas loin, lui revient ma réponse. Pas loin. »

En soulevant mes coudes au-dessus de ma tête pour retirer cette vieille chemise sale, le mouiller sur mes mains coule sur mes bras, aussi vif que du cuivre fondu, entre mes seins. Quand je le lave, accroupie au bord de la rivière, des nuages bruns se déroulent dans le vert qui clapote autour de ma taille.

« Ton père ne te connaît pas, te laisse bébé avec ta mère et ne revient pas. Pourquoi il t'envoie chercher, maintenant qu'il est en train de mourir ? »

Ici, elle tourne la tête vers moi, faisant tinter ses perles, et me dit que son père, en tant qu'habile-homme, a maintes peaux de terres, et des richesses en plus. Il est possible que son frère, perdu pour elle depuis la naissance, est mort ; ou qu'il se fâche avec le vieil homme malade. Il est possible que son père, sans fils pour partager ses richesses, pense qu'il doit les donner à elle.

Au-dessus de nous, la pluie crépite sur les feuilles. Nous approchons du bord de la rivière.

Pour me sécher, des feuilles mortes qui se fendent, s'émiettent et se collent par bouts sur la peau mouillée, couverte de chair de canard. Au milieu du tas de haillons tachés de noir, la pointe d'un reflet de bronze qui accroche l'œil.

Tends le bras. Mes doigts, en se fermant sur la poignée de bois, tournent une dent de métal froide et plate vers la lumière.

Et l'essuient sur des roseaux tranchants, lames d'herbe sur lame de métal.

« Oh non, elle dit. Oh non, non. Ne fais pas ça.

– Quel est ton nom ?

– Oussine ! Mon nom est Oussine. Oh, lâche-moi. Lâche-moi et ne recommence plus.

– Comment s'appelle le vieil homme ?

– Que lui veux-tu ? Tu ne peux pas me faire dire ! »

L'oreille. Le pouce. Les oiseaux s'éparpillent hors des roseaux dans le ciel dans une panique aveugle, un claquement d'ailes.

« Olune ! Olune, c'est le nom de mon père. Oh. Oh, ce que tu fais. Oh, qu'il arrive une telle chose, à moi.

– Chut. C'est tout. Fais silence maintenant. »

Plus tard, dépouille ses vêtements et la traîne. Le choc morne, profond, dans l'eau, et ma surprise en voyant que la pluie ne tombe plus. Tout naît pour mourir. Il n'y a pas de femmes-esprits dans les bois. Il n'y a pas de dieux sous la terre.

Elles sont si jolies, bleues sur ma gorge brune comme des flaques sur un chemin. Seules ses chaussures ne sont pas à ma taille, et doivent être pliées dans mon sac, déjà lourd sans elles. Ah, il me tire sur un côté quand je le porte, en retraversant les herbes-qui-piquent et les fleurs-de-chien jusqu'à la piste.

Donc, pieds nus vers le sud et Pont-dans-la-Vallée. Ici, rien d'autre à voir que le sentier devant moi, mes pauvres pieds froids sur lui, ma vue habituelle des choses. La boue, épaisse comme de la crème-de-bœuf, me peint vite en jaune jusqu'aux genoux.

Patauger dans la cendre, enfant, parmi les montagnes des hautes terres. Tout autour, les champs gris, les bœufs avancent dans la poussière jusqu'au poitrail. Une ombre est sur le monde, où le jour vient sans apporte pas de lumière. Le soleil est rare et étrange. Des ciels couleur de veines, en fin de jour. Perçant la couverture de nuages, des rayons verts illuminent des squelettes d'arbres, échine cassée et côtes brisées, blanchis, tordus hors des dunes de poudre.

Nos récoltes sont enfouies. Rien ne pousse, et des nuages pâles, lents, se lèvent à chaque pas. La cendre strie les cheveux cuivre, blanchit la figure des enfants, rend partout amère notre nourriture. Nos animaux deviennent aveugles, les yeux en sang, la partie au centre se voit changée en coiffe gris terne, comme une peau de graisse sur la viande crue.

Nous quittons nos maisons, nos camps, une foule presque aussi grande que quand les gens se rassemblent pour dresser les pierres. Au-delà des bois, ils disent, est une vieille piste droite pour nous guider, maintenant qu'il n'y a pas d'étoiles.

Parmi les cendres, des oiseaux aveugles picorent et hurlent. Nous voyageons vers le sud, certains de nous marchent encore.

Le chemin est plus large, en arrivant par le bord de la rivière. Combien de pieds de morts demande-t-il pour devenir comme ça ? C'est une colère et une misère de penser être un jour dans ma tombe et ce chemin encore là, pourtant. Ses ornières profondes, plus vieilles que nos grands-pères. Ses flaques d'inondation, l'affreuse ligne droite de son cours, encore là. Encore là.

Il monte devant moi, escarpé, ferme sous mon pas, et pourtant marcher est dur. Des cailloux tranchants me coupent les pieds, la boue sèche sur eux pour faire une peau craquelée par le soleil. Passer mon sac d'une main à l'autre, marmonner, me dire de quitter le chemin en haut de cette colline, pour avancer sur l'herbe douce sur les bords, pour descendre par l'est vers Pont-dans-la-Vallée.

La lumière du jour commence à pâlir, et bientôt les fossés au bord du chemin sont piquetés de vert brillant par les vers de feu. Chant de chauves-souris. Appel d'un oiseau aux yeux de nuit. Le bruit de mes pas, claquant dans le crépuscule.

Quelque part en amont, elle file devant moi dans le noir, pas encore gonflée, mais sans couleur. Des escargots sur ses cuisses. Visage vers le bas, les yeux fixes, regarde le fond de la rivière glisser au-dessous, chaque pierre, chaque algue broutée par les goujons. Des coquilles brisées, et des lignes habiles, fourchues, que des courants invisibles laissent sur le fond lent et lisse. Les yeux morts, qui ne perdent aucun détail.

À l'est, sur le bord. Entre mes doigts de pied, l'herbe fraîche, l'herbe mouillée et finalement, sous moi, des feux dans le noir de la vallée. Un cercle de lueurs mornes, trop peu pour être un vît-lage. Quoi, alors ? Poser mon sac et enfourcher une branche abattue, mes yeux fixés sur les lumières des feux jusqu'à ce qu'elles deviennent plus claires.

La vue est un sommet de colline, plus loin sur la pente est de la vallée. Un cercle formé par des murs de terre bas et brisés est dressé là, un autre très pareil mais plus petit placé à l'intérieur et, dans celui-ci, un cercle encore plus petit. Ce cercle du centre est sombre, un trou. Les feux, rien qu'une poignée, brûlent dans le plus grand rond au-delà, certains à peine plus que des braises, presque éteintes.

Autour du plus brillant, des gens debout sont réunis.

Prisonnières sous leurs talons, des ombres étirées reculent devant les flammes, mais ne sautent pas, ne dansent pas. Que brûlent-ils, là, si calmes la nuit ?

Mon repos sur cette souche me donne de nouvelles forces, et soulever mon sac une fois de plus semble moins pénible. Debout. Descendre la colline parmi des souches noires à un endroit où on a brûlé tous les arbres. En bas de la colline coiffée du cercle, sous le vent qui en vient, sont des voix de femmes, qui appellent, mêlées à la fumée.

Non. Non, pas un appel, mais un bruit plus bas qui a moins de sens.

En pied de colline, le sol devient marécage, mais il y a un chemin surélevé qui court vers le sud au fond de la vallée, vers la nuit au-dessus de la ligne des arbres qui luit d'une lumière rouge sombre, un métal qui refroidit et trahit les feux du vît-lage en bas. Une longue marche, il semble, mais qui me donnera du temps pour penser à tout ce qu'il faut faire, et dire, et être.

Oussine. Le mot a un son simple et facile à dire. Oussine. Fille d'Olune. Un nom comme un coquillage abandonné, une coquille. La créature vivante cachée dedans autrefois est partie. Le nom repose vide, creux et inoccupé. Il attend que le crabe logeur rampe dedans pour l'essayer.

Oussine. Nom déserté. Le mien, maintenant.

Devant, le chemin rampe à travers les herbes vers le vît-lage, pour y mourir. Sur sa longueur, sont semés les signes et les rebuts de ce lieu, éclairés en rouge sur un côté par l'approche des feux : une jatte brisée, grise et piquée de taches ; une mitaine ; des silex émoussés ; une petite forme-d'homme fabriquée avec des os de poulet.

Le campement est grand, à demi enclos par un cercle d'épine-noire, amassé en mur. Sa maison-en-rond s'accroupit là, au centre, un géant massif, un collier de torches accroché autour de ses épaules, sombre au-dessus des huttes qui se vautrent contre ses flancs fumants comme des chiots à la tétée.

Faisant halte pour pisser à distance de la porte nord du vît-lage, j'ai bien la chance de remarquer, pendant que je suis à croupetons en cours de coulée, un jardin de torses, installé près de mon chemin. Transpercés et attachés à des poteaux. Ni membres, ni tête. Sans doute les derniers restes de tricheurs et de voleurs exposés en mise en garde, de lourds drapeaux de viande. La pratique est courante, maintenant, au long de la piste.

Il y a autant de poteaux que de pattes sur un chien, et tous sauf un portent des femmes. Non. Non, celui de ce côté peut être aussi un homme, vu de plus près. Mangés par les intempéries et les cochons sauvages comme ils sont, c'est dur à dire. Celui-ci a du poil rouge vif autour du sexe, et celle-là, l'image à l'aiguille d'un serpent marquée sur un sein, l'autre a disparu.

M'essuie la fente avec de l'herbe et tire haut les braies d'Oussine autour de ma taille, rien d'autre à faire que de poursuivre mon voyage, vers les murs d'épines, au noir net contre les feux contenus à l'intérieur. Un nid affreux, pas rempli avec des œufs, mais avec des braises qui couvent dans la nuit.

Pont-dans-la-Vallée. Nom idiot. Il y a une vallée partout autour, mais pas de pont en vue. Mon pari est que les vîtlageois de ce campement ne l'appellent pas du tout par ce nom. Mon pari est qu'ils appellent leur endroit « le Vît-lage », comme tous les autres pense-lourd dans leurs campements de penselourd au long de la piste. « Hé, la vie est bonne ici au Vît-lage, non, ma vieille ? » « Oui, ce peut être, mais elle est meilleure dans un endroit au nord qu'on appelle le Vît-lage, où vit le peuple de ma mère. » « Bah, le Vît-lage est un bon endroit quand tu veux des bœufs, mais quand tu veux des cochons, il est mieux d'aller au Vît-lage. » « Nous devons demander à mon frère de décider. Il ne vit dans aucun de ces endroits, mais dans un campement, au sud. Il porte un nom au son bizarre et lointain qui échappe à mon souvenir, mais il peut être "le Vît-lage", maintenant que j'y pense. » « Voilà un nom comme on n'entend pas souvent ! »

De l'autre côté de la mer, près du bout du monde, où sont les hommes noirs, il y a des campements avec des noms différents en des langues différentes, et tous veulent dire vît-lage. Il y a des vît-lages sur la lune, ces cercles de huttes qu'on peut voir quand elle est pleine.

Mes noms sont meilleurs, fabriqués avec les dépits et les peines que ces petits trous à maladies rassis et puants me donnent dans mes voyages : le Val des Enfileurs-d'Animaux et Petit-Tas-de-Fumier. Loucheurs-en-palus. La Colline de Pointesa-Sœur et les Prés des Gros-Culs.

Pont-dans-la-Vallée ? Non. L'endroit mérite mieux, comme nom. Trompe-les-aux-marais, avec de la chance.

Ou Meurtre-dans-la-Boue.

À la porte plus au nord, une hutte de garde est installée contre la barrière d'épines. Dedans, un grand jeune homme, marqué de rouge de l'œil jusqu'au menton par une tache de naissance, est assis à plumer des oiseaux près d'un homme plus vieux, son père, ou son grand-père, comme il se peut. Torche allumée, accroupis dans les plumes jusqu'en haut des bottes.

Maintenant, de près, les mains du vieil homme arrivent en vue. Elles tremblent, grelottent d'âge ou de maladie, les phalanges de l'une serrées solidement autour de la carcasse rose pâle, les doigts de l'autre plumant le duvet autour de son cou. Les deux mains sont noires jusqu'un peu après le poignet, pas noires de terre ou brûlées par le soleil comme les marchands venus d'autres pays, mais noires, une vieille tache profonde qui vire au bleu sur ses bords, comme les mains d'un teinturier.

Une pomme de pin sèche s'écrase soudain en éclats sous mon pied nu. Ils lèvent tous les deux les yeux. Le jeune joue-de-cerise pose sa volaille à moitié chauve et tâtonne, en cherchant son épieu. Il parle comme pour me remettre à ma place, la voix cassée à demi, dont le son le trahit, si bien qu'il couine alors qu'il veut être sévère. Il ne me regarde pas dans les yeux, mais laisse son regard tomber à mon cou où le feu de la torche pétille bleu sur les perles de verre.

« Que cherches-tu au Vît-lage ? »

Voilà. Le Vît-lage. Hé, mon pari est déjà gagné.

« Mon nom est Oussine. Fille d'Olune, venue ici du Nord pour voir mon père, qui est malade. Qui va me conduire à lui ? »

Face-en-feu se tourne vers le gardien de la porte plus vieux assis à côté de lui, ses mains noires frémissant comme l'aile d'un oiseau de cadavres. Un regard passe entre eux et une peur vient en moi : Olune l'habile-homme, déjà mort et enterré, ses biens et tout, sous les fleurs. Ses secrets cognant en vain dans son crâne, ou bien donnés à son fils. Le murmure sur son lit de mort : « Ma fille est là ? » Trop tard. Mes plans arrivent bien trop tard.

L'aîné des veilleurs crache un grumeau jaune dans les plumes à ses pieds.

« Olune est l'homme-Hob ici, depuis beaucoup d'années. »

Il crache encore. Ses mains agitées, couleur d'ombre, essaient d'indiquer une direction entre les habitations tassées, dans son dos.

« Cette nuit, il est installé au centre du vît-lage dans la maison-en-rond pour dire, mais il n'a plus beaucoup de dits en lui, nous le craignons. Nous pouvons aller là-bas ensemble, si tu veux. Tu pourras sans mal plumer ces oiseaux seul, Coll ? »

C'est dit en direction de Maître bajoues-au-jus, qui paraît affairé, les yeux renfrognés. Il grogne sa réponse pour avoir davantage une voix d'homme.

« Oui. Avec tout le temps que tu mets à arracher une plume, en tremblant comme un chien aux reins brisés, j'ai aussi vite fait tout seul. Va-t'en et laisse-moi tranquille. »

L'aîné des gardiens se met debout, crache encore une fois dans les plumes, sort de la cabane. Il prend mon bras entre ses doigts convulsifs et me guide maintenant sur un sentier entre les huttes vers un imposant cercle de poteaux, dépouillés de leur écorce, le bois blanc à nu, et coiffés de roseaux, au-dessus. Des torches humides chuintent, un nœud de serpents sous le chaume. Un bébé braille, derrière nous dans la nuit du vît-lage.

« Olune est connu de moi, enfant autant qu'homme pendant toutes ces années », il me dit. « Tu n'es pas faite comme lui, ni comme le jeune Garn. »

Le nom du frère est Garn.

« Non. C'est le côté de ma mère qui paraît en moi. » Cela semble le mettre à son aise, et il pose sur mon épaule une main noire qui frémit, pour me guider à travers des voiles de roseaux écartés, dans la fumée et la puanteur.

La maison-en-rond. Beaucoup de gens, certains trop vieux ou trop jeunes pour parler, sont vautrés sur des tapis de roseaux, avec des formes de flamme qui rampent sur leur dos noueux et leurs épaules tachées de son dans une brume de sueur, et de souffle, et de peaux à moitié tannées. En haut, dans les ombres sous le toit, un linceul de fumée est étalé avec soin sur l'air. Il tremble à chaque mouvement dans la salle en dessous, se pliant, se fendant et se décousant.

À l'autre bout du cercle, au-delà d'un tapis de membres velus et de lumière de suif, est assise une femme monstrueuse, plongée dans les fourrures, des cordons de cheveux gris pendant jusqu'à ses cuisses. Une farouche cicatrice blanche court en travers d'un œil et descend sur le nez. L'autre œil brille dans une orbite bordée de graisse, comme une perle enfoncée dans de la pâte. Autour de son cou gonflé de crapaud, un ornement en or. La Reine.

De chaque côté, derrière elle, se tient un homme… non. Se tient le même homme. Comment cela ? Mon regard s'arrête d'abord sur un, et après sur l'autre. Va et vient, encore, et encore. Il n'y a pas un ongle de différence entre eux. Crâne et sourcils et mâchoire rasés, debout avec leurs longs bras croisés, yeux bleus fixes, lèvres de serpent.

Chacun sourit vers un côté différent. Pourquoi cela me fait peur ?

« C'est la Reine Mag », le vieil homme aux poings noirs chuchote, derrière mon épaule. « De chaque côté d'elle, ce sont Bern et Buri, mais personne d'autre qu'eux ne sait qui est qui. Ce sont ses petits rustauds. Surtout, laisse-les en paix.

– Que sont-ils ? » Ma voix, un murmure pareil à celui du gardien. Mes yeux vont et viennent entre les affreux semblent-même et ne peuvent pas regarder ailleurs.

« Une naissance monstrueuse, mais ne dis pas ça quand ils sont à portée d'oreille. On dit que leur père met sa semence en leur mère pendant qu'elle est appuyée à un chêne fendu par la foudre. Quand ils naissent, la plupart de nous disent : on doit les tuer au couteau, mais Mag dit non. Elle prend du plaisir à leur étrangeté, et elle les élève pour elle. Maintenant qu'ils sont grands, ils mettent la peur au cul des gens, et Mag prend du plaisir à ça aussi. »

Tous les deux tournent leur crâne gris sable comme un seul et regardent à travers la salle, vers moi. Ils ont un seul sourire, chacun en porte une moitié. Un savoir vient en moi maintenant, qui me fait regarder ailleurs : ce sont eux qui s'occupent du jardin de torses. Ils taillent les membres et ramassent les têtes tombées.

Mon regard se baisse, et tombe sur une forme en ruine, reposant ici sur une civière faite de bâtons devant la reine assise. La forme parle, une voix sèche, plus grave que le bourdonnement des abeilles, dans mes oreilles depuis mon entrée dans cette salle, mais venue maintenant seulement à mon attention. Un homme. Autrefois gras, il a une maladie qui le mange à l'intérieur. Elle aspire ses yeux et sèche ses lèvres comme des figues, retroussées pour montrer les gencives presque vides.

Alors que tous sauf lui sont habillés de robes, il repose là nu, à part un étrange et beau manteau en plumes de merle sous lui, étalé sur la civière. Son vît est long et maigre, chauve autour de la racine. Un bandeau de branches en cornes est attaché, les pointes nues en cercle sur son front, la peau pendant en plis sur ses os, et tout cela porte des marques. Le corps décharné grouille d'images à l'aiguille. Sur lui, chaque largeur de pouce de la tête aux talons est faite jolie de tatouages.

« C'est Olune », le souffle aigre dit à mon oreille.

Une ligne bleue froide qui le coupe en deux, des couilles au front. Une roue rouge dessinée au-dessus de son cœur, entourée de beaucoup de cercles plus petits. Croix et pointes de flèches, boucles dans des boucles sur le ventre et le torse. Le rapiéçage vert pâle de ses cuisses.

L'œil ne peut trouver aucun sens dans les boucles et les tournants, pas d'image de serpent ou d'ours, comme aiment les hommes du Nord. Formée sur rien qu'on peut voir en ce monde, c'est une folie, sauvage dans son dessin, et elle dit ce que nous ne devons pas savoir. Un crâne d'étoiles. Le dessin d'une matrice, dans une paume.

Il dit des mots petits et secs comme des carapaces de hannetons, crachés comme s'il n'aime pas leur goût.

« Les feuilles tombent mortes quand l'Hiver s'annonce. »

(Les feuilles. Tombent. Mortes. Quand. L'Hiver. S'annonce. À chaque mot, il s'arrête pour prendre son souffle.)

« Maintenant est le sommeil des lézards. Maintenant, le raccourcissement des jours. Les récoltes sont rentrées. La grange est pleine. Maintenant, nous devons rendre grâces. »

Certains hommes hochent la tête dans la foule. Un petit garçon est conduit par son père pour aller pisser contre le mur de la hutte, puis ramené, en se frayant un passage dans le tapis de jambes entremêlées. Olune parle, ses orbites fixant en l'air un voile immobile et plat, les rets de fumée jetés qui flottent juste sous le toit.

« Une fois, il y a longtemps, il est un habile-homme qui peut faire discours avec tous les dieux sous la terre. Ils lui disent qu'il doit donner une offrande et remercier la terre d'être bonne, et pleine de fruits.

« *Il faut offrir quoi ?* l'homme-Hob dit.

« – *Ton fils*, les dieux répondent.

« En entendant cela, il commence à pleurer, les suppliant d'épargner son enfant, mais ils sont sévères et ordonnent de faire la chose qu'ils disent, car il doit montrer qu'il a plus d'amour pour eux que pour sa seule chair. Et il en va ainsi. Il entrave son fils et le conduit au bord de la rivière, où un feu est dressé. »

(Au bord. De la. Rivière. Où. Un feu. Est dressé.)

« Il place son fils sur le bois. Le feu est préparé et le couteau aiguisé.

« Alors parlent les dieux sous la terre, et ils disent qu'il est bon qu'il garde sa fidélité et aime ses dieux plus que sa seule chair. *Nous sommes si contents*, ils disent, *que nous épargnons ton fils. Vois, là-bas est un cochon pris dans la boue. Fais descendre ton fils du bûcher, et laisse-nous changer le cochon en garçon que tu peux sacrifier à sa place.*

« Et ceci est fait. Le garçon-cochon brûle, l'enfant est épargné et, depuis ce temps, nous offrons un garçon-cochon au feu, à la nuit.

« Quand vient la prochaine lumière, nous avons un jour pour amasser le bois.

« Nous avons un jour pour chasser le cochon.

« Nous avons une nuit pour plaire aux dieux. »

Il soupire. « Les dieux sont bons. » La foule murmure un écho boueux de ses mots, une seule voix débitée en morceaux logés dans beaucoup de gorges. Un jour pour amasser, un jour pour chasser, une nuit pour plaire aux dieux. Les dieux sont bons. Il semble que ces marmonnements sont le signe qu'Olune ne fait plus de discours ce soir, car les gens se lèvent et s'en vont. Ils coulent autour de nous comme une marée de crasse, se répandant dans la nuit par la porte, en toussant et en riant. Seuls des groupes épars restent à chuchoter dans la salle.

Des doigts noirs, tremblants, se posent contre mon dos et me poussent par-derrière pour m'encourager.

« Va voir ton père », dit le gardien de la porte.

Mon père meurt d'une piqûre d'abeille alors que nous traversons les Grands Bois du Nord, avançant tous plongés jusqu'au ventre dans des creux remplis d'herbes mouillées et pelucheuses. Au-dessus de nous, où les hautes branches de l'arbre forment une toile de brindilles pour arrêter la lumière, un oiseau chante clair, tout seul dans l'après-midi étouffant.

Mon père crie, soulève maintenant son pied d'un coup pour serrer le dessous, puis s'effondre en arrière avec un gémissement, avalé par l'herbe. Nous l'atteignons, ma mère et moi, mais maintenant il tressaute, fait des bruits dans sa gorge, la sueur couvre son nez, couvre son front, comme un vernis vif et soudain. Il siffle d'abord, puis il râle. Il a les deux yeux ouverts, ternes, et ne voit rien. Par moments, une main serre l'herbe sous lui, mais en somme, il y a pour moi peu à voir et rien à faire. Laissant ma mère à genoux près de lui, j'ai l'idée de remonter ses derniers pas à travers le lac d'herbe.

Sur le lieu aplati où il saisit d'abord son pied et pousse un cri, repose une abeille à moitié écrasée, une traînée de couleur dangereuse étalée sur l'empreinte de son talon. Quelque part dans l'herbe, tout près, ma mère commence à mugir. Le goût de mes doigts, âcre comme le métal, enfoncés dans ma bouche pour m'empêcher de rire.

L'oiseau chante toujours. De son haut perchoir dans les grands bois là-bas, il peut regarder en bas et me voir, voir ma mère, et mon père, et l'abeille, même si, séparés comme nous sommes au sein de l'herbe, nous ne nous voyons pas l'un l'autre. Comme sur un dessin à plat, il nous observe, avec la totalité de la mort du père capturée là-bas dans l'œil de jais de l'oiseau.

La reine mégère chuinte quelque chose à ses semblent-même. Ils lèvent leurs grandes têtes de lune et me regardent avancer vers le vieil homme sur son lit de bâtons et de plumes, installé au-dessous d'eux. Ne croise pas leur regard. Ne montre pas de peur. Le sol en terre battue, chaud comme un cul sous mes pieds lents, réticents.

Une femme est accroupie près de la civière, ramenant le manteau en plumes de merle de l'homme-Hob autour de ses épaules nues et faméliques, le repliant pour couvrir les décorations sans raison piquées sur ses côtes, sa poitrine creuse.

Elle est massive, cette femme : des os d'homme dans ses hanches ; un aspect quelconque. Les cheveux attachés au sommet de sa tête en une masse unique, couleur d'un étron de bébé, retenue par une pointe de bois. Des joues rouges. Un visage plat, à la mâchoire longue, sans esprit dans ses yeux de bœuf femelle.

Elle a dépassé l'âge d'enfanter, mais elle est trop jeune pour être la compagne du vieil homme. Une autre fille, alors ? Non. Non, un fils, une fille, c'est tout ce qu'ils m'ont dit, la fille et aussi le gardien de la porte. Alors quoi ? Sa sœur, ou l'enfant de sa sœur ? Une esclave ? Autour de son épais cou gris, un morceau de bronze fin, griffé de marques en forme de larmes et attaché à une cordelette, tourne à la lumière du suif.

Maintenant, quand je m'approche, elle se tourne pour me regarder, un regard plat et stupide qui n'a pas d'étincelle en lui. Ne lui prête pas attention. Le vieil homme est couché, enveloppé dans son manteau de plumes, si bien qu'il est comme un merle terrible avec une tête et des pieds de vieillard. Ses yeux sont fermés comme si faire son discours tire toute vie hors de lui. Parle-lui, au vieil homme. C'est lui.

« Père ? »

Ma voix. Elle doit plus ressembler à la sienne, celle de la fille qui me rencontre sur le chemin. Il peut se rappeler la façon dont sa mère lui parle il y a si longtemps, et comprendre que je viens d'autres lieux. Pense. Essaie de repenser comment la fille parle, là-bas au bord de la rivière. « Tu vas vers le sud jusqu'à Pont-dans-la-Vallée ? » « Mes perles de verre te plaisent ? » Sa voix, plus dans le nez que dans le gosier, comme la mienne. Oui. Oui, c'est ça. Maintenant, appelle-le une fois encore, mais de la façon dont la fille parle dans mes pensées. Et plus fort.

« Père ? »

Enfoncées dans des orbites profondes et friables sur les bords comme des tanières d'ours-de-terre, ses paupières tachées de teinture se hissent sur les boules humides jaunies en dessous. Un œil est vert et noir, comme l'eau dans une souche. L'autre œil est blanc. Blanc aveugle.

Il est couché là, levant les yeux vers moi, et lentement fronce les sourcils. Les marques se fripent sur son front. Une partie des lignes peintes à l'aiguille bavent sur les bords avec le vieillissement de sa peau, deviennent une pâle traînée bleu sale, mais elles sont nettes en leur centre. C'est comme s'il faisait redessiner les marques d'une année sur l'autre, gravées encore plus profond pour les garder claires et neuves. Son œil vert se plisse dans ma direction, son blanc vers rien. Près de son lit, la grande femme lente s'accroupit pour nous regarder, pas plus de vie sur sa figure que dans une pierre.

« Père, c'est Oussine. » En essayant de parler par mon nez, pas par la gorge.

« C'est Oussine. C'est ta fille. »

Ta fille traîne ses orteils rongés par les anguilles dans le sable au fond de la rivière, et s'en va en dansant vers la mer. Ses cheveux se déploient et ressemblent aux algues, plus belles quand on les noie.

Elle est bien au-delà de ce lieu maintenant, exécutant sa danse lente dans la nuit. Ses pas sont maladroits, le mouvement de sa chair n'excite aucun homme et plus jamais ne le peut. Seul le courant la retient, serrée contre son torse puant.

Il me regarde fixement. Le long silence dure, dure, sans un clignement d'yeux, et c'est maintenant seulement qu'il parle.

« Hurna ? Retour à ma hutte maintenant. »

Pas à moi. Bien qu'il fixe mes yeux tout du long, il ne parle pas à moi, mais à la femme massive, silencieuse, qui continue de regarder. Son nom est Hurna, alors. De son accroupissement, elle se lève, déplie avec fatigue sa carrure, tout cela sans un mot. Elle tourne le dos à la civière de branches, puis se baisse pour saisir les perches qui dépassent à la tête du lit. Elle soulève. Un tout petit grognement lui échappe, causé moins par l'effort que par le besoin de marquer une tâche accomplie.

Ayant redressé le vieil homme, pas assez pour le faire glisser de sa couche, elle traîne la litière vers la porte de la maison-en-rond, où l'homme aux mains teintes et tremblantes attend toujours en nous observant. La civière laisse derrière elle une paire de sillons, griffés sur la terre noire, et toujours le vieil homme soutient mon regard tandis qu'on l'emporte, enveloppé dans son linceul en merle.

« Eh bien ? Tu viens, ma fille ? »

Voilà ! Il parle. Il me parle et m'appelle sa fille.

« Je viens, père. Est-ce que ta femme a besoin de mon aide pour te traîner ? »

Il produit un bruit de grincement. L'idée me vient qu'il est en train de rire.

« Hurna ? Elle n'est pas ma femme. Elle se contente de me torcher le cul et de me nourrir, de me traîner par-ci, par-là, et, en retour, c'est moi qui supporte ses idées sur le monde des esprits et tous ses dieux idiots. »

Ses. Dieux. Idiots. Les mots éclatent entre les souffles courts. La femme tire la litière, d'un mouvement lent et régulier, ne paraît pas entendre l'homme-Hob se plaindre d'elle. J'accompagne, marchant entre les sillons gravés dans la terre derrière eux. Dans les profondeurs de ma gorge il y a une odeur de fumée de suif et de plumes.

Un dernier regard en arrière : les jeunes monstres sont assis sur les fourrures de chaque côté de leur reine bouffie. L'un, Bern ou Buri, donne de petits coups de nez pour l'embrasser sous le bras. L'autre a la main sous les fourrures de la reine. Vite, regarder ailleurs. À travers le voile de roseaux, nous sortons dans l'air givré d'étoiles. Le gardien tremblant aux mains noircies me regarde passer, mais ne parle ni ne suit.

Dehors, Olune et sa bête de somme de femme ne m'attendent pas, il semble, mais se traînent dans les lacets du sentier usé par les pas entre les huttes serrées, endormies et enfoncées dans le noir. Ils me font courir pour revenir à leur hauteur, marchant à côté de la civière d'Olune et parlant avec lui une fois que je reprends mon souffle. Autour de nous, des mouvements, des grognements dans les logis à toit de chaume, les corps qui s'installent pour la nuit dans leurs haillons et la paille.

Le vieil homme tourne la tête, lève les yeux vers moi, de son lit de bâtons qui chemine en cahotant auprès de moi.

« Que les choses vont bien, il dit, maintenant que ma fille

vient ici. Quel est le beaucoup des nuits que tu passes sur la piste ? »

Voilà une réponse que la fille morte ne me donne pas, au bord de la rivière, une des choses qu'il échappe à ma pensée de lui demander. Trop tard, maintenant, pour couper son autre pouce. Ma malice doit me sauver, et ma malice seule.

« Plus de jours qu'il n'y a dans mon compte », est ma réponse ; puis, continuant rapidement : « Toutes ces nuits, le sommeil passe sans me prendre avec lui, tant est grande ma peur en apprenant que tu es malade. »

Le vieil homme sourit, ses lèvres s'écartant de dents rares et jaunies. Le crâne s'impatiente, avide de ce jour prochain où il peut se dépouiller de la viande séchée et de la peau tannée au soleil, et émerger de la tête d'Olune en portant un sourire de victoire à sa conquête de la mort. Ces dents, perçant les gencives racornies, sont seulement les messagers de son arrivée. En haut, au-dessus de son sourire, le vieil homme coule vers moi son œil aveuglé, blanc comme glace, en coin entre ses paupières qui deviennent grises. Il semble me fixer.

« Tu crois que tes ruses ne sont pas connues de moi ? », il dit, le sourire devenu encore plus grand, et dans mon estomac, quelque chose de lourd saute, bouge, et me fait serrer le cul. Il sait. Le vieil homme sait mon plan, les perles empruntées, la chose morte dans la rivière. Que me reste-t-il à dire ou à faire, sinon me mettre à courir et aller me cacher ?

Il parle encore, et me tient par son sourire, son œil de serpent mort. « Tu penses gagner mes faveurs avec tes mots, c'est ça, non ? » Il rit de me voir le fixer comme un chat étranglé, dans ma peur et mon étonnement. « Tu penses avoir le trésor du vieil homme quand le vieil homme est mort. Il y a quand même un peu de ta mère en toi », et voilà qu'il rit encore, et ferme les yeux et rit tant que son rire tourne à la toux, grasse et profonde.

Il ne sait pas. Il me croit rusée et avide, mais il croit que je suis sienne. Merci à tous les dieux, même si, en vérité, il n'y en a aucun.

Ma réponse me vient facilement, dite sur le ton à peine vexé, mais aussi marqué de honte, que doit avoir une telle fille. « Comment peux-tu te moquer ainsi de ta fille qui parcourt le grand chemin long pour être près de toi ? Comment peux-tu dire qu'elle ne tient pas à toi ? Bah, j'ai en tête l'envie de rebrousser chemin, si petit est mon souhait d'un tel père ou de la richesse qu'il a. »

À ces mots, la toux s'arrête. Sa mine est inquiète, maintenant, il est moins certain de me tenir.

« Non. Tu dois rester, et ne pas faire attention à ma langue. C'est une plaisanterie de vieil homme, rien de plus. Tu es ma seule chair, et tu dois rester avec moi jusqu'à ma fin. »

Son œil vivant fouille le mien, avec la peur qu'il m'a chassée loin de lui par toutes ses moqueries. Il a besoin de moi, et n'est pas sûr que j'ai besoin de lui : j'ai gagné la partie. Ma voix est hautaine et détachée en réponse, pour le faire se tortiller et s'accrocher à l'hameçon.

« Ah oui ? Ta seule chair, tu dis ? Et mon frère Garn ? Tu l'as déjà préféré à moi une fois. Pourquoi ne pas faire de lui ta consolation maintenant et me laisser dans ma maison des terres du Nord, si tu penses si peu de moi ? »

Ici, il détourne les yeux et, pendant un moment, ne parle pas. Il y a un silence, à part le raclement et les cahots de sa litière sur le sol et les cailloux ; le souffle bruyant de la femme qui continue d'avancer lourdement, en le tirant entre les huttes.

« Garn n'est pas mon fils. » Ses mots sont durs, pareils à du silex. Il lève les yeux vers les étoiles et ne me regarde pas.

Ma meilleure conduite est de garder le silence, d'attendre qu'il dise davantage. Les huttes passent lentement. La femme souffle comme un grand chien et, maintenant, il parle de nouveau.

« Passer les enseignements au garçon est notre coutume, comme est notre coutume d'aller chercher des compagnes dans les terres plus lointaines, pour donner de la force au sang. Voilà pourquoi Garn est emporté très loin, et tu restes près de la grande mer froide. Passer les enseignements à un garçon est notre coutume, mais Garn... »

Il s'arrête et se racle la gorge, crache quelque chose de noir dans le noir autour de nous.

« Garn ne veut pas entreprendre la tâche, et fait mauvaise figure à son devoir. Dit qu'il n'est pas un habile-homme, et travaille comme faiseur de métal, un art qui convient mieux à notre temps, il croit. Il dit qu'il se moque d'apprendre les secrets des anciennes coutumes. Nous ne pouvons pas parler sans nous quereller ; alors, nous ne parlons plus du tout.

« Bah ! Même quand il sait que la maladie est sur moi et que ma vie est presque finie, il ne plie pas, ne dépose pas ses pierres-marteau et ses moules. Il n'y a personne d'autre que toi pour prendre mes enseignements avant que mon souffle parte, ma fille. Personne d'autre que toi. »

Ses yeux sont misérables, levés vers moi comme ceux d'un

animal malade. Quand les hommes sont faibles, mon cœur est rendu plus dur encore, mais il n'y a que du souci dans ma voix, gardée basse pour ne pas réveiller les dormeurs dans les monticules coiffés de roseaux autour de nous.

« Quelle est ta maladie, père ? Est-elle dans ton souffle, que tu n'as pas d'air pour parler ? »

Sa civière cogne lourdement, traînée dans un brusque trou dans la terre. Il grogne, contrarié, puis il soupire.

« Ce vît-lage fait trop partie de moi. Ses maladies sont les miennes. S'il y a des charançons dans le grain des champs du sud, alors ça me ronge les entrailles ici. » Sa main, crabe fragile, passe sur le bas de son ventre.

« Et si les vieux ronds en haut sur la Colline de la Bête tombent en ruine, négligés, alors, dans mon dos, les os deviennent faibles comme de la pierre jaune et s'effritent en frottant l'un sur l'autre. »

Il lève maintenant les doigts, montre d'un geste le caillot inutile de son œil, pareil à du lait tourné. « Ça arrive quand le puits des teintures dans les prés à l'ouest d'ici se tarit. Ou alors, un tunnel dans le dessous du vît-lage est inondé, une caverne s'effondre et me laisse à pisser du sang entre une lune et la suivante. Ils brûlent les arbres de la grande crête de l'est pour aplanir son sommet, et maintenant mon vît ne se dresse plus. Les poils tombent et le rendent pareil à celui d'un bébé. »

En avant, placée à quelque distance de toutes les autres huttes, une pile d'ombres se penche sur notre chemin ; Hurna la femme avance vers elle, traîne à sa suite le vieil homme qui me traîne de pareille façon avec ses mots.

« Les gens sont pires. Quand Jebba Dent-cassée est pris de folie et tue sa femme et leur enfant, il y a alors dans mon oreille un écoulement. Ou si les frères Nombreux-Chevaux se querellent, mes dents me brûlent. Et maintenant, tous les malfaiseurs que nous avons ici, les coupe-besaces et les menteurs, les frappe-et-prend qui vivent tous dans des maisons sur échasses près des terres inondées. Ils me donnent de la vermine. »

Il sourit et montre ses dents solitaires, qui souffrent de tous les mots de colère qu'échangent ces frères Nombreux-Chevaux que je ne connais pas.

« Une fois, j'ai plaisir à en attraper un et à le faire éclater avec mon pouce. Le lendemain, la nouvelle arrive : un tricheur des marais au ventre comme un seau est pris entre les troncs de ses échasses quand elles tombent, si bien qu'il est écrasé presque en un morceau et un autre. »

Ici, il rit encore, un grincement d'aile d'oiseau mort, et ici nous arrivons à une halte, la femme cessant de tirer devant l'amas d'obscurité qui est la hutte du vieil homme. Elle écarte les bois-qui-ferment en poussant sur leurs balanciers de corde, après quoi une terne lumière rouge coule comme du trou d'une torture ; et quand elle tire le vieil homme à l'intérieur, il rit toujours et fait vers moi le geste de pincer, du pouce et du doigt. Ses ongles noirs claquent ensemble.

Là-bas à Petit-Tas-de-Fumier, une fille pas plus vieille qu'un bébé me dit un jour qu'elle ne peut pas trouver sa mère dans la foule du marché, comme s'il me revient de la surveiller pour sa mère. Auprès d'un homme noir vêtu d'une robe d'une couleur qui échappe à ma capacité de nommer, elle me rapporte un poignard neuf et brillant et une pièce d'argent, en échange.

À la Colline de Pointe-sa-Sœur, un meunier me donne un demi-cochon pour presque autant de sacs de terre qu'il y a de doigts sur une main, avec juste une couche de grain de la profondeur d'un doigt, étalée au sommet de chaque sac pour masquer la terre dessous.

Au Chemin des Pense-lourd, ils me maudissent encore pour avoir troqué de la crotte de chien séchée enveloppée d'écorce comme protection contre la vérole.

Un ancien, à Fossé-qui-pue, me donne une demi-outre de moût pour que je le prenne en bouche, puis il s'endort et se réveille avec sa bourse à trésor et son gosier tranchés tous les deux.

Aux Prés des Gros-Culs, ouverture du tumulus la nuit, mes épaules douloureuses de tous mes coups de pelle, un chiffon collé sur le nez. Les doigts pourris gonflent sous les bagues, qu'il faut sortir en les tournant. La chair ramollie se tasse sous l'articulation, s'arrache complètement quand la bague est libérée.

À Mal-Allant, cette grosse fille grasse et sa demi-miche de pain…

Le vieil homme fait claquer ses ongles couleur de scarabée et imite l'éclatement d'une tique.

À l'intérieur, la grande hutte en cloche est un poumon de roseaux et de peaux cousu sur des côtes en bois, rempli du souffle de pisse aigre et d'humidité qui signale les vieux, bien qu'épicé d'odeurs plus rares. Grande, mais rendue petite par le désordre empilé à l'intérieur, des falaises fantastiques de masques en peau de chien et de boucliers à face de dieu, de hochets, d'os emplumés et de formes-d'homme en argile cuite. Des oiseaux étranges, morts mais pas pourris, raides, le regard fixe, encagés dans du bois tressé. Une grappe de rats en saumure, tous noués par la queue et cloués à de l'écorce. Un cœur tanné et verni. Des pierres marquées du doigt par des monstres, des bols de cuisine et des bobines de boyau pour coudre, et tant et plus, en tertres d'éboulis dangereux sous les pas, montant jusque sous le toit sombre.

Il ne reste que des passages à la largeur d'épaules, dégagés entre les escarpements penchés d'outils et de bâtons fétiches mêlés, entre les guirlandes sèches comme poussière et les robes en peau d'anguille. Ceci est-il pareil à une chose déjà vue, dans un de mes rêves oubliés de bébé ?

Un poing d'ambre avec un horrible petit monstre de mer pris à l'intérieur, son corps aplati avec des bouquets de sangsues qui poussent sur son dos, dressé sur beaucoup de pattes, raides comme des épingles et, à un bout, un bulbe où un visage me fait m'écarter d'un bond. Un bol où on peut voir à travers, et une petite fille pas née, recroquevillée, sa tête aveugle blanchie à la craie, puis peinte de couleurs vives, comme une putain.

Quelque part vers le centre de ce rond aux replis bizarres, une fosse de braises jette dans l'air une lumière morose. Comme des perles de minerai en fusion, elle pique du rouge sur ces rebuts d'ornements ; se prend sur des voiles peintes, au dos dans l'ombre ; se découpe sur le tranchant de leurs contours en langues fumantes de rose et de sombre verdissant. L'obscurité tombe en dalles sur les passages parmi les objets inutiles, fendue ici et là par les rayons sanglants de lumière de la forge, débordant de boyaux de côté encombrés dans ces recoins où un passage se divise en un autre.

Sauf quand ils se traînent à travers une de ces cheminées d'un brusque feu guerrier, on ne voit rien d'Olune, sur sa civière de branches. Les suivre, rien qu'avec les oreilles : le raclement de la litière sur la terre noire labourée, le tapement des pieds de la femme, étouffé, qui martèle par-dessus et me chatouille sous mon talon nu. Perdus à un angle, maintenant ; presser le pas pour les rattraper, tourner au coin à temps pour voir le visage du vieil homme, meurtri par l'aiguille, saigner soudain hors du noir, rouge et brillant quand on le traîne à travers une bande de lumière. La bande devient large. Nous avançons dans le rond d'espace ouvert, éclairé par les braises, au centre de ce sentier-énigme de coffrets empilés, d'avalanche de rêves, de pièces rares.

Son visage plat luisant de sueur, la femme, Hurna, dépose le vieil homme et sa litière près de la fosse du feu, puis part lourdement sans un mot chercher du bois à apporter pour la flamme. Perdus en un moment, de gros pas d'ours qui s'éloignent, maladroits, dans le dédale de jouets reliques.

Le vieil homme est fatigué, et m'envoie donc dormir dans un coin retiré, tendu de peaux et placé à l'écart. Il me dit de ne pas faire attention si lui et Hurna se mettent à parler autour des braises un temps. C'est évident, il ne veut pas que je leur tienne compagnie ; donc, je fais mon lit avec des fourrures, la lumière du feu coupée autour de moi par les tentures.

Bientôt, vient le bruit de Hurna de retour avec du bois, le fracas quand elle le jette par terre. Alors ils parlent, bas, la première fois qu'elle parle à portée de mes oreilles. Bah ! Sa voix paraît plus plate et stupide que sa mine, ce qui est une grande chose à dire.

C'est mon espoir qu'ils parlent de pointer, ou de choses bonnes à écouter, mais non. Elle radote sur un dieu qui nous avale, ce qui ne paraît pas être un dieu pour moi. Elle dit qu'une fois que nous sommes avalés, alors nous pouvons renaître parmi les dieux. Comme quoi ? Une crotte qui flotte dans l'or de leur fosse à purin locale ? Des choses peuvent naître, puis être avalées, mais cela ne peut pas se passer dans l'autre sens, pas à ma connaissance.

Une fois de temps en temps, la voix du vieil homme la coupe et crachote des mots tranchants de mépris, se retire encore pour laisser la réponse de la femme s'étirer et durer, durer dans la nuit. Elle traîne leur discussion, une litière chargée de mots lourds et massifs.

Sous ma fourrure, nue à part mes perles de verre. Mes yeux sont fermés, mais pas mes oreilles. Les mots de la femme flottent à travers moi. Essence. Minerai d'esprit. Les entraves de la chair. Changer. Être transformé, re-figuré dans la passion, la passion, la passion devenue cendres...

La cendre. Les champs de cendres. Moi, petite fille. Cette neige est grise, sèche et chaude, ses flancs lissés et arrondis, parfaits pour marcher dedans, une poudre plus fine que le blé pilé sous les pierres, aussi fraîche et glissante que l'eau sous mon pied qui s'enfonce maintenant, et encore, cherchant le sol, et encore, il n'y a aucune solidité sous la cendre pour m'empêcher de tomber...

Réveillée en sursaut. Les fourrures remontées autour de mon cou. Les tentures, éclairées en rose de l'autre côté, et la voix de la femme, toujours derrière elles. Sueur sur tout mon dos, et humide et soyeuse entre les seins. Ces fourrures me donnent trop chaud. Sors mes bras et mes épaules de dessous. C'est mieux. Plus frais. Me tourne et roule sur mon autre côté. La boucle en fil de métal chargée de perles est enfoncée maintenant dans mon épaule, il faut la repousser. Là. Maintenant, tout de moi se sent bien, si mou et fatigué qu'à mes pensées échappe où ma jambe est posée, ou ma main. Tout en un seul morceau mou, qui ne connaît pas les différentes parties de moi.

Les paroles de la femme, lisses de tout sens maintenant, ne sont que des bruits, des cailloux gris glissants et humides qui tombent lentement dans rien, ici, à l'intérieur de mes paupières : Colline de la Bête. Cercle du cœur. En urne avec les reines. Le ver trompé. Os broyés et ratissés. Et quand tu. Et quand nous tous. Quand nous. Quand nous sommes nés de l'étincelle...

Dans mon obscurité, les taches de couleur jouent en bleu, non, en rouge, et courent former un cercle. Il s'étire en toile d'araignée, s'étale en toile d'araignée et se met à fondre au centre, un vert hiver profond, et, en scintillant, se fragmente, en vaguelettes, la rivière, le bord de la rivière, et la voici, la fille, sa gorge tout ouverte, mais elle n'y fait pas attention, et elle est souriante, heureuse de me rencontrer.

« Remonte un peu la berge de la rivière, elle dit maintenant. Il y a là-bas un grand chien noir qui dit qu'il te connaît. »

Elle se tourne et avance, ouvrant la marche. Où est partie la rivière ? Il y a des buissons de chaque côté et des piles de désordre dressées parmi eux, d'énormes tas de choses bizarres et habiles qui sont bien connues de moi, même si leurs noms ne sont pas maintenant dans ma tête. La fille appelle, en avant, le long du passage.

Essayer de remonter à sa hauteur, mais quelque chose se prend dans mes pieds et me rend lente. Sa voix s'éloigne toujours plus de moi. Elle parle à quelqu'un, maintenant, pourtant ses mots sont creux, et n'ont pas de force en eux. Ce doit être comme ça, les discours entre les morts. Continuer. Aller plus profond à sa suite. Il fait plus noir maintenant. Est-ce elle qui m'appelle ? Il fait plus noir, maintenant...

La lumière. La lumière du matin. Quel endroit est-ce, où me retrouver réveillée ?

Olune. La cabane du vieil homme. Le père de la fille. La fille au bord de la rivière.

Ah oui.

Encore à moitié endormie, mes pensées encore remplies de fourrure, marmonnant toute seule pendant que j'enfile ses vêtements, mes vêtements, puis sortie à quatre pattes dans le rond central de la hutte d'Olune. Déserté. La fosse du feu, froide et morte. Les rangées grisâtres, couleur foie, des bizarreries qui m'entourent, privées de leur charme de minuit par un soleil qui s'infiltre en fuseaux poussiéreux par les fissures du toit de roseaux au-dessus.

Ils ont maintenant en eux de l'immobilité et un vieux silence, ces monticules de verroterie et de débris. Les chemins étroits qui les ravinent forment un plus petit écheveau, à la lumière perle du matin, rendant facile pour moi de trouver le chemin de la sortie, en trébuchant et en grommelant jusqu'au jour. Plisse des yeux face à cette lumière : le monde se brouille entre mes cils.

« Oussine ? Oussine ! »

Il le répète encore une fois avant que l'idée me vient que c'est mon nom. Me retourner. Le vieil homme est étendu devant moi sur son radeau de branches, enveloppé, pas dans des plumes maintenant, mais dans une robe en beaucoup de peaux de chiens, entières, si bien que les truffes noires apparaissent ici et là au-dessus de l'ouverture en fente d'une gueule, en dessous des paupières des trous d'attache.

À côté de lui, de la nourriture est étalée dans des bols en bronze poli. Un poisson chaud, bouche bée. Faits nuageux par l'inquiétude et un grand malheur, ses yeux bouillis se fixent sur moi. Près de lui, pas plus gros qu'un couvre-pouce, un plat rempli d'une bouillie amère de cerises. Des cuissots de pain gris, avec une peau en croûte, à tremper. Une outre de lait, encore chaud de la chèvre, pour faire passer.

« Hurna et moi, nous mangeons à l'aube. Elle est partie prier avec son peuple, maintenant, et ne reviendra pas de ce côté de midi. Maintenant, tu peux manger. »

Il fait signe en direction de la nourriture, un spasme de sa main dessinée.

Il me regarde m'installer, jambes croisées, prendre le couteau dans ma sacoche et fendre son poisson le long de son dos, autour de la queue, sur la ligne de fente de sa gorge, un saignement de vapeur grise montant de l'endroit où la peau noire se fend, se pèle sous ma lame. Avec le pouce, retirer l'échine. Faire sortir des tranches fumantes de viande blanche les pointes d'os fin de ses côtes. Soulever maintenant tout le mille-pattes fragile de son os du dos, avec la tête et les nageoires de cul, pour le mettre de côté. Piquer une bande de chair pour la dégager, levée brûlante et poussée entre mes lèvres à la pointe du couteau, ce qui me fait penser à la façon dont cette lame est employée, la dernière fois.

Mâcher prend du temps, avaler à peine moins. De sous un rebord de plat en bronze étalé, le squelette à queue en fougère me regarde, avec des yeux de fille, là, à côté de mon assiette. Mâcher, avaler, en prendre encore, mais cette fois avec mes doigts. Olune m'observe, et quand il voit ma bouche trop pleine pour faire une interruption sans m'étouffer, il parle.

« Pendant que Hurna n'est pas ici, nous pouvons marcher un peu sur le chemin de la rivière, jusqu'au pont et revenir, s'il se peut. Si tu dois avoir ce que je laisse, c'est aussi bien pour toi d'avoir la connaissance du lieu et de tout son aspect. »

Il me vient à l'idée qu'il dit : « Nous pouvons marcher », alors que je suis la seule qui suis capable de faire ça. Il veut que je le traîne, à la place de cette femme aux jambes de bœuf, moi, bâtie si petite ! Les flocons de créature dans ma bouche et la mention de ce qu'il laisse : cela seul m'empêche de le traiter de grumeau de fente, paresseux et sournois, ce qu'il est.

Il ne parle plus pendant tout le poisson, le pain et le lait sucré, à goût de terre, et pourtant, de moment en moment, il ouvre la bouche comme pour dire, mais ne fait pas du tout de bruit. C'est seulement maintenant qu'il me vient en tête que ce sont des hoquets, qu'il fait pour prendre du souffle.

Le ragoût de cerises est trop acide pour moi, abandonné à peine goûté. Après, quand je me penche bas pour serrer son manteau de chiens plus étroitement autour de lui avant de soulever et de traîner sa litière, il lève une main et essuie doucement le lait de chèvre en perles sur ma lèvre du bas, un bout de doigt au goût rance et fumé. Il sourit, les yeux se plissent dans la peau en toile d'araignée des orbites. Trois petites marques de poisson dessinées en rouge vif sur une paupière se perdent dans la fissure brusque des profondeurs.

Jamais mon père ou ma mère n'ont besoin de me faire les traîner de cette façon. Le père, piqué par une abeille, descendu dans sa tombe au fond des Grands Bois du Nord, il ne me demande pas de le traîner, puant, dans toute la région. Et ma mère n'est pas traînée non plus quand elle devient malade, à force de faire la putain dans des camps de mineurs à l'est d'ici, ensemble toutes les deux maintenant que mon père est mort, et quand sa toux commence à déplaire à mes clients, il n'y a rien d'autre à faire, que la laisser. « Repose-toi ici. Ça ne me prend pas longtemps de trouver des bois pour le feu et de revenir. Repose-toi, mère. Repose-toi et attends-moi », et le matin me trouve en un autre lieu, plus loin sur le chemin, seule.

Tous les deux sont morts et disparus, maintenant, aucun n'est porté jusque là-bas.

Mes mains serrées autour des bras de la litière me font mal, avec des ampoules et des cals, et nous sortons à peine du vît-lage, à peine du tissu de sentiers poussiéreux noués où les enfants rient et se battent, entre l'agitation des huttes. Leurs petites formes brunes gambadent, apparaissent, disparaissent comme des esprits à travers la brume des pots, des nuages de ragoût à odeur d'eau, triste pour le nez, une brume de fièvre qui mouille la joue.

La hutte de garde près de la porte est vide quand nous nous traînons entre les bouquets de fougères accumulés, vers le champ au-dehors. La hutte de garde vide me trouble, mais une fois que nous passons la porte, la raison est claire : l'homme ridé aux mains noircies de teinture est debout dehors, le visage tourné vers la barrière de ronces, un vît noueux mou entre ses mains agitées. Seul de garde, il sort par la porte pour pisser, mais, à le voir, il reste là et rien ne vient.

Quand nous passons près de lui, moi devant, le vieil homme traînant là-derrière, il lève les yeux, voit Olune et appelle.

« Alors, tu as une fille. C'est nouveau.

– Oui, Olune coasse en réponse. Oui, c'est nouveau. » Ainsi, nous continuons et prenons la piste au bord de la rivière, de la terre jaune rendue chauve par les pas entre les traînées d'herbe. Des feuilles bronzées s'entassent contre des arbres qui se tiennent comme des veuves, épaules nues et courbées par le deuil, têtes basses et cheveux gris qui se prennent à la peau de la rivière où les courants se tressent d'argent, fendus sur le bout des branches. Lever les yeux de mes pieds gelés qui se traînent pour regarder derrière mon épaule, voir le garde ganté de suie, incliné, le visage toujours tourné vers les ronces en attendant que la digue cède.

Nous longeons la rivière, au contre du courant, dans un raclement et des cahots. La litière de branches, tirée derrière moi sur le sentier durci par l'usure, craque comme un feu de broussailles, dans mon dos, d'où vient maintenant une voix, celle du vieil homme, qui craque aussi.

« Si tu dois... » Un souffle. « ... Me suivre... » Un autre. Par ces tétées d'air constantes, désespérées, son discours est cassé, de brusques tourbillons dans son flot.

« Si tu dois me suivre, alors tu dois connaître mon chemin. Si tu dois être l'habile quand je suis parti, eh bien, alors tu as ce que je laisse, mais il doit se faire que tu as aussi mon savoir. »

En l'écoutant parler, il me vient à l'idée que, même s'il est vieux, il a encore toute sa tête. On entend cela dans sa façon de joindre les mots l'un à l'autre, claire malgré le souffle qui interrompt. Bien plus jeune que lui, ma mère dit seulement : « Caca » et « Mouillé » et « Où il est ? », les dernières lunes. Cet Olune n'est pas un idiot, et ainsi, il a mon attention.

La voix de feu continue de crachoter, au-dessus des craquements de la litière. « Mon chemin de savoir est mon parcours, toujours foulé dans mes pensées, même si mes promenades en ce monde ne sont plus. »

Il n'a pas besoin de me dire ça, à moi, avec mes paumes tout écorchées et mes épaules qui me font mal de l'avoir traîné.

Il prend une respiration affolée, noyée, et puis continue. « Ce chemin de savoir a été ouvert à travers des herbes folles de pensée par de longues lunes de répétition, mais n'a aucun sens s'il n'a pas un écho en ce monde, ce monde où nous marchons et où nous mourons. »

Il me laisse marcher et, en échange, à lui de mourir.

« Mon chemin de pensées est par conséquent tiré de tous les chemins autour de moi dans la vérité de la vie. Ces territoires que nous embrassons sont embrassés pareil à l'intérieur, où il y a des monuments de notions, des gouffres, des pics et des fleuves où fraient les pensées de la nuit. Si tu veux connaître mon chemin et suivre son parcours, alors connais le territoire autour de toi, à la fois la piste et le vît-lage, dans son pont et ses Terres inondées. Connais les tanières de rats des bannis, les pierres reliques et les cavernes cachées. Observe chaque sentier au-dessus et connais le passage au-dessous, le chemin secret de la cave vers la fosse au trésor. »

Je reste en paix, pendant qu'il parle. Mais ce mot de trésor ne doit pas s'échapper, et me demande d'interrompre.

« Quel est ce passage au-dessous, et comment puis-je y marcher, si tous ses accès sont secrets ? »

Il me prend de haut, me repousse du geste avec sa réponse.

« Nous avons nos pistes ourques sous la terre. Seul le Hob ou la femme-Hob connaissent leurs trajets, qui passent de main en main habile au long des temps. Beaucoup de trésors de notre art sont là-bas, mais c'est à toi de le savoir quand tu es prête, remplie d'une connaissance des sentiers plus visibles au-dessus, qui est à la mesure de ta vocation. En ce jour, il se peut bien que tu descendes et marches toi-même sur les lieues illuminées, où mes vieux pieds foulent autrefois les pentes des vers et le rocher glacé, et ne s'aventurent plus maintenant là-bas que dans mes rêves de chien. Avant ce jour, tu dois parcourir tous les chemins au-dessus, et savoir les histoires placées sur leur trajet. »

Ceci me trouble. Il semble que le vieil homme a dans son idée de me faire le traîner de long en large sur ces chemins dont il parle, ce qui ne me plaît pas, pas du tout. Et pour les histoires placées sur le trajet, celles qui sont accrochées là-bas dans le jardin de torses sont déjà connues de moi, et je n'ai pas le désir d'en savoir plus. Une pensée me frappe : comme nous ne passons pas en vue de ces charognes sur les piquets, mon trajet de la nuit dernière doit se placer un peu à l'est de cette promenade près de la rivière, ce qui me plaît beaucoup. Continue à avancer, les feuilles sautant autour de mes pieds.

Maintenant, Olune me demande d'arrêter un moment, et me dit de regarder loin de la rivière, vers l'est où se dresse une colline, avec de la fumée blanche qui se tord en rubans depuis son sommet. C'est la colline par laquelle j'ai fait mon chemin vers le fond de vallée pris dans le marécage, en venant ici, ses feux de crête brûlant encore de jour. Au loin, à travers champs, je peux encore voir les petits hommes debout sur ce pic autour des feux. Leur chant, faible et lointain, nous arrive à chaque nouveau changement de vent, avec une voix d'un son plus strident que le reste, qui porte plus loin.

« C'est Hurna », dit le vieil homme, en caquetant et en projetant des postillons sur son fourreau en têtes de chiot. Il ne propose plus aucun autre mot, mais me demande de lever les montants et de continuer. Nos ombres se tassent sous le soleil qui grimpe. Les moments passent.

En avant et à ma droite s'étale un pré marécageux de roseaux, un bassin de lances blanchies qui a en son centre un monticule de terre durcie qui fait une bosse comme une île dans un lac de roseaux ; là, sur elle, se dresse une colline de bois, comme pour un feu. Il y a des enfants qui jouent à côté, des garçons accroupis auprès de l'un d'eux, couché sur le dos. Ils le tapent et le palpent, et poussent des cris sonores.

Comme nous approchons, passant à côté d'eux, la pensée me vient que ce n'est pas un enfant qui repose entre eux, mais une forme-de-garçon, dont ils bourrent et emplissent de paille les haillons vides pour lui donner son aspect.

« Ils préparent le garçon-cochon dans le champ du Hob, alors », dit Olune, mais il vaut mieux utiliser mon souffle à le traîner, et pas à lui demander le sens de toutes les choses de tête-folle qu'il peut dire. Continue à tirer. Les feuilles jaillissent comme des oiseaux, encore et encore, et c'est maintenant seulement, le dos presque cassé et les doigts près de tomber, que j'ai la vision du pont, là-bas à l'autre bout de ce chemin de la rivière, tout bordé de bouleaux écorcés, cendre et argent dans la lumière. Presque. Nous y sommes presque.

Le vieil homme me dit tous ses secrets juste avant de mourir, et me laisse voyager en bas dans les tunnels sous le campement, où sont des bols d'argent et des bracelets faits d'or. Dans le silence de la nuit, ce trésor est emporté plus loin sur la piste, où ma maison neuve m'attend. Ma nouvelle fortune est échangée contre des terres, des bœufs, de belles fourrures et de jolis esclaves, pour que tous ceux qui passent puissent voir sa grandeur et ses terres à bétail, et dire : « Quelle excellente femme doit vivre là. »

Ma nourriture n'est faite que des poissons les plus rares et des morceaux les plus tendres tranchés sur des jeunes bêtes. De grands guerriers peints sont placés pour veiller sur mes jours, les plus forts m'honorent la nuit et, chaque lune, mes vît-lains m'offrent leurs remerciements et des sacs de grain. Leurs enfants dansent entre les colonnes tressées de roses de mon siège sur échasses.

Voici donc leur pont. De grands troncs noirs qui se fondent ensemble au fil des temps forment sa courbe, qui monte doucement en s'éloignant de nous jusqu'à sa bosse, au-dessus de l'écume et des profondeurs remuantes. Malgré tout mon soin à les traîner, lui et sa litière, sur les bois au sommet en bosse, le vieil homme grogne, claque de la langue et se plaint de moi chaque fois que ses os sont secoués.

Ici, sur sa pente près du bout, le pont noirci a des fissures entre les troncs. Il semble qu'il y a une petite fosse creusée sous ce côté sud du pont. Mes yeux se plissent, pour chercher à voir, mais ce qu'on distingue peut-être une fois dans le trou est parti depuis longtemps. Il n'y a que de la terre marquée de pâle, fortement éclairée à l'endroit où le soleil se faufile entre les troncs du toit sur lesquels nous passons maintenant, en continuant notre chemin.

« Arrête ici », dit Olune quand nous atteignons le milieu du pont, et il me demande de le déposer et de m'asseoir à côté de sa litière sur les troncs usés par l'eau, les flots grondant sous nous. Le froid monte me frapper le cul. Nous ne parlons pas de grand-chose. Il fait des remarques sur mes perles de verre, des étincelles bleues accrochées à leur fil de cuivre autour de ma gorge, et me demande comment elles sont faites.

C'est une surprise pour moi, la facilité avec quoi cette histoire volée tombe en cascade de mes lèvres : les feux dans le sable, couverts d'algues, vus à travers les brumes de la côte, en train de brûler. Des hommes aux mains fripées, balafrées par les flammes, qui versent le minerai et jurent quand il éclabousse, la puanteur de barbe roussie, la brûlure dans les poumons et, après, les sables vitreux tout autour du trou de la forge devenus durs, traversés par le jus amer du goémon et des varechs, et cuivrés de bleu. Mes mots coulent, sans effort, et évoquent les filles aux cheveux emmêlés sur la plage, des jupes assombries autour de l'ourlet par le ressac, qui cherchent les perles de ciel dans les dunes frappées par le feu, comme si ces visions sont bien connues de moi.

Le vieil homme hoche la tête et sourit, et son regard se perd vers l'aval où les eaux verdies par les pierres s'éloignent en courbe parmi les champs d'orties à l'ouest. Un bateau d'écorce fend le courant là-bas, deux hommes dont les épaules roulent et font tourner le plat de leurs pagaies, un éclaboussement scintillant à chaque fois qu'elles tranchent le flot écumant. Ils s'inclinent dans un virage masqué par les arbres, sont partis.

Sur ma droite, un homme en appelle un autre, me faisant tourner la tête pour regarder là. Sur le côté le plus loin du pont, quelqu'un est accroupi pour regarder en plissant les yeux le creux arrondi et sonore sous son arche, où les ombres de l'eau aux bords déchiquetés se groupent pour former un pont fantôme, renversé sous le torrent qui le brouille.

Maintenant, la forme se lève, un homme gris au ventre rond, et appelle de nouveau quelques autres qui sont assis à partager du pain un peu plus loin sur le bord de la rivière. Ils répondent à l'homme près du pont et semblent rire de lui. Il parle de nouveau et fait un signe vers les hauts-fonds cachés sous l'arche. Un des mangeurs laisse son pain et se met debout, descendant la berge en course maladroite pour rejoindre l'autre près du pont, où tous les deux se baissent maintenant pour regarder. Encore des cris. Un autre homme trébuche sur la pente pour venir près d'eux, et encore un autre.

C'est un jeu qu'ils jouent pour laisser de côté pour le moment leur labeur dans les fossés et les champs, ce qui ne m'intéresse pas beaucoup. Mon regard retourne vers le vieil homme vêtu de chiens, sur sa civière. Son côté tourné vers moi, son crâne est arrondi avec un bec, un oiseau gris et déplumé. L'œil le plus près de moi regarde vers rien, la flaque de son orbite gelée, blanche, par l'hiver d'Olune. Sur sa joue de cuir, une étole reprisée de balafres colorées.

Il pose des questions sur mes perles : il peut se faire qu'il attend de moi des questions sur ses tatouages.

« Ces marques que tu portes sont d'un genre qui n'est pas connu de moi. Il semble qu'elles n'ont pas de raison, ni de motif. »

Il tourne son crâne d'oiseau de cadavre pour me voir avec son bon œil, en aspirant de l'air pour parler. Son haleine, un gibier chaud resté accroché trop longtemps, frappe, rance, mon visage et me fait m'écarter d'un sursaut.

« Oh, elles ont un motif, ma fille, et une raison. Ne t'imagine pas le contraire. Ce sont mes dessins de corbeaux. »

Ses dessins de corbeaux ? Les mouchetures bleues comme des vers sur son épaule, tendues d'un arc rouge de son téton jusqu'à son échine ? Son crâne en firmament, sa bajoue inscrite, ses lèvres aux coins en fougère ? Il n'y a rien ici qui ressemble à un corbeau ou à un oiseau d'aucune sorte. Que veut-il dire ?

Lever mon regard hors de ce dédale de peau, pour revenir croiser le sien et l'interroger plus avant. Il semble qu'il m'oublie. Regardant derrière mon épaule vers le bout nord du pont, seul son œil mort se pose sur le mien, voit à travers pour sortir de l'autre côté, ce qui me fait frissonner avec l'idée que je ne suis pas ici. Il est clair qu'il regarde avec attention quelque chose derrière moi. Jeter un coup d'œil et voir par moi-même.

Les hommes sont debout dans l'eau, avançant jusqu'aux cuisses pour se grouper sous le pont. Ils tendent des bâtons pour décrocher quelque chose logé là ; crient entre eux comme des petits garçons excités, en tâtonnant, en éclaboussant et en tirant : Va doucement. Hé, attention. Ça vient. Le voilà...

Gros. Gris et dansant sur l'eau, de la viande d'eau. Les jeunes hommes l'entourent. Un veau gonflé par les gaz que l'inondation a emporté, ou... ?

Une pensée soudaine est venue en moi. Les jeunes hommes attrapent solidement la créature sous les bras et tracent un sillon d'argent jusqu'à la rive, où elle est hissée en haut, ruisselante, vautrée nue et lourde sur l'herbe pour être vue par nous correctement.

Oh non.

Ses seins, du poisson bouilli. D'algue sa langue, et le regard fixe. Pourquoi n'est-elle pas à mi-chemin de la mer, maintenant, enfoncée jusqu'au torse dans la vase, ou étranglée par les filets à crabes, trempée, étendue immobile parmi une étendue de mains coupées qui se tordent et font encore des gestes ? Comment se fait-il que, morte, elle a la pensée de s'arrêter ici, à l'endroit qu'elle cherche quand elle est encore vive et chaude ? Comment les morts peuvent-ils avoir des destinations ? Sa bouche dégouline. Couverte de sangsues, des bijoux noirs comme phlegme qui s'accrochent là, à l'intérieur du pied.

Ils ne la connaissent pas, si ? Le vieil homme non plus. Elle n'est pas venue ici avant. De la charogne de ruisseau, voilà tout ce qu'elle est. Une pauvre chose, née de la rivière, avec une bouche de poisson sur la gorge, tuée, mais fille de personne. Oussine. C'est mon nom maintenant, et le sien est emporté avec tout son sang et ses couleurs. Fruit pourri de la marée, nu et sans nom, échoué dans les bandes d'écume qui marquent les plus hauts niveaux de l'eau, elle n'est un souci pour personne. Les sables en vague sur le lit du courant sont copiés, détrempés en réplique sur sa peau ridée et creusée. Le nez en caverne, et une joue ouverte par les épinoches.

Le vieil homme me demande de le soulever, de traîner son lit fait de bâtons sur les troncs du passage, jusqu'au lieu où se groupent les vît-lains, en bas près de son extrémité plus au loin. Les jambes hérissées de perles d'humidité jusqu'à la limite où leur est venue l'eau, le poil recourbé en crochets et en mèches, ils se tiennent aussi immobiles que des pierres dressées tout autour de celle qui est plus immobile encore.

En entendant le fracas de la litière qui approche en traversant le bois, les hommes lèvent la tête, me regardent en faisant des grimaces, mais les effacent quand ils voient qui est traîné ici derrière moi. Olune lève la tête de sa civière et la tend pour les surplomber, debout en rond fermé autour du cadavre. L'homme au ventre en bulle qui voit le premier le corps sous le pont touche son front avec un doigt et marmonne : « Bonne chance au Hob », puis détourne les yeux d'Olune, en fixant l'herbe comme s'il avait peur. Les autres hommes font pareil. Qu'y a-t-il à craindre de ce sac de bâtons peint ? Et pourtant, ils remuent des pieds, en dessous de nous, sur le bord de la rivière et attendent qu'il parle.

« Ce matin, il y a du sang dans mes selles, qui parle de problèmes au pont, et m'amène ici. »

Les hommes se regardent l'un l'autre, effrayés et frappés d'émerveillement de voir que cet événement est connu d'Olune longtemps avant qu'ils pensent à regarder sous l'arche d'ombre. Le rire s'étouffe et bouillonne dans mon nez : si dans sa tribu, tous sont de pareils pense-merde que ceux-ci, il n'est pas étonnant qu'on croit qu'Olune est l'habile-homme. Ce matin même, il me laisse le traîner sur des lieues, et pourtant ne fait aucune mention de ce présage donné par son ventre, le petit démon à la langue tordue. La pensée me vient en tête qu'il vit en bernant les sots et qu'en vérité, nous sommes de même sorte. Eh, il pourrait presque être mon père, quand toutes choses sont dites.

L'homme si gros qu'il semble porter un enfant agite maintenant une main vers la femme à la gorge coupée à ses pieds.

« Alors, voilà la raison de ton signe. Nous la trouvons sous le pont, échouée contre les barrages des castors. »

Par toutes les marques, voilà le pourquoi ! Voilà pourquoi elle ne danse pas maintenant dans le courant, jusqu'à mi-chemin du Pays chaud, ou qu'elle n'est pas curée à coups de becs sur un récif couvert de sel : le pont est construit sur le dos de barrages de castors ! Le gros homme tombe de nouveau dans le silence, attend encore qu'Olune donne de la voix, ses camarades groupés à ses côtés, sans tenir en place.

Maintenant, Olune fait une chose bizarre et effrayante. Il ferme une paupière colorée sur son œil valide, si bien que l'œil en blanc d'œuf semble fixer la viande de fille étalée, froide au milieu des herbes.

« Sa gorge est tranchée. Son oreille est coupée, et pareil à elle, son pouce. »

Il est clair que le vieil homme note ces détails avant de fermer son bon œil, mais pourtant cela fait une étrangeté de le voir prendre la mesure de la fille avec seulement sa vue morte. Faire-semblant et rien de plus, mais ça n'en hérisse pas moins le poil.

« Elle est jetée dans la rivière en dernier lieu, parce que la raison veut que son gosier est tranché avant. Pareil à cela, la torture de l'oreille et du pouce ne peut pas arriver après qu'elle est morte, donc doit être subie en tout premier. Elle n'est pas découpée par plaisir, car pourquoi sinon s'arrêter à une seule oreille, un seul pouce ? Ces cruautés ont un but, et, le but atteint, sont vite suivies par la mise à mort. Quelque part en amont, à pas plus d'une journée passée. »

Non, ce n'est pas seulement la lenteur de sa tribu qui le fait sembler plus habile. Voilà qui est malin. Voilà de la malice, et assez profond pour s'y noyer. En baissant les yeux, je remarque que le cou de la femme est cerclé par une tache, d'un vert moisi. Elle n'est pas là quand elle est jetée à la rivière, sauf si elle est cachée sous le sang, lavé depuis.

« Veillez à ne pas la bouger. Nous allons dire à la maison-en-rond ce qu'il y a ici. »

Sur cela, il me demande de le tirer de nouveau vers l'autre côté de la rivière, descendant en cahotant la pente sud du pont et maintenant le long de l'herbe rendue chauve qui s'étend en rubans au bord de l'eau. Retour le long de l'étang-marécage blanc de roseaux, son île avec une couronne en bois pour le feu où les garçons sans poil font les lézards nus, le ventre contre le rocher cuit au soleil. Au sommet de son bûcher est assis leur enfant de chiffons, sa tête en paille inclinée sur un côté, nous regardant passer, mais sans visage encore. Les mêmes feuilles montent, une éclaboussure d'or sec autour de mon talon.

Le silence tient presque jusqu'à la moitié du chemin du retour, où ma question ne peut plus rester sans être posée.

« Qu'est-ce qui arrive maintenant, à cette pauvre femme tuée ? » Cela dit sur un ton léger, avec l'apparence d'être libre de souci.

Sa voix me revient par-dessus le grincement et le craquement de sa civière, un chuchotement sorti du feu.

« Oh, pas beaucoup de choses à dire. La rivière nous apporte de telles affaires, de temps en temps. Toutes sortes de faits se produisent dans les cols au nord, leurs restes échoués ici ; les nouveaux nés qu'on ne veut pas, des bœufs avec trop d'yeux, ou les vieux qui encombrent. Sauf quand ils ont la marque de la peste, nous les mettons en terre en un jour, avec des fleurs offertes en place de biens. Voilà la coutume ici... »

Il se tait. Sur le vent d'est vient un gémissement, comme de très loin. Devant moi, qui me tourne pour regarder, s'étirent les champs noyés et puis la colline, son sommet entouré de fumées. Les petites formes jettent les bras en l'air, piaulant dans la distance.

« Mais il y en a qui veulent que c'est autrement », l'habile-homme conclut, et sur cela, nous continuons pour arriver enfin au vît-lage dans sa forteresse de fougères. Là, Olune parle au garde de la porte, avec ses mains chauve-souris qui volent en noir, de la femme tuée au pont, et lui demande de faire passer l'histoire.

« Bonne chance au Hob », disent tous les vît-lains tandis que nous labourons la poussière entre eux, en nous traînant pour revenir au logis d'Olune. « Bonne chance au Hob. »

La pensée m'arrive maintenant qu'ils parlent à nous deux.

Non. Non. Pas moi. Être une femme-Hob n'est pas un sort pour moi, la fatigue d'apprendre chaque chant, une hutte où on ne peut pas bouger à cause de tous les fétiches affreux. Connaître chaque devoir et chaque cérémonie, s'habiller dans une robe de têtes. Non.

La pensée de perdre des lunes à apprendre toutes les simagrées du vieil homme n'est pas non plus agréable. On ne peut pas dire combien de temps peut passer avant sa mort. À moi de trouver une façon plus rapide de faire ses secrets sortir comme des vers.

Voilà une chose : il rejette son fils et n'a aucun amour pour lui, mais le fils a peut-être le savoir des façons du père. Oui. Oui, voilà qui est proprement pensé, qu'il serait peut-être bon de rendre visite à mon frère Garn avant que les ombres deviennent beaucoup plus longues. Il peut me parler des tunnels où son père marche dans ses rêves de chien.

Que sont des rêves de chien ?

Après un moment, la grosse Hurna revient lourdement à la hutte d'Olune, de ses dévotions sur la colline, la dalle de son visage rougie de sang, toute brillante après ses chansons dans la fumée. Le vieil homme lui dit qu'elle est paresseuse, qu'il a besoin qu'elle colmate ses plaies. « Elles font mal aujourd'hui, il grogne. Tu vas avoir un long travail. »

Elle hoche la tête, sans protester, et le tire hors du soleil et à travers le fouillis de charmes qui délimite sa hutte. Laissée seule ici, il me paraît que maintenant peut être un moment aussi bon qu'un autre pour visiter le fils de l'homme-Hob. Hurna parle dans le profond de la hutte, en essayant encore de gagner le vieil homme à sa foi, pendant qu'elle se charge de ses plaies. Des bribes de leur discussion flottent par-delà les bois battants accrochés là, sur un côté de la porte.

« Le monde est fait dans le feu, qui est par cela supérieur, et se termine dans le feu, comme disent tous les prophètes. La terre des tombes peut apporter des pestes et des épidémies pour tourmenter les vivants, et pourtant nous qui choisissons la piste brillante vers le temps du rêve, nous ne laissons pas de misères derrière nous. Tout ce qui est pur en nous monte, sauf nos résidus. Nous qui proclamons cette foi... » et encore, et encore, sa voix morne comme le murmure d'une ruche. C'est étonnant comment ces gens à dieux arrivent à être à la fois fous et ennuyeux. Allons, je m'en vais, entre les huttes qui somnolent, en les laissant babiller, pour partir dans le midi.

Il n'y a pas de femmes-esprit dans les arbres, il n'y a pas de dieux sous la terre, sinon ils seraient aussi idiots que Hurna. Les gens sont tous nés sans autre pourquoi qu'une pauvre fille des champs flétrie qui montre son cul dans les hautes herbes, et les raisons de notre mort sont à peine meilleures. Où vit ce dieu qui nous tue avec le venin d'une abeille foulée au pied ? Qui nous a placés en ce lieu pour noyer ensuite les récoltes, si bien qu'il n'y a pas assez pour nous nourrir ; qui fait tomber du ciel des cendres et rend nos bêtes aveugles ? Si ce sont des dieux, ils ont des jeux bizarres.

Et pourtant dans chaque vît-lage, il y a de petits hommes au visage gras et des filles maigres qui se punissent et qui jeûnent pour faire plaisir à un ours-esprit, ou bien à un arbre qui leur parle, ils imaginent. Comment les dieux peuvent-ils exiger des flancs maigres et des dos marqués par le fouet, en plus des souffrances qu'ils nous fabriquent déjà ? Si en ce monde nous sommes cruels par dure nécessité, combien plus méchants sont les dieux qui ne manquent de rien, et pourtant nous tourmentent jusqu'à la mort ? De telles choses ne peuvent pas être.

Ce ne sont pas des dieux qui nous accueillent au-delà de la tombe, mais seulement des vers.

De petits enfants hurlent et filent entre les huttes du vît-lage, où les hommes fument le poisson au-dessus de feux retenus et les femmes raclent à coup de silex les dernières morves de viande sanglante sur des peaux débarrassées de la laine. Leurs mères mastiquent le cuir des bêtes pour le rendre mou. Partout, le couinement et l'aboiement des bavardages. Au milieu de la vapeur des chaudrons, un chien passe en boitant, le bassin moisi d'un de ses frères serré entre ses mâchoires. Avec des yeux de bile, il me regarde continuer mon chemin.

Un homme efflanqué qui pile le grain sur une pierre-plate me dit que Garn a bâti sa forge sur la berge est de la vallée, au-dessus de la Colline de la Bête. C'est pour moi une très mauvaise chose que mes pieds nus doivent encore parcourir le long grand cercle de ce matin, mais il n'y a rien d'autre à faire, et le jour est doux.

Au dehors de la porte nord de la colonie, des hommes s'agglutinent comme un épais cercle de gras au bord d'une fosse en coupe fraîchement creusée, où un ours-de-terre est opposé à un couple de chiens. Un des chiens est presque éventré, déchiré par la patte en pelle de l'ours-de-terre. Il traîne ses pattes de derrière dans la terre mouillée de sang et gémit, ses mauves se pressant à travers la déchirure du ventre.

L'autre chien est plus fort et fou de faim, à voir ses yeux. Il claque des mâchoires et saute, creuse sur la bande blanche au front de son adversaire un sillon rose qui coule, jusqu'à ce que l'ours-de-terre devienne aveugle par ses propres jus. Les hommes se pressent autour du trou et rient tant qu'un frisson ondule à travers leurs tétons mous, entoilés de gris. Ils crient pour encourager. Ils se tripotent les couilles sans le savoir. Dans la fosse maintenant cachée de moi par un mur de dos couverts de verrues, l'ours-de-terre hurle de triomphe, ou de souffrance.

Continue sur mon chemin qui, depuis les portes du vît-lage, se courbe à travers le marais. Le verger de torses arrive sur moi en chair bleuissante et en os, avant même d'arriver dans mes pensées.

Ils paraissent être des têtes coupées géantes, avec les sexes comme bouche et les tétons comme yeux, chacun avec un panache de mouches à viande qui flotte sur la brise. Des fourmis rousses bougent, au coin de mon œil. Ne regarde pas. Continue à marcher, et me bouche le nez contre l'odeur sucrée des asticots dans l'air.

De l'autre côté des terres humides se dresse le massif aux flancs nus qu'ils appellent la Colline de la Bête ; les feux autour de son sommet sont éteints, maintenant, sa couronne argentée de fumée dispersée, toutes les lamentations tues. Au-dessus, sur la pente est de la vallée, un fil de laine grise monte seul en se tordant à travers le ciel qui pâlit, de la fournaise du forgeur de cuivre.

Nous sommes aux derniers temps du monde, car nous avons avancé aussi loin maintenant qu'il nous est possible d'aller sur le chemin qui s'éloigne de ce qui est naturel. Nous regroupons et enfermons la bête née pour aller libre. Dans des huttes, nous nous accrochons comme des coquilles d'escargots à la terre des marais que nos grands-pères ont l'habitude de traverser et puis de dépasser. Nous cuisinons le sang sorti de la terre et nous laissons ses croûtes former des couronnes et des couteaux ; nous forçons notre chemin droit à travers les champs tordus et nous faisons du troc avec les peaux-noires. Bientôt, les océans se soulèvent et nous emportent. Bientôt, les étoiles tombent.

Traverser les champs, gras et vérolés de flaques ; les massifs de sphaignes qui tremblent ; les nuages d'orage des moustiques au-dessus d'un ruisseau aussi terne que l'étain. Les énormes moutons sauvages qui broutent sur les premières pentes m'observent de loin, me regardent avec méfiance les contourner et continuer vers le rebord de la vallée, en remontant la piste le long de la face nord de la Colline de la Bête.

Au-dessus de la colline, maintenant, un regard en arrière. Les murs de terre en cercle sur son sommet, vus de jour, contiennent visiblement des animaux à l'intérieur, une fois, mais sont donnés à une autre utilisation, maintenant. Au-dessus des ronds surélevés, de grosses fleurs de suie sont brûlées dans la terre, les pétales d'ombre ouverts autour d'un cœur gris qui s'effrite, encore chaud. On ne voit pas de gens, et mon ascension continue donc jusqu'au lieu où les arbres sont brûlés pour ne laisser que des souches contre le bord déchiqueté du ciel déchiré. Une fumée couleur de dent se déroule en lambeaux de la forge, de brefs drapeaux sales pour me guider là-bas.

Il se dresse seul, l'antre solitaire de Garn, parmi les souches laides, au sommet charbonneux ; tout en toit, avec des murs si bas qu'ils peuvent à peine être vus sous le cône de roseaux vert-fantôme. La forge est bâtie d'un empilage de pierres colmatées de boue. Tendant le cou, elle se tient au dehors de la hutte et, à côté d'elle, Garn sue. Ce doit être lui, ses yeux tellement pareils à ceux de l'habile-homme, et pourtant il est tellement différent par sa carrure.

Nu jusqu'au milieu avec un tablier accroché sur le bas. Gras, mais le gras est dur, dallé en bandeaux épais autour de ses bras rouges luisants, son torse large comme un chêne qui se passe de cou pour s'arrondir directement en une tête de taurochs. Ses traits paraissent trop petits, tout serrés entre cette surface de joue lisse comme celle d'un bébé, sous le vide humide et vaste de son front.

Dans un poing gros comme un jambon, il serre une perche fendue qui tient sur les charbons le métal à travailler, jusqu'à ce qu'il se colore comme le soleil à l'aube. Là, il le soulève, prudent dans ses mouvements, vers le bloc de battue où, avec une pierre-marteau, il cogne sa longueur qui n'est pas de ce monde, claire et illuminée du cœur, en une feuille fine sur tout le long d'un bord. Lever et sonner, lever et sonner, une soudaine vague d'étincelles saute à chaque coup, le son rendu visible, qui tinte brillant et pleut terne sur le sol.

Et maintenant la lame est trempée, plantée dans une vieille auge d'écorce poudrée de mousse, où l'eau tousse une seule fois pour l'avaler, puis crache de la vapeur pour perler encore plus sur la bajoue du forgeur de cuivre. Pendant que j'avance vers lui au milieu des bois abattus par le feu, la férocité de sa détermination me fait garder le silence, et pourtant il lève les yeux et plisse les paupières pour me distinguer contre le soleil dans mon dos. Son menton est arrondi, comme une pomme sauvage qui tangue, à demi noyée dans des flots de chair. Une perle salée en tombe, puis une autre, et il lève une main pour jeter en travers de ses yeux un demi-masque d'ombre fraîche.

« Qu'est-ce que tu veux ? » Sa voix est merveilleusement douce pour venir d'une telle brute de forge qui renâcle et gueule dans les fumées traversées d'étincelles.

« Es-tu nommé Garn ? »

Il baisse maintenant sa main et se retourne vers sa forge.

« Oui, c'est mon nom. Qu'est-ce que tu veux ? » Il actionne un soufflet fait en poumons de cheval, ramenant la chaleur aux braises.

« Mon nom est Oussine. Oussine, fille d'Olune. »

Ici, le soufflet suspend sa respiration, est lentement abaissé de sa tâche, si bien que les braises refroidissent et se voilent d'une poussière de papillon. La tête massive se tourne encore vers moi, maintenant, les yeux rendus étroits par le soupçon. Mal à l'aise, il essuie sur ses lèvres le dos d'une grosse patte et laisse une traînée de noir, de la bouche au menton. Le silence tient un moment, dans ce bosquet de cendres, et maintenant les coins couverts de suie de sa bouche dodue comme celle d'un bébé commencent à se tourner vers le haut, avec amertume.

« C'est toi qu'il envoie chercher, hein ?, lorsqu'il ne peut pas m'envoyer chercher, moi. Il veut répandre sa charge de charognes et d'écorces d'arbre peintes et tout ça sur toi, maintenant, hein ? Eh bien, bonne chance à lui. »

Il tord son visage en une grimace, se détournant de moi, et active son soufflet avec fureur. « Bonne chance au Hob », il ajoute par-dessus son épaule, après quoi il crache un grumeau de fiel qui grésille dans les braises luisantes.

« C'est tout ce que tu as à dire maintenant à ta sœur ? » Mes mots trébuchent un peu pour trahir mon courage, en hésitant. Il me fait peur, avec sa taille et sa férocité.

« Ma sœur ? » Il ne se tourne pas, mais, pressant encore plus fort son assemblage fait avec des poumons de jument, il attise les braises jusqu'à leur midi.

« Le vieil homme affirme que je ne suis pas son fils et, pour ma part, ce n'est pas mon Pa ; comment peux-tu être ma sœur, alors ? Tout ce que tu veux, c'est le trésor du vieux, sinon pourquoi fais-tu tout ce chemin pour venir ici ? Ce n'est pas comme si tu tiens à lui, qui ne veut pas te voir, tout le temps depuis que tu es bébé. »

La clarté des braises peint maintenant ses bras et son front. Le soufflet s'arrête, et ici Garn avance de quelques pas lents jusqu'à une souche voisine, où reposent les longues coulées brutes de minerai, toutes froides et rugueuses. Dans tout ce temps, il ne me regarde pas, mais parle, avec des mots pleins de ressentiment.

« Si tu désires tant sa richesse, alors prends-la. C'est une chose sale, toute pleine de fièvres et d'idées bizarres. Grand bien cela te fait. Laisse-moi seul faire mon travail, c'est tout. C'est assez que, pour grandir, je passe tout mon temps là-bas dans cette tanière tendue de malédictions qu'il appelle une hutte, alors, ne m'en apporte plus rien. Tout cela, ramper sous terre et parler avec les morts, c'est une mauvaise chose. Donne-moi simplement mon minerai, il est propre, et laisse-moi tranquille. »

Il choisit maintenant une barre abîmée, laide, qui a la couleur des feuilles autour de nos pieds, retournant avec elle à sa forge.

Le trajet de mes questions est clair. « Que dis-tu, ramper sous terre ? Tu as vu de tes propres yeux Olune faire ces choses ? »

Maintenant, Garn saisit de nouveau sa perche de prise et coince le lingot dans sa fourche. Il tourne la tête pour me jeter un regard noir, un adolescent boudeur malgré toute sa chair, puis il regarde ailleurs. Avec la perche fendue, il plonge profondément la barre de minerai dans la gueule de la fournaise et la tient là.

« Quoi, le voir descendre dans des trous ou des creux ? Tu es folle ? Voir ces chemins secrets n'est pas permis, à moins que tu es habile-homme. C'est là qu'ils gardent leur trésor, tu sais, et tous les os des Hobs et des femmes-Hobs passés. »

Il tourne son sourire vers moi, et a un regard de savoir, sa voix devenue basse, pareille à celle entre un comploteur et un autre de même sorte.

« Mais voilà la ruse : tu ne peux pas savoir un peu son secret, sans en savoir le tout. Connaître, comme lui, chaque sentier et passage perdu dans les herbes, et le nom de chaque champ. Savoir, comme il sait, d'où viennent les inondations, et où les voleurs de bêtes font leur approche rusée, ou ont leurs cachettes. Avoir chaque arbre, chaque rocher, des sentiers que tu ne parcours pas depuis des années, tenus dans tes pensées à tout moment, par un art rare qu'aucun homme ordinaire ne peut comprendre. Chaque puits et coin de pêche. Chaque tombe et filon caché. »

Cette dernière remarque me laisse perdue. Au milieu des braises, la barre de Garn devient maintenant de la couleur du vieux sang, et maintenant du sang frais.

« Comment est-ce mauvais d'avoir une telle connaissance ? Allons, pour toi qui forges le métal, c'est sûrement mieux si tu as le savoir des filons et des veines ? »

Il secoue la tête. « Si toute sa sagesse est mienne, alors forger le métal n'est plus mon art. Si toutes ses pensées sont aussi mes pensées, alors, hé ! il est moi, et moi, un homme-Hob, juste comme lui, laissé sans pensées à moi. Ces pensées, ce ne sont même pas les siennes, ni celles de son père, non plus, ou de son grand-père. Elles sont aussi vieilles que les collines, ces idées en lui qui forment chacun de ses gestes et de ses mots. C'est comme si le vieil homme et les vieux hommes venus avant lui sont tous un, une seule personne, une façon de voir, unique et immortelle à travers tout le temps. Ce n'est pas naturel.

« Ma façon de voir n'est pas la même que la sienne, et on ne doit pas l'écarter pour que sa vieille coutume persiste. Ma forge, mon feu, mon savoir des chaleurs et des trempes favorables, ce sont des choses faites pour le monde que nous avons maintenant. Ses façons de sourcier et ses chants n'ont pas d'utilité pour moi, elles me donnent encore des mauvais rêves, et me poussent à m'installer à part de lui et de tous ses ouvrages. Cette colline est l'endroit pour moi. On sent qu'elle est bonne pour les fournaises, et le feu est bien assis, ici. »

Maintenant, le métal dans la forge est presque trop brillant pour le regarder. Garn le lève en dehors avec sa perche fendue et le porte sur le bloc de battue.

« Mais sûrement, tu n'as pas besoin de faire tant de chemin et de te percher ici pour t'éloigner d'un vieil homme qui ne peut pas marcher ? Pourquoi ne pas prendre une place dans le vît-lage, plus près de tes clients ? »

Garn se tient, marteau levé, prêt à recommencer le vacarme qui disperse les moineaux, mais s'arrête, lève la tête pour me regarder avec des yeux tant remplis de mépris et de haine qu'il me fait reculer de plusieurs pas devant lui.

« Vivre au vît-lage ? Ha ! Et comment peut-on échapper à Olune à l'intérieur du vît-lage ? Est-ce que tu ne m'écoutes pas du tout ? »

Il parle entre des dents découvertes, un sifflement bien plus aigu que celui de l'auge de trempe : « Il *est* le vît-lage. »

Et sur ces paroles, il se détourne. Le marteau se lève et tombe. Son tintement assourdissant me chasse de cette clairière de charbon de bois, pour revenir sur le sentier qui se tord à côté de la Colline de la Bête vers le fond de la vallée. Descendre ; au sud-ouest, on peut encore voir le campement au loin, une ombre longue qui caresse les champs. Fin d'après-midi.

Derrière moi, dans la descente, les coups de marteaux deviennent faibles. Au-dessus des huttes au loin, un linceul de fumée.

Malaise. Il ronge en moi et pourtant, son nom ne peut pas être dit, ni le lieu d'où il vient, comme une trompe grave qui sonne dans mon cœur, un froid qui givre ma vessie. Est-ce que quelque chose ne va pas bien, ici ?

Colline de la Bête, marécage et torses. Finalement, les portes du vît-lage arrivent en vue, mais là, tout est clameur et agitation. De la fumée est suspendue partout et enveloppe le soleil qui s'enfonce, noie le campement dans une lumière de feu ; de grandes masses étouffantes qui semblent plus faites de bruit que de vapeur, couvrant la lamentation des fantômes, le piaillement de petits qu'on ne voit pas. Mon pas devient plus rapide, je cours maintenant vers le mur de ronces et de fumées entremêlées.

Le jeune homme avec la tache de naissance sur le visage se penche depuis son poste de garde quand il m'entend l'appeler.

« Qu'est-ce qui se passe ici ? Est-ce que... » Maintenant, la fumée mord dans ma gorge et me fait tousser, sans pouvoir parler davantage.

Les larmes brillent sur sa joue tachée, mais nées du chagrin ou d'un œil piqué par la suie, ce n'est pas moi qui le sais.

« Un feu, parmi les granges à l'est. Il est éteint, maintenant. Personne n'est mort, mais il y a autant de huttes changées en cendres que de serres sur une patte de hibou. »

Avancer entre les rouleaux de fumée ; les voiles ouverts et claqués par la brise pour me montrer maintenant une femme accroupie pour essuyer le visage de son petit aveuglé par la suie, ou maintenant un couple d'hommes qui se tiennent devant une ruine qui s'éteint, en échangeant des plaisanteries amères.

« Tu vois que notre Père sort sans mal, alors ?

– Ouais, et moi qui suis presque prêt à le prendre par la peau du cou pour le remettre dedans, ce paresseux. »

Le voile recule. Ils rient et ne me voient pas passer à côté d'eux.

Au-delà de l'extrémité sud du camp siège la hutte d'Olune, ni touchée par le feu ni gênée beaucoup par la fumée en raison d'un vent de sud-ouest. Ce même courant d'air m'apporte maintenant un bruit qui presse encore mon pas. Olune couine plus fort que le grand goret noir qui fuit devant la chasse du dieu mort. Quand j'atteins la hutte et me fraye maintenant un passage à l'intérieur, cela résonne contre l'avalanche de maléfices et de tambours en peaux d'ennemis, un cri perçant qui me guide à travers les entassements morbides jusqu'au rond central.

Nu sur son lit de fougères, il se tord et pleure, avec Hurna agenouillée près de lui, le visage comme viande pendant qu'elle lui tapote le torse avec des chiffons humides, à demi éclairée par la fosse à feu.

Approcher de lui, m'accroupir maintenant pour le voir de plus près ; il est clair qu'il a une brûlure monstrueuse en dessous d'un téton flétri. Des cloques suintantes gonflent sur la chair grillée et salie parmi les tatouages de boucles de coquillages, de cercles et de signes. Il piaule de nouveau, puis s'enfonce dans un discours de fièvre.

Porte maintenant mon regard vers Hurna, qui le soutient avec le sien, ses yeux impassibles aussi plats que des têtes de clous.

« Comment Olune est-il brûlé ? Le feu dans le vît-lage ne vient pas aussi loin qu'ici. »

Elle hausse ses épaules de laboureur, en grognant sa réponse. « C'est quand le feu commence, du côté des huttes à l'est, avant qu'ils nous apportent la nouvelle. Ton père hurle et me demande de regarder pour voir, et elle est là, sur sa poitrine, cette affreuse brûlure. »

Elle arrache un petit sourire de ses lèvres minces comme une pelure. « Si tu me demandes, je dis que c'est un signe qu'il doit changer de foi. »

Le vieil homme crie de nouveau.

Si le feu brûle un vît-lage, est-ce que ses cloques peuvent se former sur quelqu'un qui croit qu'il est un vît-lage ? Est-ce que la fumée sort de la même façon de ses poumons et des étroits sentiers du campement ? Un feu pour fumer le poisson échappe au contrôle et, à une demi-lieue de là, un torse cloque pourtant sous sa chaleur ? Non. De telles choses ne se peuvent pas, sauf si le pas de nos jours a un écho dans ses veines, sauf si c'est la pisse des chiens sur des souches au loin qui jaunit maintenant ses dents. Nos cieux deviennent-ils sombres quand il ferme son œil, nos berges débordent-elles s'il mouille sa litière pendant la nuit ? Cette brise de viande gâtée qui circule entre nos huttes, est-ce son souffle ? Et la fille morte danse-t-elle vers l'aval à travers ses intestins, si bien que le sang monte en nuage du lieu où les ongles de son cadavre raclent le lit tendre comme une éponge, pour échouer finalement contre le barrage de troncs de son fondement ?

Non. Non. Ce doit être le vieil homme qui se brûle lui-même, à moins que cette Hurna ne lui grille le torse pour s'amuser. C'est une chose ou l'autre, car un lieu n'est pas une personne, et il n'y a pas de sympathie entre la chair et le champ.

Nous mourrons. La piste demeure.

Les tassements, les écroulements et les effondrements à peine entendus parmi les braises qui s'éteignent sont tout ce qui marque le passage des moments dans la hutte d'Olune. Cela, et l'effacement graduel des plaintes du vieil homme, la diminution de ses contorsions de douleur jusqu'à de simples frémissements ; un frisson de temps en temps.

Ses gémissements sont plus doux ; pas moins pressants, mais ils semblent venir de plus loin, un vieil homme qui erre, perdu loin de nous, ses appels à l'aide devenus faibles alors qu'il diminue sur des sentiers de crépuscule tissés à travers le vîtlage bizarre et compliqué de ses rêves. Nu sur le lit de branches tressées, il s'immobilise ; il dort.

Assises des deux côtés de lui dans notre cône de lumière d'ambre, la grosse Hurna et moi n'avons pas beaucoup à dire. Nous partageons un bol de lait caillé avec des croûtes arrachées à un cuissot de pain pour saucer. Depuis les escarpements de curiosités autour de nous, des oiseaux morts nous observent tandis que nous trempons, suçons, et essuyons nos mentons. Remplis de la connaissance lugubre du trépas, leurs yeux me troublent.

Une fois finis son pain et son lait caillé, Hurna reste assise en silence pendant un moment, une curieuse expression sur son visage jusqu'à ce qu'elle lâche un rot énorme, qui gronde et gronde comme des crapauds en chœur. Semblant bien plus à son aise après ceci, elle ne tarde pas à entamer un discours sur sa foi, tout en prétendant vouloir parler de la mienne.

« Tu crois à tout ceci, oui ? » Ici, elle fait un geste vers les stalagmites branlantes de détritus qui se dressent autour de nous, penchées vers nous comme des brutes. Ma seule réponse est un simple haussement d'épaules, qu'elle prend pour un encouragement ; un accord avec son côté des choses.

« Non ? Ah, tu n'as pas l'air d'être du genre à ça, et on ne peut pas te blâmer. De sales vieilles idées, voilà tout ce que c'est, et c'est une chance que la plupart des bonnes gens dans ces temps en sont venus à connaître une meilleure façon.

– Oh ? Et quelle façon est-ce ? » Ma question est posée avec peu d'intérêt, et pourtant elle s'en empare, comme d'un compliment un homme avec un bec de lièvre.

« Ma façon. La façon de mon peuple. Nous ne croyons pas à des dieux qui vivent sous la terre et accueillent les morts là-bas. Car la terre n'est que le plus bas des esprits, qui a le bois et l'eau, l'air et le feu tout au-dessus d'elle par leur importance. La terre est la chose au-dessus de quoi nous devons nous élever, pas nous mettre dessous ! Le jeune Garn, il voit ça assez bien, mais Olune n'écoute pas. »

Ici, elle incline la tête vers le vieil homme, tressautant sur sa litière, nu sinon en ses lignes et ses tourbillons, ses dessins de corbeaux.

« Ton père s'accroche à ses anciennes façons et n'accorde pas attention à la raison. Même lorsque nous lui disons que, quand il est mort, il peut reposer là-bas dans le cercle du cœur, sur la Colline de la Bête, en urne avec des reines, il ne paraît pas s'en soucier. »

Ses petits yeux stupides se font rusés.

« Si tu parles avec lui, si tu lui dis que notre façon est meilleure, il peut suivre ce que tu dis, alors qu'il ne fait pas attention à moi ou à Garn. »

Je suis en colère qu'elle forme de cette façon des complots contre le vieil homme. C'est à moi de le faire.

Mes paroles sont tranchantes. « Ça ne fait pas de différence pour moi où un homme est mis quand il est mort, ou une femme. Enterre-les où ils tombent, ou... » Me retiens brusquement, au bord de dire : « Jette-les à la rivière », mon esprit rapide vient à mon secours juste à temps : « ... ou laisse-les accrochés, pour les oiseaux. Il se peut que ce soit une chose de grande importance pour toi et Olune, mais pour moi, ça n'a pas beaucoup d'importance. Toutes ces paroles me fatiguent, maintenant. Mon lit est doux, mon père dort en paix, il semble, et il est temps pour moi de prendre du repos. Nuit tranquille à toi. »

La laisser accroupie près de la litière, sa bouche comme celle d'un poisson, faire route à travers des tentures décorées jusqu'à mon lit derrière ses rideaux : il y a un puits profond et calme de fourrures et de confort qui m'attend ; qui attend mes os qui se fatiguent de toute la marche de la journée. Quand je retire tout sauf l'anneau de cuivre où mes perles de verre sont pendues, les peaux se referment sur moi comme des eaux tièdes et sombres. M'enfonce. M'enfonce plus profond dans le tourbillon du noir.

Un grand chien se tourne. Dans le vide de ses grands yeux, une blancheur pareille à la foudre, un éclat féroce et sans flamme qui peut brûler le monde entier. Une lumière crue se déverse de sa gueule, maintenant, quand il déploie la crudité de sa mâchoire et bondit...

Un cri et le soleil me réveillent tous les deux, tant embrouillée dans mes pensées qui se forment que le bruit et la lumière me semblent être tout d'une pièce. Ce cri est le mien, coupé quand la compréhension vient à moi.

Comment le matin est ici si vite ? Il semble qu'à peine mes paupières se ferment que ces rayons grossiers viennent les forcer à s'ouvrir, malgré le sable et les cils qui les collent. Maintenant, une odeur de nourriture me trouve en train de rejeter mes peaux de nuit et d'enfiler mes vêtements. Le rêve qui m'a tirée du sommeil dans une telle frayeur est parti, malgré tous mes efforts pour le rappeler dans mes pensées. Bah, tant pis.

Mon estomac gronde et me demande de suivre le fil d'odeur de cuisine qui se tresse entre les amas de connaissances, de malédictions et de souvenirs. Quel grand festin me prépare Olune, ce matin ? Ma main repousse les bois de porte sur leur corde qui grince pour me laisser aller dehors et regarder mon repas.

La fille morte est à mes pieds, étendue ventre en l'air dans la poussière, devant la hutte. Une accusation aux yeux nuageux qui me regarde, le visage sans expression, et pourtant, il y a un noir sourire juste au-dessous de son menton, au-dessus des taches vert de vase qui marquent sa gorge d'un étranglement. Blanc-bleu. Un éclat subtil, un jeu de lune sur la peau. Ses dents du fond, serrées ensemble, mises à nu à la vue par le trou des poissons dans sa joue.

Là, de l'autre côté du cadavre, me faisant face, sont accroupis les petits rustauds de la vieille reine, Bern et Buri, les flancs luisants, pareils à un homme avec son ombre qui a pris chair, nus tous les deux, sauf par leurs étuis de vît faits de poissons-chats vidés qui sursautent, les yeux écarquillés par l'horreur de leur sort, les vilaines gueules enrubannées ouvertes pour exposer des pointes de crocs jaunis. Ils me fixent tous, ces brutes sorties d'un moule et leurs poissons-chats.

Jetant un regard paniqué qui va des petits rustauds rasés à la fille morte étalée entre nous et revient, mon œil se pose sur Olune, au repos avec son corps maculé de rêves, au lard relâché, soulevé sur un coude tatoué dans le lit de bâtons qui est tiré juste à côté de son enfant assassinée. Il paraît aller mieux que le soir d'hier, mais il semble encore malade de faiblesse, bien plus mal qu'il a été aux temps récents. Sur sa poitrine est liée une compresse faite de chiffons et d'une application de boue, pour endiguer les pleurs d'une brûlure qui méprise tout bon sens, et une robe en peau de chien enveloppe sa moitié inférieure. Un peu derrière lui se trouve Hurna, la mine contrariée pendant qu'elle touille un mélange de poisson et de farine au-dessus d'un feu qui bredouille.

Tendant son cou aux tendons épais pour lever vers moi un regard aux yeux dépareillés, le vieil homme parle : « Pourquoi cries-tu ? Nous t'entendons depuis ici. »

Le tambour de mon cœur m'empêche de comprendre ce qu'il dit, et me retient de répondre. Tout ce qui est en mon pouvoir de faire, c'est de regarder avec des yeux ronds à la fois l'homme-sorcier à la peau d'images et sa fille ravagée par la rivière.

« Qu'est-ce qu'elle fait ici ? » C'est le mieux que je peux forcer par mes lèvres, tenues crispées et exsangues comme une laisse sur la terreur qui enfle en moi.

Olune baisse les yeux avec surprise vers la fille froide, immobile à côté de lui, comme s'il remarque seulement à ce moment qu'elle est là, puis il me regarde de nouveau.

« Elle ? C'est notre coutume d'inspecter les morts inconnus pour chercher des marques de maladie ou d'autres signes, avant de les mettre au repos. Dans le cours habituel des choses, cela est accompli à la maison-en-rond, mais ma brûlure me rend malade, et je n'ai pas en moi la force d'être déplacé si loin, aussi Bern et Buri l'amènent ici. Assieds-toi et regarde. Souviens-toi qu'à ma mort, ces devoirs passent à toi, avec beaucoup d'autres encore. »

Que faire d'autre que de m'agenouiller comme il me le

demande ? Les deux petits rustauds exposent vers moi leur sourire fracturé tandis qu'Olune reprend encore une fois son inspection de la fille. Mon sourire en réponse est hésitant.

Fermant son bon œil, Olune considère maintenant la chose morte avec sa seule boule aveugle et givrée. Une griffe fragile, peinte, émerge pour ramper sur le ventre de la fille, froid comme une pierre polie. Il pétrit et palpe ses seins flasques, puis galope plus loin, dépasse le bandeau vert autour de son cou, pour s'attarder aux lèvres encroûtées de la déchirure sous sa mâchoire. Un doigt la suit sur sa longueur et puis monte pour fouir dans le trou rongé sur sa joue et caresser la croûte rouge percée de tubes où était accrochée son oreille, avant. Un frisson passe à travers moi quand il parle, alors qu'il ne fait pas froid, pour la saison.

« Elle est tirée de la rivière depuis un jour. Elle flotte peut-être un jour encore avant qu'on la trouve, et donc est tuée pas très loin en amont, au nord d'ici. Sa gorge est ouverte par un poignard ou un couteau à lame courte, à la fois assez tranchant et dur pour couper l'os, comme dans son pouce. »

Ils me voient bien regarder fixement au loin d'eux, mais les frères Bern et Buri me parlent tous les deux maintenant, à tour de rôle, et me forcent à lever les yeux.

« Il me semble qu'elle meurt le jour où tu arrives. » Ces mots sont prononcés par le frère à gauche. Sa voix est lente et traînante, pleine d'un amusement étrange ; pourtant, il ne sourit pas ou ne plisse pas les yeux, accroupi là en me considérant par-dessus la femme abattue.

« Du nord. Tu arrives du nord, comme elle. »

C'est l'autre frère qui parle, mais, par la voix et les manières, ils sont tous les deux pareils comme en apparence. Que veulent-ils que je dise ?

Le frère plus à gauche parle de nouveau. « Entends-tu parler de voleurs dans les passes, quand tu es sur la piste ? »

À moitié noyée dans ma peur de ce qu'ils peuvent soupçonner, cette idée est un radeau bienvenu pour m'accrocher.

« Des voleurs ? Ah, mais bien sûr ! Tous les voyageurs qui me rencontrent ces derniers jours sur la piste ne parlent de rien d'autre. Une grande bande d'hommes féroces, ils disent, mais, pour parler de moi, il semble que les coupe-besaces ne se montrent pas à moi. Mon trajet jusqu'ici se passe sans événement. »

Les deux frères pincent aussitôt les lèvres, et hochent ensuite la tête avec un air pensif.

« Une bande de voleurs ? dit celui de droite. Cela se peut. De telles choses sont connues de nous. Tu as de la chance de ne pas les avoir rencontrés, toi aussi.

– Oui, ajoute le frère à gauche, si on considère que tu ne dois pas être à plus d'une lieue ou deux de là quand elle est tuée. Beaucoup de chance. »

Ici, nous hochons tous la tête avec un air grave pour confirmer ma bonne fortune, et laissons Olune continuer son examen.

Ne laissant toujours rien d'autre que son œil aveugle visible, le vieil homme déplace de nouveau sa main au bas du ventre de charogne de la femme pour explorer le mont et ses fougères de mèches, à la fourche de ses jambes. Ses doigts savants fouillent entre les frisons et les bouclettes, les écartant pour mieux voir la froide colline blanche où naissent ces brandes.

« Il n'y a pas de blessure. » Ici, le vieil homme claque la langue avec déception, et un froid subtil tombe sur moi : il n'écarte pas les poils pour regarder, avant de fermer son œil valide. Comment peut-il connaître qu'une blessure est là ou pas, par son seul toucher ? La main se déplace maintenant plus bas encore. Des doigts se tortillant comme des asticots se pressent, impatients d'entrer dans son ouverture rendue étroite par la mort. Sans résultat, pourtant. La fragile main peinte se retire. L'homme-sorcier parle.

« Sa coiffe de fente n'est pas déchirée. »

Ici, les petits rustauds lèvent tous les deux la tête vers Olune avec une même grimace qui fronce leurs fronts rasés.

« Elle n'est pas pointée de force, alors ? » Buri dit, ou Bern.

« Voilà qui est bizarre », Bern répond, ou Buri. « C'est une belle fille et, si on doit la voler et la tuer, pourquoi ne pas la pointer d'abord ? »

Il n'a pas besoin d'ajouter : « C'est ce que nous ferions », car c'est dans ses yeux. Mais son froncement devient plus profond et, après un petit moment de pensée, il risque maintenant sa remarque suivante : « Est-ce qu'elle a la vérole ? »

Le vieil homme secoue la tête si bien que les étoiles tracées dessus tanguent avec folie hors de leur route.

« Pas de vérole. Pas de marque de peste. Elle peut être enterrée sans risque. » Ici, il tourne son visage vers moi, et me montre toute la douleur et la faiblesse fatale gravées dans ses rides. Le vieil homme est plus près de sa mort que j'ai jugé avant aujourd'hui, et il ne me parle pas encore de ses tunnels ou de ses trous au trésor.

« Oussine ? il dit maintenant. Nous avons fini ici. Tu peux

aller prendre ton repas avec Hurna, pendant que nous préparons cette pauvre enfant pour l'enterrement. »

Même si Hurna n'est pas ma compagnie préférée, je n'ai pas de chagrin à faire ce que dit Olune, si fort est mon soulagement d'être loin de ces frères semblent-même et du cadavre qu'ils tâtent si complètement. Son odeur qui tourne à l'aigre est tout autour de moi, quand je marche de la hutte jusqu'à l'endroit où la femme morose, embrouillée de dieux, est accroupie près de son feu et moule la farine de poisson en gâteaux plats et gris.

Elle m'en tend un qui est comme un animal à moitié formé, si horrible qu'il est écrasé sous une pierre à la naissance. Nous ne parlons pas, pensant encore aux mots qui passent entre nous la nuit dernière. L'odeur de la fille morte est partout dans mes cheveux et mes vêtements, et j'ai peu d'appétit. Chaque bouchée du gâteau en farine de poisson me prend si longtemps à mâcher que je n'ai pas envie de finir plus que sa moitié.

Déplace mon regard, de Hurna au groupe devant la hutte. Il semble que les brutes frères sont occupées à rouler le cadavre à l'intérieur d'une voile en toile terne, couleur de terre, le vieil homme continuant de regarder, tandis qu'il repose près d'eux sur sa litière. Sur le point de rabattre le linceul autour de sa tête, un des petits rustauds montre du doigt la bande d'un vert vif comme l'eau croupie qui fait un cercle au-dessous de sa gorge ouverte. Il marmonne quelque chose à son frère, puis au vieil homme, qui hoche la tête et fait une réponse, trop loin pour que j'entende un mot. Les frères haussent les épaules et continuent maintenant à préparer la morte.

À côté de moi, Hurna laisse brusquement échapper un renâclement, comme pour marquer du mépris. « Il ne doit pas espérer que je le traîne jusqu'à ses rites dégoûtants. C'est à toi, ma fille. Ça peut t'être utile : tu fais sûrement plus attention à la façon de mettre les morts au repos si tu dois faire toi-même la longue marche vers leur tombe. »

Elle rit et fait ballotter ses seins. Au-dessus, un corbeau solitaire regarde vers le bas au passage, et lance un seul appel, comme pour nous avertir de l'approche de quelque chose qu'on ne peut pas voir, sauf de ce haut point de vue. Des nuages se massent sur l'horizon à l'ouest. Dans le vît-lage, des enfants courent entre les huttes après un cochon peint, criant tantôt des encouragements, tantôt des protestations quand la créature affolée vire d'un côté ou d'un autre, une traînée de couleur vive qui couine entre les granges et les cours à chevaux. Quel espoir peut avoir une créature si bruyante et si bariolée ? Aucun espoir. Aucun espoir du tout.

Il y a dans mon estomac une peur qui prend du poids et de la forme de jour en jour, sans pouvoir tenir immobile, et me met mal à l'aise comme un bébé gris et froid qui se retourne dans mon ventre. Tu dois partir d'ici, une partie de moi dit à moi-même, avant qu'une autre aube arrive pour trouver une fille morte placée devant ta porte. Pars avec la lumière du loup, quand rien d'autre que les oiseaux n'est éveillé ; glisse-toi entre les ronflements des huttes, et ne reviens jamais plus. Ce n'est pas sûr, ici. Il y a de grandes ombres dressées derrière chaque événement, chaque remarque de hasard, et plus est signifié qu'il n'est dit. Va-t'en. Reprends la piste et laisse derrière toi ces groupes qui chuchotent.

Et maintenant, une autre partie de moi répond. Elle dit : tu ne peux pas partir, et perdre la seule chance de confort et de richesse que tu risques de trouver un jour, pas quand son odeur est si proche. Pense aux tunnels noyés d'or, qui peuvent serpenter sous toi, assise ici ; aux puits au trésor assez profonds pour y puiser tous tes jours. Es-tu une enfant, pour sursauter à des rêves nés du mauvais lait caillé que tu manges avant de te coucher ? Pour gémir quand il y a des grincements dans le noir ? Ces peurs de la nuit ne doivent pas te priver du butin du vieil homme, qui t'appartient de droit. Reste. Reste et attends ton moment, et viens enfin à porter une robe de couleur et à te nourrir de gras.

Mais, et elle, la morte ? S'ils te découvrent...

Ne fais pas attention à ça. Il n'y a rien pour forger un maillon entre toi et elle. Allons, en ce moment même, les petits rustauds, pareils à deux baies sur une branche de gui, préparent une civière pour la tirer vers sa mise en terre. Elle n'est plus pour longtemps au-dessus du sol et quand la terre est tombée sur son visage, alors tu peux la chasser de tes pensées.

Mais... et si son œil mort contemple vraiment un monde que nous ne pouvons pas voir...

Tout ça n'est rien d'autre que des simagrées. Mets ça de côté et pense plutôt à l'or d'Olune.

Mais...

Oh, taisez-vous, toutes les deux. J'ai un os de poisson logé entre mes dents et, du côté de sa hutte, le vieil homme appelle pour que je le traîne jusqu'aux champs de tombes. Je viens, Père. Je viens.

Pour une fois, le voyage n'est pas long. Nous marchons au sud en sortant du campement, avec Bern et Buri pour porter la promise froide et nue sur sa couche improvisée, pendant qu'Olune et moi traînons en arrière. Au-dessus de nous, les feuilles mortes frissonnent en grandes foules chuchotantes sur chaque rameau avide.

Le site des tombes est posé sur un monticule débarrassé d'herbes plus haut que les flaques des marécages qui croupissent tout autour. Les femmes du vît-lage sont déjà assemblées là quand nous arrivons. Elles lèvent le nez, silencieuses, les yeux étroits, agenouillées de façon à entourer un lieu écorché de toute son herbe, la viande de la terre retirée au-dessous, empilée sur un côté comme si elle était souillée, pour révéler une blessure d'un homme de profondeur. Elles sont recroquevillées autour de la tombe, et tressent un rond de têtes de fleurs entre leurs mains nombreuses.

Les femmes s'écartent pour laisser les frères rasés et leur charge sans vie passer entre elles en faisant de grands pas, bizarres et délicats, pour ne pas abîmer la tresse florale. Une fois au bord de la tombe, Bern et Buri posent la civière sur l'herbe, l'un d'eux descendant dans la fosse pour recevoir le corps de l'autre qui le soulève maintenant, ses doigts crispés dans les boucles sous les bras de la morte. Elle est descendue de cette façon dans la gueule de la tombe, les yeux encore ouverts, nous regardant jusqu'à ce qu'elle s'enfonce hors de vue par secousses maladroites, chaque sursaut et cahot accompagné des grognements de Bern et Buri. L'allongeant maintenant sur le fond de la tombe, le petit rustaud fait ensuite une escalade pour rejoindre son frère sur le bord. Au-dessus, des corbeaux tournoient, des flocons de bruit calcinés, qui se dispersent et se reforment sur un ciel vide.

La cérémonie est une chose ennuyeuse sans montée ni chute des sentiments, ni soulagement, rendue plus plate encore par cette lumière pâle, immobile du matin : les mots de la tombe prononcés dans le chuintement déclinant, en mue de serpent, d'Olune, chaque phrase rejetée un seul bref moment sur les berges du discours, puis remporté par le ressac du souffle, qui s'efforce et s'effondre ; les femmes, chantant leurs réponses apprises à la longue et à la dure, au-dessus des fosses de mères, de maris, de fils, à présent accordées à une étrangère ; Bern et Buri, qui prennent chacun une hache de terre, avant la fin du chant, debout, tapant les pieds avec l'impatience de remplir de nouveau le trou et de revenir à leur reine, à leur lieu de tétée.

L'appel et l'écho du chant des os meurent, remplacés par d'autres rythmes. Bern et Buri, chacun à son tour, enfoncent maintenant une hache profondément dans la colline de sol rejeté par la gueule de la tombe, soulevant la terre sur les lames pour la faire pleuvoir dans les yeux de la morte. Choquer et mordre dans un grincement de terre, soulever et lancer dans un raclement, encore et encore. Le corps de la morte repose sans bouger sous cette pluie dure et sèche, comme un campement abandonné d'où toute vie a fui, là-bas, dans les hautes terres du Nord, silencieux et immobile sous la chute soutenue de cendres et de boue qui couvre maintenant les rides de ses pistes et ses hérissements de bruyère, effaçant tous ses bassins et ses crêtes. Seuls les seins et le visage demeurent. Maintenant, plus rien que sa mâchoire ; son menton. Elle a disparu.

La tombe est remplie. Les femmes chantent de nouveau, et Olune sème des dents de chien sur le monticule humide, vierge de pas. Les pétales des fleurs tressées commencent à se recroqueviller et à noircir. Chacun rentre chez lui, et Bern et Buri traversent les champs au même pas, les femmes à leur suite, en un long nœud qui se défait. Nous tressautons et cahotons à leur suite, mais bientôt elles sont trop loin pour les appeler, laissant Olune et moi en notre propre compagnie.

« Pourquoi tu sèmes des dents de chien sur sa tombe ? »

Ma question est posée davantage pour briser le silence lugubre des marais que par un grand désir de savoir la réponse ; pourtant, le vieil homme répond quand même.

« Pour que les chiens-esprit puissent la garder en sûreté, et la guider par les sentiers souterrains au vît-lage des morts. » Il semble sur le point d'en exposer davantage, mais maintenant une toux terrible tombe sur lui, et il ne peut plus parler.

« Il n'y a personne sauf toi et les morts, alors, qui connaissent ces sentiers souterrains ? » C'est ma question suivante, présentée une fois que sa toux s'efface.

« C'est assez vrai. Il semble qu'il faut avoir un pied ou les deux plantés dans l'autre monde pour connaître ses détours. » Ici, il rit, un bruit fragile, chargé de mucus, très pareil à un escargot qu'on écrase. « Sauf le vieux Tunny. Il connaît chaque tournant du sentier, mais tout le savoir est dans ses doigts. Rien n'est dans sa tête. Il... »

Ici, l'habile-homme s'arrête, comme s'il pense mieux de ne pas me dire davantage. Du moins, c'est le sentiment que j'ai. Un moment passe, puis un autre. Il n'y a toujours pas de voix qui vient de derrière mon épaule, où le vieil homme est traîné dans mon dos. En me retournant, la raison de son silence est claire : ses yeux sortent comme des œufs peints. Sous le filet fou de signes qui marquent sa chair, la peau est devenue d'un bleu lent et spectral.

Pas maintenant ! Pas maintenant, avant de m'avoir tout dit !

Je laisse tomber la litière pour courir, et mes cris ameutent le campement avant que mes pieds peuvent m'amener à la moitié du chemin jusque là-bas. Ils sortent de leurs huttes en se dandinant, lents tout d'abord, puis plus rapides quand ils voient qui appelle et comprennent ce qui doit se passer. Ils se dépêchent en file à travers la longue herbe grise du pré, essuyant leurs mains sur leurs manteaux ou remontant leurs jambières en courant.

Il est encore en vie quand nous revenons à lui, un peu du bleu effacé, maintenant, sa poitrine d'oiseau revenue à des montées et descentes en hoquets. Il essaie de parler tandis qu'un homme massif à la carrure de bœuf cueille Olune sur sa litière, pour le porter dans ses bras comme un bébé. Ses lèvres bougent, plissant leurs cicatrices colorées, mais aucun mot ne vient. Il est porté à travers le pré, au milieu des murmures et des chuchotements des vît-lageois qui se pressent autour de lui en essaim mouvant, vers les ruches lointaines du vît-lage, bourdonnant et bruissant déjà de rumeurs et de lamentations.

Sous la terre, elle couche, son bâillement bourré de terre, des filets secs et amers de petites racines pris entre ses dents. Elle vient ici pour ce que laisse son père et, à présent, elle en est plus proche que moi avec toute ma ruse. Des sentiers secrets d'or s'enroulent tout autour d'elle pendant qu'elle dort et pue et tombe en morceaux. Du gravier de joyaux loge entre ses orteils. Des vers d'argent la mangent, là, dans les salles au trésor gaspillées des morts ; les morts, seuls en tout ce monde à ne pas avoir de désirs à satisfaire, de peurs à apaiser ou de besoins à assouvir. Leurs orbites débordent de richesses plus splendides que leurs yeux peuvent jamais connaître de leur vivant, et ils ne s'en soucient pas du tout. Mon corps, chaud et inquiet, obéit à des tambours plus grossiers.

Dehors, au-delà de l'étrangeté encombrée de la hutte du vieil homme, midi arrive et s'en va, marqué par les couinements de panique noyés sous les rires des enfants quand on tue le cochon peint, du côté de la maison-en-rond, d'après le bruit.

Olune est mourant. Étalé là, en face de moi, de l'autre côté de la fosse du feu consumé, il semble ne pas du tout respirer, mais seulement soupirer de moment en moment, ses yeux fixés sur moi sans cligner, à la fois celui qui est aveugle et celui qui voit. Il s'enfonce dans sa mort, s'éloigne et ne répond pas malgré toutes mes questions et demandes pressantes.

« Je t'en prie, Père. Il y a si peu de temps et tu dois me

donner tout ton savoir. Apprends-moi. Dis-moi comment être habile comme toi avant que la mort tire un rideau entre nous. »

Olune sourit, une affreuse fissure dans l'écorce d'images de son visage, et essaie de parler.

« Le rideau… » Ici, il tousse, s'arrête, se reprend, recommence. « Le rideau est déchiré. Il y a moyen pour nous de parler avec les morts et d'avoir leur savoir. Patience, ma fille. Patience. »

Patience ? Que sont tous mes efforts ; traîner ; écouter tous ses ennuyeux grommellements, sinon de la patience ?

« Comment, alors ? Comment ton savoir peut-il venir alors à moi, si tu es mort ? Je t'en prie, Père. Pourquoi ne pas me dire maintenant, quand il y a du temps ? »

De nouveau, le sourire, l'écorce décorée qui se soulève. « Une épreuve. Une dernière épreuve. Si tu dois être l'habile, alors tu dois apprendre à entendre la voix de ceux qui portent ce nom avant toi. Allons, ma fille, n'aie pas l'air si effrayée. Il n'est pas si difficile de connaître les leçons des morts, pour ceux qui ont l'esprit vif, et des yeux pour voir. »

Ma bouche s'ouvre ici pour se plaindre, mais Olune lève une main tremblante pour calmer ma protestation avant qu'elle naisse.

« Ne parlons plus de cela, car il y a un autre sujet : une chose que tu dois me donner pendant qu'il y a encore un souffle dans ma bouche. Quelque chose qui t'appartient, pour être mon réconfort dans la tombe. »

Qu'est-ce que c'est ? Il ne se presse pas de passer ce qu'il me laisse, mais il me demande un cadeau ? Ma langue se fait acide, comme chargée de bile. « Tu dis que nous pouvons discuter quand tu es mort. Quel besoin y a-t-il d'autre réconfort que cela ? »

Il secoue sa tête maculée de constellations. « Non. Même si ma voix peut t'appeler d'au-delà de la tombe, cela ne va pas dans l'autre sens. Tu ne peux pas parler avec moi, alors qu'il y a moyen pour moi de parler avec toi. J'ai le besoin d'un gage, d'un bien de ma fille à tenir à côté de moi dans le noir, pour me laisser moins seul. C'est ici notre coutume. Pourquoi pas ces perles autour de ton cou ? »

Ma meilleure chance semble être de faire plaisir à ce vieux fou et, de cette façon, qu'il change d'avis et me dise tout ce qu'il sait. Sans aucune autre réponse qu'un haussement d'épaules, mes mains montent derrière mon cou pour défaire le nœud du fil de cuivre qui tient en place la rangée de perles. Mes doigts livrent une lutte courte, aveugle et la boucle d'étincelles dures et bleues se dégage et se soulève, tendue au vieil homme sur sa litière.

Il ne prend pas les perles, et ne les regarde pas. En fait, son regard repose encore sur moi, semble fixé sur mon menton ou mes épaules, tout comme si la boucle de perles de verre y pend encore. Finalement, ses yeux tombent sur le cadeau qui est offert dans ma main. Tendant le bras, il me le prend, le tient contre son visage, et commence alors à pleurer.

« Ma fille. Oh, ma fille... » D'autres larmes tombent, ses mots noyés en un gémissement, un reniflement d'idiot. Voir cette mollesse dans ses manières, lui qui tient un vît-lage effrayé sous sa coupe, me remplit de malaise. Penser que se séparer de moi, simplement, lui donne tant de chagrin. Comment ce monde peut-il durer, si tous ses sages sont aussi faibles ?

Il lève la tête et fixe mes yeux une fois de plus, et il y a quelque chose de féroce dans son regard. Peut-être ressent-il de la colère contre lui-même, de brailler ainsi comme un bébé devant sa fille. Il me parle, sa voix devenue plate et froide. « Envoie-moi Hurna maintenant. Mon souhait est de parler à elle seule. »

Il n'y a pas autre chose à faire que d'obéir. Enjambant des obstacles faits de bâtons bariolés et de bonnets ornés d'os de poisson, je trouve mon chemin depuis le dedans de la hutte jusqu'à l'endroit dehors où la femme au visage de pâte est assise et veille sur ses feux de cuisine. Elle paraît surprise d'être convoquée ainsi et, après un moment à rester bouche ouverte sans y croire, elle se dépêche par la porte fermée par les bois pour aller auprès d'Olune.

Assise, fatiguée et déçue dans la poussière, le dos contre les murs en bois écorcés ; mes yeux se posent sur la vue entre les huttes du vît-lage. Du côté de la maison-en-rond, des hommes avec des couteaux en cuivre écorchent la tête sur la carcasse d'un cochon bariolé. Mes yeux se ferment, laissant au-dehors un monde qui sort rapidement de ma compréhension. Des formes grotesques se transforment et se fondent sur du noir, épais comme une croûte.

Les ronds de bois pressent encore contre mon dos, la terre battue contre mon échine. Dans l'obscurité mouchetée derrière mes paupières, il y a au loin des appels, des toux et des craquements, les bruits du vît-lage qui entrent dans ma sieste, servent à me rappeler que le monde est encore autour de moi. Des demi-rêves viennent. Les pensées fleurissent en images, puis fondent.

Garn martèle des abeilles sur son enclume et finit par faire baver sur le côté une bouillie noir et jaune. Il est plongé jusqu'aux genoux dans la cendre, qui monte lentement en un flot chaud et gris, couvrant ses cuisses, son ventre, tout sauf sa tête, qui a des traits de cochon, et maintenant les femmes du campement traversent les plateaux poudreux qui ont surgi, pour nouer autour de sa gorge un anneau de fleurs bleu vif. Leurs tiges laissent des taches d'un vert brillant sur les bourrelets de graisse, et maintenant une compréhension vient en moi, que le corps de Garn n'est plus sous la cendre : la tête est coupée, et le torse de chair est accroché à côté, empalé sur un épieu de bois. La peau enflée est peinte partout d'images d'oiseaux.

Parti du vît-lage dans un autre monde, un cri monte, à quoi les oiseaux s'envolent dans une panique aveugle en battant des ailes et m'emportent avec eux haut au-dessus de la berge de la rivière. Là, en baissant les yeux, nous voyons une femme couper la gorge d'une autre, lui retirer ses vêtements et la jeter dans les eaux paresseuses. Plus haut maintenant, jusqu'à ne plus voir les gens et ne plus percevoir que des champs et des collines ; les taches vert pâle de huttes groupées, vues de loin. Ces visions, bien qu'étranges et excitantes, me sont pourtant connues de quelque part, il y a longtemps, mais d'où, et quand ? Mon corps monte et monte, jusqu'à ce qu'une odeur âcre de fourrure de chien mouillé me réveille.

Mes yeux sont ouverts maintenant sur un après-midi devenu plus long depuis qu'ils se sont fermés, mais le fumet rance de chien persiste. Y a-t-il des chiens dans les parages ? Un demi-souvenir de rêve se retourne, l'éclair d'un ventre aux écailles noires, juste sous la surface de mes pensées, qui replonge et disparaît, sans être reconnu. En me remettant debout avec raideur, il me semble que la senteur vient de la hutte d'Olune et, par conséquent, j'y entre, et il devient plus fort, assez lourd pour piquer les yeux. Quelle est la taille de ce chien, pour avoir une odeur si terrible ?

Se forcer un passage à coups d'épaules à travers les amas colorés et les empilements d'ustensiles ; l'odeur de chien sous la pluie devient plus insupportable à chacun de mes pas vers le rond central, son cœur puant.

Il n'y a pas de chien.

La fosse à feu, allumée maintenant, jette les rougeurs d'une danse sur les courbes et les recoins de la hutte du vieil homme. De l'autre côté, Hurna est assise et me fait face, les bras passés en cercle autour de ses genoux relevés, la tête inclinée sur un côté. Un crachotement et un sifflement du bois vert montent des braises, mais tout le reste est silence dans la clairière cernée de rebuts. Quelque chose dans la forme des bruits de la hutte ne va pas. Une partie est retirée : un son qui n'est plus là. En écoutant un moment, l'omission est évidente : c'est le rythme de sa respiration, à lui.

L'homme-sorcier repose sur sa civière, baigné dans le fantôme de flammes qui bougent l'ombre et la basculent, tordant ses tatouages alors qu'il est immobile comme la pierre. Ses yeux, fixant chacun, humides et aveugles, le lieu où la fumée de la fosse est entraînée en boucles déchirées par le trou de la cheminée, atteignent une égalité finale, brumeux et givrés tous les deux, maintenant. Sur sa poitrine apaisée, les mains qui reposent se nouent et se pétrifient autour de ma boucle de perles de verre qui luisent, violettes à la lumière des braises. De la pisse, sa dernière offrande, détrempe la robe en peau de chiots sur laquelle il repose, d'où l'odeur de chien monte en une vapeur épaisse et poisseuse dans la chaleur du feu.

Dis-moi tes secrets, maintenant, vieil homme, comme tu as promis. Sépare tes lèvres collées par la mort et parle-moi.

« Ça arrive quand tu m'envoies à l'intérieur pour parler avec lui », dit Hurna. Elle est calme et elle sourit, accroupie à la lueur du foyer près du cadavre d'Olune. « Nous ne faisons notre conversation qu'un petit moment, et puis il meurt. Mais n'aie pas de souci... » Ici, elle remarque l'affolement dans mes yeux, le prend pour de la compassion. « Olune meurt d'une mort correcte. Son esprit suit maintenant la piste brillante, et, mieux encore, il ne laisse pour toi aucune corvée. Ses arrangements funéraires sont pris en main, et il n'est pas de grande tâche que tu dois accomplir. Tout est bien. »

Tout est bien ? Que les dieux maudissent cette idiote et la rendent aveugle ! Comment tout peut être bien, si Olune meurt avant de partager avec moi le secret de ses richesses ? Comment peut-elle être assise, sourire et sembler satisfaite quand tous mes plans tombent en poussière ? Sous mes pieds, les tunnels d'or s'éloignent, disparaissent loin de tout rappel. Que peut-on faire pour les ramener ?

Une pensée me vient : traîner Olune en revenant vers le vîtlage, après l'enterrement de la morte, et demander s'il n'y a aucun autre homme vivant que lui qui connaît le chemin souterrain, les pistes des morts. Le rire du vieil homme, comme des coquilles d'escargots qui se brisent ; sa réponse qui remonte en bulles chargées de goudron d'entre les fragments marqués de tourbillons : « Sauf le vieux Tunny. Il connaît chaque tournant du sentier, mais tout le savoir est dans ses doigts. Rien n'est dans sa tête. »

« Qui est Tunny ? »

Hurna regarde vers moi, d'abord surprise, puis intriguée par mon exclamation, car elle ne peut pas voir en quoi Tunny est lié à la mort de mon père. Elle fronce les sourcils et quand elle parle, ses mots sont lents, remplis d'une douceur qui me met en colère. C'est comme si elle parle à un bébé.

« Tunny est le gardien de la porte, ici, le vieil homme aux mains qui tremblent, mais tu as d'autres choses à penser, maintenant. C'est le trouble à la mort de ton père qui brouille tes idées. Pourquoi ne te reposes-tu pas, pour me laisser préparer la veillée d'Olune ? Tu as besoin de temps pour le deuil, et... »

Me détourner d'elle, trébucher au travers des carcasses et des obstacles jusqu'à l'air du crépuscule, dehors.

Ses cris de consolation me suivent : « Ne cours pas. Tu es simplement bouleversée, mais ce n'est pas nécessaire. Il est en un lieu meilleur. Il est sur la piste brillante, maintenant... »

Une étrange exaltation pèse sur le camp tandis que la nuit tombe et que les objets perdent leurs formes et leurs bords pour se fondre dans la lumière qui s'efface. De chaque hutte, les gens émergent, en riant, en bavardant et en allumant des torches, l'une à l'autre, des feux jaunes dans le gris qui s'installe. En groupes murmurants, ils se dirigent vers la porte nord, un grand essaim lent de lumières ambrées qui voyage dans la même direction que moi. Ils me regardent filer entre eux, courir vite vers la hutte de garde avec la sueur du désespoir sur mon front, et pourtant, ils ne font pas attention à moi, pris par une exaltation personnelle.

L'antique gardien de la porte aux mains noires tremblantes n'est visible nulle part, et il semble que son poste est vide et inoccupé ; et puis un grognement étouffé me pousse à regarder à l'intérieur. Dans mon dos, la foule éclairée par les torches franchit les portes du vît-lage et suit le chemin de la rivière, un fil de lumières qui flottent.

À l'intérieur de la hutte de garde, contre le mur, la fille aux cheveux rouges et aux épaules tachées de son est assise à côté du jeune homme à la marque de naissance dont le nom, cela me revient, est Coll. Ils ont les braies baissées autour des chevilles et leurs lèvres se serrent assez fort pour faire mal. Chacun tient le sexe de l'autre.

« Où est Tunny ? »

Des doigts surpris se retirent d'entre les cuisses de l'autre pour venir se placer en coupe, chacun entre les siennes. Leurs lèvres se séparent, unies seulement par un lien argenté de salive.

« Va te faire pointer ailleurs ! Il n'est pas ici. Va te faire pointer ailleurs et laisse-nous tranquilles ! » Le visage gâté du garçon devient si rouge que toutes ses marques s'engloutissent et se perdent dans l'afflux de sang.

Mais ma question est pressante, et ne peut être mise de côté. « Alors, où est-il ? Allez, dis-moi vite, et tu es débarrassé de moi.

– Il est allé voir la nuit du cochon dans les champs du Hob. C'est là que tout le monde va, cette nuit, et c'est bien dommage si tu n'es pas allée là-bas aussi. » Ici, s'interrompant, il change de figure, et sourit pour montrer les taches sur ses dents. « Sauf si tu tiens à rester, en fait, et essayer un peu cela, toi aussi ? »

Mon jet de salive s'écrase contre sa joue. Avec un juron, il se hisse sur ses pieds et vient vers moi, entravé par ses braies et beaucoup trop lent. Seuls ses cris de rage me poursuivent au-delà des murs d'épine-noire et à travers une obscurité animée de cris, d'appels et de traînées de flamme.

La nuit du cochon. Des feux et des formes-d'homme, des cochons peints et des processions aux flambeaux, des traînées ardentes de roseaux qui avancent le long de la rivière, reflétées dans ses profondeurs comme des poissons en feu. Une odeur, une marque excitante sur la nuit et de la fièvre sur le visage des enfants. La nuit du cochon. Chaque année, ces passions et ces lumières, allumées de la même façon chez leurs pères et leurs grands-pères, et plus loin, plus loin encore, jusqu'au temps quand les Ourcs sautent et jacassent dans les fumées d'automne. Cette nuit n'est pas un moment unique, mais elle est aussi nombreuse que les étoiles, un collier de nuits étiré à travers les âges sur un poinçon de rituel et chargé de feux anciens à la place de perles.

Des roseaux blanchis, pâles et peureux, se courbent au vent en tremblante supplication, dans un étang pris par les terres où se gonfle au milieu un crâne de silex gris cervelle et de pierre jaune effritée, qui porte une couronne de bois qui brûle. De tous les vît-lains entassés dans le champ du Hob, seuls quelques-uns ont la place de tenir sur ce promontoire, visages rouges et luisants de sueur, dos à l'obscurité en se pressant autour du bûcher. Le reste est obligé de se percher autour de la prairie détrempée, sur le sol plus ferme, surélevé, tandis que les enfants gambadent en allant et venant sur l'échine étroite des chemins qui relient ce cercle de roue humain à son moyeu ardent.

Mag la Grasse, la vieille reine, a sa place au sommet du monticule, flanquée de Bern et de Buri. La voix des frères porte sur la brise à travers le marais de roseaux, semblant plus sonore et plus gutturale que quand ils parlent avec moi. Ils sont tous deux soûls de moût, et l'un d'eux tripote maintenant son étui de vît et pisse sur le feu. Un jet cuivré se répand des lèvres rebroussées de l'anguille de son étui, dont les yeux regardent encore, horrifiés. Son frère et la vieille reine rient et battent des mains. Le vieux Tunny ne semble pas être parmi ceux sur le monticule.

Au sommet du bûcher, au milieu des rubans de fumée et de flammes, est assise une silhouette. C'est le bizarre forme-de-garçon sans visage qu'Olune et moi voyons les enfants fabriquer, en passant ici pour le traîner vers le pont. Quand je me déplace autour de la prairie pour voir si Tunny est parmi la foule qui s'assemble ici, le corps bourré de paille est caché de moi par des voiles de feu et de fumée qui montent, que la brise écarte maintenant...

Ce n'est pas une forme-de-garçon qui rôtit sur les bois qui crachotent. C'est un enfant. Il a un visage qui paraît se tourner vers moi, des yeux animés par la douleur et la peur, et des lèvres qui bougent pour former des mots inconnus et terrifiants. Son museau...

Non. Pas un garçon. Un cochon. Un cochon qui a le corps d'un garçon. C'est la forme faite de chiffons et de paille, sauf qu'elle porte maintenant en visage le groin écorché du porc bariolé qui est tué cet après-midi. C'est le mouvement du bois qui le fait sembler basculer pour se pencher vers moi ; les vagues de la chaleur dans l'air qui donnent vie sur sa bouche au couinement réduit au silence. Des pattes d'araignée froides courent sur ma nuque en la chatouillant, et puis disparaissent. Continuer. Continuer parmi les étrangers qui se bousculent, de petits brasiers allumés dans chaque œil.

Étirée le long de la demi-lune surélevée du bord, la foule se fige en caillots séparés de gens, pas plus d'une poignée dans chaque petit groupe. Ils boivent ; ils rient ; ils soulèvent leurs plus petits enfants pour leur montrer le feu de l'autre côté du lac fantôme de roseaux. Certains se sont retirés dans les broussailles voisines pour jouer au sexe, troublés par les arômes sauvages de cette nuit comme l'ont été le gardien à la marque de naissance et sa fille à tête cuivrée. D'entre les herbes-qui-piquent flottent leurs petits cris de douleur bienvenue, leur souffle chaud et effrayé. Au-dessus, les étoiles curieuses, lubriques, regardent en bas et ont le désir jaloux d'avoir de la peau.

Devant moi, un feu de cuisine est placé en bordure du champ du Hob, un petit frère du brasier central. Au-dessus, embrochée du cul au gosier, tourne la carcasse d'un cochon à la gueule écorchée, encore et encore, en une grande bascule lente, comme si sa chair qui grésille a de vieux souvenirs de se vautrer dans la boue fraîche. Sur un flanc, la viande est déjà taillée jusqu'à l'os, les côtes blanches dénudées en un sourire à travers des gencives roses qui rissolent.

Pas loin derrière ça, Tunny se tient à l'écart, une longue créature maigre au crâne renversé en arrière, pour savourer l'odeur du feu ; du porc qui rôtit ; un fumet de fente porté hors des herbes derrière lui. Oubliées à ses côtés, pendent ses mains teintes et frissonnantes. Il tourne la tête quand j'approche, et me reconnaît.

« Ah. Eh bien. Alors, ton père est mort, hein ? » Maladroit dans ses paroles, il n'a pas l'habitude de consoler.

« Mon père est mort, oui. Il parle de toi avant de mourir. Il dit que tu peux avoir des choses à me dire.

– Oh ? Quelles choses, alors ? » Le vieux Tunny semble troublé, ses doigts trempés dans la teinture deviennent plus agités à ses côtés.

« Les chemins souterrains qui conduisent sous le vît-lage. Olune dit que tu en as le savoir, toi seul dans le monde entier, à part lui. »

Traversant les champs de roseaux malingres, la fumée et des rires viennent du monticule coiffé de feu où brûle le garçon-cochon. Tunny fronce les sourcils et secoue la tête. « Quels chemins souterrains ? C'est du langage d'habile-homme, ça, et ça ne veut rien dire pour moi. Bah, Olune me dit à peine bonjour ou au revoir, depuis que mon affliction me force à abandonner mon vrai travail et à vivre le sort d'un humble gardien. »

Ses yeux se font lointains, humides de souvenir. Mon regard descend d'eux vers ses extrémités tremblantes, noires. Dans mes pensées, quelque chose de sombre rampe vers la lumière.

« Avant d'être leur gardien, tu es... ?

– Leur tatoueur. Oui.

– Et c'est toi qui marques mon père avec ses dessins de corbeaux ? »

Il brait un rire qui semble trop grand pour une poitrine aussi étriquée et étroite. Du côté du monticule, maintenant, il ne reste plus rien d'autre du garçon-cochon qu'une masse charbonneuse qui enfle, éclate et se ratatine parmi les langues de lumière qui grondent.

« Ses dessins de corbeaux ? Si c'est comme ça qu'il les appelle, eh bien, oui, alors, c'est mon œuvre, mais pour moi, ils ne ressemblent pas à des corbeaux. Ils n'ont pas du tout de sens, et pourtant, il me les fait copier si soigneusement de ses écorces peintes, comme si un autre gribouillis d'idiot ne peut pas convenir aussi bien. Quand nous avons fini, il brûle les écorces d'images et il le fait avec soin, crois mes paroles. Chaque année, il vient me voir et les fait retracer de frais pour les garder nets, mais ensuite ma main devient mauvaise, et Olune ne vient plus, ni personne. Qui fait leurs tatouages maintenant, ce n'est pas moi qui le sais. » Il s'arrête, fronce le nez et regarde mon cou en plissant les yeux. « Qui fait celui-là, autour de ta gorge ? Ce doit être quelqu'un du vît-lage, car il n'est pas là au début lorsque tu arrives. »

De quoi parle-t-il ? Ma main s'envole sans prévenir pour inspecter la peau douce, là, sous ma mâchoire. Il n'y a pas de cicatrice qu'on peut sentir, pas de lèvre gonflée d'un tatouage récent. Cet imbécile aux doigts qui papillonnent est idiot ou bien aveugle, et j'ai beaucoup de choses à penser sans faire plus longtemps attention aux bredouillements d'un gardien sans cervelle. Scrutant toujours mon cou, il me laisse empoigner sa main qui tremble et le remercier de son aide, puis me regarde me détourner de lui pour partir dans la foule éclairée par le feu, le long de la berge du pré.

La chose noire dans mes pensées rampe encore plus près. Les doigts du vieux Tunny connaissent le chemin souterrain, même s'il n'a pas le savoir dans sa tête. Le vieux Tunny est tatoueur. Il grave les marques d'Olune, déplaçant ses doigts noircis, année après année, le long de ces pistes folles et entrelacées, les dessins de corbeaux du vieil homme, qui ne ressemblent pas à des corbeaux ; pourtant, maintenant, tout devient clair. Elles ne sont pas du tout des images de corbeaux.

Elles sont ce que les corbeaux voient.

La rivière vue de haut devient une ligne, un fil bleu tordu. Les empiècements de champs tout bordés de ronces, les huttes rendues petites comme des bagues au doigt et les forêts rapetissées en grosses limaces vertes, aux bords tout découpés, veinées de chemins. Voilà par quel moyen le vieil homme connaît chaque sentier et détour. Voilà pour quelle raison

Olune sent que le vît-lage est trop partie de lui : tout le vît-lage est gravé sur sa peau. Ses collines, ses étangs. Ses chemins souterrains. Ses caches et ses trous au trésor. Voilà comment il veut parler avec moi, quand il est dans sa tombe.

En poussant et en me faufilant, je reviens maintenant au bord de la rivière qui remonte vers le vît-lage. Jetant un dernier coup d'œil au monticule, je suis frappée de voir que la vieille reine est assise seule devant le bûcher, Bern et Buri partis ailleurs. Mes yeux fouillent parmi la foule éparse autour du champ du Hob et se posent finalement sur les frères monstrueux, debout près de la broche sur laquelle rôtit le cochon peint. Le vieux Tunny se tient à côté du couple, apparemment effrayé, et il parle avec eux. Maintenant, il lève une main et fait un geste vers sa gorge. Les deux frères hochent la tête. D'un même mouvement, ils regardent par-dessus la danse jaune du champ de roseaux, regardant à travers la fumée en direction du chemin de la rivière et de moi, mais ils ne peuvent pas me voir, si loin du feu.

Me détournant d'eux, mes pas pressés m'emportent dans le flot du noir, pour revenir au vît-lage et aux précieux restes froids du vieil homme. Même si Hurna est déjà en train de le coucher dans sa tombe, ce n'est pas un obstacle pour quelqu'un d'aussi expert en résurrection que moi. Mes pieds fourmillent en martelant la berge de la rivière, chauds de la sensation de tout mon or amassé là, sous eux.

Y a-t-il quelque chose sur mon cou ?

À l'intérieur de moi, la chose sombre se traîne lentement vers la lumière. Ici, quelque chose manque, un savoir qui n'est pas encore révélé. Une image me vient, Hurna, accroupie là-bas près du corps d'Olune, souriant dans la lueur des braises à l'intérieur de la hutte. Qu'a-t-elle pour être si contente ? Au sommet de la Colline de la Bête sur ma gauche, des lumières dansent, et une lamentation lointaine et grave monte nue dans la nuit.

« Il est en un lieu meilleur », elle dit.

« Il est sur la piste brillante, maintenant. »

La compréhension, quand elle vient à moi, arrache un cri à ma gorge.

Oublie le vît-lage. Il n'y a rien pour moi là-bas, maintenant. Cours. Cours jusqu'en haut de la Colline de la Bête. Il n'est pas trop tard. Mes larmes peuvent faire erreur, de tirer tant de choses d'un mot, d'un regard. Continue de courir, grimpe, grimpe.

D'ailleurs, quelle raison Olune peut-il avoir de consentir à une telle chose ? Il n'a pas d'amour pour Hurna ou ses dieux, et dit encore et encore qu'il veut que j'aie son savoir et ce qu'il laisse, quand il est mort. Il n'a pas de raison de changer d'avis...

... mais alors, il y a sa façon de me regarder après avoir pris mes perles de verre. Ses yeux et sa voix deviennent froids, et il demande ensuite à parler à Hurna comme si... Non. Oublie ça. Ce n'est rien. À mon côté, une douleur. Mon souffle hoquette, tellement pareil à celui d'Olune.

En m'arrêtant à mi-chemin pour me reposer et regarder en arrière, je peux voir une paire de torches qui se déplacent le long du chemin de la rivière vers les premières pentes de la Colline de la Bête. Elles semblent venir de la direction des champs du Hob, suivre mon propre parcours jusqu'ici. Un groupe de fêtards, peut-être, tout gavés et soûls de moût, qui vont vers la Colline de la Bête pour demander le pardon d'un dieu pour leur gloutonnerie avant de rentrer chez eux. Les feux-lampe filent le long de la berge, leur vitesse parfaitement égale comme si les porteurs marchent au même pas. Ils commencent à monter la Colline de la Bête. Cours. Continue de courir.

À travers le sommet aplati s'étirent les cercles de murs brisés, l'un placé à l'intérieur de l'autre, d'anciens talus de terre dressés par des hommes, mais maintenant repris par une herbe qui ressemble à des lames de métal sous les étoiles. Loin vers l'autre côté de la colline, au-delà du cercle le plus petit et le plus central, une foule de femmes est assemblée, toutes en lamentation.

Elles sont debout en un cercle autour du feu.

En criant et en hurlant, en leur demandant d'arrêter, ma forme affolée, pressée, se rue à travers l'étendue d'herbes et d'ombre entre nous, évitant les trous friables qui séparent les murs coiffés d'herbe et sautant des flaques aussi larges que des enfants étangs pour enfin arriver parmi elles en sanglotant, en m'écroulant presque, là, aux pieds de Hurna qui se tient à côté du bûcher.

Elle baisse les yeux avec un bon sourire. Loin de l'autre côté du champ, deux torches arrivent en haut de la colline et commencent à avancer vers nous. Bern et Buri. La voix de Hurna est enjouée et aimable, débordant d'une affection idiote de sœur.

« Nous sommes contentes que tu décides enfin de partager notre cérémonie. Et ton père. Il est content aussi. »

Elle lève les yeux vers le centre dressé du bûcher, beaucoup plus haut que le brasier de la nuit du cochon.

Il est assis droit sur son trône qui brûle, réduit par les flammes à un horrible enfant de charbon. Ses orbites noircies s'écarquillent comme pour chercher dans la fumée des messages, des suggestions de pardon. Derrière ces orbites béantes, de doux filaments gris montent en fumée de la suie d'une cervelle. En travers de sa poitrine, serrés dans une étreinte de mort, des doigts de cendres se crispent sur les perles de verre de sa fille. Sa peau tombe en flocons pour s'envoler lentement comme de grands papillons de cendre au firmament, au-dessus de la chaleur où ils deviennent plus froids et retombent en spirales paresseuses, pleuvant autour de moi.

Bern et Buri se tiennent derrière moi, maintenant, silencieux et patients, en attendant que je me retourne pour leur faire face. Du ciel, un petit fragment fragile, tournoyant comme dans un rêve, flotte pour se poser sur mon bras. Sur lui, à peine visible sur le fond noir, on distingue encore un infime tracé argenté de lignes : une courbe douce qui est peut-être un ruisseau ou bien un chemin enfoui, les pattes d'araignée regroupées qui peuvent être des arbres vus de haut.

Il s'effrite sur mon poignet et tombe en poussière, attrapé par le vent pour se disperser au-dessus des champs de crémation.

Dans les terres inondées

Après 43 après J.-C.

Tresser des roseaux et tailler des échasses. Un bec creux qui crache des fléchettes ; fabrication et utilisation. La méthode de ces choses est comme une voix à l'intérieur qui répète sans fin ses mornes instructions. Elle est en moi depuis si longtemps que je ne l'entends plus. Quand cela arrive, elle m'apaise, car je n'ai besoin de penser à rien d'autre qu'à cette liste grise perpétuelle et, ainsi, je peux enfin m'endormir avec elle sur mes lèvres : *Tresser des roseaux et tailler des échasses. Un bec creux qui crache des fléchettes ; fabrication et utilisation.*

Avant de remonter à pied le courant en direction des hauts-fonds, je jette un regard en arrière, à Salka et à nos enfants qui jouent. L'eau en perles sur sa poitrine, elle se tourne et me retient trop longtemps de son regard aux yeux noirs avant de baisser la tête et de plonger une fois encore le visage sous la surface de la rivière. Les jeunes s'éclaboussent et tournent en rond ; montent une dispute entre eux, mais l'abandonnent ensuite, en faveur d'un plus beau, plus bruyant désaccord.

Ce regard en arrière chaque fois que je me mets en route et que je laisse ma famille derrière moi, comme pour réunir tous mes êtres chers dans mes yeux et les y retenir, est devenu une habitude chez moi, ces derniers temps. Elle me ronge encore, la crainte qu'un jour je pourrais détourner le regard et, en le ramenant, découvrir qu'ils ont disparu. Il semble que je ne peux m'en débarrasser, et donc je les fixe jusqu'à ce que leurs silhouettes se perdent dans le reflet aveuglant qui danse sur les eaux. En reprenant ma route, je m'éloigne contre le courant, fort et bouillonnant à l'endroit où il se divise contre ma cuisse.

J'avais une autre femme, autrefois, et une autre famille. Nous ne vivions pas ici, dans les Terres inondées, mais à quelque distance vers l'ouest, dans un grand campement rond sur une colline, haut au-dessus d'un terrain de crémation. Un matin, je me suis réveillé et je me suis aventuré entre les marmites du petit déjeuner en train de bouillir pour aller chasser et pêcher, et voilà tout. Je ne peux plus me rappeler si ce jour-là j'ai eu une parole aimable pour ma femme en partant, seulement que je me suis mis en colère en découvrant que le lacet cassé de ma botte n'était pas réparé, et que j'ai mal pris sa paresse. J'ai pu dire je ne sais quelle petite chose, quelques mots, je ne me souviens pas. En nouant le lacet de mon mieux, faute de fil et d'une aiguille, j'ai attaché ma botte et suis parti dans l'aube en boitant, et voilà tout.

J'ai embrassé ma petite fille pour lui dire au revoir, mais je n'ai pas pu trouver mon fils pour l'embrasser aussi. Elle venait de manger du lait caillé. Son haleine était chaude et douce sur ma joue, et voilà tout.

En continuant ma marche entre les huttes qui s'éveillaient, tout chargé de filets et de harpons, j'ai vu ma mère un peu plus loin, de l'autre côté du campement. Je l'ai appelée, mais elle était vieille et ne m'a pas entendu. Voilà tout.

Je me suis arrêté pour bavarder avec la femme de Jemmer Pickey et, pendant que nous parlions, je l'ai imaginée sans ses jupes et ses peaux, bien que je sache que cela n'irait nulle part. Je lui ai dit au revoir, et j'ai ensuite repris ma route.

Près de la porte principale, entre les vieilles pierres couvertes d'herbes de la Forge de Garn, j'ai vu l'homme-Hob de notre village debout, perdu dans ses pensées, ses bois jaunes inclinés, attachés autour de son front baissé. Tout en cercle autour de ses pieds, il y avait de nombreuses marques tracées avec sa baguette de gui, là, sur le sol pauvre. Il marmonnait tout seul, tortillant les mèches grises de sa barbe en broussaille entre des doigts au bout teint, et semblait plus troublé que je ne l'avais jamais vu. Tout d'un coup, il a levé les yeux et m'a vu passer. Il a voulu parler, puis a paru se raviser. Je me suis souvent demandé ce qu'il avait l'intention de dire.

Je l'ai croisé et suis sorti du campement, pour descendre la colline en longeant cette cime plus basse où s'étendent les champs de crémation. J'avais entendu dire qu'il y avait autrefois des murs, là, de grands cercles arrangés l'un à l'intérieur de l'autre. Ils étaient depuis longtemps érodés, mais, du haut de la colline du campement, on distinguait encore les ronds ; un certain assombrissement de l'herbe qu'on voyait mieux l'après-midi. Vers l'ouest, du côté où ceux de la rivière avaient leur campement, de fines cordelettes de fumée étaient tendues entre un ciel immobile et des feux au loin, et quand je suis arrivé trop bas sur la colline pour entendre dans mon dos les bruits du village, il y a eu un silence, étalé sur le monde jusqu'aux arbres, plus loin. J'y suis descendu, les boucles en collet des liserons s'arrachant autour de mes pieds, au fil de ma descente. Voilà tout.

Maintenant, tandis que j'avance sur mes échasses dans l'eau, profonde ici de moins d'une longueur d'avant-bras, les arbres s'abaissent au-dessus de moi et la rivière est dans l'ombre. Sans le soleil pour m'éblouir sur la face de l'eau, les profondeurs au-dessous deviennent plus claires, si bien qu'on peut voir les poissons s'y déplacer. Je m'arrête, et je deviens aussi immobile que les pierres. Mes jambes de bois sont deux arbres enracinés dans le lit de la rivière, sur lesquels l'eau se fronce et se rabat. Sous sa surface, je considère mes échasses qui paraissent tordues, maintenant, pliées par l'âge, bien que je sache que ce n'est qu'un jeu de l'eau. J'écarte mon manteau de roseaux trempé, je lève mon harpon et j'attends.

Quand je vivais dans le camp sur la colline, il fallait plus d'une demi-journée pour atteindre les Terres inondées. Les chevaux refusent d'aller là-bas, car le sol est traître et rempli de fondrières et de mares où les moustiques s'accumulent comme un petit nuage furieux. Beaucoup d'hommes sont morts là-bas. Des vairons naviguent entre leurs dents.

J'ai atteint mon poste de chasse favori à la fin de l'après-midi, le crépuscule montant comme la poussière devant l'arrivée d'un troupeau d'étoiles. J'ai commencé par rassembler des bâtons et des mottes de terre pour bâtir ma tente, où j'allais dormir, plus proche d'une tombe gonflée que d'une hutte. J'ai ensuite travaillé sous la lumière déclinante à collecter des roseaux, afin d'avoir du travail à l'intérieur de mon affût à la lumière du suif, pour m'occuper après que le noir serait installé sur les marais.

La mèche en crin de cheval, enroulée comme un ver dans la graisse figée, a refusé de prendre jusqu'à ce que j'aie gaspillé presque la moitié d'un sachet d'amadou et que j'aie bien failli complètement lisser mon tout nouveau silex. Je suis resté assis jambes croisées dans la lumière tremblotante et j'ai tressé des roseaux jusqu'aux approches grises de l'aube. Le manteau que j'avais fait était long et vert, en forme d'outre de moût basculée sur le côté, fermée au sommet à part une fente pour regarder à travers et un trou dans lequel fixer le bec creux. Je n'ai dormi qu'un petit moment et j'étais levé avant les premières lueurs, afin de couper de jeunes arbres pour mes échasses et de trouver un morceau de bois dont je pourrais curer la moelle pour en faire ma sarbacane.

Mon travail était fini quand le soleil a achevé son ascension à travers l'air glacé du matin pour s'effondrer enfin, épuisé, et entamer sa chute. J'ai pris dans mon sac un chiffon roulé et l'ai ouvert pour choisir une des écailles de fer épinglées en rang le long de la bande dépliée, une touffe sale de laine de bélier accrochée à leur extrémité la plus émoussée. En en sélectionnant une, je l'ai placée entre mes dents, la pointe au dehors, et je me suis introduit en rampant, tête la première, dans mon manteau de roseaux, le bec en bois évidé étroitement serré dans ma main. Je me suis démené un moment pour ajuster le capuchon afin de bien voir, puis j'ai tiré les échasses à l'intérieur du manteau, pour les lier à mes jambes par des lanières en cuir de bœuf.

J'avais en bouche le bec en bois, dépassant du trou du capuchon par une extrémité, la fléchette déjà logée dans son canal. Gonflée de salive, la bourre de laine bouchait le trou. Ses fils amers collaient à ma langue et chatouillaient l'intérieur de ma bouche, si bien que j'ai eu du mal à les déloger sans que la fléchette tombe de la sarbacane.

Finalement, mes contorsions terminées, j'ai levé mon harpon court et essayé prudemment de me dresser sur mes pattes fraîchement taillées, en utilisant un tronc d'arbre solitaire pour me soutenir jusqu'à ce que j'aie trouvé mon équilibre. Une fois celui-ci assuré, je me suis avancé d'un pas délicat, gigantesque oiseau vert, vers le bord irrégulier du courant où j'ai trempé un orteil de bois, sans avoir cure de la fraîcheur de l'eau.

À grands pas lents qui ne troublaient pas la surface de l'eau, j'ai avancé parmi les poissons sans cervelle et le gibier d'eau sans méfiance et, de là, j'ai commencé à chasser.

Debout jambes écartées sur les hauts-fonds, maintenant ; une grosse carpe se déplace entre mes pieds pour grignoter de pâles algues grises. Mes doigts se serrent sur la hampe de mon harpon, puis se détendent quand elle change d'avis sur son repas. Elle fouette de la queue, comme pour donner une gifle en pleine face, et disparaît.

Parfois, j'imagine comment les poissons et les canards considèrent tout cela. Invisible, j'avance parmi eux et ils me prennent pour l'un des leurs. Ils sont trop bêtes pour comprendre que je suis d'un genre supérieur, et que je leur veux du mal, et ainsi ils disparaissent, sans comprendre, un par un. Ils regardent le grand oiseau vert avancer entre eux mais ne forgent pas de lien avec leurs frères disparus. Ils sont aveuglés par ce qu'ils s'attendent à voir.

Il pourrait exister des bêtes encore plus subtiles que nous, se promenant à leur guise parmi nous, cueillant, choisissant, empochant ici une femme, là un homme, et personne ne saura jamais où ils ont disparu, tant les crimes sont séparés et dispersés ; tant ils sont rares et clairsemés, sinon lorsque ces monstres subtils ressentent le besoin de banqueter et de faire bombance.

Un autre poisson, une perche cette fois-ci, se déplace en promenant son museau entre mes piquets plantés. Cette fois-ci, je n'attends pas : je plonge le harpon avec fermeté. Je la manque presque et lui perce le flanc, la soulevant toute palpitante au soleil sur ma pique, l'eau de la rivière gouttant tout autour d'elle en perles de rosée mortelle.

J'ai chassé toute cette journée et encore une journée de plus, recroquevillé sous ma tente dans le noir. À la fin, il y avait beaucoup d'oiseaux dans mon sac et bien des baguettes de poissons. Quand un autre matin est arrivé, je me suis mis en route vers chez moi. L'air était bon et clair ce jour-là, comme l'air qui suit un orage ; aucun orage n'était tombé, pourtant. Le ciel bleu colorait tous les étangs et les flaques du marais, et de vastes nuages blancs passaient au-dessus, empilés en formes fantastiques pour lesquelles je ne connaissais pas de mot. Mon sac était plein. Le soleil était chaud contre mon dos. J'ai chanté les seules paroles de la Chanson de la Piste Ancienne dont je me souviens, celles sur le garçon du voyage et la façon dont il a trouvé femme, et j'ai effrayé des hérons qui se sont envolés d'un étang, tellement je chantais mal. C'est la dernière fois que j'ai été heureux.

Je suis assis sur la berge, maintenant, et je laisse mes jambes de bois tremper dans le courant pendant que je mange le poisson. Au début, quand je suis venu vivre pour de bon dans les Terres inondées, je faisais cuire ma nourriture avant de la manger, mais maintenant, ça semble une gêne. Personne d'autre ne fait cuire sa nourriture, ici. Je fends le ventre de la créature avec mon ongle et j'éprouve une curieuse satisfaction à voir la taille du morceau de peau que j'arrive à retirer d'un seul coup. (Ici, en partie écorché, il me surprend en frétillant une fois, mais ensuite, il ne bouge plus.)

Alors que je vais tirer mon bec de côté pour manger, un mouvement sur l'horizon, au sud, attire mon regard. Des drapeaux rouges. De petits drapeaux rouges qui s'écartent, puis se rejoignent, battant en se dirigeant vers moi à travers champs, au loin. Je plisse les yeux, puis je sors les jambes de l'eau pour mieux me mettre debout. Je laisse mon bec en place.

Pas des drapeaux. Pas des drapeaux : des capes, des capes rouges sur le dos de cavaliers. Une pleine main, selon mon estimation. Pas plus.

Je les connais. Des hommes de Roma, venus de terres au-delà de la mer. Certains des jeunes hommes du village où je vivais avant disaient que ces Romains avaient l'intention de nous prendre la terre, mais tout cela est un mystère bien au-delà de ma compréhension, car la terre n'est pas une chose qu'on peut prendre, pas plus que ce n'est une chose qui peut appartenir, et je laisse donc de telles querelles aux hommes plus jeunes.

Ils sont beaucoup plus près, maintenant, et ont mis pied à terre, menant les chevaux par leurs rênes, progressant entre les trous boueux et la laque d'argent vif des étangs. L'un d'eux porte un bâton couronné d'une étrange figure en or : il y a un serpent, un gros homme debout, puis une bouche grande ouverte avec la langue tirée, et enfin un gros homme qui marche. Des casques de métal. Des jupes, comme les femmes. Des plaques de métal sur leurs seins.

Les chevaux me voient les premiers, et ils renâclent. En essayant de retenir leurs montures qui se cabrent, les hommes pivotent sur eux-mêmes pour chercher la cause de ce trouble. Au début, ils ne me voient pas, tout vert contre la végétation de la berge.

Je n'ai aucune querelle avec eux. Je leur lance un salut, et maintenant, ils se tournent et me regardent. J'ai la voix enrouée, mal exercée au langage des hommes, et, à voir leur visage, il est clair que mon salut a fait un son affreux et dépassait leur capacité de compréhension. L'un d'entre eux se met à jacasser, d'une voix haut perchée, dans leur drôle de langue. J'avance encore d'un pas vers eux, en me redressant sur mes jambes de bois, et j'essaie de nouveau.

Les chevaux hennissent et détalent. Les hommes leur courent après. Je regarde leurs manteaux rouges s'éloigner en claquant à travers les marais. Plus je leur crie de s'arrêter et de ne pas avoir peur, plus leurs chevaux hâtent leur fuite, et plus ils se pressent de les poursuivre. À quoi ma voix doit-elle ressembler, après tout ce temps ?

Ils sont partis ; je me rassieds donc au bord de l'eau, pour manger mon poisson. J'imagine qu'ils raconteront à leurs amis qu'ils ont vu un oiseau tout vert, bien plus grand qu'un homme, qui arpentait les marais sur des pattes monstrueuses et poussait des cris horribles. La bouche pleine de poisson froid, je commence à rire, si bien que de la graisse coule dans ma barbe ; sur mes plumes faites de roseau.

Au bout d'un moment, le rire s'arrête, parce que ce n'est pas un bon bruit, seul dans cet endroit. Je mange le poisson jusqu'aux arêtes.

Ce jour-là, en rentrant chez moi dans mon campement sur la colline, je pensais à ma femme, ma première femme. C'est étrange, mais elle s'appelait Salka, elle aussi. Je la connaissais depuis que nous étions petits tous les deux et que nous jouions à nous poursuivre pour nous faire des bises dans les champs de Hob, qu'on dit hantés par un garçon assassiné. Un jour, j'ai raconté à Salka que je l'avais vu, là-bas, debout sur la butte, la gorge toute tranchée, ses cheveux tout brûlés. Elle savait que j'avais inventé ça, et elle a pourtant fait comme si elle y croyait et s'est accrochée à moi et m'a laissé lui toucher la fente, là, sous ses braies.

La colline est arrivée en vue, avec les feux du repas qui brûlaient bas à son sommet, si bien qu'à l'idée d'être chez moi, j'ai pressé mon pas fatigué. Je n'avais pas eu l'occasion de dire au revoir à mon fils avant de partir, et je me suis dit que j'allais jouer avec lui sur les chemins du soir pendant que Salka cuisait pour nous le plus gras des poissons, enveloppant notre hutte de sa puanteur délicieuse.

J'étais arrivé à mi-hauteur de la colline du campement avant de m'apercevoir qu'il n'y avait aucun bruit.

Je jette les arêtes blanches et lisses loin de moi, dans la rivière où elles ne flottent qu'un instant, puis coulent. Je me figure que je les vois partir à la nage sous l'eau, et je m'amuse d'une rivière où seuls des squelettes de poissons glissent, filent et peignent les courants de leurs côtes mises à nu. Je me remets debout et me prépare à descendre le courant, pour revenir vers ma famille. Je sens le chagrin monter autour de moi, et je veux être avec eux.

Je suis entré dans le village, mes perches sur l'épaule et un sac de viande et de plumes à la main. Les feux du repas du soir brûlaient doucement, et quelque part entre les huttes, j'ai eu l'impression qu'un chien aboyait ; mais, je m'en souviens maintenant, une odeur de chien flottait partout. C'est peut-être l'odeur qui m'a fait croire que j'avais entendu ce bruit.

À peine passé la porte ouverte, les pierres reliques de la Forge de Garn ont attiré mon attention. En leur centre, où la mousse poussait du vert le plus vif, s'étalait désormais une vilaine brûlure noire. On aurait dit qu'on avait posé là une monstrueuse marmite de cuisine portée au rouge, lâchée avec soulagement par des hommes en sueur aux mains couvertes de cloques.

Aucun bruit ne sortait des enclos des animaux, à l'intérieur du camp, pour couvrir mon pas hésitant qui, bien que léger, était assourdissant parmi ces huttes béantes. À mi-hauteur de la rue centrale, là, dans la poussière, j'ai découvert une paire de cornes ocre, aux cordelettes cassées. Je n'ai pas osé les ramasser. Je les ai regardées un moment, puis j'ai continué ma route.

Un repas à moitié mangé. Des meules à blé, lisses et neuves, laissées empilées contre un mur. Les mouches noires sur un quartier d'agneau ; leurs ignobles petits murmures aussi bruyants que ceux d'hommes. Le rideau encore ouvert de latrines utilisées il y a peu, des feuilles sèches en une poignée, restées intactes à côté du trou puant. Des feux sans surveillance en train de mourir roulaient de gros panaches de fumée en travers des sentiers où j'avançais, si bien que ces objets apparaissaient brièvement, avant de disparaître, comme dans un rêve. Le trou dans le toit de Jemmer Pickey, qu'il avait juré de réparer depuis l'hiver dernier. Le chapeau de soleil d'un vieil homme, flottant dans une flaque. Les pierres des lavandières, encore capuchonnées de vêtements secs depuis longtemps. Ici, une empreinte de pas solitaire. Là, une mare de vomi.

À l'extérieur de notre hutte, mon garçon avait oublié de ranger un jeu dont il raffolait depuis peu, avec de petites formes-d'hommes que je lui avais sculptées dans des cailloux. Il les avait déployées, disposées comme pour une chasse, en travers de la porte ouverte, pour cerner un animal qu'il avait fabriqué avec des bouts de bois. J'ai pensé que ce pouvait être un loup. En enjambant ce petit massacre à l'abandon, j'ai décidé qu'il fallait le gronder, mais sans dureté, pour avoir laissé traîner toutes ces sottises avec si peu de soin.

Il faisait sombre, dans la hutte. Ma petite fille était assise dans le noir, à l'autre bout. Je lui ai adressé quelques mots, je ne me souviens plus lesquels et, en avançant, j'ai vu qu'il ne s'agissait que d'une pile de fourrures qui, un instant, dans l'obscurité, avaient paru avoir sa forme, assise, les genoux levés, la tête penchée en arrière, comme elle se tenait parfois. Juste des fourrures. La hutte était vide. Un moment, je suis simplement resté debout dans la pénombre ; le silence. Rien ne s'est passé. Je suis ressorti, en enjambant avec précaution le jeu abandonné par mon fils, pour qu'il ne retrouve pas tout dérangé à son retour.

De l'autre côté du village silencieux, à l'ouest, le soleil se noyait dans un nuage pourpre. J'ai placé mes mains en coupe autour de ma bouche et j'ai lancé : *Ohé*. J'ai entendu le mot se répercuter sur la paroi courbe de l'enclos vide des bêtes et puis, au bout d'un moment, j'ai appelé de nouveau. Les huttes béantes n'ont pas répondu. Leur silence paraissait hésitant, comme si elles détenaient une horrible nouvelle qu'elles ne pouvaient se décider à partager avec moi. J'ai appelé encore, tandis que le crépuscule tombait tout autour.

Au bout d'un moment, je me suis assis au milieu des cailloux en forme d'hommes posés en cercle devant notre porte. J'en ai pris un et je l'ai regardé. Pas plus gros que mon pouce, il était renflé à son sommet et, à sa base, étroit au milieu pour suggérer un cou. J'avais gravé un semblant de visage, en haut, sur le plus petit renflement. Je voulais le faire sourire, mais, en le tournant pour prendre la lumière déclinante, j'ai vu que j'avais été maladroit avec mon poinçon, si bien que le caillou semblait plutôt en train de pousser un cri, sur un ton à jamais pressant, à jamais hors de portée d'oreille.

En touchant le caillou, je me suis imaginé qu'il gardait encore la tiédeur de la main de mon fils et je l'ai porté à mon nez pour y renifler son odeur. C'est alors que la raison m'a quitté. J'ai mis la pierre en bouche, et j'ai commencé à pleurer.

Sur mes pattes de grue, je descends le courant, maintenant, veillant à ne pas le laisser m'entraîner trop vite. Par-dessus l'âcreté de la laine de bélier sur ma langue, j'ai l'impression d'avoir encore le goût de ce caillou. Je presse le pas, pour me retrouver auprès de ma nouvelle femme et des petits, avant d'être totalement bouleversé par mes souvenirs.

Je suis resté toute la nuit assis dans le cercle de cailloux. Parfois, je pleurais et je geignais. Parfois, je chantais un peu la chanson du garçon du voyage. À l'aube, je me suis levé et j'ai retraversé le village vide. Tous les feux étaient réduits en une poussière grise et froide et, un moment, j'ai joué à un pauvre jeu où j'imaginais que tout le monde était seulement en train de dormir, allait se réveiller, s'étirer et tituber en proférant des jurons, des plaisanteries, dans la journée d'éveil, mais personne n'est venu.

J'ai repassé les portes et là, j'ai fait une fois, et une autre fois encore, le tour du campement. Il n'y avait aucune empreinte de pas, ni d'herbes aplaties comme à un endroit où une tribu de plusieurs familles avait fui en descendant la colline, ou autant d'ennemis étaient arrivés en secret. À part l'herbe balafrée de cendre dans la Forge de Garn, une brûlure pas plus large que la moitié d'un homme, il n'y avait aucune trace de feu, pas plus que de marques de loups ni, excepté le vomi dans la rue, d'une soudaine maladie.

En titubant, j'ai gagné le pied de la colline, et j'ai fait tout le tour de sa base, avant de regagner le sommet. Rebroussant chemin dans le silence jusqu'à la hutte de ma famille, j'y suis entré à quatre pattes pour m'asseoir. J'ai vu, avec une colère qui montait, que ma femme avait laissé ses vêtements sales traîner sur le sol, une habitude paresseuse pour laquelle je l'avais souvent tancée. Maudissant à mi-voix ses habitudes négligentes, j'ai avancé à genoux pour réunir les haillons dispersés.

Ses braies portaient son odeur. Je les ai amenées à mes lèvres et je les ai embrassées ; j'y ai profondément enfoui mon visage, où l'odeur était rance, et âcre, et bonne. Mon vît a raidi sous mes braies, si bien que j'ai tendu la main pour le libérer et que j'ai frotté la main dessus, en allant et venant avec frénésie. Le lait a giclé entre mes doigts, pour tomber en perles sur un tapis d'herbe tressé par notre fille. À peine le spasme était-il passé que j'ai recommencé à pleurer, ma semence figée et froide dans ma paume.

Après les larmes est venue une crainte soudaine et énorme, telle que je ne pouvais plus respirer. Je suis sorti de la hutte en courant. J'ai quitté le village à toutes jambes et j'ai dévalé la colline, mon vît mou battant pendant que je courais, que je glissais, que je tombais. En parvenant au fond, je n'osais plus regarder en arrière, car il y avait quelque chose de terrible dans ces toits muets et regroupés, cet horizon mort. J'ai continué de courir, en sanglotant et en hoquetant, à travers champs, des pissenlits montés en graine formant autour de mes pieds une nappe de brouillard rasant ; je ne me suis pas arrêté avant d'atteindre le campement de ceux de la rivière, un peu après midi.

Je leur ai parlé dans un délire, et j'ai demandé si un groupe avec beaucoup de gens était passé de ce côté, récemment ; s'il s'était produit une terrible catastrophe ; s'il y avait eu un présage dans les étoiles. Ils m'ont regardé avec de grands yeux, ont rappelé leurs enfants à l'intérieur jusqu'à mon départ. J'ai crié aux portes qui se fermaient et je leur ai dit que tous les gens du campement de la colline avaient disparu, mais, s'ils m'ont compris, ils ne m'ont pas cru. Comme je ne voulais pas me taire, un gaillard avec un bec-de-lièvre m'a attrapé par le bras et m'a traîné en dehors du campement, où il m'a jeté par terre et a dit que je devais partir et ne plus revenir, ses mots durs se mouillant sur son palais fendu.

Je ne pouvais aller nulle part, sinon dans les Terres inondées.

J'ai repris mon poste près de la rivière juste au moment où les ténèbres tombaient. Ma tente était encore intacte à l'endroit où je l'avais laissée, avec le manteau de roseaux roulé à l'intérieur. Sur le ventre, j'y suis entré et j'ai enfilé mon manteau d'oiseau pour m'en couvrir, et j'ai dormi là, toute cette nuit et tout le jour qui a suivi, comme un mort sous la tombe boursouflée, enceinte qu'était ma tente. Il n'y a jamais eu de moment où j'ai été plus seul.

Je vis ici, depuis lors, dans les Terres inondées et, durant ce temps, j'ai trouvé une autre famille, une autre Salka, et je ne suis plus seul, ni rendu fou par les questions et le chagrin.

Je les vois, maintenant, devant moi, assis en train de se reposer sur la berge, à l'endroit où la rivière fait un coude. j'allonge le pas pour me retrouver plus vite près d'eux, faisant des enjambées au milieu des tourbillons, descendant la cascade de marches peu profondes où des mousses visqueuses se déploient comme des bannières dans le courant. Je n'ai pas retiré mes échasses depuis bien des lunes, et il y a des plaies sur mes jambes fripées par l'eau.

Salka lève la tête pour me regarder approcher, alertée par mes éclaboussements. Bientôt, les petits aussi me regardent accourir vers eux, en vacillant, malhabile et affamé de leur consolation, chutant en avant plus que je ne cours, maintenant. Je lève mes bras comme en une étreinte assez vaste pour couvrir la distance qui nous sépare encore, mon plumage de roseaux pendant en replis lâches, battant au-dessous comme de grandes ailes vertes. Je les appelle à travers la flûte torse de mon bec. Je leur dis que je les aime. Je leur dis que je ne m'en irai jamais.

Ma voix est brisée, horrible. Elle les effraie. D'un seul mouvement, avec un puissant battement, ils s'élèvent dans le ciel qui s'assombrit et, en un instant, ils ont disparu à la vue.

La tête de Dioclétien

Après 290 après J.-C.

J'ai mal aux dents.

En ce lieu où je me tiens, en dehors des limites du village, il n'y a que la nuit ; le bâillement grave du vent de novembre sur une terre froide et labourée ; une obscurité qui noie en totalité, si bien que je ne peux dire où finissent les ténèbres et où je commence. Cette douleur aiguë comme l'étain dans mes gencives est tout ce que j'ai pour me dire où je suis, et j'en suis presque heureux, ici, au sein des champs noirs, où le vent humide me lacère la joue.

Voilà si longtemps que je fixe ce néant que j'en pleure, incapable de distinguer le ciel du paysage ; ce qui est près de ce qui est loin. Pire encore, c'est la deuxième nuit que j'inflige cette épreuve à mes poumons douloureux, cette veille dehors dans le froid misérable qui précède l'arrivée de l'hiver. Tout ça pour une histoire locale idiote, les délires d'un gamin de fermier, aux yeux si rapprochés qu'on le croirait né d'un cochon.

Enfin, malgré tout, il a répondu quand je lui ai parlé. Il n'a pas feint une incapacité à comprendre ma langue, ni simplement craché en se détournant comme l'ont fait les autres villageois, bien qu'il ne m'ait conté que mystères anciens, contes fantastiques d'esprits errants ; en haut, sur une colline pas loin d'ici, après les champs de crémation, se trouve un vieux camp, des centaines d'années d'herbes et de broussailles par-dessus ses fossés et ses sentiers. Un campement, disait-il. Des dizaines et des dizaines de gens qui, une nuit, d'après l'histoire, ont été totalement dévorés par des chiens géants, sans un cheveu ou une goutte de sang pour marquer qu'ils avaient jamais été là.

Comme il est de coutume avec ce genre de chronique, on évite depuis lors cet endroit chargé d'une mauvaise réputation. Il y a des spectres, naturellement. Certaines nuits, on peut voir au sommet de la colline les yeux ardents de molosses monstrueux, et leur regard terrible suffit à éclairer le ciel. En ce moment, je les guette, mais il n'y a rien.

Derrière moi dans le village, des voix au loin, qui commencent par se quereller, pour se mettre à rire. Des jurons immondes et insouciants. Le braiment détestable de leurs femmes, vulgaire, insidieux. Est-ce moi ? Planté ici, dans le vent et le noir de goudron, simplement parce que l'idiot du village voit des lumières au sommet d'une colline ? Est-ce moi, la source de tout leur mépris, de leurs réjouissances bruyantes ? J'ai les dents qui hurlent. Bientôt. Un instant encore et j'abandonnerai la nuit, je prendrai le chemin de la taverne ; de mon lit ; de mes mauvais rêves, harcelé par les poux.

Dépouillé par le noir de mes distances et de mes repères comme je le suis, la soudaine flambée de nuages bas éclairés par en dessous me semble plus proche qu'elle ne devrait, juste sous mon nez plutôt que de l'autre côté des champs. Ses ombres sursautent et clignotent, font mine de bondir vers moi, si bien que je recule d'un pas, décontenancé, et que je manque de tomber avant que mes yeux fatigués en prennent la mesure.

Des lumières. Là-haut, derrière les champs de crémation où ils réduisent leurs morts en cendres et poussières. Des lumières sur la colline, pas produites par des chiens, à moins qu'ils ne marchent sur deux pattes.

Je les tiens.

Non. Non, mieux vaut ne pas penser de telles choses, pour ne pas provoquer le destin : il pourrait y avoir d'autres raisons, des banalités qui expliqueront parfaitement ces lueurs. Demain, à la lumière du jour, je me rendrai peut-être là-bas à cheval pour juger de la situation par moi-même. Allons, j'en arrive pratiquement à ordonner qu'on dresse des croix avant d'avoir le moindre fragment de preuve entre les mains. J'imagine bien Quintus Claudius, là-bas, à Londinium, dans son bureau de la Trésorerie ; comme il claquerait de la langue avec désapprobation.

« D'abord, les mesures, dirait-il, les balances, et la coticula de basénite. Si d'autres preuves sont nécessaires, employez la fournaise et une pelle chauffée à blanc. Ensuite, et ensuite seulement, annoncez les coupables et sortez les clous. »

Par-dessus le tumulte, les lueurs grises se meuvent et se

tordent. Je me détourne enfin pour progresser en trébuchant sur la terre ravinée, retournant à travers les longues ténèbres uniformes vers le camp, les ruelles de bois incliné, avec leurs toutes petites fenêtres tordues, comme des yeux plissés.

Voilà maintenant plusieurs semaines que je suis ici, et la taverne ne plonge plus dans un silence hostile à mon entrée. Pour la plupart, ils m'ignorent, tandis que j'avance prudemment sur le sol jonché de paille entre les flaques de vomi et les copulations, en me dirigeant vers l'escalier. Ce soir au moins, ils ont un meilleur spectacle, avec la célébration entre hommes d'une fin de célibat qui bat son plein.

Le promis, un gamin éméché d'environ treize ans, se juche, assisté par ses amis et ses oncles, sur un tabouret qui tangue et oscille. Tout autour de la salle basse de la taverne, ces massives créatures aux cheveux cuivrés glapissent et claquent des mains en un terrifiant unisson, une cadence qui augmente tandis que le jeune homme chancelle sur son tabouret et sourit, dérouté, à son public, en bas.

Par-dessus une des poutres noires d'aspect collant, ils lancent maintenant une corde dont une extrémité est liée en nœud coulant. Une affreuse curiosité me saisit et, au pied de l'escalier qui conduit à ma chambre, je m'arrête, et je me retourne pour regarder. Jetant quolibets et postillons, leurs visages roses brillants de transpiration, ils arrangent la boucle de corde autour de la gorge du promis, qui a toujours son sourire niais sur le visage. Une des brutes, un vaste animal gras au crâne complètement rasé, exception faite d'un chignon sur l'occiput, force dans la main du jeune homme un objet que je ne peux voir, puis se tourne vers le public, sa bedaine tatouée luisant tandis qu'il fait taire le tonnerre d'applaudissements par un chapelet de grossièretés proférées d'une voix pâteuse. Il rote, et des vagues de rires le saluent. Dans la main du promis, vois-je maintenant, un court poignard en bronze. À peine conscient du lieu où il se trouve, tant ses yeux sont embrumés, il adresse de l'autre main un signe guilleret à une jeune brune, en bas au premier rang de la foule qui se presse.

Le gros homme percute le tabouret d'un coup de pied.

La corde se tend sous la secousse du poids suspendu qui gigote et, maintenant, les claquements de main reprennent, accompagnant de leur cadence croissante les grincements plus lents de la poutre surchargée. Comment puis-je être témoin de choses pareilles ? Le jeune homme qui se tord ici, entre le sol et le plafond, ne sourit plus, et il a les yeux terriblement exorbités. Ses jambes maigres battent l'air comme pour nager. De la foule, monte maintenant comme d'un seul homme un genre de grognement, pareil à celui d'animaux en rut.

La nature du jeu me devient claire maintenant, alors que le garçon qui s'étouffe se souvient subitement qu'il tient là un couteau, dans sa main. Levant le bras au-dessus de sa tête, son visage qui s'assombrit empreint d'une concentration affreuse, il commence à scier la corde avec l'énergie du désespoir. Serrée dans son poing tremblant, la courte lame plonge, va et vient, comme un grotesque écho du plaisir solitaire. Exactement comme s'il réagissait à ces gestes obscènes et familiers de la main, mais à distance, un renflement se soulève et se tend dans les braies du jeune homme, et la brunette le montre du doigt en s'esclaffant. Des bribes éparses de commentaires perçus dans le tumulte, je comprends que si le jeune homme survit à ce jeu, la brune sera sienne, une dernière putain avant son mariage.

Le jeune homme pivote, danse la gigue et frotte le fil du couteau contre la corde, tandis que son visage vire au mauve et que, maintenant, un horrible bruit étranglé s'échappe de lui. Si Rome tombe, tout sera à l'image de ceci. Le monde entier.

Incapable d'en supporter davantage, je me détourne et je gravis en trébuchant l'escalier aux marches usées en leur centre et aux contremarches piquetées de cirons, saupoudrées de vert par l'âge.

En sécurité dans ma chambre tassée sous le toit, je pousse la porte derrière moi, pour la fermer ; monte d'en bas le choc sourd d'un corps qui heurte le sol, suivi de vivats, si bien que, malgré moi, je suis soulagé. Je présume qu'il a la glotte broyée et meurtrie, et qu'on l'aidera à rentrer chez lui, incapable de profiter du trophée offert pour son épreuve. Nul doute que ces mêmes amis qui l'ont encouragé à escalader le tabouret veilleront à ne pas laisser perdre des faveurs payées d'avance.

Dans le coin, une couchette grise et tachée. De morbides araignées translucides recroquevillées sur elles-mêmes pendent des poutres dans des linceuls couleur poussière par elles fabriqués. Quand je suis arrivé, la fille qui occupait la chambre avant moi est allée s'installer dans une arrière-salle au rez-de-chaussée, mais, chaque jour, je trouve un fragment d'elle : un peigne en écaille ébréché, des lambeaux de vêtements en train de se transformer en chiffons, des perles bleues enfilées sur un brin de fer rouillé. Parfois, je renifle son fantôme sur les couvertures et sur le plancher.

À mon arrivée à Londinium, il y a une moitié d'an, j'ai trouvé la ville rabougrie et sordide, propice aux humeurs nocives, aux infections entre les murailles et les cours étroites, aux flaques d'urine qui jaunissent aux endroits où le pavé se creuse. Les indigènes, lourds pêcheurs trinovantes ou sournois négociants cantiaci, manifestaient une insularité agréable, en dépit de leur humeur maussade. Ils restaient entre eux sans guère faire d'histoires ; pourtant, pour moi qui arrivais directement de chez moi, la cité parut un Hadès, dont ils étaient les démons et les chimères. Membre d'une équipe d'enquêteurs du Trésor dépêchés de Rome à la demande de Quintus Claudius, j'ai passé mes semaines là-bas en compagnie de mes camarades, à engloutir du vin aigre, à attendre nos affectations en nous lamentant de chaque nouvelle contrariété, de chaque nouvel affront.

J'introduis le pouce et l'index à l'intérieur de ma bouche et j'éprouve doucement les dents, pour vérifier combien remuent, branlantes sur mes gencives bleues et racornies. Toutes, je le crains, et je regrette de ne plus être à Londinium, car la ville semblerait un paradis à mes yeux, maintenant.

Envoyé ici dans les terres du milieu il y a deux mois sur des rapports de contrefaçon, j'étais un enfant que rien ne préparait à cet endroit, à ces Coritani, titubant ivres à travers des vies courtes et sanglantes qu'ils tiennent pour acquises ; à leur violence inconsidérée, incessante ; aux cicatrices colorées, aux volutes d'encre qui griffent leurs fronts et leurs dos, terribles et étranges comme des chiens bariolés. À mon arrivée ici, j'étais encore d'une sensibilité tellement délicate que je pouvais blêmir à l'écoute d'un passage sanglant dans un drame en vers ; maintenant, je les regarde pendre leurs jeunes pour s'amuser, et c'est à peine si j'y songe.

J'allume la lampe et je m'assieds sur la couche froissée pour retirer mes bottes militaires. En bas, une femme commence à chuinter et à grogner, aussi cadencée que la pompe d'une maison de bains, signalant par là que quelqu'un d'autre vient de recevoir la récompense du jeune pendu. Les femmes d'ici me déconcertent. Elles sont si grandes, si sales, et sentent tellement mauvais. Pourtant, pas une heure ne passe sans que je songe à elles, à leur poil roux laqué par la transpiration et frisé en petites faucilles sous leurs bras, à leur bassin couleur lait de vache, qui ondule sous des jupes rêches. Je n'ai pas connu de femme depuis un an, pas depuis l'aînée du teinturier, à Rome. Combien de temps avant que je prenne une putain ? Leur visage blanc et plat, et leurs seins tachés de son. J'y pense.

Nu dans la chambre glacée de novembre, maintenant, j'enfile la chemise de nuit que j'ai prise pliée dans mon paquctage militaire, celui qui porte le blason en stencil. On voit peu de signes de l'Empire par ici : un semis de villas, où des généraux en retraite s'évertuent à avoir les moyens de leurs maîtresses. À quelque distance au nord, au-delà de ce camp, un certain Marcus Julius, vétéran de la campagne de l'empereur Aurélien contre l'empire des Gaules, tient encore une modeste ferme. On m'a dit de lui rendre visite, si je me retrouvais dans les parages. Ce fut un calvaire. En apprenant que je n'avais pas quitté Rome depuis longtemps, il n'a semblé capable de poser qu'une question : « Eh bien ? Comment se comportent les Bleus ? » Je lui ai dit que je m'intéressais peu aux courses de chars, sur quoi sa prédisposition à mon encontre s'est rafraîchie, à tel point que je suis parti peu après.

Je parie que c'est lui qui a laissé le cognomen par lequel on me connaît circuler parmi les gens du village, si bien qu'on ne m'appelle plus Caius Sextus, désormais, mais qu'on me nargue avec *Romilius* : « Hé ! bonjour, Petit Romain ! Elle te plaît, la femme à mon bras ? Je t'apporte un escabeau, que tu puisses l'embrasser au-dessus de la taille ! » Ils me détestent tous, toutes les femmes, tous les hommes, bien que, soyons juste, ce ne soit pas sans raison. Ils savent pourquoi je suis là et, plus encore, ils savent quel châtiment attend les faussaires. Comment être l'ami de quelqu'un qui vient pour les crucifier ?

Je m'enfouis dans les profondeurs de mon lit, pour ce qu'il vaut. En bas, la femme aboie le mot qu'emploie ce peuple pour dire « copulation », encore et encore. Si Rome devait tomber...

Chasse cette pensée. Jamais ce jour ne viendra, tant que nous continuerons à produire des empereurs de la trempe de Dioclétien, des hommes de poids qui justifient leur époque à eux seuls. Ces réformes hardies pour endiguer les complots et les rivalités meurtrières qui menacent notre stabilité, la division de sa charge si bien que Maximien est devenu Auguste d'Occident, avec Dioclétien pour Auguste d'Orient. Les tisseurs et les brasseurs protestent, se plaignent qu'il ait fixé le prix des tapis ou de la bière, et pourtant, l'inflation est jugulée. Notre monnaie est forte. Sans cette force, la sauvagerie aurait raison de nous tous.

Et pourtant, j'ai mal aux dents. Moi, et mes camarades également. Enfin, rien que sur le bateau durant la traversée, nous étions une dizaine, tous enquêteurs, tous avec les mêmes gencives bleues et rétractées, les migraines et les léthargies, les problèmes de concentration, les trous de mémoire. Un des plus jeunes a dit qu'il avait l'impression d'être déjà mort et décomposé, abruti par les vers ; pour ma part, je n'en suis pas arrivé à ce point. Ce ne sont que les dents. Personne n'arrive à donner un nom à ce mal, ni à en déterminer la cause. Nous en parlons en disant « la maladie », quand même nous en parlons.

Peut-être appartenons-nous tellement à Rome que nous tombons malades à son instar ; un lien singulier, une sympathie entre la chair et la terre. Les rois en bracelets et en haillons sont à nos portes, et nous les amadouons, nous leur accordons colonies et territoires dans les contrées qui ceignent Rome, jusqu'à ce que les tribus nomades semblent patiemment siéger autour d'une table somptueuse, à un banquet de mendiants dont Rome constituerait le plat de résistance. Pour le moment, ils demeurent poliment assis, mais leurs estomacs grondent. S'ils attaquaient leur repas, le monde entier disparaîtrait. L'obscurité qui souffle en rafale au-dessus des champs glacés en lisière du village nous avalerait tout entiers : les villes brillantes vacillant avant de s'éteindre à travers tout le globe.

Étendu sur un côté sous les couvertures, je note que la qualité de la lumière de la lampe dans ma chambre a changé et, en levant les yeux, je constate avec une morne indécision que la fille qui occupait la chambre avant moi est assise là depuis le début, contre le mur du fond, jambes croisées, à m'observer en silence. Elle se lève et marche sans bruit sur les planches disjointes, inégales, vers une porte installée derrière mon lit. Me redressant pour la suivre, je remarque lorsqu'elle passe la porte que celle-ci est ornée sur tout le chambranle de monnaies noires et ternies. Je m'étonne de ne l'avoir encore jamais remarqué.

Derrière la porte, je la suis à la lueur de ma lampe à suif à travers des passages tortueux, entre de grands amas de curiosités sans nom. Elle prend un tournant devant moi et, quand la demi-clarté joue sur ses traits, je commence à ressentir un trouble. Ils sont plus menus et plus étroits que dans mon souvenir, si bien qu'elle semble être une autre. Je ne l'aurais pas reconnue si elle ne portait pas son collier de perles bleues, réunies par un fil d'un métal lustré pour lui donner un éclat cuivré.

Nous sommes maintenant au centre du labyrinthe, où pendent des peaux peintes. Autour d'un petit feu rouge, de curieuses silhouettes se réunissent en cercle, attendent et ne disent rien. Il y a un garçon que je prends d'abord pour celui que j'ai vu pendre, mais celui-ci est plus jeune, encore un enfant et, à sa gorge, la marque de blessure n'est pas la brûlure d'une corde, mais une vilaine coupure. Près de lui est assis un mendiant, à peine conscient, la barbe souillée de vomi séché, qui marmonne tout seul. Une vieillarde avec un pied en moins.

Un homme au visage noir, avec de petites branches attachées dans ses cheveux. Une horrible créature à pattes de cigogne, grande une fois et demie comme un homme, se tient avec agitation, passant parfois d'un pied sur l'autre, arrondissant les épaules sous le plafond, toussant de temps en temps. La fille et moi avançons pour nous joindre au cercle ; nous contemplons comme eux les braises qui se meurent. Au-dehors résonnent de terribles aboiements qui se rapprochent sans cesse, et je ressens un deuil monstrueux, une tristesse écrasante comme je n'en ai jamais ressenti de ma vie, et je pleure. À côté de moi, le garçon à la gorge tranchée s'approche et me prend la main. Avec beaucoup de cérémonies, il me donne un caillou qu'on a sculpté à l'image d'un tout petit homme. Je le place dans ma bouche. Les chiens font un vacarme assourdissant.

Je m'éveille avec, dans ma chambre, le matin gris comme une queue de jument.

Il y a quelque chose qui cahote dans ma bouche.

Une terreur subite m'empoigne et je le crache, affolé que ce soit le caillou gravé de mon rêve, avec ses yeux grattés et sa bouche béante, mais non. C'est une dent. La pointe de ma langue explore avec une satisfaction puérile le trou saignant qu'elle a laissé derrière elle, et je fais rouler dans ma paume la boulette d'ivoire, laissant la pâle lumière du jour laver l'arrière-goût de mon rêve. Je songe à la nuit dernière, aux feux follets qui dansaient là-bas au sommet de la colline, me remémorant ma décision d'y aller à cheval au matin et de procéder à une inspection, puis je m'habille et je descends.

Ayant déjeuné de fromage, de fruits et de pain, les seuls aliments proposés qu'on peut consommer en toute sécurité, je me rends à l'écurie où je choisis une monture, une jument rouanne aux naseaux fumants et aux yeux les plus civilisés que j'ai pu voir en ce lieu. La conduisant dehors entre les abreuvoirs, je remarque plusieurs hommes qui s'attardent près de l'entrée de l'écurie, en m'observant. L'un d'eux est le gros homme au chignon, celui qui a placé le couteau dans la main du jeune pendu. Les autres, je ne les reconnais pas, mais ils ont tous le regard fixé sur moi tandis que je monte en selle pour partir au trot vers les portes, sans regarder à droite ni à gauche, en essayant d'afficher plus d'indifférence que je ne peux réellement en réunir en mon cœur. Ils me regardent m'éloigner. Un changement dans mon attitude a dû les alerter. Ils savent que j'approche de quelque chose.

Je suis le bord de la rivière sur une grande partie du trajet, puis j'oblique vers la colline qui me domine ; je gravis le sentier battu qui longe les champs de crémation. À mi-hauteur, je regarde en arrière, les champs étalés au-dessous de moi comme une couverture de miséreux, cousue de hardes. Plus loin, sur la route qui passe près du pied de la colline, j'aperçois les granges basses de la colonie chrétienne, établie sur un monticule en expansion, de l'autre côté du pont. Je ressens presque une pointe de complicité avec ces pauvres fous délirants, victimes comme ils le sont des mêmes soupçons, de la même méfiance que les villageois ont envers moi.

Les sectaires possèdent l'un des deux seuls moulins de la localité, l'autre étant administré par un ivrogne dont la paresse du fils laisse le commerce tomber en déshérence. Ces Chrétiens, agaçants avec leurs hymnes lugubres et leurs dépositions toutes tremblantes, ne manquent pas de sagacité en matière de négoce. Ne puisant de récompense que dans leur foi, les convertis travaillent au moulin sans recevoir de salaire, chantant tout en s'échinant, et, tandis qu'ils s'évertuent, l'essentiel du commerce avec le village leur revient, et de la sorte, leurs coffres enflent. Bientôt, la rumeur le prétend, ils achèteront l'autre moulin. De plus en plus dépendant de ces phraseurs fanatiques, le village s'inquiète en même temps de voir ses enfants fuguer, pour réapparaître tout de noir vêtus, et aller psalmodier à la roue du moulin.

Si je ne trouve aucune preuve matérielle pour lier les contrefaçons à un coupable précis, je pourrais plus mal me débrouiller qu'en en attribuant la paternité à ces proscrits religieux. La décision satisferait sans aucun doute les villageois, et me laverait de blâmes ou, ce qui est plus inquiétant, de représailles. Mieux encore : la secte n'a pas à l'heure actuelle la faveur de l'empereur, et cette disposition le porterait à considérer des persécutions d'un bon œil. Si la crucifixion d'une douzaine de faussaires pourrait me valoir un rapport favorable, un complot chrétien contre le Trésor, contre le cœur même de Rome, me rapporterait sans doute une promotion. Nous verrons.

Je fais faire demi-tour au cheval et je reprends la montée du chemin pour parvenir enfin au sommet, où règnent un calme et une désolation splendides. À l'exception d'une concavité générale, on ne voit rien qui marque le site de l'infortuné campement de la colline, l'accumulation de broussailles noyant tous les contours qui pourraient encore subsister. Ici, je mets pied à terre et je laisse mon cheval à la longe baver sur l'herbe pendant que je considère de plus près l'étendue plane.

Après un moment d'inspection, le dessin arrondi du camp

devient perceptible, en partie par sa frange de bruyères. La bosse sur le sol qui délimite le périmètre s'interrompt en un point, indiquant peut-être l'emplacement où s'ouvrait une porte, autrefois. Je m'y rends et, en approchant, je note un cercle plus réduit de pierres usées par le temps, placé juste à l'intérieur de l'ouverture ; les vestiges d'une forge, ou d'un genre de fournil, peut-être.

Sauf qu'il y a encore des cendres chaudes en son centre.

Bien que le feu soit mort, ces cendres représentent sa voix : elle me parle. Quelqu'un a allumé un feu au sommet de cette colline, et pas que pour une nuit, si ce qu'on m'a raconté est vrai. Trop grand pour se contenter d'y rôtir une volaille ou de se réchauffer les mains, ce feu a un but, et ce but semblerait clandestin. Sinon, pourquoi choisir ce lieu isolé, qu'évitent tous vos concitoyens superstitieux ? Sinon, pourquoi choisir le cœur de la nuit pour vous livrer à votre besogne, si elle n'est pas secrète ; une besogne qui vous vaudrait sûrement, si on la découvrait, de vous retrouver épinglé pour sécher au soleil ?

Pour s'adonner à la contrefaçon, mieux vaut un lieu tranquille et isolé, dont la situation permettra de repérer les intrus à un quart de lieue. Une colline hantée est tout à fait idéale. Il faut un feu pour porter à blanc les morceaux de métal vierges et les amollir, après quoi on les place sur une enclume, sur laquelle se détache en relief l'avers d'une pièce. On place un coin de forme cylindrique au-dessus du disque vierge calibré, et sur ce coin figure en relief l'empreinte du revers du même denier d'argent. On cogne le coin avec un marteau, et voilà comment on frappe de nouvelles pièces fausses.

Je tombe à genoux et commence à ratisser avec soin l'herbe trempée de rosée, en décrivant une spirale à partir des vestiges du feu. S'ils battaient monnaie à la lumière d'une lampe, à la hâte, et si la chance est avec moi...

Au bout d'une moitié d'heure, je la trouve, tombée dans une touffe de pissenlits gris et fantomatiques. Je la lève entre le pouce et l'index, la tournant vers la lumière. La tête de Dioclétien contemple sans mansuétude le camp envahi d'herbe.

Un oiseau pousse un chant perçant dans la haie de ronces. Je retourne la pièce et je constate sans surprise un défaut, au revers. Il appartient tout simplement à une autre pièce ; une autre année, le règne de Sévère peut-être. Ce genre de dépareillement est fréquent, car si une enclume marquée d'un avers peut résister à seize mille frappes, on n'en fera que la moitié avant d'user le coin, si bien qu'on devra le remplacer. Si l'on n'arrive pas à trouver le revers correspondant, on aura recours à un autre, en partant du principe que peu de monde s'en apercevra.

Seulement voilà : le Petit Romain a remarqué, lui. Rien ne lui échappe.

Mon trophée enfermé en sécurité dans une bourse à ma hanche, je remonte à cheval pour la difficile descente de la colline jusqu'au sentier de la rivière. Là, l'enthousiasme de ma découverte me submerge complètement, et je rentre au galop jusqu'au village. L'équipe entourant l'homme trapu au chignon constate mon retour et lit mon agitation. On a accroché des décorations dans les rues, en préparation pour je ne sais quelle fête absurde. Un petit garçon habillé en fille marche en tête d'une procession, tenant un cochon en laisse. Mais dans ma hâte de rentrer et de courir à l'étage, je n'attache aucune attention à ce spectacle, jusqu'à ce que je me retrouve dans ma chambre, en train d'extraire une balance de mon sac militaire.

Il y a trois méthodes pour mettre l'argent en évidence, chacune suffisante pour établir la contrefaçon. La première emploie la coticula, une pierre de touche en basanite ou en lydite. Quand on la frotte contre de l'argent ou de l'or, un expert peut, d'après les marques laissées, lire la pureté du métal au scrupule près. Je l'ai vu faire, toujours par des hommes plus âgés, mais je n'ai pas assez confiance en mes propres capacités.

La deuxième mise en évidence exige une fournaise, avec une pelle à feu en fer portée à blanc, sur laquelle on dépose le métal à jauger. À de telles températures, l'argent le plus pur brillera blanc, tandis qu'un alliage inférieur brillera d'un rouge terne, et le noir signalera l'absence de valeur. Le test n'est pas infaillible. On peut commencer par tremper la pelle dans de l'urine humaine, et elle donnera alors une indication différente.

Dans l'ensemble, pour les pièces, la vérification par la pesée reste la meilleure et la plus facile. En assemblant la balance, je sors le faux denier de ma bourse et le dépose à côté d'une autre pièce, nouvellement frappée, qu'on m'a remise à la Monnaie là-bas, à Londinium, aux fins de comparaison.

Chaque pièce, si elle est vraie, devrait peser une sixième partie d'once. Le métal trafiqué ne pèse pas autant, car l'alliage contient moins d'argent lourd. Cette vérification est une formalité, mais Quintilius Claudius l'exige formellement ; je dépose donc les pièces, la vraie et la fausse, chacune sur un plateau de bronze de la balance, afin de comparer leur poids. Puis j'observe.

La fausse pièce descend. La bonne pièce monte.

Fronçant les sourcils, je retire les deux pièces, et je vérifie la balance avant de les remettre en place, veillant bien à noter quelle pièce va sur quel plateau.

La fausse pièce descend. La bonne pièce monte.

Comment cela se fait-il ? Comment est-ce possible ? La pièce découverte au camp ne peut être qu'une fausse monnaie, avec ses deux faces dépareillées, et pourtant...

(Sur l'escalier, montant de la taverne vers ma chambre, on entend un bruit étouffé : un des chiens qui hantent l'auberge. Captivé par ce mystère, c'est à peine si j'y prête attention.)

Je démonte la balance et je la réassemble. Je replace les pièces dans leurs plateaux respectifs. La fausse pièce descend. La bonne pièce monte. Les lois de la nature se sont-elles inversées, pour que se produisent de tels phénomènes ? Comment un roitelet pèserait-il plus lourd qu'un cheval ? Comment une pièce, ramassée dans un repaire de faux-monnayeurs, pourrait-elle peser plus qu'une autre, fraîchement battue, à moins...

La fausse pièce. À moins que la fausse pièce ne soit plus pure, ne contienne le métal le plus pur, l'argent le plus pur, plus pur que celui de la Monnaie. Mais non, c'est impossible. Il n'y a aucun intérêt à battre une monnaie plus pure que le standard de l'Empire, pas à moins que...

À moins que ce ne soit pas la fausse pièce qu'on a frappée dans un métal plus pur, mais bien la bonne pièce qui est déficiente. C'est impossible. Je l'ai vue, nouvellement battue. Je l'ai tenue, encore chaude, enclose dans ma main. Elle est aussi pure que n'importe quelle pièce, à Rome.

(À l'extérieur de ma chambre, maintenant, un bruit feutré, plus près. Quelque chose s'approche, et je ne peux toujours pas détacher mes yeux de ceux de Dioclétien, argentés et sévères.)

À moins. À moins que nous ne rognions les pièces.

Mon sang bout, me cuisant la joue d'entretenir des idées aussi blasphématoires. C'est grotesque, cela va à l'encontre de toute raison : imaginer l'Empire capable d'une pareille falsification, au point que, once pour once, une vulgaire contrefaçon pourrait avoir plus de valeur. Allons, s'il en allait ainsi, si toute la richesse de Rome n'était qu'une dorure masquant sa pauvreté, ce serait alors Rome elle-même la contrefaçon, un simulacre, sa chute serait déjà pratiquement consommée, sans autre rempart que des billets à ordre pour tenir en respect les hordes dévorées par les tiques. Cette idée est la monstruosité même. Un sursaut en pleine nuit. Une chose crue et insondable.

Et c'est la vérité.

Cette horrible certitude me percute, et me brise. Faites que je meure ou, mieux encore, que j'aie péri avant que la pesanteur glacée de ce fait ait pu m'assassiner, avant que j'aie su que nous étions pauvres et que tout n'était que ruine. Bien que mes joues me brûlent encore, mes yeux débordent, des larmes qui piquent comme du vinaigre. Derrière moi, maintenant, la porte s'ouvre. J'entends un frottement, comme s'il y avait de nombreux pieds, et je sais que ce sont les villageois, qu'ils sont venus me tuer, mais la honte m'empêche de les regarder ; la honte qu'ils me découvrent ainsi, qu'ils découvrent Rome ainsi.

Finalement, je lève la tête. Ils se tiennent en masse sur le pas de la porte, avec des matraques bosselées dans leurs poings ; au premier rang, l'homme gris avec sa bedaine et son chignon. Le visage de pierre, sans expression, ils m'observent, observent ce petit Romain qui sanglote par-dessus sa balance, et si ce spectacle les écœure, leur dégoût est moins tranchant que le mien. Ils échangent entre eux un regard, et l'homme gris hausse les épaules. Ils vont me tuer, maintenant. M'agenouillant sur le plancher, je ferme les yeux et j'attends le coup. Un silence final tombe.

Puis des pas nombreux qui descendent l'escalier, une avalanche de bois et de cuir. Des portes claquent quelque part en bas, au loin. J'ouvre les yeux. Les hommes ont disparu.

Ils l'ont lu sur mon visage. Ils ont vu en moi un homme déjà occis, qui ne valait pas qu'on l'abatte. Rome est morte. Rome est morte. Rome est morte, et où vais-je aller, maintenant ? Pas chez moi. Chez moi est une façade de papier, écaillée, fanée par un soleil de vulgaire pyrite. Je ne peux pas rentrer chez moi et qui, qui d'autre voudra de moi ?

Je suis accroupi, les yeux rivés sur les pièces, l'une fausse et l'autre plus fausse encore, jusqu'à ce que le jour commence à décliner et que toutes deux deviennent des taches pâles dans la pénombre, désormais impossibles à différencier, une ombre tombée sur ce noble front.

La chambre s'emplit d'obscurité. Je ne supporte pas les ténèbres d'ici, qui boivent tous les détails ; je me lève et je trébuche comme dans un rêve, d'abord jusqu'au bas de l'escalier, puis, abasourdi, dans la rue. Les festivités sont déjà entamées, la puanteur d'une vie crapuleuse accable les rues. Ils pissent sur les pas de porte, s'échangent des claques, s'esclaffent, s'agenouillent dans leurs vomissures. Ils forniquent contre les murs des ruelles, comme des prisonniers. Ils pètent et ils gueulent, et ils représentent tout ce qui existe, et tout ce qui existera. Lentement, j'avance à pas traînants dans leur grande presse obscène. On me fourre dans la main un pichet de bière. Avec des sourires gâtés, ils me prennent par le bras, et embrassent ma joue striée de larmes, et m'attirent en leur sein.

Les saints de novembre

1064 après J.-C.

Avec l'âge, le moment du réveil est devenu un grand trouble. Je ne sais plus en quelle décennie de cette existence s'ouvriront mes yeux : boiteuse et brûlée d'engelures près du vieux portail de l'église, ou ici, dans ma cellule du couvent, avec au mur le premier bleuissement morbide du matin ; le bleu des défunts.

Ma banquette est si dure que je sens les os qui sont à l'intérieur de moi, agités, impatients de sortir. Plus pour longtemps, se disent-ils. Elle est vieille. Plus pour longtemps. Sous la rêche couverture crépusculaire, un froid lancine la moelle affamée de ma mauvaise jambe, et je sais que nous sommes en novembre. La nuit dernière, en cette veille de la Toussaint, j'ai rêvé que j'étais un homme.

Aveuglé de pluie, il chevauchait dans la nuit farouche sur un cheval de fièvre en venant par ici, vers Northampton, que j'appelais Ham Town dans mon rêve, je ne sais pourquoi. Le crachin me piquait la figure, et des courants d'air glacé se bousculaient dans mes oreilles, et en chevauchant, il me semblait que j'avais toutes les terreurs de novembre à mes trousses, des mâchoires féroces qui claquaient près des paturons écumants de mon cheval, si bien que j'en pleurais de peur, et que, quand je me suis éveillée, je n'ai pas su tout d'abord en quelle année j'étais et j'ai placé la main sur le cuir de mon sexe, par peur de trouver à sa place l'instrument de cet homme, *mea culpa, mea culpa*, Sainte Vierge, pardonnez-moi.

Avec des craquements dans la poitrine, je me lève de ma couche, rejetant le drap rance, pour enfiler en un seul mouvement grelottant mon habit de bure, ses plis rêches, gris contre le gris de l'aube. J'achève de m'habiller dans la pénombre et je claudique au long des passages en pierre humide vers les matines, où je rends grâce à Dieu d'être même capable de claudiquer, et je m'attache à la Passion de Notre Seigneur. Je médite les mystères, j'égrène le chapelet et j'énonce les noms.

Quand on prend en compte mon pied paralysé, on m'assigne une tâche où je n'aurai pas loin à marcher, comme lorsque je m'occupe des jardins, ici, à Abingdon. Mes poings osseux tirent entre les mauvaises herbes, et souvent mes pensées se tournent vers Ivalde, maintenant, à l'époque où il entretenait les tombes et les jardins de la vieille église et où j'étais couchée contre le montant du portail, pour mendier. Parfois il discutait avec moi, des paroles d'idiot qui n'avaient plus aucun sens depuis qu'un cheval attelé lui avait décoché une ruade dans le crâne, quand il n'était qu'un gamin. Je me rappelle encore ses pâles yeux verts, ses cheveux roux de Normand. Il n'avait pas plus de seize hivers, et pas en lui une once de méchanceté.

« Alfgiva, me disait-il, un jour je prendrai la route et j'irai en pèlerinage à Rome, tout en l'honneur du Drotinum. Qu'est-ce que tu en penses ? » Drotinum était un mot par lequel il entendait Saint Pierre, béni soit son nom. Le mot signifie « Seigneur ». Et il parlait, parlait de Rome et de tous les endroits où il irait, et j'étais couchée contre le pilier du portail, avec ses pierres nues qui s'enfonçaient dans mon dos et, que le Seigneur me pardonne, je le haïssais. Je le haïssais pour ce qu'il verrait au cours de sa vie, alors que je ne verrais jamais rien d'autre que cette colonne en pierre grise ; la même grande roue d'arbres et de champs qui tournait chaque jour autour d'elle, la rivière lente et peu profonde, au pied de la colline par rapport à l'église, le pont de madriers noircis qui assurément l'enjambait depuis que le monde était petit.

Il connaîtrait l'odeur des ports étrangers et des cités tout en or, et je serais couchée à compter les formes et les visages, surgis de la pierre, qui caracolaient au fronton de l'église, et je me poserais des questions, comme je le faisais chaque jour, sur les formes et les visages de l'autre côté de l'église, que je n'avais jamais vus, alors qu'ils étaient si près. Pour toutes ces raisons, je le haïssais, que le Seigneur me pardonne. L'hiver, je grelottais et l'été, je n'avais pas la force de chasser les mouches de mon visage et de ma poitrine.

Ivalde n'est jamais allé à Rome. Une humeur l'a pris aux poumons, le jour où le noble Bruning et lui ont soulevé les dalles de l'église pour creuser la terre tissée de vers au-dessous, et j'étais là, avec eux. Sa poitrine ne s'est plus améliorée après ce jour, et on l'a couché sous terre avant le terme du mois. J'ai prononcé mes vœux peu de temps après, en l'an de grâce mille et cinquante. Voilà maintenant quatorze ans que j'ai vu le visage d'Ivalde pour la dernière fois, ou entendu ses propos insensés. Dieu ait pitié de nos âmes, tant la sienne que la mienne.

Je ne le haïssais pas tout le temps, seulement quand j'étais amère, ce qui arrivait souvent, mais, dans mes bons jours, je parlais avec lui, je riais et je lui souhaitais du bien en ses voyages. Je n'ai jamais vu Bruning rire avec lui une seule fois, ni l'ai entendu dire au petit un mot aimable, tout prêtre de la paroisse qu'il était, et responsable d'Ivalde tandis que celui-ci s'occupait du carré de carottes et nettoyait les tombes. Pas plus, d'ailleurs, que le noble Bruning ne m'a jamais jeté une pièce, en dépit de toute sa fortune, alors qu'il passait là chaque jour devant moi, dépenaillée à sa porte. Enfin, tout cela appartient au passé, et voilà quatre ans déjà que Brunigus lui-même est mort. Je suis la dernière encore en vie à s'être tenue là, dans cette église, et à avoir vu : Alfgiva, qui a passé toute sa vie couchée, rompue, à son ombre, et qui s'est enfuie en voyant exhumer sa lumière, là-bas, près du carrefour, au pont sur la rivière.

Novembre vieillit et se glace, et je frotte les dalles usées jusqu'à ce que l'eau et le lustre qu'y jettent les rares rayons de soleil puissent aveugler. Je prie et je récite mon chapelet. Au vingtième jour de ce mois, on fêtera le bienheureux Saint Edmund, et on nous montre des images dépeignant sa passion, afin que nous puissions le connaître de plus près. Nous le voyons d'abord battu de verges, puis percé de flèches, sa foi toujours inébranlée, son Dieu jamais renié. Finalement, on fait tomber la tête de ses épaules et elle roule à ses pieds, où une bête se tient à quatre pattes pour la garder. La Révérende Mère prétend que l'animal est un loup, bien que son image ressemble plutôt à un chien, de taille si monstrueuse, cependant, que je prends peur devant cette image et que j'y pense, alors même qu'elle n'est plus sous mes yeux. Aucun de nous ne peut savoir ce qui marche sous la terre.

Ainsi passent les jours. Une femme de Glassthorpehill, de l'autre côté du bois de Nobottle, est possédée par un esprit et vomit des créatures animales évoquant de petites grenouilles blanches. C'est ce que me raconte la sœur Eadgyth, mais je ne reste pas assez longtemps en sa compagnie pour en savoir plus long. Elle souffre de constipations qui rendent son haleine immonde, comme son humeur, mais c'est une bonne chrétienne, et dure à la tâche.

Je n'ai jamais marché, de l'heure de ma naissance jusqu'à ma trentième année, où je vivais dans la courette, près de la maison du marchand de craie, qui se trouvait en face de l'église. Je vivais seule dans un appentis en toiles de voile et en vieilles planches peintes, car mon père avait pris congé alors que j'étais encore à naître, et la colique avait emporté ma mère avant que j'aie eu dix ans. Au lever du soleil chaque matin, je rampais comme un scarabée hors de ma cahute, et je traînais ma masse sur les pierres du chemin jusqu'à mon poste au portail, avec mes coudes où, à ce jour encore, la peau morte et usée ne ressent rien ; on peut la pincer en replis gris qui ressemblent à de l'argile sèche.

Sur les planches de mon appentis, il y avait des images d'anges, mais seulement à moitié dessinées : tracées d'une patte malhabile. J'imaginais parfois qu'elles étaient l'œuvre de mon père, laissées inachevées par son départ, bien que, je le savais, elles soient plus probablement des ébauches de la main d'un étranger mort depuis longtemps ou parti de l'autre côté de la rivière sur le trajet de Spelhoe à Cleyley. J'avais fait retourner les planches, dessins vers l'intérieur et, couchée la nuit près de ma chandelle, j'imaginais l'étreinte maladroite de leurs bras sans mains, omises faute de talent du dessinateur. Je me figurais leurs ailes inachevées en train de m'éventer.

Maintenant, les cieux d'un presque-hiver ont une lumière d'argent bruni, suspendus ici au-dessus du couvent d'Abingdon, dans les champs au nord-est de la vieille église où je suis si longtemps restée couchée. Plus la fête de Saint-Edmund approche, et plus mon sommeil devient difficile, agité ; hanté par les plus misérables rêves, où je chevauche sous la forme d'un homme dans une nuit de tempête, une âpre confusion dans mes pensées et des ennemis à mes trousses, ou, pire encore, je m'éveille en poussant un cri de désespoir devant la mort de mon frère, bien que de frère, en vérité, je n'aie point, ni n'en aie jamais souhaité.

Le jour de la Saint-Edmund, je me réveille avec de tels mots en bouche que ma pauvre sœur Aethelflaed, dans la cellule voisine de la mienne, en est folle de peur. D'une voix d'ours, je parle de meurtre, et je gronde : « En la ville de Hel, mon frère Edmund a d'abord été écorché, du cou jusques au ventre, ce qui lui fit jeter pleurs et plaintes, en gisant bras en croix comme s'il était vêtu d'une chemise de sang que les hommes d'Ingvar replièrent en arrière, pour exposer la harpe rouge et puante au-dessous. »

Je console la sœur Aethelflaed, je l'apaise, bien que, en vérité, j'aie peur surtout pour moi-même. J'ai en moi de telles pensées que j'en ai honte devant Dieu ; d'autres voix et d'autres vies qui parlent en moi, pas seulement dans mes rêves, mais au fil des corvées de la journée. Je suis assise dans la cour près du puits, ma bonne jambe repliée sous moi, et je m'occupe à laver les robes, lorsque je me surprends à songer que mon frère Edmund a été bien sot de s'accrocher à sa foi durant ses premières tortures, si c'était pour hurler sa renonciation dans sa douleur extrême, en les implorant de lui donner la mort.

Mes mains restent maintenant immobiles dans les eaux glacées du puits, les doigts devenus si gourds que la robe que je lave leur échappe et flotte dans une mince couche de feuilles de novembre. Je me dis que si je devais être capturée, alors je louerais volontiers Wotan, malgré son unique œil valide et les pâles fientes de corbeaux qui couvrent ses épaules, s'il veut me délivrer de ce trépas ; cet aigle de sang, faites qu'il ne déploie pas ses ailes aux côtes sanglantes pour exposer mon cœur à nu...

Je ne peux dire combien de temps je reste assise là jusqu'à ce que je revienne à moi, et que je me lève avec un cri devant les horreurs qui m'ont visitée pendant que j'étais assise à songer. Tremblante et pâle, traînant après moi ma mauvaise jambe inutile, je vais trouver la Révérende Mère et je lui dis que je suis affligée de tels rêves qu'ils doivent être l'œuvre d'un incube, en lui demandant permission de subir le fouet pour me purger de ces pensées nocives. Elle exprime ici son inquiétude, au regard de ma fragilité et de mon âge, en me priant de reconsidérer mon intention et d'endurer quelque pénitence moins stricte et exigeante. Je lui parle de mes imprécations, seule dans ma cellule : de tous les rosaires récités sans recevoir de réponse. Je l'implore de me laisser recevoir la flagellation, afin que la discipline chasse ce que le chapelet ne peut arrêter, de crainte que mon âme immortelle ne soit elle-même en grand péril. Elle y consent enfin ; la pénitence sera exécutée le jour suivant, pour que j'aie encore le temps de considérer plus complètement la rigueur du chemin que, de tout mon cœur, j'ai choisi de suivre. Je ne dois pas me soustraire, car je crains pour ma foi face à ces visions infidèles et à ces caprices de la nuit : Bienheureuse Vierge, pardonnez-moi, délivrez-moi.

Plus tard, seule dans ma cellule avec les diables d'ombre dessinés par la chandelle, qui bondissent et cabriolent sur ses murs quand je bouge, je songe à Ivalde, mort depuis tant d'années, maintenant. Il est venu s'asseoir près de moi, à la porte où j'étais couchée, en un matin froid, juste avant le printemps. De son élocution lente et simplette, il m'a dit qu'il entreprenait ce jour son pèlerinage. Il allait à Rome, m'a-t-il annoncé, malgré Bruning qui l'avait grondé et s'était moqué de lui, en disant que Dieu et le Bienheureux saint Pierre avaient mieux à faire que de prêter attention à un petit jardinier à demi idiot.

Même si je n'aimais pas Bruning, j'ai été ce jour-là encline à partager son opinion et à donner ainsi libre cours à ma méchanceté, car je n'avais pas bien dormi et j'étais lasse d'Ivalde et de ses incessants bavardages à propos de Rome. « Tu devrais écouter Bruning, lui ai-je dit. Seuls les riches et les saints hommes de son genre devraient s'estimer dignes d'aller à Rome. Allons, tu n'es qu'un nigaud. Tu peux être sûr que saint Pierre ne se souciera pas plus de toi qu'il ne le ferait d'une pauvre estropiée comme moi. » Il a paru blessé par mes paroles, comme un bébé, et s'est mis à bredouiller, tout en essayant de protester de sa foi envers le Drotinum. À ce moment-là, je me suis détournée de lui et je n'ai plus voulu lui parler jusqu'à ce qu'il s'en aille, la mine malheureuse et remplie de perplexité.

En mon cœur, j'étais convaincue que ce nouveau discours de pèlerinage n'aboutirait à rien ; que, le lendemain matin, je verrais Ivalde s'occuper de ses récoltes, courbé en deux, ses rêves fous encore mis de côté, comme maintes fois auparavant, mais ce ne fut pas le cas. Il s'en était allé durant la nuit, m'expliqua Bruning ; avec un chariot qui faisait route vers la côte, dans l'espoir de trouver un navire sur lequel il pourrait alors travailler pour payer la traversée jusqu'en Normandie, puis vers Rome.

Le départ d'Ivalde plongea ce bon Bruning dans une humeur si massacrante qu'elle dura plusieurs jours, et il me sembla que le prêtre considérait avec un grand mépris les prétentions du pauvre Ivalde. Sans doute Bruning jugeait-il que, si quelqu'un devait implorer saint Pierre, c'était à lui, Bruning, de droit et par son rang, d'occuper la tête de la file. Je voyais ce prêtre gras, la face écarlate, jurer dans sa barbe en se penchant pour arracher les mauvaises herbes, entre les rangées de panais dans le jardin dont nul ne s'occupait, et je savais que c'était Ivalde qu'il maudissait. Ainsi les jours se changèrent-ils en semaines, et ce ne fut pas avant la fête de la Passion qu'Ivalde nous fut rendu.

Cet après-midi-là, j'étais assise près du portail ; le nuage gris suspendu, lourd et bas, semblait près de s'accrocher au clocher bas de l'église, une chaleur morose et molle était dans l'air. Dans cette touffeur pénible, j'avais tous mes vêtements trempés, si bien que je n'arrêtais pas de décoller mes jupes qui se plaquaient au haut de mes cuisses. J'ai seulement remarqué Ivalde lorsqu'il a passé la bosse du pont sur la rivière au pied de la colline, après le carrefour par rapport à la porte où j'étais assise, vautrée dans mes haillons. Même alors, en voyant approcher cette silhouette bizarre à la démarche maladroite, je n'ai pas tout de suite reconnu Ivalde, tant ce garçon avait changé à la suite de ses voyages. C'est uniquement lorsqu'il est arrivé au carrefour et que j'ai vu le roux de ses cheveux que j'ai su de qui il s'agissait, et je confesse ma joie mauvaise en comprenant qu'il n'avait pas pu visiter Rome.

En montant la colline d'une démarche traînante qui ne le caractérisait pas auparavant, il avait en lui quelque chose que je ne peux pas facilement enfermer par des mots, comme si c'était une image que je connaissais depuis longtemps et que j'avais souvent vue par le passé, mais je ne sais vraiment pas où : cet idiot pâle avec des flèches d'herbe jaunie prises dans ses cheveux, trébuchant sur le pont pour gagner le carrefour comme un homme qui rentre tout juste d'une bataille : une expression dans les yeux, comme s'il ne savait pas où il peut se trouver, mais seulement qu'il doit y être. Il a remonté le chemin, le soleil, blanc, éblouissant, dans son dos, et je me suis dit : « C'est déjà arrivé autrefois » et je l'ai regardé approcher, à la fois familier et étrange par son apparence, comme une de ces drôles de figures peintes qui ornent le jeu de la cartomancienne.

« Je suis revenu, Alfgiva », a-t-il dit en arrivant près de moi. Sa voix sonnait creux, sans plus rien de la vie qu'elle possédait avant. Maintenant, toutes ses sornettes l'avaient quitté, mais je n'aimais guère la curieuse expression lointaine qu'elles avaient laissée derrière elles. Il est resté debout à côté de moi, mais sans se donner la peine de s'agenouiller à mes côtés, quand il a pris la parole, pas plus qu'il n'a regardé dans ma direction ; tout ce temps, il a fixé l'église, et son visage était dénué de tout sentiment ; et même de tout clin d'œil.

Le cou complètement tendu en arrière, comme celui d'un oiseau, je lui ai parlé tandis qu'il se tenait là, tout noir contre un ciel d'argent brillant au-dessus. « Ivalde ? Où étais-tu passé ? Tu n'es pas allé à Rome ? »

C'est alors qu'il a baissé les yeux vers moi, et un nuage a

passé dans ses yeux, comme s'il ne me connaissait pas. Les petits oiseaux se sont tus dans les ifs, les quelques ombres de l'après-midi ont paru interrompre leur progression vers l'est et Ivalde a enfin parlé, d'une petite voix étonnée, presque comme s'il racontait l'histoire d'un autre garçon, quelqu'un qu'il avait rencontré il y avait bien longtemps, et dont il ne gardait qu'un vague souvenir.

« Pas à Rome. Je ne suis pas allé à Rome. Trois fois j'ai embarqué, mais il est venu me trouver, si bien que j'ai été pris d'une crise, et il m'a dit que je devais revenir. » Ses yeux ont dérivé, me quittant pour se reporter sur l'église, et je l'ai tiré par la jambe de ses braies, en m'adressant à lui.

« Qui t'a renvoyé ? C'est de Bruning que tu parles ? Il est resté ici, à l'église, depuis ton départ. » Lentement, sans pour autant détacher son regard de l'église, Ivalde a secoué sa grande tête cuivrée, si bien que des brins d'herbe piquants sont tombés de ses cheveux. J'ai suivi des yeux leur chute jusqu'à ses pieds, qu'avec alarme j'ai découverts ensanglantés, ses chaussures réduites à des haillons.

« Non. Pas Bruning. Le Drotinum. Il m'a renvoyé. Lui ou un de ses anges. » Ivalde m'a regardé encore une fois, et j'ai pu voir ses yeux verts noyés de larmes. « Oh, Alfgiva, a-t-il dit. Oh, Alfgiva, qu'est-ce qui m'est arrivé ? »

Tandis que son visage commençait par rosir avant de se friper sous les pleurs, je n'ai su que le regarder, bouche bée. Tout à fait incapable de répondre à sa question, j'en ai risqué une en retour : « Ivalde, qu'est-ce que tu racontes ? C'est le Drotinum qui t'a renvoyé ici ? Tu ne veux pas dire saint Pierre ? »

Il a commencé par hocher la tête, puis s'est ravisé pour la secouer violemment, les paupières serrées, ruisselant de larmes. « Je ne sais pas. On aurait dit un ange aux ailes vertes repliées, il était deux fois grand comme un homme. Il a dit que je devais rentrer. » Ici, il a ouvert les paupières et m'a fixée avec une expression farouche. « Alfgiva, il parlait par une flûte, et il a traversé le mur sur de grandes pattes fines, comme un oiseau. » Il a ramené ses yeux vers l'église et j'ai vu qu'il tremblait. « La chambre était trop petite pour le contenir, et pourtant il se dressait de toute sa taille et le plafond s'était fondu en fumée si bien que je pouvais lever les yeux à travers, jusqu'au Drotinum qui se dressait là au-dessus de moi, les yeux emplis de bonté. » Il s'est tu. L'oriflamme d'un nuage noir s'est lentement déroulée, suspendue au-dessus de l'église, jetant une ombre funeste sur le jardin et les tombes, leurs bosses herbues, grosses de squelettes.

Ce n'était pas l'Ivalde d'antan, avec ses bêtises qu'on pouvait balayer avec légèreté, car j'ai vu qu'il y avait un changement en lui ; j'ai frissonné et j'ai su que je croyais à ce qu'il disait, mais je n'en ai ressenti aucune joie. Je suis restée un instant assise avec lui, à partager son silence, mais je n'ai pas longtemps pu retenir mes questions et j'ai demandé si cet ange, ce Drotinum, avait visité Ivalde plus d'une fois. Il a paru alors rempli de tant de détresse en hochant sa tête, que j'ai su que si, dans son innocence, Ivalde avait jamais espéré recevoir un signe venu d'en haut, il s'en repentait assurément, et aurait maintenant voulu laisser ses visions derrière lui.

« La première fois qu'il est venu à moi, je ne l'ai pas vu, mais en montant la passerelle pour aller à bord, j'ai eu l'impression que quelque chose de plus grand qu'un cheval me barrait le passage, et que j'aurais des fourmis sur le visage et dans les doigts si je faisais seulement mine d'avancer d'un pas de plus. Sur ce, j'ai pris peur et je n'ai pas voulu poser le pied à bord, si bien qu'il a mis les voiles sans moi, et m'a laissé attendre un autre bateau à destination de la côte normande. Je me suis mis en colère contre moi, pendant que j'attendais et, me traitant de froussard, j'ai juré d'embarquer sur le prochain navire qui accosterait. »

Paraissant maintenant recouvrer son calme, il a regardé l'église. Accroupie au-dessus du porche, taillée dans la pierre, figurait une représentation de la Luxure avec ses jambes écartées et les lèvres froides, moussues, de son sexe béant, ses six compagnons à ses côtés, trois de chaque côté.

Le visage d'Ivalde a semblé se détendre et s'apaiser. Les brumes troubles du lointain s'étaient de nouveau levées dans ses yeux quand il a repris. « Lorsque le bateau est arrivé, il devait appareiller à l'aube, et j'ai dit qu'en attendant j'allais dormir dans une cabane de pêcheur que j'avais trouvée en bordure du sable, au-dessus des herbes coupantes. Je me suis réveillé pendant la nuit, les pieds pris dans les filets glissants, pour découvrir l'ange dressé au-dessus de moi. Ses pauvres plumes vertes ruisselaient d'eau et, bien que n'osant pas regarder, j'étais plein de la certitude bizarre que des créatures plus petites, nues et aveugles, se débattaient en bas près des moignons de ses horribles pattes fines. Il avait des yeux d'homme malheureux, mais il parlait par un bec pareil à une flûte, et il m'a dit que je devais rentrer. Je me suis réveillé les jambes trempées de pisse et, le lendemain, je n'ai pas osé quitter la cabane tant que je n'ai pas été sûr que le bateau avait mis les voiles.

« La troisième fois, je suis monté à bord du navire et on m'a envoyé en cale, c'est la fois dont j'ai déjà parlé, où il est arrivé à travers le mur alors que j'étais assis là, bien réveillé, et il m'a donné des consignes, si bien que, de peur, je me suis enfui du navire, et de cette ville sur la côte, aussi. J'ai couru et quand je n'ai plus couru, j'ai marché, jusqu'à être de retour ici. Je suis arrivé par le replat de la colline, à l'ouest de la ville. C'est là que je l'ai encore vu, il y a moins longtemps de ça qu'il n'en faudrait à une chandelle pour brûler de moitié. »

Des portes de l'église, comme s'il naissait du con glacé béant dans la sculpture au-dessus de lui, est arrivé le gros Bruning, à grands pas sur l'herbe humide, où traînait l'ourlet de ses vêtements noirs si bien qu'il semblait en fait glisser, sans pieds. Il a crié après Ivalde, en s'exprimant avec trop de fureur pour qu'on en tire le moindre sens ; Ivalde a ignoré son approche et continué de parler avec moi, en regardant par-dessus la tête de Bruning le clocher de l'église.

« Il m'attendait quand j'ai atteint le sommet de la colline, et j'ai pu voir la ville étalée devant moi. Il se tenait loin de moi, cette fois-ci, seul dans un cercle d'herbe brûlée, de l'autre côté d'un grand rond où l'on avait abattu les arbres. Grand et vert, je l'ai d'abord pris pour un jeune arbre, puis j'ai été pétrifié, glacé par une frousse terrible quand il m'a adressé un signe du bras. Il se trouvait trop loin pour que je l'entende, et je ne me souviens pas du moindre bruit, mais il m'a semblé percevoir sa voix de flûte tout comme s'il se tenait derrière mon épaule. Il a dit que les restes d'un ami en Dieu étaient cachés sous l'église, et que je devais le dire à Bruning. J'ai pressé le pas. Quand j'ai regardé en arrière, tout ce que j'ai vu, c'étaient deux jeunes arbres aux troncs rapprochés qui ressemblaient à des jambes. »

Haletant puissamment, Bruning en personne était maintenant sur nous, houspillant Ivalde et le raillant pour n'être pas allé visiter Rome. « Alors, le Seigneur n'a pas jugé bon de favoriser ton pèlerinage, en fin de compte ? Qu'est-ce que j'avais dit ? Tu reviens tout penaud en espérant – fol espoir, je dois dire – que j'aurais pu quand même te garder un travail. Eh bien... » Ici, Bruning a laissé sa phrase expirer, mis mal à l'aise à la fois par l'indifférence détachée d'Ivalde et par son silence. Une expression de doute a rembruni le visage du prêtre, et c'est à ce moment-là qu'il a compris pour la première fois qu'il avait été surpassé ; qu'il a pu juger à un vague soupçon de sens, un indice dans l'attitude du jeune jardinier, qu'Ivalde avait côtoyé de plus près le monde de l'esprit que Bruning lui-même ne l'avait jamais fait.

Lorsque le prêtre s'est tu, ébranlé, Ivalde a relaté à Bruning l'histoire de ses voyages, tels qu'il me les avait décrits, en arrivant enfin de cette façon aux instructions du spectre, de creuser sous le sol de l'église, où l'on trouverait un ami en Dieu.

Bruning a fixé le jeune homme avec des yeux ronds tandis que ce dernier parlait, mais ne l'a pas une fois interrompu par une moquerie ou une remarque, et quand Ivalde a eu terminé, le prêtre avait pâli, et a semblé un moment incapable de parler. Lorsqu'il y est parvenu, on ne distinguait plus ni rancœur ni supériorité dans sa voix, qui était faible et mal assurée. « Viens, Ivalde, a-t-il chuchoté. Je vais nous trouver des pelles. »

Ils ont remonté l'allée jusqu'au porche de l'église, m'abandonnant derrière eux, totalement oubliée en dépit de mes appels. Je les ai observés un moment, puis j'ai décidé que j'allais les suivre, bien que la distance fût plus longue que celle sur laquelle j'avais l'habitude de me traîner. Mes coudes glacés trempés de rosée, je me suis halée dans l'herbe, les yeux rivés sur le porche et le vice aux yeux en cratère, accroupi au-dessus de lui en ricanant. À ce jour, je ressens encore le frottement humide de l'herbe contre mon ventre, la douleur dans mes bras telle que je l'ai éprouvée à l'époque. Ce fut la toute dernière fois que j'ai rampé.

La sœur Aethelflaed ronfle dans la cellule voisine de la mienne, et ma chandelle se meurt. Je me rappelle maintenant que demain je dois être flagellée, et monte en moi une peur que je combats rapidement ; je tourne plutôt mon attention vers la prière, les supplications pour que me soient pour une fois épargnés les rêves terribles des heures qui précèdent le retour du jour. Avec mes draps rêches tirés et serrés contre mon dos glacé, je me tourne sur un côté, l'oreille collée au bois dur de ma banquette. La surface sous ma joue, où le bois a été poli et adouci par la bave de centaines de femmes endormies...

Je mène mon cheval au bas d'une colline dans le noir ; de l'autre côté de la crête, les cris féroces des hommes d'Ingvar, loin derrière moi, trop loin pour distinguer ce qu'ils disent. Près du pied de la colline, un marais traître où ma monture perd pied et s'enlise jusqu'aux flancs, roulant des yeux blancs, fous, et hennissant sans trêve, de façon terrible. J'ai peur que les ennemis, qui gagnent du terrain, ne l'entendent et, dans ma panique, je l'abandonne pour fuir à travers champs, les pieds lourds, rendus énormes par la boue. Dans mon sillage, des jurons vikings sont suspendus dans la nuit, brutaux et grossiers. Les roseaux blanchis se cabrent au clair de lune devant moi, et là, en leur sein, se dresse un grand monticule de terre, comme le crâne d'un géant de glace, mort depuis longtemps, effondré, visage en avant dans les herbes de la rivière. Dans mon dos, plus proches à présent, des brutes lancent un mot qui se précise de façon graduelle, devient un nom, et, plongé dans les roseaux jusqu'à la taille, je sais que ce nom est le mien. Tandis que derrière moi leurs lourdes bottes en fourrure foulent les roseaux, je sais qui je suis, et cette froide révélation me tire de mon sommeil avec un choc, vers le noir de ma cellule, le nom du rêve encore lourd sur ma langue.

Ragener. Ragener le bienheureux, frère d'Edmund et assassiné, comme Edmund avant lui, par les envahisseurs venus du Nord lorsqu'il a refusé de se prosterner devant leurs dieux. Ragener le béatifié, qui porte comme Edmund la couronne des martyrs, et dont la fête tombe le lendemain de celle qu'on consacre à son frère. Comment pourrais-je, moi, entre tous les hommes et toutes les femmes vivants, l'oublier ?

Je suis étendue dans le noir, seule avec le martèlement aveugle de mon sang, je sens, froide sur mon front, l'écume qui se fracasse sur les falaises à pic du blasphème. Dans nos leçons, on nous apprend comment les saints frères ont refusé de se soumettre aux usurpateurs vikings et de renier le vrai Dieu ; pour cela, on les a flagellés, puis percés de flèches et enfin décapités, mais avec leur âme encore intacte. Dans mon rêve, il en va autrement. Edmund est mort, les poumons pratiquement arrachés de sa poitrine, répudiant Dieu dans la douleur de ses ultimes paroles, tandis que son frère, terrifié, fuit dans la nuit en préparant sa conversion à Wotan, afin que Ragener échappe ainsi à tous les tourments qu'a endurés Edmund. Je ne puis croire que Dieu m'envoie des rêves qui contredisent de la sorte tout ce que nous enseignent nos ministres du culte. M'interrogeant, troublée par la source de mes rêves si ce n'est pas Dieu, je demeure étendue, complètement éveillée dans ma cellule, jusqu'à ce que vienne le matin, en ce vingt et unième jour de novembre, fête du Bienheureux saint Ragener, où je serai enfin purgée par le fouet de ces visions que je trouve maintenant si haïssables.

Ayant remarqué mon absence aux matines, la Révérende Mère se fait conduire à ma cellule, où je demande à être excusée de toutes mes corvées en ce jour, afin de mieux me préparer à la flagellation que je devrai subir, le soir venu. Ici, la Révérende Mère exprime de nouveau tant ses doutes en ce qui concerne l'épreuve elle-même que ses évaluations sur mes chances de survivre au fouet, en considération de mon âge avancé et de ma claudication. Finalement, ayant constaté ma détermination, la Révérende Mère accepte que je passe toute la journée dans ma cellule, afin de me mettre en règle avec moi-même et avec Dieu.

Je suis assise là, sur ma couchette, un genou ramené contre ma poitrine, les heures passant comme à travers un tulle diffus, remplies d'un malaise pourtant. Quand la sœur Eadgyth est enfin dépêchée dans ma cellule pour me conduire à la flagellation, je constate que ma jambe valide s'est ankylosée au long de ses heures d'immobilité, si bien que la sœur Eadgyth est obligée de me soutenir, accrochée à son bras, jusqu'à mon lieu de châtiment, sa tête collée à la mienne, avec cette haleine de fumier donnant en plein sur ma joue. Ainsi incapable de marcher, je ne puis que me souvenir de la dernière fois où mes jambes m'ont failli, alors que je traversais la pierre froide du parvis en rampant sur les coudes et le ventre, jusque dans la nef de l'église où Ivalde et Bruning s'étaient tous deux déjà dépouillés de leur chemise et forçaient avec leurs pelles les grandes dalles du sol, soulevant les pierres planes par un bord, avant de les laisser retomber en arrière, pour exposer ainsi la surface noire d'un sol criblé de vers de terre, au-dessous.

Tandis qu'Eadgyth moitié me traîne et moitié me porte au long du passage, je suis incapable de dire ni où je suis, ni quelle année ce peut être ; je suis aussi dénuée de nom qu'au sortir du sommeil. Je me traîne à travers la nef de l'église jusqu'à l'endroit où creusent Bruning et Ivalde, de grandes pelletées de terre lancées en hauteur sans précautions pour pleuvoir sur les dalles, où je hisse mon poids par-dessus les déblais jusqu'au bord de leur trou. Maintenant, face contre terre, je suis Ragener, qui pleure et qui implore tandis que de vigoureuses mains de Vikings m'empoignent fermement sous les bras, me soulèvent brusquement pour me traîner entre eux deux, tout trébuchant, en direction du monticule pâle qui se bombe dans les roseaux. Leurs mains sont devenues celles de la sœur Eadgyth, qui m'aide maintenant à entrer dans la petite salle en pierre où le chevalet de bois, à dos de cuir, est préparé et où la Révérende Mère attend.

Sa voix semble si lointaine. La sœur Eadgyth me dénude jusqu'à la taille et me place, le visage couché le long du chevalet, avec mes seins plats qui se serrent, pressés contre le cuir glacial, et le froid dans ma poitrine rappelle le moment où je gisais sur le sol de l'église, les doigts crochés au bord des dalles qui bordaient maintenant le trou où Ivalde et Bruning creusaient tous deux, avec Bruning debout sur les dalles d'un côté de la fosse, en train d'éponger la sueur de ses tétins flasques, tandis qu'Ivalde, côtes apparentes sur ses flancs, se tenait enfoncé jusqu'à la taille, faisant pleuvoir la terre vers le haut, du fer de sa pelle. Je venais juste de me traîner au bord pour regarder vers le bas quand le sol de terre s'est effondré sous Ivalde sur une grande béance noire et un crépitement de terre meuble au-dessous.

Des averses de terre ruissellent du monticule dénudé pour se perdre dans les roseaux qui encerclent sa base. Les canailles d'Ingvar me hissent sur le rocher plat, au sommet de l'éminence, où ils rient de mes larmes et de mes tentatives lamentables pour me rallier leur amitié alors qu'ils m'arrachent les vêtements du corps ; et quand je suis nu, ils se gaussent de ma virilité et me jettent à terre avec brutalité, sur le visage, et un des hommes, agenouillé devant moi, me cloue à terre par les avant-bras. Je le regarde, du sang m'empoisse les yeux. Il a suinté de mon cuir chevelu à l'endroit où ils m'ont frappé et, à travers lui, le visage de l'homme est plus terrible que je n'avais jamais espéré en voir en cette vie, avec sa barbe tressée teinte en bandeaux de toutes les couleurs et, sur son haleine, des drogues qui rendent fou, en cet An de grâce huit cent soixante-dix.

Debout sur le chevalet de cuir pour tenir mes poignets, la sœur Eadgyth me souffle à la figure une haleine rance et chaude et nous sommes en l'an mille soixante-quatre. Quelque part derrière moi, la Révérende Mère lève derrière son épaule la discipline en cuir cru. Pendant un instant qui paraît interminable, j'entends les lanières de peau non tannée siffler dans l'air froid de la chambre, et une douleur aveugle, ardente s'arrache à mes épaules et à mon dos pour engloutir tout mon être dans une terrible lumière.

En l'an de grâce mille cinquante, Ivalde hurle à Bruning de l'aider, tandis qu'il bat des jambes dans la cascade de terre en tentant de remonter en courant les flancs de la fosse et que le sol croule dans le noir au-dessous. Le prêtre gras se jette en avant pour haler le jeune homme en sécurité, pendant que je reste couchée, à regarder par-dessus le rebord de la fosse, les dalles me glaçant le ventre. Sous moi, je vois que le fond du trou s'est effondré dans des cavernes ou des tunnels qui existaient au-dessous. Un instant, il me semble discerner la masse imprécise de la tombe qui se révélera plus tard être dissimulée à l'intérieur et qui renferme les ossements de saint Ragener, martyr et frère d'Edmund. Au mieux, en scrutant le noir, je distingue vaguement sa silhouette un seul instant, avant que mon attention soit attirée par la conscience d'une autre forme vaste dans les ténèbres au-dessous de moi, celle-ci accompagnée d'un bruit qui suggère une progression massive, pataude. Je n'ai qu'un bref moment pour m'émerveiller, avant que l'incroyable événement se produise. Le bon Bruning, quand il se sera repris, racontera ensuite que nous avons vu le Saint-Esprit, manifesté en sa terrible lumière, mais je suis couchée à plat ventre, la tête suspendue au-dessus de la gueule de la fosse, et je vois. Lorsque la chose ouvre ses yeux monstrueux, je regarde directement en eux. Un éclat étouffant règne partout. Dans le néant vide et blanc, Bruning pousse des cris de femme.

Je hurle quand le premier des Vikings plonge sa raideur en moi, mais après le troisième, je ne sanglote plus qu'à peine et pour moi-même, en songeant à ma vie et à cette fin horrible. Lorsque le dernier des hommes retire son arme de moi, on me retourne sur le dos, après quoi je recommence à supplier et à professer mon allégeance à Wotan. Le bruit de ma voix terrifiée sonne à mes oreilles comme une malédiction, jusqu'à ce qu'un des ravisseurs ramène le silence en violant ma bouche sous les quolibets de ses camarades. J'essaie d'appréhender l'ampleur de ce qui m'arrive. Le plus petit de mes bourreaux tire alors un couteau et, avant qu'il m'ait touché avec, je hurle.

La discipline m'ouvre le dos et je me tords. La sœur Eadgyth retient mes poignets solidement, tandis qu'au loin la Révérende Mère prie et l'on entend un bruit aigu qui n'a pas de fin.

Bruning hurle, Ivalde hurle, et la lumière blanche règne partout. Une créature de taille hideuse volette au-dessus de ma tête, alors que je suis étendue sur le sol de l'église. Plus tard, quand la lumière aura disparu et que je reviendrai, pour trouver Bruning et Ivalde assis tous deux contre le mur, le regard perdu dans le vide, face au sol éventré et béant, le prêtre gras prétendra que les ailes qui ont frôlé ma nuque étaient celles du Saint-Esprit : la rosée que cela a laissé pleuvoir sur mes cheveux, il l'appellera eau bénite, mais pourquoi est-elle visqueuse et grasse comme de la semence d'homme, ou la vase des vieilles rivières ? Et pourquoi l'Esprit Saint ne s'est-il pas manifesté ici sous la forme d'un oiseau, mais sous celle d'un éventail terrible, frissonnant d'une pâle clarté verte qui frémit et tournoie dans la blancheur éblouissante, à peine matérielle, si bien que certaines parties de lui sembleront passer sans dommage à travers d'autres, ou traverser les grands piliers de bois qui soutiennent l'église, tout comme s'ils étaient faits d'air ? Un fracas retentit, un fracas terrible. Aveuglée et folle de terreur, je me lève d'un bond, et je m'enfuis en courant de l'église. Ce ne sera pas avant que j'aie dévalé la moitié de la colline et que j'approche du carrefour que je prendrai conscience de ce que j'ai fait.

En huit cent soixante-dix, ils m'ont ouvert le torse. Je n'aurais pas cru qu'aucun tourment infligé à un homme puisse égaler en horreur ce qui m'arrive maintenant, en ce moment, à moi. Ils plongent la main dans la cavité, pour saisir les côtes et les tirer vers le haut en les écartant, et je passe au-delà de la souffrance. J'enjambe un chevalet de charpentier dans une salle glacée, et je sais que je suis une vieille femme. J'ai le dos en lambeaux. J'en appelle au secours de Wotan et, m'entendant, la femme qui me flagelle redouble de force. Je suis couchée sur un bûcher dont le feu couve, ma gorge tranchée, et je cuis, dans un grand crâne de fer ou ligotée à un poteau, et je pourris, comme tête d'un traître accrochée aux portes de cette ville. Je suis enfant. Je suis assassin, poète et saint. Je suis Ragener. Je suis Alfgiva, et j'ai dépassé la douleur pour atteindre à l'extase du flagellant, que peuvent seuls connaître les martyrs qui entrent au Paradis ensanglantés, les mains réduites à des moignons carbonisés, ou tout hérissés de sagettes, nos torses forcés et ouverts, d'où se déverse la grande lumière de nos cœurs.

Je suis soulevée en l'air, et le bruit du monde produit dans mes tympans un grand rugissement, et si je suis en Paradis, d'où viennent alors tant de feux ?

En boitant vers Jérusalem

1100 après J.-C.

Dur comme un acier neuf, le soleil tranche dans un lard de nuages, bien que l'effort semble épuiser sa lumière. Je suis vieux, mais ce monde incessant, épuisant, est toujours là. Échauffées par la selle, mes hémorroïdes me tourmentent ; voilà pourquoi la bile me rend d'humeur cholérique en ce matin d'averses, et j'ai par deux fois giflé mon écuyer. Alors que nous descendons la rue des Juifs dans la puanteur et les clameurs de la foire aux chevaux, il se laisse distancer et chevauche derrière moi, pour ne pas que je voie le poison dans son regard.

En avant, mes chiens courent parmi les négociants de la foire et leurs haridelles dévorées par les mouches. De leurs mâchoires roses, humides et plissées comme des connins, ici et là, ils happent et mordent par jeu une cheville ou un paturon. La foule recule pour me céder le passage, toute cette engeance de Saxonie aux crânes carrés, bave au menton, même si leurs filles sont souvent belles. Le sabot de mon destrier choque bruyamment la terre battue, dans le silence tombé maintenant sur la foire, comme le chuchotis des jupes d'une accorte femme fait taire une salle d'auberge. Tandis que je passe, les voilà qui portent maintenant devant moi la main à leurs fronts couverts de croûtes, et qui lèvent des yeux inquiets. Si je n'étais pas estropié et vieux, je coucherais sous leurs yeux tant avec leurs femmes qu'avec leurs filles, avant de leur trancher la tête...

Il ne faut pas que je pense à des têtes.

Mon écuyer et moi poursuivons notre chemin. La foule se

retricote dans notre sillage, et reprend ses bavardages et ses marchandages, notre passage en son sein semblable à une blessure bientôt guérie. Devant moi, sur ma gauche, l'église en ruine dresse avec lourdeur l'or sale de ses murs en grès, dédiée à saint Pierre par l'intercession duquel on a trouvé ici les reliques de saint Ragener, du moins l'histoire le dit-elle. Une bonne sœur d'Abingdon, une demi-folle morte depuis au moins vingt ans, a parlé d'un ange ou d'un saint oiseau à l'intérieur de l'église, qui a guéri ses jambes estropiées.

Tant mieux pour elle, mais moi qui suis boiteux et perclus de douleurs, je sais que sa vision n'était que ces délires qui prennent les femmes quand cessent leurs saignées mensuelles. Depuis la Croisade, je suis fâché avec Dieu. Un rayon tombe maintenant du Ciel pour frapper l'église, si bien que ses fenêtres béantes semblent s'emplir de lumière, mais je sais que c'est une clarté trompeuse, bientôt perdue dans la bourrasque.

La pluie de cette île : l'intérieur de ma cotte est déjà trempé après l'averse subie au cours de la chasse, tôt ce matin. L'humidité de la région a fait fleurir sur ma joue une eschare qui n'y a pas toujours été, mais mes lamentations manquent d'énergie et de conviction. Y a-t-il jamais eu là-bas, dans ces Saints déserts, un matin où je ne me suis pas éveillé pour trouver mon ventre noir de mouches, la sueur tirée de moi comme par bouillon, pour former une flaque entre mes mamelles, et où je n'ai pas imploré de connaître de nouveau cette lumière maladive du Nord, ce crachin dans mes yeux ? Le soleil ici ne nous jette que des miettes, ayant déjà prodigué ses largesses aux lointains Païens, dressés parmi leurs collines de sable.

L'église a disparu derrière nous et, à notre main droite, la rue des Marchands de craie remonte en serpentant vers les parties hautes du château, tandis que nous descendons jusqu'au carrefour près du pont, à côté duquel s'ouvre le portail de la cour. Nous entrons à grand bruit entre les grands piliers de brique et traversons les dalles. Des palefreniers qui, un moment plus tôt me maudissaient sans doute comme fils de toutes les putes, accourent tout sourires pour attraper ma bride en s'écriant : « Voyez ! C'est Messire Simon. Il est de retour. »

Sans volonté propre, semble-t-il, mes yeux montent vers le lieu où la fenêtre de la chambre de Maud domine la cour. Personne, là-bas. Ayant mis pied à terre, encadré de chaque côté par un palefrenier, je leur passe à chacun un bras autour du cou et, mon poids ainsi soutenu, je suis conduit à la grande porte, traînant derrière moi une jambe qui laboure en chemin le tain des flaques. Un jour, dans un accès de fureur, Maud a dit qu'en entendant ce bruit, ce raclement, elle s'étendait sur sa couche pour pleurer, car cela signifiait que j'étais revenu. Aidé à gravir les trois larges marches, je me retrouve à l'intérieur du château. Dans ma besace raidit une paire de faisans, perdant leur chaleur dans le sang qui se fige. Des yeux noirs fixent le noir, sans cligner.

Dans la forteresse de ma chambre, on me retire mes vêtements inconfortables et crottés, après quoi on me sèche et on me vêt pour aller prendre mon repas : du mouton froid, du pain chaud et des bières aigres. Maud ne mange pas avec moi. Les tintements de mon couteau dans l'assiette tombent dans un silence retentissant.

Suçant dans ma moustache la sauce tiède, je sens sa présence qui arpente les appartements de l'étage et je la vois dans ma tête, toute son amertume manifeste dans son attitude. Elle traverse maintenant la pièce jusqu'au siège près de la fenêtre, sa tête baissée cognant de son petit menton aigu contre son sternum : les bras croisés, serrés sous ses tétins en bourgeon ; des doigts blancs, fragiles, crispés sur chaque coude. Elle a une grande taille, vingt-neuf ans et une démarche empruntée. Elle ne rit ni ne badine, non plus, mais boude et se renfrogne. Parfois, il me semble que j'aurais aussi bien fait d'épouser la mère que la fille, finalement. Bah. Ce qui est fait est fait, désormais.

Un morceau de mouton s'est coincé dans le creux de l'unique dent du fond, à demi cassée, encore implantée sur ma mâchoire inférieure, un morceau que ma langue œuvre maintenant à déloger par des mouvements secrets et complexes. Maud nue. Il y a quinze ans de cela. Je l'avais assise un soir sur mon genou, peu de temps après notre mariage, la pinçant par les épaules afin qu'elle ne puisse s'écarter. J'ai tenté de la faire jouer avec mon bonhomme, mais elle a pris des mines et juré sur la Sainte Vierge qu'elle n'en ferait rien. Quand j'ai lâché le haut de son bras pour lui saisir le poignet et la contraindre à obéir, elle s'est dégagée et a sauté de mes genoux pour aller se cacher derrière les tentures.

Si seulement je l'avais rossée plus sévèrement en cette occasion, elle aurait assurément manifesté une disposition plus aimable à mon égard, par la suite. Si je lui avais fait tâter de ma ceinture, et que j'avais fouetté sa croupe maigre jusqu'au sang. Si je l'avais crochée par les cheveux, ou que je lui avais tordu le téton jusqu'à ce qu'elle hurle. La colère tambourine dans mon torse, et y répond le tressautement désespéré de la bête oubliée qui gîte sous ma bedaine. Il n'est pas bon de me troubler les humeurs de cette façon, au risque d'attirer sur moi quelque malaise, et, tandis que la boulette de mouton résiste aux inquisitions de ma langue, j'oriente mes pensées vers de plus doux soucis.

L'église que je construis sur la pente, près du sentier des moutons, se dresse à demi terminée, les vestiges païens antérieurs ayant été démolis pour que nous puissions employer leur substance à notre propre chantier. Certaines de ses briques sont sculptées d'antiquités monstrueuses et obscènes, telle cette vieillarde de pierre au con béant accroupie au-dessus du porche de l'ancien Saint-Pierre. Ces matériaux-là, nous les jetterons, à moins que la nécessité et le manque de matériau ne nous pressent d'agir autrement. Les circonstances nous dictent déjà de conserver un pilier gravé d'un motif barbare et vipérin, un dragon teuton diabolique qui ricane en se lovant le long de la colonne. Je devrais m'inquiéter que cette relique n'offense point, si le bon peuple ne s'offensait bien davantage de ma proposition pour l'église elle-même.

« Messire Simon, vous plaisantez, assurément ? » disent-ils. Ils me disent : « Messire Simon, reconsidérez votre projet, de crainte qu'il ne fasse affront à Dieu en personne ! » Ils disent : « Mais, Messire Simon, que faites-vous de la tradition en ces affaires ? » (Cette tradition allant au cruciforme, cela va presque sans dire.) Ils regimbent et protestent, tout à fait comme si j'avais dressé un monument à Moloch ou un tabernacle à l'intention des Juifs. Ils grommellent et se signent, et posent chaque pierre avec des mines si graves, comme s'ils craignaient d'être en train d'emmurer leur âme immortelle.

Ronde. Tout ce que je leur demande, c'est de la construire ronde, comme le Temple qu'édifia Salomon, là-bas, à Jérusalem. Ronde, sans nul coin où le Diable puisse trouver prise ou refuge. Ronde, pour que Dieu mêmement n'y trouve lieu où se cacher. S'Il est là, eh bien, qu'Il se montre. S'Il est là...

Il y avait une frange de barbe douce et argentée. On lui avait cousu les paupières, pour les fermer ; le nez s'était effondré en un trou. Cela sentait le poivre, une odeur chaude et sèche. Dans son expression, quelque chose d'étranger, d'indéchiffrable, au coin de la bouche où les points avaient sauté, les petites dents brunes montraient...

Je ferme les yeux et repousse mon assiette. Je porte la main à mon visage et ne puis retenir un gémissement pour ce qu'il y a en moi, pour le poids de cela. Les serviteurs me regardent, muets et craintifs, puis échangent un coup d'œil. Débarrassant mon assiette à moitié vidée, mon gobelet à moitié bu, ils s'éclipsent pour aller trembler aux cuisines, loin d'ici ; des pas précipités, rapides et doux comme la pluie dans la salle vide et sonore, puis plus rien.

Le piaulement bref de mon siège, que je repousse maintenant loin de la table afin de pouvoir me lever, paraît déplaisant et solitaire dans cette salle gigantesque. J'appelle John, mon écuyer, qui met trop longtemps à venir et m'aide à regagner mes appartements, un long et ennuyeux trajet durant lequel je le tance ainsi : « Pourquoi as-tu tardé autant à répondre à mon appel ? Croirais-tu que de nouvelles jambes m'aient poussé et que je sois de cette façon capable de danser sans ton aide jusqu'à ma chambre ? »

Titubant, l'épaule calée sous le creux de mon bras, il baisse vers les dalles des yeux furibonds et marmonne tous ses « Non, Messire Simon », et ses « Dieu m'en garde », en me disant qu'il était à la selle quand je l'ai appelé la première fois, ce à quoi je riposte que, s'il devait encore me faire attendre, désormais, je le ferai fouetter jusqu'à ce qu'il se chie aux braies.

À ces paroles, le sentiment d'une chose déjà vue me visite. Aurais-je déjà été brutalisé, boiteux, dans ces couloirs avec la pensée du fouet qui m'échauffait le front ? Un lointain vertige me chante dans la tête : des voix sarrasines qui bourdonnent en s'adressant à leur Dieu Démon, à travers les dunes. Je me suis trop vite levé après mon repas, voilà tout. Congédiant John sur le seuil de ma chambre, je tire les verrous de ma porte et me dirige lourdement vers le lit, utilisant un dossier de chaise comme soutien en chemin.

Il fait froid dans la chambre, mais je suis réchauffé par des bières en m'abandonnant au lit. Ici, je puis digérer et rester seul, sans pensée de Maud pour me troubler, sa chambre se trouvant à l'autre bout du château. Si l'air de novembre est froid, ce n'est rien en comparaison avec le vide glacé, pénétrant jusqu'à l'os, qui tombe sur le désert quand la journée est finie, et je suis satisfait, en me reposant ici. Au-dessus de moi, dans les madriers du plafond, lignes de fissure et nœuds évoquent à mon esprit une carte d'anciens territoires à conquérir...

Le bon pape Urbain a fait ce à quoi Pierre, dit l'Ermite, l'avait exhorté : il nous a enjoints d'endosser la Croix ; de rejoindre sa Croisade et de débarrasser la Terre Sainte de l'oppresseur mahométan. Les Turcs avaient taillé en pièces les premières expéditions, celle de Pierre et celle de Gautier, dit Sans-Avoir, mais il n'était point question de nous retenir. Et donc, en cette quatre-vingt-seizième année du millénaire, nous avons fait voile pour Constantinople, et pas un d'entre nous qui ne s'imaginât rentrer plus riche chez lui.

Grand Dieu, l'immensité de ces cruels cieux païens... Ils faisaient perdre la raison aux hommes. En route pour rejoindre le duc Robert de Normandie afin d'assiéger Antioche, nous avons rencontré un gaillard, cuit au noir autant qu'un Sarrasin, qui, en français de noblesse, chantait des hymnes à pleine voix tout en arpentant en cercle la lente dérive de ces collines dénudées. Seul sans ses camarades depuis qui sait combien de jours ou de semaines, il avait patiemment creusé une longue tranchée en boucles, où un homme pouvait tenir jusqu'à la taille et qui s'étirait à travers les dunes aussi loin que portât le regard. Il nous a maudits lorsque nous avons fait crouler une petite partie des rebords en les franchissant avec nos montures. Sur son torse brûlé au brun, pendaient les guenilles des Flandres, leur vert vif décoloré en jaune sous la lumière sans ombre du désert.

Quand nous avons eu parcouru quelque distance en le laissant derrière nous à ses imprécations, j'ai jeté un coup d'œil en arrière et, avec une étrange surprise, j'ai vu que son interminable tranchée, quand on la considérait de loin, ne sinuait pas de long en large sans but, comme elle le semblait de près. Vue d'une certaine distance, elle était devenue une ligne d'écriture monstrueuse déroulée à travers les dunes, tracée d'une main géante et inégale. En maints endroits, les mouvements du sable avaient effacé des mots et des lettres, si bien qu'il m'apparut que le pauvre diable devait consacrer ses journées à arpenter la terrible longueur du message d'un bout à l'autre, pour en creuser de nouveau les pleins et les déliés, des hymnes coulant tout du long de ses lèvres noires et desséchées. Les seuls mots que j'ai pu lire étaient du français : *Dieu*, et un autre, peut-être *humilité*, tracés dans l'ombre mauve, au flanc doux d'une pente. Son message – et de cela je n'ai aucun doute – s'adressait au Tout-Puissant, qui seul réside à une altitude suffisante pour contempler ce texte en son entier. Nous l'avons laissé accroupi sur les arches d'un « m », grattant avec frénésie pour effacer les traces de sabots à l'endroit où nos montures avaient endommagé sa calligraphie.

Et ainsi avons-nous poursuivi notre progression, mettant à sac les petites villes qui se trouvaient sur notre trajet vers Antioche. Le pillage possède un son : cent bruits moindres, tous mêlés en un seul : un bébé qui braille, le tonnerre empoussiéré de la pierre qui croule, et le couinement des chiens blessés. La panique des chevaux. Les interrogations confuses et tremblantes des chèvres en fuite, ainsi que les pleurs des femmes, montés du ventre ; et ceux des hommes, venus du nez. Des cris rauques, inintelligibles, engloutis en une langue qui ne s'applique qu'à la guerre. Le cliquetis mortel des lames, le hurlement des enfants qu'on force, tout cela ne forme qu'une voix qui crache et crépite dans la gorge noir fumée de l'instant. Je l'entends, maintenant.

Nous avons bouté le feu à leurs autels. Nous leur avons pris leurs vies, leurs femmes, leurs chevaux, leurs soieries et leurs joyaux, et certains d'entre nous ont pris davantage encore. Un de mes capitaines arborait une ceinture enguirlandée de langues païennes jusqu'à ce que nous lui en reprochions la puanteur. C'étaient de grandes pièces noires, plus grandes qu'on ne l'imaginerait, et il n'en était pas deux identiques. Ces barbaries ne nous ont pas été étrangères tant que nous sommes restés en ces lieux, bien que j'y aie réfléchi depuis et que je sache maintenant que de telles actions sont dépourvues de toute dignité. Cependant, d'autres ont progressé sur cette route à pas bien plus grands que nous. À quelques lieues de Mourzouk, nous avons chevauché quelque temps en compagnie de chevaliers d'Italie qui dînaient de la chair des Mahométans tués, affirmant que, puisque leurs ennemis n'avaient point une âme chrétienne, ils étaient plus proches des animaux et l'on pouvait donc les dévorer sans faillir aux Commandements. À l'évidence, manger des cervelles païennes les avait rendus fous, et je n'ai pu m'empêcher de me demander quel sort ils connaîtraient à leur retour en terre chrétienne. Or, il s'est trouvé qu'en retraversant par la suite ces territoires en revenant de Mourzouk, nous avons découvert leurs têtes, proprement disposées en un cercle et tournées vers l'intérieur, entre le chatoiement des bourrasques, portant des lambeaux de leurs tuniques azur noués sur leurs yeux, rendant aveugles des regards qui l'étaient déjà, pour des motifs de doctrine que nous n'avons pu deviner.

Je souhaitais de tout mon cœur contempler Jérusalem, cette ville des saintes Écritures que Julien, empereur païen de Rome, a voulu en sa vanité reconstruire, pour être frappé par Dieu avant même que l'on eût posé les fondations. Une tourmente et des convulsions accompagnées de gerbes de flamme ont effacé ses ouvrages, et certains voient là une preuve du courroux Divin. (Au moins, les fondations de mon église ronde sont en place, quoi qu'il puisse lui advenir par la suite.) J'avais hâte de me promener en ces collines et de voir ce cœur ancien de pierres amassées d'où ont jailli les Versets sacrés, mais qu'ai-je vu, en fait ! Il eût mieux valu qu'on déposât ma tête, les yeux bandés, dans cet effroyable cercle de cannibales romains, mon sang figé dans ma barbe comme du jaune d'œuf.

Je ne dois pas penser à des têtes.

Quelque part en dessous de mon lit, au-dessous du plancher de ma chambre, le château bruit de quolibets, de pas et de récriminations ; grandiose, froid, sonore, on l'a bâti pour durer mille ans. Je me souviens encore du temps où seul se dressait ici le fort baronnial de Waltheof, tout de bois et de chaume, et grouillant de puces, avant que le Roi ne décide qu'un chevalier de Normandie saurait mieux superviser ces régions qu'un comte saxon.

Pauvre Waltheof. Je l'ai rencontré une fois ou deux, et il était aimable, bien que tout à fait dénué d'intelligence. En récompense de sa collaboration à la Conquête, Guillaume le Bâtard a offert à Waltheof d'abord le comté de North Hamtun, puis des funérailles de traître quand il s'est lassé de lui. On a amassé sur sa tête tant de calomnies et de graves accusations qu'à la fin le vieil homme en est venu à croire lui-même à la réalité de ses trahisons. Avait-il conspiré contre le roi ? Il lui est apparu que tel devait être le cas – Judith, sa propre épouse, n'en avait-elle pas témoigné ? L'idée que Guillaume, vieilli et assailli de folles craintes, ait pu simplement vouloir consolider sa propre situation en s'entourant de compatriotes dans les Baronnies sembla totalement échapper à la compréhension de Waltheof. Pas plus qu'il ne saisit que Judith, en tant que nièce de William, témoignerait en tout sens exigé par son royal oncle. Mené en pleurs au billot, Waltheof avait même crié à Judith de lui pardonner, à quoi la perfide catin eut la bonne grâce de faire une grimace et de détourner les yeux, de honte. Elle était la créature de son oncle, prompte à agir ainsi qu'il ordonnait, en toute occasion.

Toute, hormis une.

Les progrès de l'après-midi ont fait pâlir la lumière, à la fenêtre de ma tourelle. Je somnole, terrassé par les bières et, quand je m'éveille pour voir les fenêtres se remplir du soir précoce de novembre, j'ai le souvenir d'une absurdité, infiltrée dans mes pensées durant le sommeil de la raison : dans les déserts de Palestine, ayant échoué sans carte en une région totalement dénuée de points de repère, j'arrive à un pied humain qui dépasse du sable. Avec un vif plaisir, je conçois l'idée qu'est enfouie ici ma jambe véritable dont l'objet boiteux et haïssable que j'ai traîné avec moi toutes ces années n'est qu'un simulacre. Impatient de marcher comme jadis, je m'agenouille et je commence à creuser la poussière autour de la cheville et du mollet, lorsque je prends subitement conscience qu'on m'observe.

Je lève les yeux, non sans un sursaut, et je vois une femme à plat ventre ramper avec une horrible rapidité à travers les dunes indolentes vers l'endroit où je suis accroupi près du pied dressé. Vêtue de l'habit noir d'une sœur et estropiée d'une façon que je n'arrive pas à distinguer, elle se traîne vers moi en descendant les pentes cuites au soleil et je l'entends maintenant me jeter des imprécations, d'amères malédictions, en clamant que la jambe lui appartient et en m'interdisant d'y toucher. Je commence à m'effrayer, tant de sa fureur hargneuse que de sa vélocité de scarabée tandis qu'elle propulse sa carcasse vêtue de noir au bas de la colline dans une averse crépitante de sable. Tirant maintenant avec affolement sur la cheville qui dépasse, je tente d'arracher la jambe au sable et de m'enfuir avec elle avant que la religieuse me rejoigne, mais la jambe refuse de bouger. En ce terrible instant qui précède le réveil, je prends conscience qu'il y a sous le sol du désert quelque chose qui hale dans l'autre sens, quelque chose de caché et pourtant d'affreusement fort, qui tire sur la jambe comme pour l'entraîner sous terre par en dessous. Sur ce, je m'éveille, les paumes moites et le cœur semblable à une enclume qui sonne, dans cette tourelle qui s'assombrit.

J'ai tellement peur. J'ai peur d'être mort. J'ai peur de n'être rien, et ce grand trouble que j'ai si longtemps tenu en respect devient maintenant mon compagnon. Je vois ma vie, notre vie à tous, nos guerres et nos copulations, toute notre agitation, nos philosophies et nos consciences, et rien de tout cela n'a de sol sous lui, et tout cela ne repose sur rien. Derrière ma fenêtre, les premières étoiles émergent en un firmament d'où tout dessein a fui.

Au bout d'un moment, j'appelle John et il répond avec tant de hâte que je songe à moitié qu'il est resté tout ce temps assis à l'extérieur de ma chambre, par crainte d'être absent quand je réclamerai sa présence. Maintenant redressé sur mon lit, je le prie d'aller quérir pour moi Dame Maud, tandis que j'enfile mes braies ; après son départ et l'allumage d'un candélabre, je m'agenouille près du lit pour me soulager dans un pot de chambre. Le jet est épais et brunâtre, et je constate avec mélancolie que mon vît présente encore un chancre et une inflammation : une relique parmi tant d'autres rapportées de Terre Sainte.

Je n'ai jamais vu Jérusalem. Il était devenu tout à fait évident que, le temps que nous arrivions à Antioche, la plus grande part des combats (et du pillage) serait terminée, et nous nous sommes contentés de suivre un trajet plus contourné qui nous menait dans des villes et des bourgades païennes à la fois moins défendues et moins susceptibles d'avoir déjà été dépouillées de tout. J'ai pris dans un de ces lieux une indigène pour l'emporter dans mes voyages et, quelques nuits durant, me suis fort ébattu avec elle ; mais à la neuvième, elle s'est tuée. Les femmes de cette sorte abondaient. Une fois, quand de telles choses sont devenues un temps la coutume parmi nous, j'ai essayé un garçon, mais sans y prendre jamais goût, car les petits païens n'ont point l'odeur agréable. Avec le temps, de toute façon, la chaleur a fini par vaincre ce genre de plaisirs ; lassitude charnelle ; engourdissement de l'ambition dans la chair.

Nous nous étions largement éloignés, atteignant presque l'Égypte, quand nous avons rencontré les chevaliers en rouge et blanc. Toute cette semaine-là, notre périple avait été dur et rempli de singuliers incidents ; ainsi, cinq jours plus tôt, quand nous avions vu le sol se fendre sous notre chariot le plus gros et le plus lourdement chargé, si bien que tout l'avant avait basculé dans la caverne soudaine qui se trouvait au-dessous. Nous y étions descendus à travers les voiles de poussière soulevée afin de constater les dégâts et nous avions découvert un ancien tombeau enfoui ou un ossuaire étalé autour de nous dans des ténèbres rances, où les rayons durs et brillants du soleil tombaient après des siècles d'attente. On s'y sentait presque comme en une chapelle, avec ces énormes colonnes qui descendaient, non point créées de mortier, mais de lumière. Entassés tout autour de nous, il y avait des crânes, certains d'entre eux broyés sous les roues ferrées de notre chariot dans sa chute, comme des œufs morbides, des éclats aigus de coquille jaunie, sur les sables plus blancs. Il avait fallu la majeure partie d'une journée pour hisser le chariot hors de sa fosse et, à la fin, nous toussions tous de façon effroyable, crachant de grosses giclées de phlegme. Un peu plus tard, parmi les hommes de rang subalterne, un certain Patrice a juré avoir observé une cité lumineuse et ondulante suspendue dans l'aube, tout son poids effrayant suspendu au loin, au-dessus des dunes. Il y a eu d'autres incidents du même genre en ces derniers jours, avant notre rencontre fortuite avec les chevaliers étrangers.

Nous avons vu leurs feux au crépuscule, quand se perdent les distinctions entre ciel et sable et que nous-mêmes n'avions pas encore dressé le camp. Craignant d'être survenus chez l'ennemi, nous avons cessé notre progression pour faire un silence durant lequel on pouvait entendre le trottinement des rats des sables et l'appel nocturne des scarabées verts. Portés par ces vents qui, tels des serpents, ratissent le désert, nous avons entendu leurs chants, vigoureux, sonores et français, et en avons été soulagés ; après quoi, nous les avons hélés et avons été accueillis auprès de leurs feux.

Le chef de leur compagnie, qui comptait huit ou neuf membres, était un homme que j'avais vaguement connu auparavant, du nom de Godefroi, venu de Saint-Omer. Il n'a point semblé mécontent de me rencontrer, et ainsi, nous nous sommes assis pour discuter ensemble, tandis que mes camarades s'agitaient et juraient dans le noir et qu'on dressait les tentes des Nobles, dans l'infinie pénombre au-delà de la portée du feu. Je me suis émerveillé que Saint-Omer eût une outre de vin perchée dans son giron, car rien en matière de boisson forte n'avait franchi mes lèvres depuis près de la moitié d'un an. Sur quoi, il m'en a offert aimablement. Le vin m'a vite réchauffé, et un complément a fait naître dans mes tympans un chant bas et agréable qui a dissipé le susurrement ignoble et incessant des insectes du désert, que les Sarrasins considèrent comme le hurlement même du Pandémonium.

Au-dessus de nous tournaient de grandes constellations, vers lesquelles montaient les étincelles de notre feu en une infime imitation. J'ai interrogé mon hôte sur l'étrange motif qu'arboraient ses compagnons et lui, une croix d'un rouge rosé déployée sur un champ blanc, sur quoi il m'a confié qu'ils formaient un ordre jeune, pas encore né pleinement, mais assuré d'un destin plus vaste. L'homme m'a plu, car il ne semblait pas se vanter, mais simplement décrire ses projets avec négligence, comme s'ils étaient déjà accomplis. Bien que plus jeune que moi de quelques années, il m'a paru possédé d'une sagesse et d'une ferme assurance intérieure qui correspondaient à un homme plus âgé, et je l'ai donc écouté parler, captivé et plus qu'un peu grisé par le vin.

Au bout d'un moment, un autre homme appartenant au même ordre que Saint-Omer est venu nous rejoindre à l'endroit où nous étions assis, celui-ci nommé Hugues, de Payens. Quoiqu'il fût plus jeune encore que Godefroi, son zèle vis-à-vis de cette fraternité naissante surpassait celui de son aîné, mais cela venait peut-être de ce qu'il avait bu plus de vin. Important où Saint-Omer s'était montré retenu, il parlait de toute la richesse et de l'influence qui leur échoiraient, lorsque le temps aurait accompli son parcours ; une fortune dont l'effet pourrait englober le monde. À ces mots, je l'ai aimablement plaisanté, et lui ai dit que si les mots étaient fortune, on pourrait le comparer à Crésus, lui demandant d'où il croyait que sortiraient ces fortunes.

Tirant offense de ces mots, il s'est montré sur-le-champ plus arrogant et a retroussé sa lèvre en un rictus tellement torve que j'ai compris qu'il était ivre. Il a fait allusion, quoique d'obscure façon, à certain secret dont son ordre était gardien, devant lequel le Pape en personne serait bientôt forcé de se prosterner. Ici, Saint-Omer a posé pour le retenir une main sur le bras de son camarade et murmuré une chose qui m'a échappé ; après quoi, tous deux se sont excusés en plaidant la lassitude, et n'ont pas tardé à prendre congé. Je suis resté assis sous la fine rognure d'une lune païenne, jusqu'à ce que les braises se lassent, et j'ai donné libre cours à mes pensées sur tout ce qu'ils avaient dit, leurs suggestions et leurs folles assertions, pour finir par décider que je les interrogerais plus avant le lendemain. Si j'avais oublié cette résolution dans mon sommeil, comme tant d'impulsions plus nobles, j'aurais alors pu atteindre heureux mon vieil âge et ma mort.

Le tapotement soudain quoique réticent à la porte de ma chambre me tire maintenant de mes rêveries arides, et quand j'invite à entrer celui qui a frappé, c'est Maud qui paraît, accompagnée du jeune John qui se tortille et s'agite auprès d'elle avec inconfort jusqu'à ce qu'on le congédie, refermant en partant la porte derrière lui.

Elle se tient là, sereine dans le silence envahissant, me considérant sans aménité ni amitié. Puis elle abaisse le regard vers mon pot de chambre et fait la grimace, si bien que je le cache de nouveau sous mon lit, avant de me retourner pour faire face à Maud.

« Je vous prie de vous asseoir. » Ici, je fais un geste en direction de la chaise, placée à mi-chemin entre le lit et la porte pour assister mes traversées de la pièce.

« Comme mon seigneur le voudra. » Elle époussette le siège avant de s'asseoir, comme pour le débarrasser de contaminations. C'est de la même façon qu'elle a coutume de composer chacun de ses mots et de ses actes en un reproche subtil et mal dissimulé. Comme si son connin n'avait point d'odeur. Comme si elle chiait de l'or.

« Comment se porte mon fils ? »

Le coup d'œil qu'elle me lance en retour, vide et indifférent, est en vérité toute la réponse qui m'est nécessaire : elle ne le sait ni n'en a cure. L'enfant est placé à la garde de nourrices, quelque part dans l'aile est du château. Sa mère a pris l'enfant en aversion depuis sa naissance et se refuse à le voir, dans sa haine envers l'homme qui l'en a engrossée, et envers la façon dont il l'a engrossée.

Maintenant, elle regarde de côté et parle, sur un ton indifférent. « Le jeune sire Simon, me dit-on, a été affligé d'une grippe, mais autrement se porte bien, qu'il plaise à mon seigneur. »

Ses yeux, givrés de dédain, vont et viennent insolemment sur les rares effets que j'ai réunis ici, dans mes appartements : un coffret avec quatre anges parés à la mode mahométane, en relief doré sur son couvercle ; un émerillon empaillé de copeaux et le doigt d'un Tartare, pendu à une fine chaîne luisante. Par chaque objet, chaque coup d'œil, elle me juge.

Après la mort de Waltheof, Guillaume le Bâtard a eu à cœur de me voir occuper sa place ici. Plus que sa place : l'intention était que je prenne pour épouse Judith, la veuve de Waltheof, afin de conforter ma légitimité sur toutes ses terres. Bien. Elle était la nièce de Guillaume et avait jusqu'à ce jour obéi à chaque ordre de son oncle ; sur ce point pourtant, elle résista. Judith qui avait par faux témoignage séparé son époux de sa tête sans plus de raison que le fait que le Bâtard le voulait ainsi. Judith qui savait que, si elle refusait un ordre de son Suzerain, elle perdrait tant ses terres que ses titres. Judith, qui aurait copulé avec des boucs plutôt que de perdre la faveur de son oncle.

Judith refusait de m'épouser.

Elle a dit que c'était par raison de mon pied boiteux, et cependant, je sais qu'en cela elle a menti. Que voient-elles donc en moi, ces femmes ?

Maud m'observe depuis son siège. Elle attend que je parle ou que je la renvoie. Je ne fais ni l'un ni l'autre. Au fil de courtes années, depuis qu'elle a accouché de notre fils, la fleur de sa jeunesse est partie. Les dents qu'elle a perdues dans les épreuves de la maternité ont dépouillé son visage des vestiges de rondeur qui le rendaient accort. De plus en plus, maintenant, je vois le menton de Judith, et le nez de Judith, les traits durs et coupants de la mère reflétés chez la fille.

Quand Guillaume a décrété que Maud deviendrait mon épouse plutôt que Judith, celle-ci n'a toujours pas cédé, même pour préserver la virginité de sa fille, et toutes les supplications de sa fille, ses joues baignées de larmes, n'ont pu ébranler sa terrible détermination. Pourquoi me craignait-elle à ce point, qu'elle offrît de la sorte la petite Chatte glabre de sa fille sur mon autel, en place de la sienne ?

Le silence dans cette chambre n'est plus supportable, et je me tourne donc vers le sujet de mon église, du glorieux vitrail de son chœur ; de la disposition unique de sa nef.

« La nef devra en être ronde, Maud. Eh bien ! Que dis-tu de cela ? »

Elle me regarde fixement, avec les yeux de Judith.

« Assurément, les pensées que je peux avoir n'ont aucune importance, Messire. Je n'entends point de tels sujets. »

Sachant qu'une critique se dissimule sous ces assertions neutres, je sens mon courroux commencer à monter, et je la presse derechef sur ce même sujet.

« Si j'ai posé la question, vous pouvez être assurée que cela m'importe. Si véritablement vous n'entendez rien à ces affaires, eh bien, je m'amuserai d'écouter vos sottises. Allons, assez tergiversé, répondez clairement : quelle opinion avez-vous d'une église bâtie en rond ? »

Elle s'agite sur son siège et j'ai satisfaction à la voir mal à l'aise. Son insolence ayant perdu de l'assurance, elle ne me regarde pas en face et, dans son discours, il me semble discerner un tremblement, absent jusqu'ici.

« D'aucuns pourraient prétendre, Messire, que c'est une configuration qui ne sied point au culte chrétien. » En ce point, elle déglutit et feint de s'absorber dans l'étude des anges païens en relief sur le couvercle de mon coffret. Placé de profil, son visage a encore quelque beauté. L'idée me vient que, si j'étais encore équipé pour la monter, elle ne soulèverait pas tant de fureur en moi, et mon ire redouble à cette pensée.

« Croyez-vous que je paierais même d'un pet, pour savoir ce que d'aucuns pourraient prétendre ? L'avis que je demande est le vôtre, et je l'aurai, en dépit de tous vos infernaux faux-fuyants ! Que les ignorants assurent que mes ouvrages ne s'accordent point avec leur christianisme de bas étage, j'écouterai quand même ce que vous avez à dire sur ce sujet ! »

Bref silence de sa part, maintenant, qui ressemble beaucoup à un roulement de tambour, en ce qu'il possède la même qualité d'anticipation.

« Messire, vous me contraignez à l'admettre : je me dois d'approuver ceux qui disent de telles choses. »

Je me lève du lit où j'étais assis et, m'agrippant au panneau à son pied, j'avance d'un soubresaut dans sa direction, si bien qu'elle se rencogne sur son siège.

« Qu'en savez-vous ? Que savez-vous du Christianisme, de ses anciennetés ? Allons ! Vous allez venir sur l'heure avec moi contempler mon église, que je puisse vous enseigner à l'apprécier comme il convient ! »

Elle sursaute à ces mots.

« Messire, il fait trop noir. Je ne peux m'aventurer au-dehors avec vous cette nuit, alors que la pluie est certaine. »

J'avance encore d'un pas vers elle, une main toujours serrée sur le panneau au pied de mon lit, et j'entends gronder le tonnerre dans mon cœur.

« Par Dieu, serions-nous convaincus de la venue de l'Armaguédon en cette soirée, que je vous ferais obéir à ma volonté sur ce chapitre ! Levez-vous ! »

La voilà qui pleure, maintenant, furieuse parce qu'elle sait qu'elle ne peut l'emporter sur moi. Ses yeux cerclés de larmes jettent du venin et, sans guère y réfléchir, je m'aperçois que je frotte la partie dure de ma paume contre mon bas-ventre, la vieille bête en moi s'éveillant de trouver en Maud tant de passion. Lorsqu'elle parle, c'est d'une voix rauque et haïssable comme celle d'un basilic. Je sais qu'elle me frapperait, si elle l'osait.

« Je n'en ferai rien ! Allez ramper sous les orages pour plastronner devant votre relique contrefaite s'il vous chante, mais je ne vous accompagnerai pas ! »

Au péril de mon équilibre, je lâche le lit et je bascule en avant, me retenant par les mains au dossier de son siège de telle façon que je me retrouve accroché au-dessus d'elle, agrippant le siège de chaque côté des bras de Maud, mon visage pressé à moins d'une main du sien. En parlant, je vois l'écume blanche de mes postillons moucheter sa joue creuse quand elle détourne le visage, les paupières si fort serrées qu'elles plissent.

« Alors, je vous traînerai par les cheveux, ou je demanderai à mes hommes de s'en charger pour moi ! Devrai-je vous mettre nue et vous rosser ? Le faudra-t-il ? »

Vaincue maintenant, elle secoue la tête ; respire par petits hoquets d'aspiration, avalés profondément dans cette poitrine étroite, de la morve sur sa lèvre supérieure, telle une piste d'escargot. Je laisse le silence mijoter un moment durant lequel on n'entend rien que mon souffle, puis, en me soulevant pour me tenir debout à côté d'elle, une main encore posée sur le dossier de son siège, j'appelle John.

Quand il apparaît, il affiche tant de pâleur et de timidité qu'il devait être en train d'écouter, derrière la porte de la chambre. Il jette un coup d'œil à Dame Maud, qui détourne le visage de lui pour que sa déconfiture ne paraisse point, puis il me regarde.

« Messire ? »

Je lui demande de faire venir des hommes d'armes et de nous conduire ensuite, Dame Maud et moi, à nos chevaux, disant que nous souhaitons visiter l'église et le prions de nous accompagner, nos soldats montés et nous. Cela semble l'intriguer et l'effrayer, et il jette un coup d'œil interrogatif muet à Dame Maud, qui refuse de le regarder ; dès lors, il s'incline et se retire, et tout est fait selon ma volonté.

Enfin, nous quittons le château par la porte du pont ; Maud toujours en pleurs chevauche à ma hauteur, tandis que John et les hommes d'armes regardent droit devant eux, en feignant de ne rien remarquer. Un mauvais crachin zèbre la nuit, sans totalement ôter une lointaine odeur de fumée de bois qui s'attarde dans l'air ; lorsque j'en demande l'origine, mon écuyer me rappelle qu'en cette nuit, les vilains allument les feux de la fête d'automne entre lesquels ils font défiler leurs bêtes pour les garantir contre la maladie. Tandis que nous remontons depuis le carrefour jusqu'au marché aux chevaux, je vois le ciel d'un rouge infernal derrière la flèche écroulée de Saint-Pierre, qui marque l'endroit où l'on a dressé un de ces feux sur le pré à l'arrière de l'église. On entend force réjouissances en provenance de cet endroit tandis que nous passons à cheval, en direction de la rue des Juifs.

À la lisière de ces taudis sémites grouillants, nous obliquons à gauche pour entamer ainsi l'ascension longue et harassante du sentier escarpé qui court de la place du marché aux chevaux, jusqu'aux faubourgs et au sentier de moutons juste derrière, où se dresse mon église en gestation.

L'âcre odeur du feu flotte partout sur le vent, si bien que je ne puis que songer aux relents de feux plus anciens, dans des ténèbres plus anciennes. Le feu devant lequel je me suis assis la première fois pour discuter avec Saint-Omer ; celui autour duquel nous avons dressé le camp la nuit suivante, après avoir chevauché de conserve une journée avec la compagnie de Saint-Omer qui portait son étrange tenue. Là, assis autour de la flambée vive et imprudente des broussailles qui l'alimentaient, je l'ai interrogé plus avant sur les prétentions que le jeune Hugues et lui avaient avancées au cours de notre dernière conversation. Ledit Maître Payens n'était pas présent en cette nouvelle occasion, parti qu'il était avec plusieurs de ses camarades vers un lieu éloigné du site où nous campions, afin de célébrer quelque rite ou cérémonie particulier à leur ordre.

Accroupi à côté de moi, son visage mué en bronze par les flammes, Saint-Omer s'est de nouveau flatté qu'il s'élèverait avec cet ordre, jusqu'à ce que tous soient riches au-delà des rêves les plus cupides, dotés d'une influence à faire pâlir Alexandre. Me pressant de me joindre à leur cause, il promit que tous ceux qui se tiendraient dès l'origine à leurs côtés obtiendraient grandeur et récompenses quand ils revendiqueraient enfin leur héritage.

« Comme vous le verrez, Messire de Saint-Liz, si notre ascension est assurée, il reste à accomplir certains préparatifs qui nous seront d'un grand secours quand nous accéderons enfin au pouvoir. La pratique de notre culte, par exemple, exige que nous nous réunissions en cercle, chose que le style courant des églises ne permet point d'accomplir aisément. Nous aurons par conséquent besoin de dresser de par le monde des églises selon notre propre modèle, bâties à l'instar du grand temple de Salomon, à Jérusalem. »

Il s'est arrêté ici d'un air entendu, comme pour me faire pleinement entendre quelle proposition il m'offrait : si je venais en aide à son entreprise en construisant une nouvelle église, alors j'en serais remboursé cent fois quand sonnerait l'heure de son ordre nouveau. Je secouai la tête, protestant lourdement.

« Par ma foi, Messire Godefroi, j'aurais besoin d'autre chose que d'air et de promesses avant d'être pris d'enthousiasme pour de telles équipées. Certes, je ne doute point de vos intentions, mais comment va se concrétiser cette grande richesse dont vous parlez ? D'où doit venir ce pouvoir terrible ? »

Il s'est retourné vers moi, la moitié du visage dans la flamme, le reste dans les ténèbres, et il a souri. « Mais de Sa Sainteté le Pape. Je ne doute point que les coffres de Rome sauront satisfaire à nos exigences. »

Voyant avec quel embarras muet, atone, j'accueillais sa déclaration, il a poursuivi, tandis que, dans les déserts qui nous entouraient, des démons chantaient par la gorge des insectes.

« La chose est telle que Messire de Payens l'a exposée quand il était trop empli de vin pour rester discret : nous avons parmi nous un mystère. Nous détenons un secret, caché au sein de notre ordre, que plus d'un préférerait ne point voir révéler. Mais, pour en dire plus, je dois avoir votre serment de silence. De plus, il me faut l'assurance que, si ce grand savoir vous est dévoilé pleinement, ayant de vos yeux vu par quels moyens nous accomplirons ce que nous prétendons, vous édifierez alors pour nous le lieu de culte que j'ai décrit. »

J'y ai réfléchi un moment, et j'ai fini par donner mon

assentiment, raisonnant que, si Saint-Omer faillissait à sa promesse de me satisfaire par ses révélations, je ne serais pas davantage tenu d'exécuter ses dernières conditions. Ayant prêté serment de silence, je lui ai demandé quand je pourrais enfin entrer dans la confidence de ce qu'il laissait entendre.

« Eh bien, mais en cette nuit de Sabbat même, si vous le souhaitez. »

Ici, j'ai froncé les sourcils, ayant perdu toute notion de mois, de semaine ou de jour, dans ces sables intemporels. Était-on vraiment le jour du Sabbat ?

Saint-Omer a continué son discours sans prêter attention à mon trouble. « En ce moment même, le jeune sire de Payens et tous mes compagnons chevaliers sont réunis à peu de distance d'ici, en un lieu où ils se préparent en attendant mon arrivée pour que le service puisse commencer. Si vous voulez bien m'accompagner là-bas, alors tout ce que j'ai dit recevra sa preuve. »

Ainsi déterminés, nous nous sommes levés du halo de feu et avons pris congé avant d'entamer notre pérégrination à travers dunes jusqu'à l'endroit où Saint-Omer disait que ses compagnons s'étaient retirés. Ma jambe n'était point si mauvaise alors qu'elle l'est maintenant, et pourtant je me suis retenu au bras de Saint-Omer, tandis que nous pataugions à grand-peine dans la poussière, cette même poussière poisseuse qui englue mes jambes dans d'horribles rêves de fuite dont j'ai récemment souffert.

Au-dessus, s'étendait une affreuse quantité d'étoiles ; cette vaste multitude d'antiques yeux d'argent qui ont vu tant de générations tomber en poussière, sans jamais ciller et moins encore verser de larmes ; et, tandis que nous nous évertuions à travers les dunes qui refroidissaient, j'ai demandé à Saint-Omer quand son ordre atteindrait au haut rang qu'ils prédisaient.

« Cinq ans », a-t-il répondu, en ajoutant : « Sinon cinq, alors dix », comme s'il ne s'agissait là que d'une correction négligeable. Depuis lors, j'ai appris avec quelque amertume que, sinon dix, alors quinze y pourvoiraient ; et sinon quinze, eh bien, ma foi, vingt alors. Tandis qu'en cette nuit lointaine je gravissais au côté de Godefroi de Saint-Omer ces monticules qui croulaient et se dérobaient, on aurait dit que j'étais sous le charme du chœur des insectes, et je n'ai point songé à m'inquiéter de telles contingences.

D'ailleurs, nous avions alors accédé au sommet d'une haute crête, dont les pentes descendaient devant nous jusqu'à une plaine rase, où paraissaient des lumières, un cercle de flammes de chandelles qui bégayait dans les ténèbres, avec un autre cercle semblable, quoique plus réduit, placé en son centre. Dans le chemin en anneau défini par ces limites ardentes, se mouvaient des silhouettes pâles en lente procession, d'où montait un murmure océanique, qui se résolut en un plain-chant lugubre tandis que nous dévalions la dune en trébuchant en direction des chandelles et des chevaliers qui psalmodiaient en tournant en rond. Le cercle de flammes intérieur était installé autour d'une roche plate utilisée comme autel improvisé. Un objet y reposait, je n'arrivais pas à distinguer lequel, derrière le clignotement d'étoiles vives dansant sur les mèches qui l'enveloppaient. Nous sommes descendus à grands pas vers la lueur, Saint-Omer et moi, et tandis que nous avancions, l'air autour de nous s'est rempli de la course d'horribles fleurs : de monstrueux insectes du désert filant vers leur extinction brève, lumineuse, dans la flamme des chandelles. Indifférent à cet avertissement, avec Saint-Omer pour m'ouvrir la voie, je ne pouvais que suivre leur exemple. Des voix plaintives s'élevaient, et nous descendions, et nous descendions...

La pluie qui me gifle maintenant la joue avec dureté rappelle la carapace des insectes volants qui se cognaient alors à elle. Sous les sabots de notre groupe, les traînées de crottin de cheval, vertes et fibreuses, cèdent la place aux joyaux noirs et durs de crottes, démontrant clairement ainsi que nous avons atteint la piste de moutons, par où l'on amène du pays de Galles ces troupeaux laineux infestés de tiques. Au cours de notre descente, Maud arrête un instant ses larmes, bien que ses joues soient mouillées ; mais peut-être est-ce la pluie.

Une noirceur qui semble plus présente et plus dense se dresse maintenant au sommet d'une colline sur notre droite, contre l'obscurité plus pâle derrière elle. C'est mon église à demi bâtie, ses huit grands piliers cabrés vers les miasmes turbulents des cieux. Adressant un signe à John et aux hommes d'armes solennels, je me penche pour prendre le cheval de Maud par la bride, nous arrêtant tous deux à l'extérieur du mur en pierre bas qui ceint le bord inférieur du domaine de l'église. Celle-ci nous domine, incomplète mais suggérant pourtant sa gravité finale, tandis que nos hommes nous aident à mettre pied à terre et à gravir l'herbe détrempée de la pente jusqu'à elle. De l'ombre jaillissent un horrible bêlement et l'égaillement de pattes chaussées de corne, si bien que Maud pousse un cri de frayeur, mais ce n'est rien, rien que des moutons qui broutent ici dans le pré, et tondent les mauvaises herbes autour de l'église.

Je saisis le bras de Maud d'une poigne si forte qu'elle grimace, m'agrippant à elle pour me soutenir tandis que j'avance vers le cercle de piliers qui prennent leur massif essor dans le noir sans étoiles vers leurs chapiteaux arrondis et plusieurs fois découpés. Entre les huit grandes colonnes, le gouffre béant de la crypte ouverte paraît maintenant aux regards, à l'endroit où de grossiers degrés de pierre conduisent vers le bas dans la boue battue de pluie et, malgré son geste de recul, j'entraîne Maud tout au bord, si bien que nous nous tenons entre les piliers, auxquels je m'appuie pour trouver un soutien.

Voici que Maud verse de nouvelles larmes et, quand je regarde en arrière, à l'endroit où mon écuyer et mes hommes d'armes se tiennent légèrement en retrait derrière nous, je les vois déconcertés, eux aussi, par la masse de l'église ou par ma conduite, je ne sais. Je crie pour me faire entendre par-dessus les rafales du vent et le crépitement de la pluie, indiquant d'un geste les fondations taillées en oblong et les murs à demi dressés du chœur qui s'étend de l'autre côté du gouffre de la crypte.

« Là ! Vous voyez ? Ce sera le Martyrium, qui symbolise la Passion de Notre Seigneur, tandis que ces cryptes, une fois closes, représenteront la caverne où il gisait, là-bas à Gethsémani. Venez ! Descendez-y avec moi. Je vais vous montrer... »

Ici, avec un cri étranglé, Maud m'échappe et s'enfuit en courant de la colonnade au bord du cratère jusqu'à l'endroit où se tiennent John et les hommes d'armes, frappés de mutisme ; elle s'arrête là-bas, pour se retourner et me dévisager avec de grands yeux effrayés, son menton pointu frémissant maintenant comme une aiguille de boussole, fixée sur le nord que je représente. Je m'emporte contre elle et contre les hommes qui restent là, figés, sans un geste pour la ramener à mes côtés.

« Quoi ! Êtes-vous effrayés par cette simple coquille, la pauvre anatomie de ce qui n'est pas encore une église ? Quelle crainte bien supérieure éprouveriez-vous, si vous en voyiez le clocher ! Puisque vous refusez de m'accompagner dans la crypte, alors que le diable vous emporte ! J'irai seul ! »

J'attends à demi que John, à ces mots, vienne m'assister, mais il reste là auprès de Dame Maud et me fixe, aussi transi de peur qu'elle. Les maudissant tous les deux, je me retourne et, m'agrippant aux pierres qui dépassent des murs achevés de la crypte, je progresse lentement vers le bas des marches glissantes de mousse. Traînant une jambe à ma suite, je descends dans le mystère.

Là-bas dans le désert, Saint-Omer et moi étions arrivés en bas parmi ces chevaliers qui tournaient, si bien que nous pouvions entendre plus nettement leur chant tandis qu'ils piétinaient en leur grand cercle au-dessus d'un autel bordé de chandelles. Dans leurs lamentations sans mélodie, je percevais de temps en temps le nom béni de Jésus, si bien que j'avais acquis la certitude que leur rituel ne s'entachait d'aucune diablerie. Nous avons franchi le cercle extérieur de chandelles et, à notre approche, le chœur des chevaliers s'est écarté pour nous laisser accéder au cercle intérieur des lumières, et à cet autel qu'ils gardaient.

En s'en approchant, Saint-Omer s'est penché bas pour chuchoter à mon oreille, des paroles nettes bien que nous fussions au sein de ses frères qui psalmodiaient. « Est-ce que vous voyez, Messire de Saint-Liz ? Est-ce que vous voyez le visage de notre Baphomet, de celui que nous adorons, devant lequel, assurément, les nations de la terre s'inclineront ? Regardez de plus près. »

Là, par-delà le clignotement des flammes...

Je me tiens maintenant dans la boue créée par la pluie, ici, dans la crypte découverte de mon église inachevée. Au-dessus de moi, entre les colonnes, les visages de mes hommes d'armes et de Dame Maud, qui, d'un pas tremblant, sont venus au bord afin de mieux me contempler dans mes délires.

Bien que la pluie battante m'emplisse les orbites, je lève mon visage vers eux en beuglant : « La voici ! La voici, la caverne où Christ dormit, tandis qu'au-dessus de moi, là-haut, dans le grand cercle de la nef s'exprimera le symbole de sa résurrection... »

De sa résurrection. Là-bas, debout avec Saint-Omer à mes côtés, je me suis penché en avant, plissant les yeux afin de voir au-delà du cercle des moignons de chandelles qui brûlaient ce qui trônait là, sur l'autel de pierre grossière en leur sein. Retentissant autour de moi, dans leur vêture d'un blanc spectral frappée d'une croix de sang sur chaque poitrine, les chevaliers chantaient : Jésus, Jésus...

M'accrochant aux murs poisseux de la crypte pour y chercher une prise, je commence à clopiner autour du grand cercle de pierre, halant mon pied boiteux à travers les profondes flaques brunes, m'écriant dans ma progression : « Vous pensez, à l'instar des sots, que c'est un blasphème, cette Sainte Circularité ? Mais si vous saviez ce que j'ai vu... »

C'était posé sur l'autel, et sa peau était noire et rétractée par l'âge. Les cheveux qui tenaient encore au cuir chevelu ou au menton étaient longs et argentés, luisant à la clarté des étoiles ou des chandelles.

« Là, a demandé Saint-Omer dans un souffle à mon oreille. Là. Est-ce que vous voyez ? »

On avait étroitement cousu les paupières et une expression étrange, indéchiffrable, subsistait au coin de la bouche à l'endroit où les lèvres s'étaient relâchées et déliées. C'était une tête, qui devait réduire tous les Papes et les Potentats à la plus abjecte servitude – laquelle, je n'aurais su le deviner.

« Là, a dit Saint-Omer. Est-ce que vous voyez ? »

Je poursuis dans les éclaboussures mon circuit maladroit de la crypte, et pourtant, les mots que je crie n'ont en eux pas plus de sens que le crachotement et le crépitement des feux de Mai d'un vilain. Je pleure et je trébuche et je rugis, tandis que d'en haut les masques figés de Maud, de John et de tous les hommes d'armes interdits sont suspendus, pour me contempler, mes juges.

« Je suis vieux et presque dans la tombe, et ils n'agissent toujours pas ! Ils n'ont cure de moi ! Ils n'accompliront leur royaume qu'après mon trépas, si bien qu'il n'y aura pour moi nulle récompense, ni ici-bas, ni en aucune autre vie ! Si vous saviez ce que je sais... »

J'ai su à qui appartenait la tête. Cela m'est venu avec tant de force et de conviction que j'ai reculé d'un pas comme si les sables risquaient soudain de s'ouvrir sous mes pieds pour me précipiter droit en Enfer.

« Là, a dit Saint-Omer. Est-ce que vous voyez ? »

Je glisse, et je tombe en jurant dans la boue. Les hommes et Maud ne font toujours pas un geste pour m'assister. Je pleure en me traînant à genoux autour de la crypte, m'accrochant aux pierres qui dépassent de la maçonnerie inégale pour me redresser à moitié.

J'ai regardé avec une terreur mortelle la tête dont les traits semblaient faire sauter et se tordre leurs ombres à la lueur des chandelles. Ainsi, tout était mensonge, toutes ces Croisades et tous ces Baptêmes. La pierre centrale sur laquelle repose la foi m'a été retirée et à sa place est restée cette ignoble relique, momifiée et noire, qui semblait me fixer avec son regard cousu de boyau de chat ; qui semblait tordre le coin défait de sa bouche en un affreux sourire. Je mourrai, et rien ne restera de moi, que des vers et de l'os. Je serai balayé, je serai absent dans le noir sans fin et sans conscience où n'entre nulle pensée. Je ne me relèverai pas dans la nef de la résurrection, retentissant du chœur des anges, et aucun de nous ne le fera, car les Cieux sont devenus un lieu désert et les morts ne se lèvent point, ni ne repoussent les pierres. Nos âmes ne connaissent nulle ascension, pas plus qu'elles n'ont de destination finale.

Riant et pleurant, avec mon pied mort à la traîne derrière moi, je tourne et tourne en rond, perpétuellement en rond sous un ciel vide auquel n'a jamais monté ni homme ni martyr, qui n'a jamais vu se rallumer la flamme de l'homme une fois son étincelle soufflée, et jamais connu aucune résurrection.

Confessions d'un masque

1607 après J.-C.

Je suis déçu d'avoir à rapporter que je me suis récemment trouvé de nouveau affligé d'une identité et assailli de la sorte par une grande épidémie de pensées. Arides et inconséquentes, elles cognent sans effet dans la cosse parcheminée du masque ricanant que je suis devenu. Pire encore, elles me causent une effroyable démangeaison à l'intérieur du crâne, au fond duquel, je le crains, s'accroche encore un caillot racorni de conscience ; écale grise d'éponge friable, essorée, incrustée sur la face interne de cette coque comme des vestiges de morve découverts sur les pages de vieux livres.

Je constate que, si je réussis à faire tanguer mon crâne d'avant en arrière comme sous l'effet d'une brise, la pointe en fer de ma pique vient racler contre l'irritation et ainsi apporter une certaine mesure de soulagement, sans toutefois disperser la source première de mon agacement, à savoir que je suis bel et bien moi-même, doté de la capacité de penser ou de sentir, alors que j'espérais (n'espérant plus rien) être, enfin, libéré de ces tristes corvées.

Quand ai-je eu pour la dernière fois conscience de quoi que ce soit ? Privé de vision, je ne puis déterminer combien de temps j'ai passé à puer, pendu ici, depuis la dernière fois que je suis revenu à moi. Si la mémoire ne m'abuse pas, c'était en été, lorsque le dôme de cette cathédrale d'os résonnait d'un monacal bourdon de mouches vertes ; le grignotement des vers à l'endroit où les rêves scintillaient, naguère. L'été dernier ou celui d'avant, je ne saurais dire. À ce qu'il m'en souvient, je n'étais accroché ici que depuis quelques mois, ce qui en fait, selon mon calcul, l'année seize cent six, troisième du règne du bon roi Jacques, puisse le Tout-Puissant lui pourrir les yeux (un talent que le Tout-Puissant a exercé en diverses occasions avec grand succès, je puis moi-même en porter témoignage).

Sur le papier mort plissé de mon front, le vent a l'humidité de l'automne ; impose le silence aux mouches vertes. Octobre, donc ? Novembre ? Mais de quelle année ? En vérité, je ne m'en soucie guère, tant il me tarde d'en avoir fini avec les dates et l'éternité connue. J'imaginais y être parvenu, la dernière fois. J'imaginais avoir disparu. Au lieu de quoi, un simple sommeil ; un nouvel effritement de ma cervelle vrillée par les vers, seulement pour m'éveiller de nouveau, trop accablé d'ennui pour éprouver de l'horreur.

Je me demande si mon père vit encore. Pauvre Tom, aussi fou que moi ; limité presque autant dans ses mouvements, cloîtré par la loi en raison de sa foi, là-bas sur ses terres, dans le singulier pavillon de chasse à trois faces qu'il a bâti et par lequel il voulait représenter la Trinité et ainsi narguer ses geôliers. Enveloppée dans un langage occulte et mystique qui n'appartient qu'à mon père, je crains que sa plaisanterie n'ait passé très haut au-dessus de la tête de ses cerbères et n'ait complètement manqué sa cible.

Trois niveaux. Trois côtés. Trois fenêtres composées de triangles de verre sur chaque côté, à chaque niveau. De grands chiffres, des trois et des neuf, inscrits dans la brique, qui signifiaient je ne sais quoi, bien qu'il me souvienne qu'un jour mon père ait pris grand-peine à m'en expliquer la signification.

« Ce sont des dates, jeune Francis. Des dates calculées à partir de nos véritables commencements sur cette Terre, et de la fondation de l'Éden. » Tandis qu'il parlait, sa grande tête grise oscillait en avant, opinant pour plus d'emphase ; les derniers picorements épuisés d'un vieil oiseau boiteux.

Les calculs de mon père reposaient sur un calendrier suggéré par certain évêque (je ne me rappelle pas son nom) qui avait établi à sa satisfaction personnelle la date précise où le monde avait débuté. À mon vif regret, je dois confesser que cet anniversaire capital a également déserté ma mémoire, encore un souvenir que les mouches à viande ont dévoré. Je me souviens toutefois que la Création s'est accomplie un lundi.

Jusque-là, sans être aucunement sensées dans une acception conventionnelle, les motivations de mon père pour édifier le pavillon de chasse entraient au moins dans le cadre de ma compréhension : il désirait élever un affront triangulaire à tout bon sens et, de cette façon, commémorer la Sainte Trinité au nom de laquelle il avait subi son incarcération. Au surplus, il désirait dater cet édifice à partir de ce lundi primordial où le Tout-Puissant condescendit à laisser la Lumière être.

Toutefois, les étranges préoccupations de mon père ne se limitaient pas à cela. En plus des nombres massifs tracés en bas-relief sur son pavillon, figuraient également des lettres qui se rapportaient pour la plupart à d'insolites jeux de mots sur le nom de la famille, Tresham, qui s'abrège en *Tres*, soit trois, ce qui nous ramène proprement au Père, au Fils et à leur pigeon céleste.

(Si l'on me permet de risquer une incise et, dans une modeste mesure, un reproche, je dois dire qu'au cours de tous ces mois où j'ai attendu de gagner le royaume des Cieux, pas une fois je n'ai été visité par la sainte volaille citée plus haut, bien que ses cousines m'aient coiffé d'une calotte de fientes.)

Je me tenais sur la porte en plein cintre de Rushton Hall en observant mon père pendant que, pour sa part, il supervisait la construction de sa folie, là-bas à l'autre bout des prés. Il arpentait de long en large, lançant continûment des encouragements à ceux qui œuvraient au pavillon : « De grâce, Cully, plus à droite ! Assurez-vous de lever vos mesures par trois, monsieur, pour l'amour de moi ! Faites des angles rigoureux au coin, et non point écartés comme les cuisses des catins ! »

Ici, à Northampton, existe une église construite en rond, érigée dans cette configuration blasphématoire au temps des Croisades contre les Sarrasins. D'après les conjectures, on l'a construite de cette singulière façon afin que Satan n'y trouve point d'angle où se dissimuler. Qu'en est-il du pavillon de mon père, en ce cas ? À n'en pas douter, il abrite des démons à chaque angle, des diables sur tous les côtés qui, par orgueil et par amertume, l'ont conduit à la folie ? Qu'est-ce qui nous conduit tous, pour que nous nous engagions en de telles catastrophes ? Assurément, ce n'a pas été la voix du Tout-Puissant qui l'a guidé vers une fin si pitoyable, mais bien cette voix qui sort de la fournaise, de la bouche du feu, en crachant des postillons de métal blanc ?

Malgré toutes mes protestations loyales de partager la foi de mon père depuis sa conversion, j'ai cependant trouvé difficile d'approuver un Dieu qui récompenserait Sir Thomas Tresham de sa foi par des arrêts à domicile, puis l'inciterait à passer le restant de ses jours à construire une grande portion de fromage en pierre. (Je ne proteste ici que du traitement de mon père aux mains du Tout-Puissant. Remarquez que je ne discute point la Justice qu'on m'a appliquée, et que je trouve équitable jusqu'à un certain point. Ce point, je me dois de le préciser, est une pointe, plantée de façon inconfortable dans ma trachée en lambeaux, d'où elle émerge, non sans douleur, dans mon cervelet qu'entoilent les araignées. Hormis cela, je dois féliciter le Seigneur de Sa clémence largement célébrée.)

L'église ronde et le pavillon à trois côtés de mon père, ces édifices aux formes énormes et simples disposés avec patience sur la carte du comté ; agencés soigneusement, méticuleusement, au fil de longs siècles, comme les pièces d'un jeu de construction, par des dieux lents et à demi idiots ; encore trop peu nombreuses à leur place pour qu'on devine leur but final, s'il en est un. Parfois, tandis que mes pensées partent à la dérive dans le bourbeux domaine de semi-veille qui seul m'est encore accessible, j'ai la conscience de vastes et imposants pignons qui s'engrènent, quelque part au loin ; d'un déverrouillage final là-bas au bord du Temps, mais de quoi, je ne saurais le deviner. S'il existe un dessein, mon état présent tendrait à suggérer qu'on ne considère pas ma personne comme vitale à son exécution.

J'orne la porte nord de la ville. Quoique démuni d'yeux, j'observe cependant qu'on ne m'a pas déplacé pendant que je dormais et faisais le doux rêve silencieux que j'étais mort. De plus, il est clair qu'ils n'ont pas changé les sentinelles en faction dans le poste de garde. John et Gilbert, que je reconnais tous deux à leur voix et aux fumets caractéristiques et distincts de leurs urines, qu'ils répandent en un unisson presque rituel contre le mur du poste de garde, chaque matin en se levant.

Cela se passe ainsi : Gilbert s'éveille d'abord, avec toute la bière d'hier qui lui pèse sur la vessie, et il se met à tousser, une toux grave et rauque, très semblable à sa voix. Ensuite, John est réveillé par les abois de son collègue gardien et entame les siens, bien que dans un registre un peu plus haut perché, car il est, ce me semble, le plus jeune des deux. Cependant, Gilbert a sauté de sa couche, enfilé culottes et chaussures, pour sortir pisser en titubant. Le bruit semble en durer une éternité et, ainsi que de tels bruits en ont coutume, provoquer chez John une affreuse sympathie, si bien qu'il se hâte de rejoindre son collègue ; ajoute son piètre ru aux prodigieux débordements du barrage déjà rompu. En conclusion de leur arrosage, les deux hommes lâchent ensuite des vents, d'abord Gilbert, et puis John, la tonalité reflétant de nouveau leurs âges et tempéraments respectifs, l'un grave, l'autre aigu. Un cromorne et un pipeau.

Chaque jour, ils agissent ainsi, aussi immuables que les

chants d'oiseaux qui annoncent l'aube, et leurs autres fonctions de la journée ne semblent pas moins routinières. De l'aube jusqu'au crépuscule, ils s'échinent à la tâche, ou s'évertuent plus encore, pour l'esquiver. La pauvre conversation qu'ils entretiennent se répète quotidiennement, phrase pour phrase. Je ne doute pas que leurs pensées de ce jour soient très semblables à celles qu'ils ont eues hier et qui resserviront encore demain, dans un nouveau potage. C'est de plein gré qu'ils entretiennent cette vile monotonie. Si l'on ne connaissait nos situations respectives, on pourrait aisément croire que ce sont eux qui sont accrochés à une pique, et non moi.

Mon père, enfermé sur ses terres, et laissé à cajoler sa triple folie ; Catesby, Fawkes et le reste, tous captifs de leurs ferveurs diverses, dans les cercles de leurs habitudes et de leur raison ; ainsi sommes-nous tous pris à notre propre piège. Chacun de nous a son point d'accrochage et à chacun son clou.

Ces derniers temps, Gilbert et John (lorsque d'aventure ils parlent de moi) ont commencé à m'appeler « Charlie-là-haut ». « Francis », nom au son plus digne, ne s'accorde apparemment pas aussi bien que « Charlie » aux cadences traînantes de leur discours : « Par où souffle le vent, mon petit John ? Jette un coup d'œil à Charlie, là-haut, et observe en quel sens vole le peu de cheveux qu'il lui reste ! » J'avais de si belles mèches, autrefois, me voici girouette de sots.

Pourtant, en tout cela, il me plaît de penser que mon existence a encore une utilité et un but, si piètres et médiocres soient-ils. Je ne suis point seulement girouette, mais aussi lieu de rendez-vous, un point de repère facile où les jeunes amants peuvent arranger une rencontre. Leurs brèves et souvent désopilantes étreintes en dessous de moi, contre le mur strié par les oiseaux, réveillent en moi le fantôme d'un regret, très semblable à celui suscité par l'écoute des mictions sonores et torrentielles de Gilbert, chaque matin. Bien que mon outillage pour exécuter de tels actes s'en soit allé, j'aimerais moi aussi de temps en temps embrocher une fille ou pisser contre un mur. En vérité, je ne sais de laquelle de ces deux satisfactions je regrette le plus la disparition, bien que je déplore de ne pas avoir passé plus de temps à les savourer toutes deux quand je vivais encore. Ah, ma foi.

En plus de mon rôle de totem pour les tâtonnements des jeunes hommes, je suis également à même de fournir mes services comme cible aux projectiles de leurs cadets. En général, les missiles manquent largement leur but, quoique, en recouvrant mes sens, cette fois-ci, j'aie découvert qu'une des petites pestes les plus expertes avait réussi à loger dans mon orbite gauche un bout de charbon de la grosseur d'une phalange. Je dois confesser que j'en suis fort entiché, me figurant qu'il confère à mon masque une dissymétrie canaille et pourtant romanesque, ainsi que le ferait un monocle opaque à lentille de jais.

À la réflexion, un long temps a passé, depuis que j'ai joué les faquins de quintaine pour les cailloux des enfants. Sans doute sont-ils partis vers une autre récréation, plus adaptée à la saison. Si je n'étais pas un masque, je les rappellerais.

Il me semble que là a toujours été mon problème : ne pouvoir exprimer mes désirs personnels, quels qu'ils soient, et présenter plutôt aux gens le visage docile qu'ils souhaitent voir. À parler franc, la vision catholique de mon père n'était point la mienne, et cependant, quand il m'a exposé sa proposition, je me suis borné à hocher la tête, à acquiescer comme un pantin. Je n'ai pas agi différemment avec Fawkes, Winter et le reste, qui développaient leurs fantasmagoriques insurrections dans le poste de garde, là-bas, à Ashby. Pendant leurs vociférations, je me suis cantonné à de modestes protestations sur l'optimisme téméraire de leur projet, sans jamais dire : « Non. » Alors que je pourrissais à la Tour, affligé d'une horrible oppression des poumons, je remerciais chaque jour mes geôliers avec urbanité quand ils apportaient la bouillie que je ne pouvais pas avaler et, de la sorte, j'ai fait bonne figure à la situation. Faire bonne figure devant les événements a donc été la principale occupation de mon existence mortelle, après quoi, avec justice, je ne suis plus que figure, que les gens accrochent aux objets. Prenez garde, vous qui répugnez à troubler l'ordre des choses ! Tremblez, vous qui ne voulez point attirer l'attention sur vous, et voyez ce que la timidité m'a valu : mon gosier lui-même est exposé en place publique. Voyez, vous les humbles : cette pique de fer, voilà tout ce que vous hériterez de la Terre.

Mise à l'épreuve de mes vestiges de perceptions : il semblerait que les caillots de cervelle restés collés à ce bol en os se soient encore détériorés, si bien que je suis plus empoissé dans mes pensées et que je somnole davantage, maintenant ; de brefs intervalles de sommeil, veinés de rêves lumineux et sots.

Je ne rêve pas de l'existence que j'ai eue. Dans tous mes rêves, je suis tel qu'actuellement, suspendu, lié et privé de vision. Dans l'un, je suis accroché à l'extérieur d'une ville plus ancienne que celle-ci, bien que, de singulière façon, la sensation demeure identique. Je suis en compagnie d'autres déchets de cadavres mis là à sécher, mais à mon grand dépit, ce ne sont que des torses, ma tête étant la seule parmi eux. Dans cette veine comique que prennent les choses dans les rêves, je découvre que ces vestiges sans tête ni membres sont toujours capables de parler, quoique par leurs parties inférieures. Je lie amitié avec l'un d'eux, le tronc d'une femme dont le discours abonde de plans, de tours et de ruses, qui n'ont pas suffi, semble-t-il, à lui éviter cette fin affreuse. Nous élaborons entre nous un plan pour combiner nos meilleures ressources, et placer ma tête d'une façon ou d'une autre sur son cou déchiqueté. Elle me dit, en grondant par son ventre, qu'elle a entendu parler de jambes et de pieds qui pourraient décider de rejoindre notre conspiration. Hélas, le rêve s'achève avant que nous puissions poursuivre cette charmante idée de complétude et d'évasion.

Un autre rêve est plus simple : je suis posé sur un rocher bas et plat, tiède encore de la chaleur du jour, malgré les brises de la nuit qui volent autour de moi, hurlant sur d'infinies distances, chargées du parfum du désert. Je suis enveloppé de voix qui chantent, tournant dans les ténèbres extérieures, comme si des hommes lents et enroués marchaient autour de moi dans le sens inverse des aiguilles d'une pendule. On entend le chuchotement crissant du sable qu'on foule ; un grincement d'armures articulées. Les mots qu'ils gémissent me sont étrangers, des noms étranges et barbares que je ne puis me rappeler au réveil, dans le rugissement du déluge matutinal de Gilbert.

Quel dommage. J'avais espéré que les rêves que nous avons dans la mort auraient plus de sens que ceux qui naissent de la vie. Ces chocs nocturnes n'ont aucune signification que je puisse débrouiller, bien qu'il me paraisse que tous surgissent d'époques reculées, sans doute le mardi ou le mercredi qui ont suivi ce lundi des origines, assurément mouvementé, de Père.

L'heure est plus avancée, maintenant, et j'ai de la compagnie. J'ai été dérangé il y a un moment par un objet lourd, qui frottait avec maladresse contre la pierre au-dessous de moi. Des grognements de John et Gilbert en bas l'accompagnaient et m'ont enfin permis de conclure qu'ils s'évertuaient à dresser une échelle par laquelle ils pourraient me rejoindre sur mon haut perchoir. Au premier abord, cette intrusion vulgaire a suscité en moi de la panique : je craignais qu'ils ne vinssent me décrocher, pour me soumettre ensuite à quelque nouvel outrage. Au bout d'un moment, toutefois, leur dialogue au fort accent a rendu évident que tel ne serait pas le cas.

« Place-le à côté de ce vieux Charlie, là-haut ; comme ça, ils feront la paire. » Ces mots venaient de Gilbert, demeuré au sol et retenant sans doute avec fermeté le pied de l'échelle, tout en déléguant l'ascension à John, plus agile. La réponse du cadet, le souffle court, est arrivée plus près de moi, presque à mon oreille. Il y a eu une mystérieuse odeur de fromage rance que j'ai tout d'abord attribuée à son haleine.

« J'essaie, mais celui-ci est plus frais que ne l'était Charlie, et pas aussi facile à mettre en place. Tiens bon l'échelle, surtout ; j'ai failli tomber. »

Tout cela s'est poursuivi un moment jusqu'à ce qu'enfin le jeune homme hèle Gilbert pour lui rendre compte de son succès.

« Bon travail, John. Maintenant, accroches-y sa bourse autour du cou, sinon y aura personne qui va le reconnaître, le bougre. »

Sacrant dans sa barbe, John a de toute évidence fait ce qu'on lui avait demandé, car j'ai entendu les barreaux gémir peu de temps après, tandis qu'il redescendait, bruit suivi par de nouveaux raclements lorsqu'on a fini par enlever l'échelle. Après quoi, les deux gardes se sont retirés dans leur guérite. J'ai remarqué que l'odeur de fromage persistait.

Un silence, ensuite, puis un bruit évoquant un grincement de dents, un gargouillis torturé cédant la place à des hoquets et des sanglots, et enfin à des mots.

« Par Dieu ! Par Dieu, où est-il, à présent, le Capitaine, et que fait à ses côtés cette putréfaction rassise ? Ses mille hommes ont-ils fui, qui se ralliaient naguère à Pouch et à sa juste cause ? »

À peine avais-je compris que c'était moi qu'il traitait de putréfaction placée à ses côtés, qu'il reprit ses vociférations. « Pas d'inquiétude, mes gaillards ! Pouch continue le combat. Ils ont pu entraver votre Capitaine, mais ils ne feront pas taire son cœur vaillant ! Pour Pouch ! Pour Pouch et pour la justice ! »

J'avais souhaité avoir de la compagnie, et la voilà qui m'était offerte, quoique peut-être plus volubile que je ne l'aurais désiré.

« Voyez comment on a traité votre Capitaine : les tripes à Oundle, et le cul à Thrapston ! Ramenez-le chez lui, mes gaillards ! Rapatriez-le chez lui, à Newton-in-the-Willows, par le pont de Barford ! Versez des pleurs pour Pouch, parmi les saules pleureurs ! Ne vous l'ai-je pas dit ? Il y a dans la bourse du Capitaine assez de substance pour résister à toute opposition. Nous finirons par remporter la bataille, si nous tenons bon, sans frémir ni perdre la tête ! »

M'éclaircissant la gorge de tout, sauf de la pointe de fer qui y est fichée, je me suis adressé à lui. « Vos conseils, monsieur, pour bienvenus qu'ils sont, arrivent un peu tard. Je crains que le temps n'en ait passé depuis longtemps. »

Un silence stupéfait s'en est suivi, seulement troublé par le raclement subtil de mon compagnon qui s'efforçait de tourner la tête au bout de sa pique afin de me voir mieux.

Au bout d'un certain temps, il a repris la parole. « Par le sang de Jésus, monsieur ! Jamais Pouch n'aurait imaginé voir un homme réduit à votre condition qui possédât encore la capacité de sentir et de parler. »

Un nouveau silence, durant lequel il a songé peut-être à inclure l'ouïe dans la liste des talents qui me restent et, en conséquence, à réviser sa hardie harangue d'ouverture.

Lorsqu'il a repris la parole, il l'a fait sur un ton plus doux : « Monsieur, pour toutes les insultes qu'on a pu déverser comme charbon sur votre... » En ce point, il a hésité, puis a repris son discours avec gaucherie. « Je veux dire, sur vous. Pour toutes les insinuations et les calomnies que vous avez endurées, acceptez les complètes excuses du Capitaine. »

J'ai vaguement grincé sur mon piquet, m'approchant d'autant qu'il m'était possible d'un mouvement de mansuétude.

Mal à l'aise, le Capitaine s'est derechef efforcé de lancer une conversation. « Êtes-vous ici depuis longtemps ? »

À l'entendre parler, n'importe qui aurait pu croire que nous attendions la diligence.

« Tout dépend de la date actuelle », ai-je répondu après quelque délibération.

Il m'a informé que, pour autant qu'il pouvait le déterminer, ayant lui-même perdu un jour ou deux dans son compte, nous étions en la dernière semaine d'octobre de l'an seize cent sept. Ce qui semblerait indiquer que je suis accroché ici depuis bientôt deux ans, désormais. Pendant que je m'efforçais d'absorber cette idée, le Capitaine Pouch (car tel est son nom) a poursuivi son bavardage.

« Saviez-vous, monsieur, que vous avez quelque chose dans l'œil ?

– Oui, je sais. Sauf erreur de ma part, il s'agit d'un morceau de charbon.

– Voilà qui est fâcheusement gênant. Vous avez toute la commisération du Capitaine. De grâce, qu'en est-il de ces pointes pâles et osseuses qui se dressent sur votre crâne ?

Étiez-vous affligé de ces monstrueuses excroissances, de votre vivant ?

– Non. Ce sont des fientes d'oiseaux. »

Déprimé par le catalogue de ma déchéance mortelle, j'ai tenté d'orienter la conversation vers d'autres sujets, en demandant à mon compagnon comment il s'était retrouvé entravé dans une si mauvaise passe.

La bile et l'indignation montant dans sa voix, il s'est lancé dans une féroce diatribe contre le monde et son injustice. « Ah, voilà bien la question ! Comment Pouch a-t-il échoué ici, lui qui n'a eu d'autre tort que de défendre ses droits légitimes d'Anglais ? La tyrannie, monsieur ! Ce sont la cruelle tyrannie et le dessein des despotes qui ont jeté à bas le Capitaine, comme ils souhaiteraient jeter à bas tous ceux qui luttent pour la Justice ! »

J'ai ici émis quelques remarques encourageantes, en révélant que j'avais été moi aussi victime d'un oppresseur, en défendant la liberté. Cette parenté nouvelle a semblé lui réchauffer le cœur (où qu'ait pu se situer cet organe, à Thrapston ou à Oundle), et il a repris avec une vigueur renouvelée.

« Alors, par ma foi, monsieur, vous êtes le frère en adversité du Capitaine Pouch ! C'était un homme simple, monsieur, qui vivait jadis à Newton-in-the-Willows, près de Geddington, où se dresse la croix de la bienheureuse Eleanor.

– Je connais l'endroit. Continuez.

– Pouch portait un autre nom, à l'époque, monsieur, et se satisfaisait de son sort, mais cela n'a pas duré. Un serpent se nichait, prêt à frapper, dans l'Éden du Capitaine.

– Les tyrans dont vous avez parlé tout à l'heure ?

– Eux-mêmes. Une famille de voleurs sournois qui, par leurs richesses mal acquises, avaient accaparé les terres, si bien que les braves gens des environs n'avaient plus que broussailles où faire pousser leur subsistance ! Pire encore : pendant que ces mêmes braves gens se blottissaient sur leurs lopins d'herbe, ces fripouilles jugèrent bon d'élever un grand édifice prétentieux, dont la vision enfoncerait assurément dans la boue le cœur des braves gens ! »

J'ai soudain eu la sensation d'un mauvais pressentiment quant à la direction que prenait ce compte rendu. Comme je le lui avais dit, je connaissais bien Newton-in-the-Willows, et non sans bonnes raisons.

Timidement, j'ai risqué une interruption. « Ce grand édifice auquel vous faites allusion : s'agirait-il d'un pigeonnier ?

– Alors, vous connaissez cet énorme et affreux ouvrage ? Un

pigeonnier gigantesque, oui ! A-t-on jamais vu semblable vanité ? Comme si cela ne suffisait pas, ils avaient déjà accaparé l'église de notre village, St-Faith, et l'avait annexée comme chapelle privée ! Un jour que l'insulte n'était plus tolérable, le Capitaine a rallié mille hommes à ses côtés et juré qu'il détruirait les haies dressées autour des parcelles de la famille.

– Vous parlez de la famille Tresham ?

– Oui-da ! Vous avez entendu parler d'eux ?

– Vaguement. »

Chaque dimanche, avant l'assignation à résidence de mon père, nous nous rendions en voiture à Newton-in-the-Willows. Chaque fois, en franchissant le pont de Barford, mon père narrait l'histoire d'un moine fantôme dont on disait qu'il résidait là, au bord de l'Ise, et qu'au plus noir de la nuit il accompagnait les voyageurs sur une partie du trajet avant de disparaître, plus loin sur la route. Chaque semaine, je frissonnais à ce conte comme si je l'entendais pour la première fois.

Là-bas, agenouillé dans l'étrange lumière pâle couleur de marbre qui tombait par les vitraux de St-Faith, j'inclinais la tête pour prier. À ce qu'il m'en revient, je suppliais essentiellement Dieu tout-puissant qu'en repassant le pont de Barford, nous ne nous découvrions pas en train de partager notre carrosse avec le moine qui s'évaporait. En plus d'une occasion, l'idée me vint que mes prières et ma présence à St-Faith n'avaient d'autre but que d'écarter des périls surnaturels qui ne me menaçaient qu'en raison du trajet que je devais suivre en me rendant à l'église chaque semaine. Il me semblait qu'en m'abstenant simplement d'aller à la messe, j'économiserais, tant à moi-même qu'au Tout-Puissant, un temps et des efforts considérables. Je m'efforçais de réprimer de telles pensées, de crainte que Dieu ne récompensât ce blasphème, sinon par une visite du moine, alors, par pire encore. Toutefois, bien que cette idée sacrilège persistât, je n'ai pas été frappé en fin de compte par le terrible châtiment surnaturel que je redoutais.

Notez bien qu'à la réflexion...

Après la messe, s'il y avait du temps avant que notre repas soit prêt, j'accompagnais Père au pigeonnier qui me paraissait aussi vaste que le ciel, rempli d'une blancheur angélique, roucoulante et froufroutante. Quand j'étais jeune, je ne faisais pas de distinction précise entre la colombe ordinaire et son équivalent pentecostal, croyant à l'époque que mon père entretenait une colonie de Saints Esprits.

Peut-être était-ce le cas. Peut-être est-ce pour cette raison que cette aile céleste ne m'a pas effleuré. Peut-être n'en existe-t-il plus, hors de captivité.

Près de moi, tranchant sur ma rêverie, la tête du capitaine Pouch a poursuivi sa diatribe contre la monstrueuse famille Tresham, racontant comment il avait insufflé la vaillance à ses mille fidèles en leur affirmant que ce qu'il portait dans sa *pouch*, cette bourse pendue à son cou d'où il tirait son nom, suffirait à repousser tous les ennemis. Les ayant rassurés de la sorte, il les avait menés, en hurlant, vers les barricades des haies où ils avaient un peu semé le chaos pendant un temps, jusqu'à ce que la noblesse locale et ses partisans à cheval, irrités, arrivent sur les lieux pour piétiner et disperser la canaille.

Il semblait que la mémoire du capitaine Pouch devenait vague au-delà de ce point. Il conservait clairement en tête l'heure à laquelle on l'avait mené à l'échafaud, bien qu'il n'eût, miséricordieusement, que peu de souvenirs de la pendaison et de l'écartèlement qui avaient de toute évidence suivi.

Je lui ai demandé s'il savait comment se portait la famille qu'il détestait tant, à quoi il m'a répondu avec quelque allégresse que, plus tôt au cours de l'année, mon père, Thomas Tresham, s'était alité pour une maladie, et avait péri peu de temps après.

Ah. Mort, donc. Le grand roc de granit de sa tête s'est penché une dernière fois en avant. Enfin gracié de son arpentage frustré de ses terres devenues prison, et rendu libre de rejoindre la compagnie d'autres martyrs. À n'en pas douter, il connaissait maintenant à l'heure près la date de la Création. Sans doute comprenait-il désormais la passion déconcertante du Seigneur pour le chiffre trois et l'employait-on dans l'extase à rectifier des angles pour les anges, qui œuvraient à quelque annexe de leur propre paradis à trois coins.

Son histoire enfin achevée, Pouch a paru estimer que les bonnes manières exigeaient qu'il s'inquiétât de la mienne, bien que ce fût visiblement par simple politesse et non par intérêt réel. Le capitaine n'avait à la vérité pas de place en lui pour d'autres histoires grandioses et héroïques que la sienne. Cela dit, il a insisté pour connaître mon histoire, afin de ne point passer pour un fâcheux.

« Allons, faites à présent connaître au Capitaine la noble lutte que vous avez vous-même vécue et qui vous a conduit en ce triste site. Comment vous nommez-vous, monsieur ? »

Après un instant d'hésitation, à peine, j'ai répondu : « Charlie.

– Et votre crime ?

– J'ai crié *À bas le Roi* dans un lieu public. »

Tout au long de ma vie, j'avais appris avec quelle facilité je pouvais me couler habilement derrière ce masque neutre et évasif qui épargnait les désagréments. Maintenant que ne restait plus rien de moi que ce masque, ce talent était devenu plus aisé encore à exercer.

Le temps a passé. Avant le coucher du soleil, que je reconnais à sa légère promesse d'un froid imminent, il s'est produit un incident déplaisant.

J'avais entendu les oiseaux se poser, deux ou trois, avec des chocs pesants, et j'ai eu le temps de m'étonner brièvement de leur présence, alors qu'ils ne m'avaient plus rendu visite depuis si longtemps, lorsque Pouch a commencé à hurler, répondant ainsi à mes interrogations.

Fort heureusement, je n'ai pas dû supporter longtemps cette cacophonie lamentable, car, à l'approche du noir, les charognards se sont envolés pour regagner leur nid. Le Capitaine s'en était relativement bien tiré, vu la situation, en ne perdant qu'un œil et une lèvre, bien qu'à l'écouter geindre et pleurnicher vous eussiez cru que le ciel venait de s'effondrer. Pour être juste, je suppose que j'avais eu plus de temps pour faire ma paix avec notre état.

Hormis pour pousser un sanglot sporadique, il ne reprit la parole qu'au milieu de la nuit où, d'une voix tremblante, il commença à décrire les étoiles qu'il voyait de son œil restant ; leur nombre et leur majesté froide, indifférente.

Je fis des efforts pour contourner du regard mon morceau de charbon, mais sans rien voir.

« Est-ce l'Enfer ? chuchota-t-il. Y a-t-il des étoiles en ce lieu ? Est-ce l'Enfer, pour Pouch ? »

J'ai plus d'une fois songé à la sorte de théologie qu'on pouvait appliquer au lieu où nous nous trouvons. Il me semble que, en accord avec l'étrange vision numérique de mon père sur les choses, il y ait trois possibilités : en premier, il se peut que ceci soit l'Enfer, après tout, mais en une autre sphère, et non sous le sol, comme on l'envisage couramment. Ma deuxième idée veut que, dans mon cas personnel, les Dieux des fois protestante et catholique me considèrent comme un traître et, me retrouvant pris entre deux camps, tous deux m'aient simplement laissé pourrir ici. La troisième et, après mûre considération, la plus probable de toutes mes théories, est que la vie s'ordonne selon les préceptes d'une religion si singulière et obscure qu'elle n'a point de fidèles et que nul ne peut l'appréhender, ni savoir par quels rituels courtiser sa faveur.

À l'aube, les oiseaux (des corbeaux, d'après les bruits qu'ils faisaient) sont revenus et ont pris le reste du Capitaine Pouch ; depuis lors, je le crains, le bonhomme s'abîme dans une transe d'horreur. Il n'a pas prononcé un mot.

J'entends les enfants chanter, quelque part en bas, et j'espère qu'ils pourront lancer un autre bout de charbon pour me doter d'un second œil noir et brillant, mais ils ont d'autres affaires en tête. Quand les paroles de leur comptine flottent jusqu'à moi, je sais à quel travail ils s'activent et, dans ma subite illumination, je deviens presque aussi moribond que Pouch.

« Souvenez-vous, souvenez-vous », chantent-ils ; ordonnent-ils. « Souvenez-vous, souvenez-vous*... »

Nous nous retrouvions pour boire là-bas, dans le pavillon de chasse triangulaire de mon père. Bob Catesby, Guido Fawkes, Tom Winter et les autres, devisant comme devisent les jeunes gens et jurant que nous verrions le jour où les Catholiques ne ploieraient plus sous le joug de l'oppresseur protestant. Un jour, nous avons accompli à pied un pèlerinage jusqu'au château de Fotheringay, au nord d'Oundle (où, s'il faut l'en croire, sont ensevelies maintenant les entrailles du Capitaine). Nous avons vu le site où la bonne reine Mary s'est agenouillée devant le billot et a rendu son âme à Dieu, la tête tranchée en rien de moins que trois méchants coups, après quoi son petit chien est sorti de sous ses jupes et a refusé de quitter ses côtés.

Si je ne me souviens pas qui a été le premier à proposer le plan, je crains que ce n'ait été moi qui ai, quoique par inadvertance, mis en branle tout ce désastre. En buvant dans le pavillon, j'avais entamé un catalogue passionné de toutes les calomnies et les injustices qui avaient volé à mon père sa liberté ; m'en vantant presque, de façon singulière et détournée, comme si le prestige de la sinistre infortune de Tresham senior pouvait se retrouver transféré sur ma personne. Hélas, j'ai déployé trop d'éloquence et je n'avais point achevé mon compte

* *Remember, remember, the fifth of November – souvenez-vous, souvenez-vous, du 5 novembre* : comptine que chantaient les enfants anglais en confectionnant tous les ans une effigie en paille et en chiffons de Guy Fawkes, brûlée rituellement sur un feu de joie avec un accompagnement de pétards, pour commémorer l'échec de la Conspiration des Poudres, le 5 novembre 1605. *(Toutes les notes sont du traducteur.)*

rendu que mes camarades éméchés se sont levés pour jurer que ce monstrueux camouflet ne resterait pas impuni.

J'ai cru que tout serait oublié quand nous serions dégrisés, mais cette idée d'une grande vengeance au nom de Père et de la masse de tous les catholiques avait pris racine, à ce qu'il semble. Enflammés par le vin blanc chaud et une légitime ferveur, mes compagnons ont décidé bientôt qu'il ne suffisait pas de frapper en signe de protestation : notre entreprise se devait de n'être rien de moins qu'un appel de trompe qui éveillerait à une glorieuse insurrection tous ceux qui plaçaient leur foi en Rome. Nous serions nous-mêmes les artisans de la grande délivrance de notre foi !

Ayant été témoin de ce que Père avait subi, pour des péchés bien plus véniels contre le royaume, j'ai déjà commencé à prendre peur, et leur ai assuré que ce projet insensé entraînerait la ruine et non le salut des fidèles de cette île. Mais ma mise en garde manquait de conviction, comme toujours les conseils d'un masque. Lorsqu'ils ont commencé à parler de provoquer des explosions au siège même du Parlement, j'ai su que je n'avais pas le courage de leur rester fidèle, cependant que, par ma nature même, je n'étais pas conformé pour refuser ouvertement et passer pour un lâche. Que pouvais-je faire ? Avec le temps, mon visage s'est fait opaque et s'est figé, et on n'y a rien pu lire.

La nuit est tombée une fois de plus. Pouch s'est trompé dans son estimation de la date. Nous sommes en novembre. De l'autre côté des prés en dehors de la ville, une odeur de feu de bois souille l'air, et dans les vestiges de mon entendement, j'ai l'image d'étincelles rouges qui montent pour bousculer les étoiles. Qu'est-ce qui avive les flammes de la passion, chez un homme ? Quelle est donc la promesse qui a poussé en avant Fawkes et Catesby, ou inspiré les mille hommes du capitaine Pouch ?

Ici, je me rappelle les paroles du Capitaine quant à ce qu'il garde dans la bourse passée autour de son cou par le jeune John, et qui repousserait tous les ennemis. Il me semble que ce talisman caché doit assurément contenir l'amadou secret de toutes les nobles causes et rébellions et, en dépit de son triste état actuel, je ne puis réfréner ma curiosité.

« Pouch ? Capitaine Pouch ? » je chuinte. « Réveillez-vous, monsieur. J'ai une question qu'il me faut vous poser. »

Il gémit et pivote légèrement ; bascule d'un côté à l'autre. Quand il répond, il a la voix douce et troublée. Il ne semble pas savoir où il se trouve. « Je suis John Reynolds. Je m'appelle John Reynolds, et je ne vois rien. »

Je n'ai plus assez de patience pour écouter ce genre de divagations, et mes prières se font plus pressantes. « Dites-moi, Pouch, que conservez-vous là, dans cette bourse autour de votre cou ? Quelle source de puissance peut précipiter sans crainte mille hommes sous les sabots de leurs ennemis ? »

Il parle d'une voix pâteuse et gargouillante. « La bourse ?

– Oui, monsieur. La bourse. Qu'y a-t-il à l'intérieur de la bourse ? »

Quelques instants passent, et il parle enfin : « Un petit morceau de fromage bleu.

– Et c'est tout ? »

Il ne hasarde pas de réponse, et je n'arrive plus à tirer un seul mot de ses lèvres déchirées. Eh bien, voilà. J'ai ma réponse. Voilà pour quel graal les hommes abandonnent leurs belles et suivent un chef, jusque dans les mâchoires, dans la gueule fumante de la Guerre : un petit bout de fromage bleu. Quelle amertume, alors, lorsque nous humons pour la première fois le fumet rance de ce pourquoi nous avons combattu.

Par cette âpre nuit de novembre, il y a deux ans, où Catesby a fait irruption dans le poste de garde d'Ashby, pâle et essoufflé, tandis qu'assis nous attendions les nouvelles, il était déjà clair que la conspiration avait été trahie. Fawkes avait été capturé au cours d'une embuscade, après quoi Catesby et quatre autres étaient revenus de Londres par chevaux de poste écumants, pour annoncer les terribles nouvelles.

Certains d'entre nous, à bout de ressources, ont imaginé de fuir au pays de Galles, et on a même parlé, pauvre idée creuse, de soulever les catholiques gallois pour changer notre révolution saugrenue en succès, mais nous savions dans nos cœurs que nous étions déjà tous des hommes morts. Les autres sont partis vers l'ouest, pour être finalement tués dans leur fuite ou capturés avant d'être mis à mort par pendaison, écartèlement et bûcher. Pour ma part, je me suis assis en pleurant avec mon père, là-bas à Rushton Hall, et j'ai attendu que les gens du Roi viennent me conduire à la Tour. Ils savaient où me trouver. Je le leur avais dit dans la lettre que j'avais écrite à mon beau-frère, Lord Monteagle, la semaine précédente, seulement.

Au moins, pour salaire de ma trahison, m'ont-ils épargné une exécution publique, préférant me laisser expirer à la Tour au terme de huit semaines d'une maladie prolongée. Alors que j'étais ainsi incarcéré, les geôliers se faisaient une joie de me conter chaque détail du trépas de mes amis. Une anecdote de cette nature me reste en tête : un des malheureux – pas Catesby, Fawkes ou Winter ; un autre, que je ne connaissais pas aussi bien – a été conduit au lieu de son exécution et décapité, puis découpé en quatre. Brandissant la tête pour l'agiter devant la foule, le bourreau s'est écrié : « Voyez ! La tête d'un traître ! »

Ce à quoi la tête a répliqué : « Tu mens. »

J'ai depuis souhaité partager un panier avec une tête qui aurait tant d'esprit, ou encore reposer près d'elle sur l'étagère de quelque ossuaire, mais mieux vaut que cela ne soit jamais arrivé. Sans rien d'autre qu'une face à lui présenter, je n'aurais pu faire face.

Quelque part dans mes ténèbres, les enfants chantent par-dessus le rugissement et le crépitement des flammes. Avant de chanter pour nous ou de dresser leur feu de joie pour y placer nos effigies, ils brûlaient un mannequin qui représentait Sa Sainteté le Pape et, avant cela, sans aucun doute, un sacrifice plus ancien, en remontant jusqu'à ce lundi des origines, à ce premier feu.

Le feu et la chanson ne font qu'un. Si je concentre mon regard par le joyau noir qui constitue mon seul œil, je le vois cracher et flamber, loin, au centre de ce charbon froid et humide qui constitue ma nuit. Ce sont mes amis qu'ils ont fait brûler, pas moi. On m'a refusé cette dernière délivrance, de me consumer dans cet éclat intemporel qui est, à dire vrai, un brasier unique qui se décante au fil des ères.

Les langues de chaleur et de lumière jaillissent, bondissent et jettent leur clarté frémissante dans les orbites du masque, si bien que les ombres tremblent et semblent parer le visage d'une expression là où, à la vérité, il n'y en a point, et n'y en a jamais eu.

Le Langage des Anges

1618 après J.-C.

Quoique ne m'adonnant plus guère à cette habitude, j'emporte dans la poche de mon manteau une boîte à priser. À l'intérieur du couvercle figure en miniature une peinture de dames grecques ou romaines au bain. Elles sont assises, cuisses et fesses plaquées contre les dalles froides, et s'appuient l'une à l'autre, le téton frôlant l'épaule, la joue le ventre. Des perles sécrétées par la vapeur embuent leur dos, les poils sur chaque connil frisent en bouclettes sous la moiteur.

Je songe peut-être trop souvent aux femmes, à mon âge. Leur présence alléchante, enjuponnée, chaque balancement et froufrou pose un coup de pinceau sur la toile humide de mes pensées. Leur poids et leurs courbes. Leurs charnières humectées et occultes où elles s'ouvrent comme des bibles perverses en soie rose, ou leurs robes marbrées de givre sous les bras. Leurs entrées et leurs sorties. Leurs tenants. Leurs aboutissants. De tièdes saillants et des bourses en peau de musaraigne, une rosée d'or amer. Imaginées, elles brûlent, farouches et crépitantes, chantantes, incandescentes, en mon membre, mon centre. Je puis clore le couvercle de cette boîte à priser remplie de nymphes, mais en mes rêves, son fermoir est cassé et son contenu n'est point si tôt remisé.

Je pensais naguère qu'en arrivant à l'âge d'homme et au mariage, je ne serais plus assailli par les postures et les ébats incessants du bordel de mon esprit. Je ne souffrirais plus des visitations implacables de ces succubes qui me contractaient le coude, traçaient les rivages éclaboussés d'écume de ma passion ; inscrivaient leurs cartographies d'escargot sur mes draps et brouillaient mon bon sens par des dérangements humides et fiévreux.

C'est ce que j'espérais, mais il n'en a rien été. Bien que marié à une épouse obligeante dont le trou douillet formait un théâtre aux rideaux de velours où représenter mes plus lubriques saynètes, la marée des images d'ombre trépidantes n'a pas reflué, redoublant ses coups de boutoir contre ces latitudes aux berges du sommeil, engoncées dans le lit, léchées de tiédeurs, couvrant les ronflements de l'épouse et le cliquetis mesuré de la punaise. Me voyant ainsi refuser tout espoir d'une rémission rapide à ma satyriasis, j'ai imaginé d'étancher avec des drôlesses et des servantes ma soif de nouveauté charnelle. Lorsque cela n'a guère réussi qu'à aiguiser un appétit déjà dilaté, j'ai tiré une consolation de l'idée que je serais bientôt vieux, et que les imprécations de John Thomas deviendraient assurément plus faibles et vaines, aisément ignorées.

Hélas, malgré la neige sur le toit, un feu fait encore rage à la cave, alimenté de membres déliés et de troncs saillants. Adieu, bonnes intentions. Souvent, désormais, mon désir semble pire que jamais, et il suffit de la plus ténue des suggestions pour jeter mes méditations sur un chemin de souillure et d'indécence.

Les cahots de cette diligence sur la route défoncée de Kendal ne sont que trop aisément devenus le tangage du lit conjugal, les bassins de tous, à bord, secoués à l'unisson d'avant en arrière, si bien que l'idée me visite qu'à quelques pas près, je pourrais aller et venir à l'intérieur de la jeune commère assise là avec sa fille, sur le siège en face du mien. Quand elle lève ses yeux couleur d'étang (quelles scènes secrètes et luisantes ont-ils contemplées ?) pour croiser mon regard, leurs pupilles en frai de grenouille semblent s'élargir, noires et ouvertes ; interrogatives. De crainte qu'une de mes pensées ne paraisse en miniature dans mes prunelles, je détourne les yeux vers les collines du Pays des Lacs qui s'étalent derrière la fenêtre de la portière, titanesque harem à la peau d'ardoise, assoupi, une herbe humide, lisse et touffue sur leurs monticules inclinés, ou remontant comme une arachnéenne échelle de Jacob la grossesse de chaque pente, jusqu'aux tétins de leurs cairns.

Voilà quelques semaines que j'ai quitté Faxton pour mon circuit judiciaire, passant d'abord à Northampton même, afin de confirmer mes divers emplois du temps et audiences, avant de partir pour ma tournée annuelle, franchissant en diligence la porte nord de la ville. La porte était chargée de têtes, comme des mûres sur un roncier de fer, lourdes et juteuses, fruits sinistres de la sédition. Certes, les crânes des conspirateurs catholiques qui étaient accrochés là il y a bien des années se sont depuis longtemps disloqués pour choir en éclats et en poussière, mais l'âcre odeur de salpêtre de l'insurrection s'attarde dans l'air rance de la ville. Le visage des hommes semble en permanence infusé de rouge, comme les cloques sur les doigts d'un incendiaire, qui menacent de finir dans le sang.

La situation est identique à travers tout le pays. J'ai présidé des tribunaux, de Nottingham à Crewe, pour juger la canaille que l'on me présente : des pauvres qui sont maigres et des pauvres qui parviennent malgré tout à être gras. Les jeunes insolents et les vieux geignards, ceux qui sont rivés à leurs béquilles et les incomplets. Dans tous leurs yeux, existe une parenté, qu'ils aient la peau pâle comme du gruau, rose comme l'aurore ou brune comme une selle. Verts, bleus ou bruns, peu importe. Leurs yeux ont tous la même couleur, celle d'un grand ressentiment, piquetée d'étincelles et d'une promesse de flammes.

Les femmes sont une autre affaire. Malgré leur propre amertume, abondante, elles effectuent leurs tâches immémoriales et semblent pratiquement vivre à l'écart de notre monde brûlant, et fouler les sentiers d'un autre pays, un pays des femmes ; un pays que n'affectent pas l'assaut et le flot des enthousiasmes de l'homme. Empires ou révoltes. Elles cuisent le pain. Elles lavent les affaires, et font des bébés qu'elles pourront fesser et embrasser. Entre deux guerres, nous allons les voir et téter l'aimable indifférence, l'infinie constance de ces mères ; mères qui furent ou mères en devenir. Ces déités éclaboussées de sauce.

Par une telle sacralisation, leur profanation est aussitôt rendue plus suave à la pensée et à l'intime sensibilité de l'homme.

Au long d'une ornière ou d'une crevasse de la route, les convulsions coïtales de la diligence sont rendues plus pressantes et plus erratiques, gémissant comme la tête de lit d'une fille de joie tandis que le véhicule cahote et brinquebale vers sa frémissante conclusion, une fantastique décharge de chair de cheval, de bois et de fer. Au sein de cette agitation, la fille-enfant assise en face de moi a buté du genou contre la portière, si bien que sa mère se doit maintenant de la consoler.

Elle le fait d'un étrange et doux murmure de pigeon où le sens que peuvent avoir les mots n'est point aussi apaisant que sa voix, le clapotis du reflux : « Ooh, là, qu'est-ce que tu t'es fait ? Tu t'es fait mal au genou ? Ooh, ma pauvre chérie, où ça ?

Montre-moi ça... Ooh. Ooh, n'y pense plus, tu n'es même pas écorchée, mais tu vas avoir un beau bleu, là, hein ? Ooh, oui. C'est sûr. Un beau bleu, oui. »

Ces cadences anciennes, apaisantes, bercent l'enfant, chaque *ooh* roucoulé est une goutte de baume ; une giclée d'huile pour lisser les flots ridés et turbulents de son front, ce qu'il en apparaît sous le bord noir de sa petite coiffe. Bientôt, la route s'égalise sous le coche et l'enfant retombe dans le sommeil intermittent où elle a élu de passer le temps qui nous reste encore avant d'arriver à Kendal.

Bien qu'on ne puisse apercevoir leur majesté captive sous ce chapeau solennel attaché avec rigueur, je sais qu'elle a des cheveux roux comme châtaigne, et longs, au point qu'ils lui tombent autour de la taille quand ils ne sont pas étroitement tressés et crucifiés par des épingles. Elle se nomme Eleanor, bien que sa mère semble surtout l'appeler Nell, ce qui à mon avis n'est point aussi joli. Toutes deux viennent de plus loin, dans le Nord, près de Dundee, pour aller loger chez une vieille femme qui a une chambre à louer à l'extérieur de Kendal. La nuit dernière quand j'ai rencontré le couple pour la première fois, au relais d'étape où nous avions tous fait halte dans nos différents trajets vers une commune destination, j'ai eu connaissance des détails de leur situation.

Ayant très récemment perdu son mari, la jeune veuve Deene (tel est le nom de la mère) est descendue avec sa fille au Pays des Lacs, où une dame de ses amies avait assuré qu'elle pourrait trouver un emploi de couturière. Ayant dépensé les maigres économies qu'elle avait pour voyager jusqu'ici, avec à peine plus que sa première semaine de loyer, l'infortunée et charmante petite créature a beaucoup misé sur les conseils de son amie et s'inquiète, maintenant qu'il est trop tard, de la sagesse de la décision qu'elle a prise. Ainsi donc, semble-t-il, nous espérons tous deux trouver de l'ouvrage qui nous attend en arrivant à destination, qu'il s'agisse de chemises à coudre ou d'hommes à pendre.

La poitrine de la veuve s'abaisse et se gonfle, s'abaisse encore, avec cette blancheur qu'on imagine dissimulée sous le noir boutonné, pour n'en briller dans mes pensées qu'avec plus d'éblouissement et d'éclat. Un semis de taches de rousseur, là, en travers de l'arête aiguë de son nez. Ses mains pâles, usées, reposent dans son giron et englobent sa chaleur secrète.

C'est sa fille que j'ai rencontrée d'abord, et d'une façon telle qu'elle m'a fait sursauter. Je l'ai trouvée debout à mi-hauteur sur l'escalier du relais de poste, tournant le dos à une fenêtre étroite orientée vers l'ouest et embrasée sur son contour par le soleil couchant ; moins semblable à une enfant qu'à l'esprit d'une éclipse. Je l'ai vue et je me suis arrêté, le souffle coupé, tant elle m'a rappelé une autre enfant sur un autre escalier, une enfant que je n'ai jamais vue et dont j'avais seulement entendu parler, des années auparavant.

Francis, unique fruit de mon union avec Lady Nicholls, avait, fâcheusement, commencé à fréquenter John Dee, le célèbre charlatan, qui vivait à Mortlake, à proximité de Richmond. Invité à passer la nuit dans la demeure de Dee, il y a assisté à certaines choses qu'il aurait mieux valu qu'il ne vît point, et pourtant rien de ce qu'il avait contemplé ne le hanterait moitié autant que le fait d'avoir rencontré une petite fille qui se tenait à mi-hauteur sur l'escalier, dans la maison de cet épouvantable docteur, avec une fenêtre donnant sur l'ouest qui déversait derrière elle une lumière rubis. Plus tard, ayant appris qu'il n'y avait d'autre enfant dans la maison que la fille adulte de Dee, Francis en est venu à la conviction qu'il n'avait pas vu une enfant mortelle, mais bien quelque malheureux petit spectre égaré sur le chemin du Paradis. En me racontant cela, il avait la voix et les mains qui tremblaient, et il en présentait une image si frappante que j'aurais pu moi-même avoir rencontré la petite fille fantôme, debout toute noire contre son coucher de soleil. Ainsi, la nuit dernière, en rencontrant Eleanor, éclairée précisément de la même façon sur le palier du relais de poste, j'ai été un instant saisi par la peur de choses que j'avais crues reléguées avec l'enfance, et je l'ai regardée bouche bée, avec une expression qui a dû paraître effrayante, jusqu'à ce qu'elle parle.

« Oh, monsieur, a-t-elle dit. J'espère que vous avez bon cœur. Je jouais dehors et j'ai laissé ma mère dans la chambre que nous partageons cette nuit, et je n'arrive plus à la retrouver, maintenant. La nuit va bientôt tomber, et ma mère va croire que je me suis égarée, si je ne suis pas de retour. »

Si soulagée qu'elle fût de trouver quelqu'un susceptible de venir à son secours, l'enfant n'était cependant point si rassurée que je l'étais en apprenant qu'elle avait une voix de mortelle, de la famille, et de la chair, et du sang. Dans mon soulagement, je lui ai promis de l'aider à retrouver la chambre de sa mère ; à ces mots, elle a eu un radieux sourire et a pris ma main sèche, tachée par l'âge, dans le chaud coquillage rose de la sienne, puis m'a guidé vers le haut de l'escalier étroit.

Il est vite devenu clair que l'enfant, au retour de ses jeux, avait cherché au premier étage la chambre qu'elle partageait avec sa mère, alors que leur logement se trouvait en fait juste un étage plus haut, donnant sur le palier supérieur du relais de poste. Toquant avec hésitation à la porte, j'ai rapidement reçu la réponse d'une femme ensorcelante aux yeux de jade, de quelque vingt-cinq ans, dont l'immense soulagement d'avoir retrouvé son enfant a cédé vite le pas à des effusions de gratitude qu'elle m'a dispensées, moi qui étais son bienfaiteur. Bien que je n'aie passé que quelques instants en compagnie de l'enfant, et rien fait de plus que de l'accompagner à l'étage, on aurait cru, à entendre sa mère en parler, que j'avais à moi seul arraché l'infortunée aux mâchoires dégoulinantes de bave des loups.

« Oh, monsieur, vous l'avez ramenée. J'ai regardé par la fenêtre, et le ciel était devenu si sombre. J'ignorais totalement où elle était partie, et je me faisais tant de souci que je ne savais plus où me tourner. Nelly, allons, remercie ce gentilhomme de tout ce qu'il a fait. »

Ici, sa fille a exécuté une brève révérence gênée, en marmonnant des remerciements, le regard fixé sur les lames gauchies du peu de plancher que possédait leur chambre exiguë. J'ai vu qu'elle avait les yeux d'océan de sa mère, les mêmes pommettes fines dont la courbe impressionnante était réminiscente de la pressante fragilité de l'écriture italique. Encore deux ans tout au plus, et elle ferait le plus splendide des ornements d'un lit.

Tandis que je souriais à sa fille avec ce qu'elle a pris certainement pour une tendresse paternelle, la mère de Nelly n'a pas cessé de professer sa dette et son admiration, la tête rejetée en arrière, les cils soulevés comme les couvercles de cassettes à bijoux gorgées d'émeraude, pour hausser ses regards vers moi.

« Dire qu'un aussi grand gentilhomme que vous s'abaisse à aider des gens comme Eleanor et moi, ma foi, monsieur, j'en ai littéralement le souffle coupé. Voyez donc quels beaux habits vous portez ! Vous devez être un grand médecin, ou bien un lord pour avoir si fière allure. »

Je lui ai répondu, sur un ton modeste et badin qui ne devait pas sembler trop fat, que je n'étais ni l'un ni l'autre, exerçant en fait la charge de juge. J'avoue avoir pris un certain plaisir à sa brusque aspiration d'air et à ses yeux écarquillés, ayant eu par le passé l'occasion de remarquer que les femmes sont saisies d'enthousiasme, voire de concupiscence, en présence d'une autorité telle que celle que me confère mon statut. Portant une main à sa poitrine comme pour en réprimer physiquement les palpitations, elle a reculé d'un petit pas devant moi, peut-être pour réévaluer ma stature, ainsi qu'on le fait devant une montagne ou toute autre partie d'un paysage. Alors qu'elle m'avait cru petit et proche, elle me découvrait immense et lointain. Je me suis vu reflété comme un dieu dans deux miroirs verts et, devant son émoi, je me suis trouvé moi-même excité dans une légère mesure.

« Oh, que devez-vous penser de nous, si pauvrement mises ? Je n'ai jamais vu de juge, ni imaginé que cela pourrait arriver, et me voici devant l'un d'eux, si près que je pourrais tendre le bras pour le toucher. Vous avez dû venir ici pour une affaire importante, je le gagerais. »

Je lui ai dit que je devais juger un procès à Kendal, ce qui a fait redoubler son ardeur.

« Kendal ! Oh, mais c'est justement le lieu où la petite Eleanor et moi nous rendons par le coche du matin. Nell ? Tu entends ? Nous allons voyager à Kendal en compagnie d'un juge. »

Bien qu'elle ne puisse avoir qu'une compréhension réduite de mon office ou du pouvoir qu'il représentait, Eleanor m'a alors regardé comme si on avait promis de la porter à destination sur les épaules de saint Christophe en personne. Elle a pris la main de sa mère, craignant apparemment que l'une d'elles ne s'élève soudain au Ciel par la seule puissance de la situation. La veuve Deene, ainsi qu'ellc ne tarderait pas à se présenter, se consumait cependant en spéculations morbides sur le procès imminent auquel j'allais devoir présider. Bien que sa voix eût tout du long un ton d'horreur fascinée, j'ai plus d'une fois observé que, chez les personnes du sexe, des préoccupations vis-à-vis des charniers masquent souvent une égale inclination pour le versant charnel des affaires de la vie. Chaque fois qu'une canaille part se balancer, on mesure aux tâtonnements des doigts crasseux de la foule l'abandon impudique que cet aperçu de leur mortalité éveille en eux. Les femmes, plus tard, pratiqueront une imitation de la danse dernière du pendu, en se tordant sous les pesants assauts de leur époux, à tel point que je me demande si, pour la plupart, nous n'avons pas été conçus dans un accompagnement de cordes qui grincent et de langues noircies qui gigotent. Un tel concept expliquerait assurément notre obsession, dans la suite de notre existence, pour toutes les façons brutales et douloureuses qu'il existe de la quitter, ainsi que la mère de Nelly le démontrait pour l'heure.

« Est-ce un meurtre, monsieur, que vous devez juger ? Plaise à Dieu qu'il n'y ait point de telles choses à Kendal, pas si Nelly et moi devons y gagner notre vie. »

Je lui ai assuré que le personnage qui comparaîtrait devant

moi n'était pas un assassin, mais un voleur de moutons de peu d'importance, sans que cela apaisât beaucoup sa curiosité.

« Et sera-t-il pendu, monsieur ? Quelle chose ce doit être, de décider si les hommes doivent vivre ou mourir. » De la couleur était montée à sa joue, si bien que j'ai un peu souri, sachant qu'elle était déjà captive du prestige de mes robes et de mon marteau.

En réponse, j'ai soutenu son regard et me suis adressé à elle sur un ton de grande sévérité. « S'il est coupable, madame, et je ne doute point qu'il le sera, alors il dansera la gigue de Tyburn*, à moins qu'il n'ait un ami pour s'accrocher à ses jambes et le presser vers un trépas plus expéditif. »

Ici, Eleanor a pâli et s'est accrochée aux jupes de sa mère. Projetées sur le plafond par une lanterne basse, leurs deux ombres se sont fondues en une seule, une créature noire aux membres trop nombreux. Remarquant que sa fille prenait peur, la veuve s'est tournée vers l'enfant et l'a grondée avec trop de dureté, peut-être, espérant sans doute en jouant les tyrans faire bonne impression sur un juge.

« Allons, ne fais pas d'histoires, ma fille ! Tu sais ce que je t'ai dit. Nous devrions remercier notre bonne étoile de nous voir adresser la parole par un noble gentilhomme tel que... » Ici, ses paroles sont restées en suspens et, quittant son enfant du regard, elle m'a lancé un regard interrogatif, par lequel j'ai compris qu'elle était toujours dans l'ignorance de mon nom.

Je me suis présenté pour lui éviter de rester plus longtemps dans l'embarras. « Je suis Monsieur le juge Augustus Nicholls, venu en tournée de Faxton, dans le comté de Northampton. vous avez à présent l'avantage sur moi, madame. Puis-je me permettre de vous demander qui vous êtes ? »

Visiblement un peu émue, elle s'est présentée comme étant Mrs. Mary Deene, anciennement de Dundee, ne m'en déplaise, ce sur quoi j'ai laissé un instant mon regard descendre depuis son visage, vers les contours plus mollement anguleux qui se trouvaient au-dessous, en lui disant que cela était loin de me déplaire. Ce à quoi nous avons ri tous deux, elle avec un peu de nervosité, tandis qu'Eleanor nous considérait l'un et l'autre, confusément consciente des sous-entendus qui filaient sous la surface de notre conversation comme de plaisants goujons, et cependant incapable de les saisir avant qu'ils ne disparaissent dans un éclair d'argent.

Nous avons encore échangé quelques mots, nous tenant sur

* Tyburn, célèbre gibet londonien.

le seuil de sa chambre ramassée sous les combles, et cependant, il est passé entre nous plus que des mots : certains souffles retenus étaient évidents. Diverses phrases avaient de l'inflexion, certains silences de l'éloquence, du moins m'a-t-il semblé. Nous avons tous deux déclaré que nous serions bien aises de partager la compagnie de l'autre le lendemain, au long du trajet vers Kendal, et avons exprimé notre espoir d'avoir l'occasion de nous rencontrer au cours de notre séjour en ce lieu. Sur ce, satisfait que mon ouvrage préliminaire auprès de la veuve Deene suffirait à la tâche, j'ai pris congé avec force courbettes et ronds de jambe.

Dans ma chambre plus spacieuse à l'étage du dessous, j'ai frappé du poing mon coussin de plumes jusqu'à lui donner une forme plus apte à favoriser le sommeil. En me couchant, j'ai clos les paupières, derrière lesquelles les ténèbres se sont levées comme un rideau de théâtre, tandis que la veuve Deene et Eleanor, nues toutes deux, leurs cheveux auburn défaits, dansaient ensemble aux accents d'une fiévreuse ariette accompagnée de violes, pirouettant, pâles, sur cette scène secrète.

Par la fenêtre de la diligence, l'inondation change les champs de novembre en éblouissantes plaines de miroirs, au-dessus desquelles les nuages, gris et lourds, sont suspendus comme des cathédrales. Dans un fossé flottent deux juments noyées, gonflées ; leurs yeux fixes croisent mon regard au passage, des boules de verre noir désormais embuées et blanchies par une vapeur de mort.

Hormis un échange d'amabilités ce matin, en montant dans la diligence, et plusieurs regards appuyés depuis, il ne s'est pas passé grand-chose de remarquable entre la veuve et moi. Comme j'imagine que nous ne tarderons guère à atteindre les abords de Kendal où doivent loger les Deene, il vaudrait mieux que je lance bientôt l'idée d'un rendez-vous, pour ne pas laisser filer ma chance. Si la mère et l'enfant devaient débarquer sur la route dans un kilomètre et que je ne les revoyais pas au cours des trois jours que je vais passer à Kendal, qu'arriverait-il, alors ? Je devrais dormir seul, ou payer quelque souillon pour réchauffer mon lit afin de ne pas rentrer à Faxton auprès de ma femme sans galanterie pour me tenir l'esprit et la mémoire au chaud durant les mois d'hiver.

Notre voiture va son chemin en rase campagne ; au loin, des montagnes plongées dans les nuages, ou des nuages qui ressemblent à des montagnes. À quelque distance, de l'autre côté des friches labourées, je remarque un gros chien de ferme noir qui saute à furieuse allure les ornières et les sillons cuits par le gel, semblant rivaliser aisément avec la vitesse de notre diligence qui file bon train, tandis qu'il galope selon un trajet parallèle au nôtre. Je tente de jauger son éloignement par rapport à la voiture, qui est bien plus important, peut-être, que je ne l'ai cru tout d'abord. Mais en ce cas, le molosse doit être de taille monstrueuse, pour sembler si gros par-delà un tel intervalle.

Non. Non, je la vois, maintenant, la vérité de l'affaire, et ma sottise me mortifie : l'animal n'est pas du tout un molosse, mais un cheval. Un bosquet d'arbres cache à ma vue sa forme ténébreuse au galop avant que je puisse confirmer la logique de cette hypothèse, tandis qu'en même temps, derrière moi, la veuve Deene élève la voix, si bien que mon attention se détache totalement de la créature pour se porter sur d'autres préoccupations moins ambiguës.

« Nous allons bientôt descendre, n'est-ce pas, Nelly ? » Ces mots, bien qu'adressés à l'enfant, semblent principalement prononcés à mon intention. Si je ne m'abuse, la veuve Deene espère, en annonçant ainsi son départ imminent, provoquer chez moi une réaction appropriée. Ne souhaitant pas que si radieuse créature soit obligée d'essuyer une déception, je me détourne maintenant de la fenêtre de la portière pour lui parler, et j'élève mes maigres sourcils vers leur centre en ample démonstration d'un sentiment proche du deuil.

« Ma bonne dame, se peut-il que votre chère fille et vous me soyez pareillement enlevées avec tant de hâte ? Quel dommage, vraiment ! En toutes ces semaines de solitude sur les routes, je trouve enfin une compagnie véritable, pour me la voir ravir alors qu'elle est encore nouvelle. J'avais espéré qu'au cours de notre séjour à Kendal, nous pourrions nous revoir tous les trois, et poursuivre plus avant notre connaissance, mais maintenant... » Je laisse mes mots en suspens et j'écarte ici les mains, lamentable, comme si je tenais entre elles un monde de chagrin, tel un lugubre Atlas.

La petite Eleanor, maintenant réveillée, est pour le moins portée à l'apitoiement par mon interprétation. Pivotant sur son siège pour faire face à sa mère, elle prend les mains de son aînée entre les siennes, plus petites, et affiche sur son visage pointu de renardeau une expression qui est l'image même de la gravité.

« Maman, ne verrons-nous plus le monsieur ? Il était si bon, je n'aimerais pas qu'il parte. »

Le regard de sa mère va à présent de sa fille vers moi, et une fois de plus, bien que ce soit à sa fille qu'elle les adresse, ses mots visent des oreilles chargées de plus d'ans et d'expérience. « Mais veux-tu te taire, ma fille ? Allons, songe à ce que tout le monde dirait du juge, à Kendal, si on le voyait là-bas en compagnie de gens tels que nous ! Avec moi, qui ne suis point veuve depuis longtemps, ils ont assez matière à aiguiser leur langue, sans que nous entraînions ce gentilhomme dans l'opprobre, par-dessus le marché. »

Ici, je secoue la tête en dénégation peinée, comme si rien ne pouvait être plus éloigné de mes pensées que de telles considérations, quoique, en vérité, il y ait beaucoup de bon sens dans ce qu'elle dit. Il n'est ni séant, ni décent, que l'on me voie à l'extérieur avec des personnes de leur genre et j'ai appris dans ma vie que l'Angleterre est un plus petit pays que d'aucuns l'imagineraient. On dirait parfois que je ne puis glisser une main dans les dessous d'une donzelle du Yorkshire sans qu'elle se trouve être la fille de la cousine germaine de l'amie la plus fidèle de ma femme.

Bien que Kendal soit fort éloigné de Faxton, je commence à reconsidérer la sagesse d'une liaison avec la veuve Deene, mais son enfant élève à nouveau la voix, avec une nouvelle suggestion, maintenant : « Alors, ne pourrait-il pas nous rendre visite dans la maison de la gentille vieille dame où nous allons loger ? Tu disais que c'est en dehors de la ville, les gens ne devraient donc avoir aucune raison de s'intéresser à sa destination, s'il vient nous visiter. Allons, dis qu'il peut. »

La mère lève encore une fois les yeux vers les miens, et paraît hésiter. Je suis frappé de constater que la proposition de l'enfant sert idéalement mes desseins, et captivé par le lien furtif, secret, qui se tisse déjà entre nous ; la suggestion d'une confiance mutuelle qu'on pourrait pousser plus loin. La veuve Deene m'observe avec intensité, guettant un indice de ma réaction à l'idée d'Eleanor, avant d'oser aventurer une opinion personnelle. Le moment est venu d'apposer mon sceau sur notre rendez-vous et, me penchant en avant dans la diligence qui brinquebale, je pose une main sur le genou de l'enfant comme le ferait un oncle, tout en riant doucement. Sous le tissu fin et sombre de sa jupe, la musculature de sa cuisse est sèche et tendue, très proche de celle d'un oiseau.

« Mais voilà une petite fille bien habile, pour imaginer une telle chose ! Quoique pour ma part, je me soucie comme d'une guigne d'être vu en compagnie de deux dames aussi ravissantes, il ne faudrait pas que je compromette de la sorte la réputation de ta mère dans la ville où elle devra travailler. Cependant, grâce à toi, ma chère enfant, nous avons la réponse ! Je serais ravi de vous rendre visite en votre logis et de rompre le pain avec vous deux, quand cela vous siéra, si ta mère donnait son assentiment. »

Il semble que j'ai appris l'artifice de parler par le truchement de l'enfant, tout comme le fait sa mère. Il faut pour cela parler à l'une, tout en regardant l'autre. Quand la cible des regards a des yeux d'écume de mer aussi ensorceleurs et des lèvres cueillies sur un laurier sauvage, la tâche n'a rien de déplaisant. La veuve, qui me rend mon coup d'œil, semble maintenant se colorer aux pommettes. Détournant le regard vers le plancher usé de la diligence, elle bredouille son assentiment, avec un petit sourire discret. L'allégresse réprimée de son attitude suscite en moi une exaltation identique, bien qu'en une région différente de ma personne.

« Oh, monsieur, je... mais, bien sûr, j'y consens. Vous n'avez nul besoin de demander ma permission. Pour rien qui soit. »

Ses yeux remontent vivement à présent des planches nues du sol que séparent des bandes de route de Kendal en train de se dérouler. Elle explore mon visage pour savoir si j'ai compris sa dernière remarque, son invite voilée de tulle. Satisfaite que ses objurgations ne sont pas tombées sur un sol de pierre, elle détourne une nouvelle fois le regard avant de reprendre. Le trémolo de sa voix, si léger qu'il se discerne à peine, me fait pourtant frémir. « Vous verrez la maison où l'on doit nous déposer. Elle n'est pas loin d'ici, pas à plus d'un kilomètre de marche en dehors de Kendal. Mieux vaut que vous veniez à la tombée du jour, cependant ; les gens sont tellement disposés à mal penser d'autrui. »

J'approuve vivement cette suggestion et je promets de lui rendre visite demain soir, avant d'aller siéger au tribunal, le surlendemain matin. Nul doute que baiser améliorera énormément mon humeur et, dans une modeste mesure, pourra alléger l'ennuyeuse procédure qui entoure la condamnation d'un homme. L'idée me vient, puisqu'il s'agit d'une veuve sans pécule et de réputation douteuse, qu'un shilling pourrait bien me procurer les services de la petite Nelly avec nous, au surplus. Je songe aux baigneuses de ma boîte à priser, à leur façon de tresser mutuellement leurs cheveux défaits et trempés ; une écume de femmes, montée des chaudes profondeurs de leur bain.

L'enfant parle à sa mère, maintenant, ravie à la nouvelle de ma prochaine visite, en tirant avec animation la veuve par la manche. « Oh, Maman, ce sera si agréable d'avoir un gentilhomme en notre compagnie. Cela m'a tellement manqué, depuis que Père est loin de nous en... »

Mrs. Deene jette ici à l'enfant un regard vif, impérieux, si bien que les mots meurent sur les lèvres de l'enfant. À l'évidence, les tourments du veuvage sont encore acérés dans le sein de cette femme, si bien qu'elle ne souffre pas qu'Eleanor évoque son défunt géniteur. Néanmoins, quelque chose dans le visage mortifié qu'affiche l'enfant face à cette réprimande silencieuse excite ma pitié, à tel point que je suis mû maintenant à compléter sa phrase dans l'espoir d'aplanir son erreur, et de la ramener dans les bonnes grâces de sa mère.

« Depuis que ton père est loin de vous en Paradis, avec Notre Seigneur. Bien sûr : il est tout à fait naturel que sa présence te manque, et plus naturel encore que tu désires la compagnie d'un homme. En cela, tu ressembles à toutes les représentantes de ton sexe. »

Ici, Nell paraît perplexe, mais un tel sourire de soulagement et de gratitude illumine le visage de sa mère que j'y puise le courage de poursuivre. « Ne crains rien, je vous rendrai visite demain soir, et quoique je ne puisse espérer faire aussi bonne figure que ton cher père qui vous a quittées, j'ai confiance en ma capacité à me substituer dans ce qui était assurément ses responsabilités les moins lourdes. C'est-à-dire, m'occuper de son enfant, et de son épouse. »

Avant ces derniers mots, je marque une pause infime, durant laquelle je quitte des yeux l'enfant pour poser mon regard sur la dame. Un regard d'une telle intensité et d'une telle compréhension est échangé entre nous que ni l'un ni l'autre ne peut le maintenir longtemps ; après quelques instants, nous devons détourner les yeux. Un silence plaisant, chargé de sens, descend ensuite. J'imagine que chacun de nous spécule avec chaleur sur la nature des chaudes spéculations de l'autre.

Souriant à moi-même, je me détourne de nouveau pour regarder par la fenêtre du coche, mais le chien ou le poulain que j'ai vu un peu plus tôt n'est plus visible nulle part. Les arbres nus, noirs, filent autour de nous, drus comme les soies sur l'échine d'un vieux sanglier.

Le silence subsiste jusqu'à ce que nous arrivions devant un cottage bas, tout en pierre couleur sable et chaume brun souris, situé un peu en retrait de la route qui continue sur la colline en grimpant vers Kendal. C'est ici que les Deene doivent débarquer. Soucieux de leur prouver que j'ai de la force malgré mon âge, je les aide à décharger de la diligence le maigre bagage qu'elles possèdent, lequel, à ce qu'il apparaît, ne comprend rien d'autre qu'un sac en tapisserie élimée. En le lui tendant, mes doigts frôlent, presque comme par accident, la main gantée de la veuve.

Une fille sale d'une quinzaine d'années, au corps lourd, aux cheveux emmêlés de même couleur que le chaume, est sortie de la maisonnette. Ses traits sont impassibles. Des yeux qui semblent sots et trop écartés peut-être surmontent un nez camus, plan plutôt que relief. Sa bouche large aux lèvres trop charnues pourrait pourtant revendiquer sous certaines lumières une sensualité particulière dans la laideur. Elle s'arrête, une main blanche comme du lard posée contre le montant du portail de la chaumière et considère la diligence sans expression. Quand je regarde derrière elle le seuil de la maison proprement dite, je vois qu'une grosse femme ridée par l'âge a émergé de son intérieur avec un pas traînant, soutenue par un bâton. Elle ne dépasse pas le pas de porte, et reste immobile, encadrée par le chambranle taché de poix, comme en un ignoble portrait. Ses mentons et ses bajoues forment une seule masse tremblotante, laquelle se fond dans le contour unique et massif de ses mamelles et de sa panse. Avec des petits yeux d'un noir collant, comme des noyaux de prunes enfoncés dans du suif, elle se tient appuyée sur son bâton et, de même que l'idiote adossée au portail (qui doit être sa fille, j'imagine), elle contemple le coche sans un mot ni une expression qu'on puisse déchiffrer.

Le veuve Deene sourit en levant les yeux vers moi et articule : « À demain, donc », avant de tourner les talons et d'avancer vers la chaumière, son enfant en remorque. La fille aux cheveux de crin avachie contre le pilier écarte maintenant le portail en silence, pour laisser entrer Nelly et sa mère dans ce qui sera leur nouveau foyer. Alors que je referme la portière du coche et que je me renfonce dans mon siège, Eleanor et Mrs. Deene se tournent toutes les deux pour me saluer de la main, juste au moment où le cocher excite ses bêtes pour les réveiller, et je suis de nouveau emporté à destination de Kendal. Avec un sourire attendri, je leur rends leur salut tandis qu'elles disparaissent dans la distance. Demain soir, donc.

Plusieurs minutes s'écoulent à scruter infructueusement les champs alentour pour revoir l'animal aperçu plus tôt, puis l'enceinte étroite et sinueuse de la ville du Pays des Lacs surgit autour de nous, et me voilà arrivé. Le palais de justice, où je devrai loger dans des appartements à l'étage construits entièrement à cet effet, est un édifice trapu, mais digne, en brique et en bois, proche du centre de Kendal. Après être descendu du coche et avoir battu un instant le pavé de l'arrière-cour du palais de justice afin de relancer la circulation dans mes jambes, je hèle un appariteur à l'intérieur pour qu'il transporte mes malles sur un escalier de pierre lissé par les pas, et de là, à ma chambre à coucher.

Je passe devant pour monter l'escalier, tandis que l'autre, un homme d'âge mûr s'évertue derrière moi, soufflant et maugréant à ma suite. Il y a un palier à mi-hauteur, avec une fenêtre qui fait face à l'ouest. Je suis arrivé à Kendal en fin de journée, si bien que le ciel est rouge derrière la vitre, et je suis frappé par cette sensation trouble de chose déjà vue. En approchant du palier, j'éprouve une crainte insensée que s'y tienne la jeune Nelly, avec ses cheveux embrasés, alors que je l'ai quittée sur la route de Kendal. Pourquoi cette idée devrait-elle éveiller tant de peur en moi, je ne saurais le dire et, quand j'atteins le palier, il est vide. Nous continuons à gravir l'escalier.

Ma chambre est glacée, mais confortable. L'appariteur me promet qu'il préviendra de mon arrivée les divers officiers de la Cour et que, demain, je pourrai rencontrer à la fois ces officiers et l'accusé. Déposant mes bagages juste après le seuil de la chambre, il prend congé de moi. Je reste assis sur ma couche dans un calme et un silence soudains et étrangers après les cahots et le fracas de la route. Au bout d'un moment, je me lève et, allant à la fenêtre, je referme ses volets criblés par les insectes sur la nuit qui gagne. Faute de meilleur passe-temps, je me prépare à aller au lit.

Ces chambres vides, au cours de ma tournée : il me semble parfois que toutes mes copulations frénétiques ne sont que des efforts pour noyer les spectres lamentables de ces tombes ; de ces absences.

En me déshabillant maintenant, je tourne mes pensées vers mon fils, Francis, resté à Faxton. Quel nuage pèse sur ce garçon (même si je dois reconnaître qu'il n'est plus un garçon, puisqu'il approche de la cinquantaine). Il paraît envahi par un miasme ignoble de l'esprit, que ni sa femme, ni sa douce enfant, Mary, ma petite-fille, ne parviennent à dissiper. Il soupire, le regard fixe. Il ne lit qu'occasionnellement, et semble n'avoir nul dessein à ses jours.

La faute en incombe à Dee, ou je ne suis pas juge. Voilà quelque vingt-cinq années que Francis est tombé victime de ce déplorable enthousiasme pour les choses de la thaumaturgie et est allé pour la première fois demander conseil à ce charlatan, se rendant à Mortlake où il a promis cent livres au docteur si Dee lui apprenait à capter et invoquer la Lune, ainsi que d'autres actions noires de ce genre. Tant qu'elle était en vie, Dee avait l'oreille de la reine Bess, et on le courtisait fort en affaires de sorcellerie, car ces sinistres pratiques étaient alors respectables, si difficile soit-il de croire à une telle conduite de nos jours.

Presque un an après sa première visite à la maison de Dee, s'est produit un incident qui a causé chez Francis le changement qui persiste et empire à ce jour. Les détails ne m'en ont pas été clairement exposés, mais, d'après les fragments que j'en puis assembler, il semblerait que Francis ait eu l'occasion de consulter certains documents concernant les expériences et rituels passés du docteur, exécutés quand Dee avait à son service un dénommé Edward Kelly, une canaille sans scrupules qui a péri en prison.

Bien que je l'aie maintes fois imploré, au cours des années suivantes, de me révéler le contenu de ces documents, mon fils a soutenu qu'il valait mieux pour mon âme que j'en demeure ignorant. À en juger par sa façon de sursauter et de s'apeurer chaque fois qu'une fenêtre claque, et par sa mine hâve et traquée, il se peut bien qu'il ait eu raison sur ce point. Les bribes qu'il en a révélées ont plus que suffi à enflammer les plus macabres fantasmes, car elles concernaient la conjuration de présences terribles, pour ensuite retranscrire leurs proclamations sobres, mais énigmatiques. Dee, semble-t-il, avait en partie compilé un grimoire du langage des esprits, afin que ces « anges », comme il les appelait, puissent communiquer avec lui et qu'en retour il puisse clarifier leurs déclarations. Ces entretiens éthérés étaient l'aspect du travail du docteur qui intéressait le plus mon fils et est venu plus tard le troubler, mais, pour ma part, j'ai trouvé plus de sujets de divertissement dans les allusions que Francis laissait échapper aux transactions plus terrestres de Dee.

Des papiers que m'a montrés mon fils en cette froide nuit de mars 1594, certains dépeignaient des actes rituels d'une nature charnelle répugnante, tandis que d'autres encore concernaient un arrangement ordonné par les esprits, par lequel le docteur et son serviteur Kelly devaient tous deux mettre en commun leurs épouses. Francis jugeait-il que, par ces révélations, Dee suggérait subtilement que mon fils fît entrer sa propre épouse dans un arrangement similaire, je ne sais. La seule certitude que j'ai, c'est que Francis a exprimé clairement son indignation ; une dispute a ensuite éclaté entre le docteur et mon fils, qui est sorti furieux du cabinet de Dee dans un moment de violence et a pris l'escalier pour gagner l'étage, où l'on avait préparé un lit à son intention.

C'est ainsi, tandis qu'il montait à sa chambre sans rien en tête que des paroles de colère réprimées, que Francis a rencontré l'enfant. Debout, le visage dans l'ombre et le rouge sanglant du soir derrière elle, passant par la fenêtre à l'ouest, elle a levé les bras, paumes tournées à plat vers mon fils, comme pour lui interdire le passage. Nimbée de flamme, elle s'est adressée à lui dans une langue étrangère, toute en voyelles aspirées, presque sans consonne pour les séparer, qui ressemblaient beaucoup à : « Bâ-zo-dé-lé-té-oh-ah » et ainsi de suite ; une ribambelle de sottises païennes.

Francis était sur le point de demander à la fillette qui elle était et quelle affaire elle avait avec lui quand elle a quitté tout soudainement sa place devant la fenêtre pour les ombres du palier, et la pleine lumière du soleil couchant, que ne bloquait plus sa présence, désormais, a brillé dans les yeux de Francis et l'a ébloui, lui faisant plisser les paupières et détourner le regard. Lorsqu'il a contemplé de nouveau l'escalier, elle avait disparu, et il ne restait plus aucune trace d'elle, hormis un parfum dont Francis a dit qu'il lui rappelait la myrrhe.

En dépit de leur querelle et de la peur qu'il avait ressentie, Francis paraissait incapable de se tenir à distance de Mortlake. Les problèmes entre lui et le docteur ayant été bientôt réglés, il a rendu de fréquentes visites à la maison du docteur au cours des six années qui ont suivi, forçant en plus d'une occasion ma petite-fille Mary à l'accompagner, en dépit de tous mes conseils.

Dee, à cette époque de sa vie, s'appuyait sur un certain Bartholomew Hickman, comme il s'était naguère appuyé sur Edward Kelly, ayant semble-t-il besoin de quelqu'un qui scrutât pour lui les éthers avec un miroir pour lui rapporter les messages impartis par ses « anges ». Tout ceci a pris fin au tournant du siècle lorsqu'on a découvert, s'il faut en croire mon fils, que cet Hickman était un charlatan ou, tout du moins, un voyant qui n'avait communiqué qu'avec des esprits faux et trompeurs. Près d'une décennie de travail a ainsi été anéantie et, à la fin de septembre en cette même année, mon fils et ma petite-fille ont pareillement assisté là-bas, à Mortlake, à des cérémonies amères et défaites où les documents cumulés sur le commerce de Hickman avec le monde des esprits ont été ignominieusement réduits en cendres.

Je dois l'admettre, j'ai trouvé admirable qu'un faussaire fût démasqué de la sorte, mais Francis en est resté inconsolable.

Mon fils considérait l'affaire comme une catastrophe immense dont je ne pourrais jamais appréhender la dimension véritable. Même Mary, ma petite-fille, semblait accablée de chagrin et me lançait parfois un regard d'effroi, comme si elle me découvrait soudain sous un nouvel éclairage. Aucun des deux n'est plus jamais revenu à Mortlake après cela, non plus qu'ils n'ont eu de commerce avec John Dee. Il ne s'est guère passé de temps avant que le roi Jacques, un pieux souverain, monte sur le trône, après quoi le Magicien a découvert qu'il n'était plus en grâce, et entamé ainsi son grand déclin. Peu d'années se sont écoulées avant que Dee sombre dans l'indigence puis, à quelque temps de là, périsse à Mortlake, laissé aux seuls soins de sa fille, d'où l'on peut conclure qu'en cette occasion il n'y avait point d'esprits présents pour aider son trépas.

Ayant enfilé ma chemise de nuit, je me juche sur le coffre en bois de la chaise percée de la chambre pour me lâcher le ventre, mes selles s'avérant dures et douloureuses à passer. Ayant de la sorte mené mon épreuve à bien, je souffle la chandelle à la lueur de laquelle je me suis dévêtu, et je saute tout droit dans mon lit, tirant la courtepointe pour me couvrir les oreilles, puisque, depuis ma prime enfance, je ne saurais dormir sans cette présence pour étouffer les bruits.

Je m'irrite de constater que mes pensées sont encore consacrées au docteur Dee, car il y a en lui quelque chose qui m'intrigue et que je ne parviens pas à délaisser. Il semble régner une grande incertitude quant à la façon de jauger un tel homme, qui était trop habile en sciences matérielles et politiques pour qu'on le méprisât comme un sot, et qui croyait pourtant converser avec des anges. Un si bel esprit a-t-il pu trouver à se divertir durant tant d'années en copiant des syllabes absurdes sur ses abaques, ses cartes et ses journaux interminables ? Si tel n'est point le cas ; si par quelque caprice de la raison, tous les messages que Dee a transcrits étaient réels, que faut-il alors penser d'un Paradis comblé d'anges incohérents, jacassant d'absurdes credo dans la langue des bébés ? J'ai vu un jour le « langage des anges », laborieusement recopié par mon fils dans un journal qu'il tenait. C'était une grille renfermant à ce qu'il me parut mille cases au moins, chacune portant inscrits un symbole ou une notation, de telle façon qu'elle semblait résumer une carte véritable de la folie ; ce continent borné de brumes d'où peu retournent pour conter ce qu'ils ont vu.

Je ne me préoccuperai plus ce soir de pensées de sorciers et d'astrologues. La vision du docteur, avec sa calotte sur le crâne et sa barbe blanche, ainsi que mon fils l'a décrit, danse de façon irritante derrière mes paupières jusqu'à ce que, par un effort de ma volonté, je parvienne à le dissiper et à installer à sa place diverses images de la veuve Deene en maintes postures dégradantes, accompagnant bientôt celles-ci du souvenir de la servante aux cuisses massives qui se tenait près du portail de la chaumière et me fixait avec de stupides yeux vides.

Sur la fraîcheur de mon oreiller, la vapeur de mes pensées se condense en rosée de rêves, et un nuage marmonnant descend. Une fissure s'ouvre dans la nuit pour me laisser entrer, et glisser, et m'enfoncer, et dormir...

Je m'éveille avant le soleil, avec l'appariteur qui m'a assisté pour mes bagages en train de toquer à la porte de la chambre pour m'avertir qu'un petit déjeuner est préparé pour moi dans la salle à manger, au-dessous. Je le remercie d'un grognement et je me lève pour me vêtir du mieux que je puis dans le noir. Tout en bouclant mes souliers, j'ai ressouvenir d'un rêve fait durant la nuit, où je me trouvais à Mortlake avec mon fils et le docteur Dee, sinon que dans le rêve, il s'appelait le docteur Deene. Il levait vers nous un parchemin jauni et disait : « Voici une carte de la folie », et cependant, quand Francis et moi nous penchions plus près pour l'étudier, nous voyions qu'il s'agissait en fait d'une carte de notre propre comté, c'est-à-dire celui de Northampton. Plus encore, il me semblait que la carte n'était pas tracée sur du papier, mais tatouée sur une substance très semblable à la peau humaine. Je voulus chercher Faxton, mais ne sus le trouver nulle part sur le plan, ce qui me remplit d'une crainte soudaine et informe. Ici, le docteur Dee, ou Deene, fut poussé à m'assurer que tout irait bien pourvu que lui et moi mettions nos dames en commun, mais il se peut qu'il n'ait pas dit *dames* mais *drames*. À ces mots, sans raison, j'ai fondu en larmes et ne me souviens de rien d'autre, ensuite, jusqu'à mon réveil.

Convenablement vêtu désormais et passé à la salle à manger, je me vois présenter, au-dessus d'un plat de raie cuite dans une croûte d'avoine, à mon huissier principal pour le procès de demain, un gaillard solide du nom de Callow, avec un nez en fraise et de grands favoris qui cernent de blanc son visage rose comme un crabe. Tandis que je cueille dans ma joue des arêtes de poisson pour les déposer à côté de mon assiette comme un ossuaire miniature, il me remet en tête les détails de l'affaire que je dois juger. Un quelconque habitant du cru, un certain Deery, est accusé d'avoir soustrait à leur légitime propriétaire à la fois une brebis et un bélier, ce dernier qu'il a vendu, après quoi l'on a retrouvé des quartiers de la première en salaison sur sa propriété, tant et si bien que sa culpabilité est plus évidente qu'une verrue.

L'huissier principal Callow me dit que, mon petit déjeuner étant terminé, nous pouvons aller à la prison de Kendal observer le malandrin dans sa cellule, en même temps que les coupables moins graves qu'il m'appartiendra de juger, une fois Deery condamné : des ivrognes et des catins ; un boutiquier accusé d'avoir triché sur les mesures ; plusieurs membres d'une rixe, et un bougre.

Dehors, le poisson et l'avoine me reposant lourdement sur la panse, et mon haleine flottant comme une fumée sur l'air glacé, je marche aux côtés de l'huissier sous une gaze d'ombre, le long des rues escarpées glissantes de givre. Sur sa bordure à l'est, le ciel est enrubanné de bleu d'eau et d'or tandis qu'à l'ouest paraissent encore des étoiles, et que des champs à l'extérieur de Kendal monte une fugue graduelle de chants d'oiseaux, chaque voix claire et distincte.

La prison, bâtie de grossiers moellons gris, se trouve au beau milieu de la ville, où elle est accroupie comme un crapaud monstrueux, pétrifié par sa propre laideur. Ses murs comportent des manques béants et des fissures, si bien qu'il ne fait pas plus chaud à l'intérieur que dehors, intérieur seulement constitué d'un espace exigu, où les geôliers sont assis en taillant distraitement des bouts de bois, et de plusieurs cellules étroites, serrées derrière eux.

Assise dans la première de celles-ci, une fille d'environ treize ans, aux cheveux pâles et sales, allaite son nourrisson, une horrible petite créature tachetée pas plus grosse qu'un rat, qui, à la voir, ne restera plus longtemps en ce monde. Chaque fois que la fille tente de glisser le cône jaunâtre de son téton entre les lèvres du marmot, celui-ci détourne son visage gris et ridé pour geindre. La mère lève brièvement les yeux vers moi, sans curiosité, puis ramène de nouveau son regard éteint vers son enfant. L'huissier me dit qu'elle est incarcérée pour s'être battue, et nous continuons notre chemin le long de la rangée.

Deery occupe la cellule que nous approchons ensuite. Il est assis sur son bat-flanc et fixe le mur, sans expression, ne levant même pas la tête vers nous quand nous décidons de l'interroger directement. Encore jeune, Deery a la mine d'un homme qui a été naguère bien tourné et bien bâti, et file en graisse maintenant, l'ossature solide de l'enfance encore visible sur son visage, engoncée dans une surface vacante et pâteuse. Il reste assis là, les pieds écartés, les avant-bras posés le long des cuisses, des poignets épais comme la taille d'un nourrisson, des poings gros comme des jambons, les doigts entremêlés en un nœud d'amarrage reposant entre ses genoux. Son immobilité est troublante et absolue.

Je lui demande s'il sait que je dois le juger demain, ce à quoi il répond seulement par un haussement d'épaules et ne daigne toujours pas me regarder en face. Quand je lui demande s'il a conscience que la peine encourue pour vol de bétail est la pendaison, il ne manifeste que de l'ennui et, au bout de quelques instants, crache dans le coin de sa cellule un grumeau de phlegme d'un jaune étonnant. Il est clair que toute conversation est impossible entre nous deux. Après un simple examen superficiel des autres pensionnaires de la geôle, l'huissier Callow et moi quittons les miasmes écœurants de la prison pour l'air mordant de Kendal. Les cieux sont lumineux, maintenant, et la ville est éveillée comme il convient. Tirée par un cheval efflanqué, la carriole d'un marchand de bois nous croise, les flancs peints d'images de saints et de martyrs. Des gamins grimpent sur le toit de la boulangerie pour aspirer la chaleur et la saveur aux cheminées de son four, et plus loin dans la rue marche un vieillard cassé en deux et couvert de cages en bois, où protestent de jeunes coqs.

N'ayant plus grand-chose d'utile à faire avant les procès de demain, je prends congé de l'huissier et je passe ma matinée à inspecter Kendal, m'arrêtant à midi dans une hostellerie pour dîner d'une tourte de mouton et de rutabagas. Ragaillardi de la sorte, je consacre l'après-midi à de plaisantes errances à travers la campagne environnante. Un petit moment avant de rebrousser chemin vers mon logement, où je pourrai me préparer à ma rencontre de ce soir avec la veuve Deene, il me vient à l'esprit que je suis dans une humeur d'anticipation crispée qui n'est pas entièrement liée à cette dame ou à ses charmes. Je prends enfin conscience qu'une partie de moi s'attend à demi à apercevoir encore l'animal que j'ai vu hier galoper au côté de notre coche, et j'éclate de rire à ma propre sottise. L'endroit n'est même pas proche de celui où j'ai remarqué l'animal la première fois, qui se situait de l'autre côté de la ville. D'ailleurs, que me soucié-je d'un chien errant ou d'un cheval, ou quelque autre animal que cela pouvait être ?

Regagnant mes appartements, je me change pour revêtir une tenue plus belle, et je poudre de frais ma perruque. Attendant que la silencieuse bataille vespérale des Cieux à l'ouest ait atteint sur l'horizon son terme sanglant, je me coule dans les premières brumes mauves du crépuscule, en prenant grand soin de ne pas être vu de quiconque associé au Palais de justice, et en tenant sous un bras ma canne à pommeau de fer, par crainte des tire-laine.

Avec le crépuscule, un bleu douloureux qui se glace beaucoup trop vite en gris descend sur les collines du Pays des Lacs et, de l'autre côté des champs inondés, un engoulevent en devient fou de chagrin. J'atteins bientôt les limites de la ville, d'où je continue sur la route de Kendal en direction de la chaumière où logent la veuve et son enfant. La boue couleur moutarde qui orne maintenant mes souliers cirés paraît un modeste gage à acquitter, comparé aux grandes récompenses qui m'attendent, je l'espère. Une veuve qui a une grande expérience de la vie de couple, mais une grande envie aussi de renouer avec ses aspects charnels, assure une cavalcade plus satisfaisante que n'importe quelle servante au museau blafard, et je pense bien que l'autorité dont me pare ma charge ne contribuera pas peu à la rendre sensible à mes fantaisies, si singulières soient-elles.

De chaque côté du chemin qui s'obscurcit, les fossés coulent et gargouillent comme un homme transpercé en plein cœur tandis qu'une brume glaciale se lève tout autour, à tel point qu'il me tarde d'apercevoir devant moi les premières lumières de la chaumine sur la route. La dernière fois que j'ai traversé cet endroit, c'était en coche, et l'ambiance n'était point aussi sinistre, mais je me demande pourtant si je n'ai pas commis une erreur. La chaumière est-elle vraiment située si loin de Kendal, ou l'ai-je dépassée dans le noir, si bien qu'elle se trouve maintenant derrière moi ? Résolu, si je n'atteins pas bientôt la demeure de la grosse vieille, à rebrousser chemin jusqu'à mon logis, même si cela signifie que je devrai renoncer à la compagnie de la veuve, je reçois bien du soulagement en prenant un virage, en distinguant enfin la lueur hâve et jaunie de la lampe, vue à travers des rideaux, un peu plus loin sur le chemin.

Des images de la veuve Deene telle que j'aimerais la voir au plus vite emplissant toutes mes pensées, hormis celles qui s'attachent à la délicieuse Eleanor, je presse le pas. À tel point qu'avant de m'en rendre compte, je me retrouve au portail de la chaumière. Un désordre d'émotions descend sur moi, maintenant ; une nervosité singulière, que j'ai déjà connue dans des situations semblables : pour partie, de désir, pour partie, de crainte d'avoir trop espéré, et de me retrouver déçu. Cette fois-ci, il y a quelque chose en plus, un courant souterrain d'inquiétude que je ne puis identifier, mais il faut écarter toutes ces trépidations. Si je dois pendre un homme au matin, alors je veux d'abord empaler une femme cette nuit ; j'avance ainsi d'un pas vif le long d'un chemin sillonné de mollusques pour frapper à la porte striée de goudron.

Le temps d'une patenôtre s'écoule jusqu'à ce qu'on soulève enfin le loquet de la porte et que je me trouve face à l'idiote que j'ai vue traîner hier près du portail à notre arrivée ici. En la découvrant maintenant, je suis moins assuré : est-elle vraiment idiote, ou n'aurait-elle pas plutôt cultivé une lenteur formidable comme une forme d'insolence ? Elle me fixe en silence pendant un laps de temps exagéré avant de daigner parler et, lorsqu'elle le fait, un sourire lascif et complice s'étale, comme un slogan rebelle, sur le mur plat de son visage.

« Vous devez être le juge, non ? »

À sa voix aussi épaisse et gluante que des algues, sa diction paresseuse confère une suggestivité dont je constate vite qu'elle est perpétuelle et coutumière. Quand je lui réponds que oui, je suis bien l'honorable juge Augustus Nicholls et que je m'enquiers de son propre nom, elle me renvoie un sourire à la fois aguicheur et amusé, et soutient mon regard quelques moites instants avant de répondre.

« Moi, c'est Emmy. Mais c'est Mary, que vous voulez. Vous feriez mieux d'entrer. »

Elle m'introduit dans un passage éclairé par une lampe, si étroit que, tandis qu'elle manœuvre pour se glisser derrière moi et clore la porte, nous restons tous deux serrés un moment l'un contre l'autre, face à face, dans ce vestibule aux dimensions exiguës. Son buste lourd est plaqué contre le devant de mon habit, aplati de telle sorte qu'il semble disparaître d'une manière très semblable à la lame d'un poignard de théâtre. Cette sublime compression ne dure qu'un instant, puis la fille passe. Tandis que je me tourne pour avancer vers la pièce éclairée à l'autre extrémité du couloir, je l'entends fermer la porte et tirer un verrou.

Une autre porte, entrouverte, part du corridor sur ma droite et, comme nous la longeons, je jette un coup d'œil à l'intérieur. Bien qu'elle ne soit éclairée par rien d'autre que la clarté qui filtre du passage que nous remontons, je puis distinguer dans la pièce un vaste arrangement d'assiettes peintes et des figurines de porcelaine, disposées sur un énorme vieux vaisselier juste à l'intérieur de la pièce, qui paraît d'une propreté immaculée et arbore sur son plancher un tapis aux riches motifs. En compagnie du vaisselier, je note aussi un tabouret ornementé et une curieuse table basse en cerisier poli. Bien que je ne puisse contempler au passage la totalité de cette pièce de façade, j'en tire l'impression d'un petit espace net tellement rempli d'objets de famille fièrement exposés qu'il n'y a plus de place pour y entrer. L'aspect de la pièce, impeccable et inutilisé, contraste complètement avec la façade décrépite de la maison, mais je continue d'avancer vers la lumière, là-bas au bout du couloir, sans y penser davantage. Emmy marche derrière moi et j'entends ses pieds plats et nus sur le plancher. J'entends son souffle.

Le couloir me conduit à une pièce si différente de celle que je viens de croiser qu'elles pourraient se trouver sur deux continents différents, séparées, non point par quelques mètres de couloir, mais par un océan. De ma contemplation de l'impeccable pièce de façade tellement remplie de biens précieux, je plonge dans un galetas sordide où le grain grossier des murs est chargé de suie, et où flotte une omniprésente odeur de moisi, d'ordure en putréfaction et de ces relents de vieillardes, qui évoquent les tripes et l'urine. Je comprends que c'est ainsi que les pauvres doivent choisir de vivre, en accumulant tout ce qu'ils possèdent de beauté, de qualité ou de valeur dans une pièce entretenue simplement pour l'exposition, où eux-mêmes ne peuvent point entrer, sinon pour épousseter et nettoyer. Leur existence véritable se déroule derrière ces autels surchargés, dans des porcheries sans joie comme celle-ci, sur le seuil de laquelle je me tiens maintenant.

La pièce est chauffée par une alliance de cheminée et de fourneau en fer et ardoise insérée dans le mur du fond, mais de façon étouffante. À côté d'elle, sur un tabouret aux pieds cambrés contre lequel est appuyée sa canne, siège la vieille femme ridée et obèse que j'ai aperçue hier, ses yeux, tels des charbons dans du fromage blanc, rivés sur moi tandis que j'entre dans la pièce, tête baissée pour éviter les poutres basses en chêne. En la voyant de plus près, je note qu'elle est affligée d'un épanchement des poumons, si bien que sa respiration siffle, que sa monstrueuse poitrine enfle comme une marée sous son tablier et qu'un frémissement ride à chaque inspiration le flot de sa chair, de ses bajoues et de son cou goitreux.

Au centre de cette salle malodorante se dresse une table, bien trop massive pour un espace aussi réduit ; on dirait qu'on a bâti la chaumière autour d'elle, car elle est beaucoup trop large pour passer la porte, et très ancienne, au surplus, sa surface balafrée par des couteaux de table depuis longtemps brisés entre des mains depuis longtemps mortes. Cinq chaises sont disposées autour de la table, deux d'entre elles déjà occupées par Eleanor et sa charmante mère, qui, à mon entrée, lèvent toutes deux les yeux et sourient. J'avais tout à fait oublié combien leurs yeux étaient verts, et je décide que je supporterai ce décor misérable, s'il est illuminé par tant de grâce.

« Juge Nicholls ! Vous êtes venu, comme vous l'aviez promis. » C'est la veuve Deene qui parle, et l'enthousiasme, l'anticipation de sa voix font naître en moi l'assurance satisfaite que tout se passera bien entre nous. Repoussant sa chaise avec un raclement sur les rudes dalles de pierre, elle se lève de son siège et traverse la pièce pour me saluer, plaçant sur mon coude une main défaillante tandis qu'elle me guide vers ma place, face à la sienne. Adossée au chambranle de la porte du couloir, Emmy contemple l'assemblée avec un sourire narquois. Tout en tentant d'ignorer cette fille, je bavarde avec la veuve et avec Eleanor jusqu'à ce que la vieillarde bouffie assise près de l'âtre interrompe un moment ses chuintements pour s'adresser à nous tous.

« Nous allons servir le repas, à présent. Emmy, arrête de bayer aux corneilles devant le monsieur et viens m'aider à me lever, que je puisse faire le service. » Sa voix, traînée hors d'un trop-plein de congestions, gargouille comme un marigot.

Emmy, avec un soupir expressif, abandonne sa position à la porte et va à la cheminée assister la vieille enflée dans ses efforts pour se lever de son tabouret. Toutes deux – je suis désormais convaincu qu'elles sont mère et fille – se mettent ensuite en devoir de verser de grands bols de ragoût d'une marmite sortie du fourneau, bols qu'elles déposent devant nous. Emmy vient prendre son siège à côté du mien, avec force sourires madrés en coin, tandis que la vieille, avec quelque difficulté, dépose sa masse sur la chaise placée en bout de table.

Ayant suffisamment recouvré son souffle, elle entonne le bénédicité : « Doux Seigneur, bénissez ce repas que nous avons préparé pour notre hôte, et puissions-nous réussir dans toutes nos entreprises. »

Bien que fruste et peu conventionnelle, la prière ne manque pas d'à-propos. J'entreprendrai la veuve Deene ce soir, si la chance est avec moi, et j'espère ne point manquer de réussite dans cette aventure. Murmurant donc un « Amen » qui vient du fond du cœur, je lève ma fourchette et je commence à manger, souriant à la veuve par-dessus la table et recevant son sourire en retour. J'y imagine quelque secret, qui ne concerne peut-être que nous deux. Encouragé de la sorte, j'attaque avec une satisfaction redoublée le monticule de bœuf et de légumes amassé devant moi, agréablement surpris par la succulence que je trouve à son goût.

Tout en chipotant avec leur nourriture, les femmes assemblées me regardent attentivement dévorer la mienne, en appréhendant sans doute qu'une chère si simple et rude ne soit pas à la hauteur de mes attentes raffinées. Désireux d'apaiser leurs craintes, j'enfourne de grandes fourchetées derrière mon menton et, entre deux mastications, je loue l'excellence du repas, car, en toute sincérité, c'est un délice. Fortement épicée et poivrée, chaque bouchée fait naître une pellicule de transpiration sur mon front et ma lèvre supérieure, un picotement dans mon palais par lequel ma bouche devient caverne ardente et infernale, avec les molaires pour stalactites, où se concentre chaque iota de ma conscience. Avec des gaillards de ma trempe, qui ont du goût pour le feu et le poivre dans leurs plats, supporter les rigueurs d'un tel repas participe de son attrait. Affolés par l'inflammation de ma langue, il semblerait que les autres instruments de ma sensibilité soient de la même façon plongés dans une condition nouvelle : les yeux peuvent pleurer, les tympans tinter et un fourmillement de sympathie circule à travers la chair de tout mon corps. J'ai souvent pensé qu'un tel état devait être voisin de celui décrit par les mystiques, dans lequel toutes les autres considérations corporelles sont balayées par l'intensité d'une expérience divine.

Je songe à Francis, à ses yeux caves et ses bredouillements, à la crainte qui l'emplit depuis qu'il a brusquement cessé de travailler auprès du docteur Dee ; à son attitude d'homme sous le coup d'une sentence, qui doit cependant endurer une attente longue et cruelle, tandis qu'on dresse l'échafaud. Je ne puis m'empêcher de songer qu'il aurait pu limiter sa propre exploration du sublime à la dégustation d'un plat simple, tel que celui que j'ai actuellement devant moi, dans mon assiette déjà à moitié nettoyée, tant j'ai bon appétit.

Tandis que je m'abîme dans cette songerie culinaire, les femmes assises autour de moi mangent en silence, hormis le tintement du couteau contre la vaisselle, avec maints regards dans ma direction ou entre elles. Eleanor, qui a dû recevoir une moindre portion que nous autres adultes, a déjà vidé son assiette et, se tournant, la tend vers l'affreuse vieille tachée par l'âge qui préside la tablée, à la droite de l'enfant.

« Grand-mère ? Je peux en avoir encore ? »

À cette demande, la vieille montagne de graisse amassée fait pivoter sa tête en direction de l'enfant d'une manière déconcertante ; son cou est tellement enflé qu'il paraît ne pas bouger, ses traits semblant nager on ne sait comment sur ce visage de pâte pour faire face sur un autre côté.

Elle a la voix coupante et dure, si bien que la petite fille frémit et recule, apeurée. « Je ne suis pas ta grand-mère, méchante enfant ! »

Devant la sévérité de ce reproche, un silence gêné tombe sur l'assemblée, habilement rompu par la veuve Deene qui, avec un sourire nerveux, essaie maintenant d'excuser sa fille. « Mais non, bien sûr, n'est-ce pas, mon agneau ? C'est juste qu'elle a été si bonne pour nous que nous en sommes venus à la considérer ainsi. Nelly, n'est-ce pas ce qui s'est passé ? »

Ici, Eleanor, encore pâle et troublée d'être rabrouée, hoche la tête et fixe son assiette vide, ce qui semble amadouer le dragon époumoné à sa gauche. Ce vieux Léviathan flétri se retourne maintenant pour s'adresser à Emmy, assise ici à côté de moi, et donner ordre à la jeune fille de se lever pour servir une deuxième portion aux bouches qui en demanderont.

Pour ma part, je décline l'offre d'un signe de tête, à contrecœur. Une pesanteur s'est abattue sur moi, à tel point que j'ai peur d'avoir peut-être déjà trop mangé. Si cette léthargie repue ne se dissipait pas, je m'inquiète pour ma prestation avec la veuve, plus tard. Je n'aurai pas la force de l'enfourcher, ayant à peine celle de porter à mes lèvres une nouvelle bouchée. À mon refus muet d'une nouvelle portion, Emmy incline la tête d'un côté et abaisse sur moi un regard interrogateur, la louche dans une main et le pot enveloppé d'un linge sous un bras. Ses larges lèvres charnues se plissent maintenant en un sourire lascif avant qu'elle ne parle.

« Je crois que le juge en a déjà eu assez. Regardez cette sueur abondante sur son front, comme s'il faisait trop chaud pour lui, dans la pièce. »

Déposant le pot et la louche sur le dessus de table, elle se penche alors un peu, souriant toujours, si bien que son visage s'approche du mien. Autour de la table, les trois autres semblent toutes nous surveiller attentivement, avec des expressions captivées mais indéchiffrables, très comparables à des oiseaux. Le bout de mes doigts semble engourdi. Au loin, j'entends un choc, je crois qu'il s'agit de ma fourchette qui vient de tomber par terre. De près, je vois qu'Emmy a le teint gâté : des boutons en campements serrés, abrités aux ailes de son nez. Elle a la voix lente et épaisse comme de la mélasse qu'on verse.

« Ne vous tracassez pas pour la chaleur, allons, juge. Ma mère a dit que nous devons toutes retirer nos vêtements pour vous, tout à l'heure. Nous serons bien aises d'avoir poussé le feu si fort, alors. »

Que dit-elle ? De l'autre côté de la table, la veuve Deene parle maintenant sur un ton de reproche que je ne lui ai jamais entendu employer avant. « Prends bien garde, Emmy. Il pourrait ne pas avoir l'esprit aussi embrumé qu'il y paraît. »

L'adolescente ne semble point en tenir compte, et se contente de pencher la tête pour m'examiner de près, comme si elle se faisait une opinion avant de parler. « Oh, non, je crois qu'il a son compte, pas de doute. D'ailleurs, je connais une façon par laquelle nous saurons bien vite. »

Elle se redresse en s'écartant de moi. Sans perdre son sourire, elle soulève ses bras pesants pour les plier derrière son cou où se trouvent les attaches de sa robe, qu'elle commence à défaire. Personne ne dit mot. Le silence règne sur la pièce, à part la respiration laborieuse de la grosse vieille. Mon esprit dérive, et l'idée me vient tardivement que quelque chose n'est pas du tout normal, dans cette salle étouffante.

Emmy s'est maintenant assez dégrafée pour dégager de sa robe les deux épaules, suivies par un bras, et par l'autre. Finalement, avec un sourire triomphal, elle rabat tout l'ensemble au niveau de ses hanches, si bien qu'elle se retrouve complètement nue au-dessus de la taille. Suis-je en train de rêver cela ? Emmy a des seins gros et pleins qu'elle soulève maintenant dans ses mains pour les englober et les soupeser. Des aréoles planes, brun et mauve, surmontent chaque bulbe, leurs pointes violacées tendues comme des pouces de bébé. Elle avance vers moi, soutenant un sein dans chaque paume et, avec une anxiété vague qui me semble lointaine et détachée, je découvre que je ne puis plus bouger. Le chant résonne plus fort dans mes tympans, quoique j'entende encore Emmy, car elle parle près de mon oreille.

« Eh bien, là. Qu'est-ce que vous pensez d'eux ? Est-ce que la paire n'est pas charmante ? Allons, je parie que vous aimeriez les téter, si vous en étiez capable. C'est ce que les messieurs aiment à faire, m'a-t-on dit. »

Elle incline maintenant son corps plus près de moi, et son odeur musquée me suffoque. Soulevant un sein, elle dirige la pointe vers ma bouche béante et molle, la frottant de long en large contre ma lèvre inférieure, si bien qu'elle se plie et se tord, puis se redresse brusquement contre mes dents. J'essaie de les refermer sur le bourgeon glissant, mais je ne le puis.

« Arrête, maintenant, Emmy ! » C'est la veuve Deene qui parle. « Je supporterai les façons de cette famille tant que j'en ferai partie par le mariage, mais tout le monde ici n'a pas envie d'assister à ta débauche, de nuit comme de jour. »

En réponse, Emmy balance lascivement son corps d'avant en arrière, de telle façon que son sein va et vient entre mes lèvres engourdies, immobiles. Il semble que la vieille dame assise au bout de la table trouve l'effet si comique qu'elle se met à glousser, dans les profondeurs de ses poumons pollués et délabrés. L'hilarité étant contagieuse, la petite Eleanor affiche à son tour un sourire torve, tout en jetant des regards prudents vers le visage tendu de sa mère, la veuve Deene, comme pour demander s'il lui est enfin permis de rire. Finalement, elle ne peut plus se contenir, et son amusement trouve un exutoire en des bruits de reniflement par le nez ; dès lors, la veuve n'arrive plus à préserver son humeur sévère et offusquée, pouffe à son tour et les voilà qui rient toutes les quatre, maintenant.

Leur gaieté persiste un moment et finit par expirer quand Emmy retire son sein de ma bouche, une perle de bave isolée pendue à sa pointe comme à une potence par un filet de salive. La fille recule d'un pas pour mieux me considérer ; elle a maintenant un sourire dédaigneux, débordant de mépris.

« Il n'en a plus pour longtemps, maintenant. Nous devrions commencer à le dépecer, une fois que nous aurons retiré nos vêtements pour ne pas risquer de les tacher. »

La vieille parle, maintenant, quelque part sur ma droite. Ma tête repose, molle, contre le dossier de ma chaise et je n'ai pas la force de la tourner, je dois me contenter d'écouter la harpe de phlegme de sa voix.

« Ne dis pas de sottises, ma fille. Regarde comment ses yeux vont de droite et de gauche ! Il a encore de la vitalité en lui, et si nous le découpons maintenant, ça va sauter partout. Nous allons patienter, jusqu'à ce qu'il ne soit plus. Quand le sang ne circule plus, on fait moins de saletés. »

J'ai peur, malgré la brume d'ankylose qui semble m'envelopper. Ont-elles dit qu'on allait me dépecer ? Je tente de protester, mais je ne peux rien exprimer, sinon un gémissement sourd. Que m'est-il arrivé ?

De l'autre côté de la table, Eleanor se joint maintenant à la discussion, se retournant vers la matriarche assise en bout de table. « Ai-je l'autorisation de t'appeler Grand-mère, à présent ? » La femme tousse une permission bourrue, et Eleanor continue : « Grand-mère, il fait tellement chaud ici. Est-ce que je peux retirer mes affaires, comme Tantine Em ? Tu as dit qu'on le ferait, plus tard. »

Ici, sa mère, Mrs. Deene, s'empresse de protester. « Peu

importe ce que fait Tantine Em. Je veux pas te voir grandir en prenant les manières de la famille de ton père. »

Maintenant, la mère d'Emmy, entrant dans mon champ de vision, pousse sa vaste masse en avant sur son siège pour coller les coudes sur le dessus de table et foudroyer la veuve Deene d'un féroce regard de rancœur. « Ta Nelly est aussi impliquée que nous autres dans tout ceci. C'est ce que nous avons convenu, et c'est ce qui se fera. Tout ça n'a qu'une seule raison d'être : son père, ton époux. Le frère d'Emmy, et mon fils. Tu es entrée par le mariage dans cette famille, maintenant, ma petite Mary, née Deene, et tu es une Deery. Les Deery se serrent les coudes. »

Il y a un silence pendant lequel son interlocutrice plus jeune semble se recroqueviller sous cet œil inflexible. Elle laisse tomber le regard dans son giron et se tient coite, après quoi la harpie continue, s'adressant de nouveau à Eleanor.

« Si tu as envie de retirer tes vêtements, comme nous en avons toutes décidé, alors fais-le, afin qu'ils ne soient pas éclaboussés et tachés quand nous entamerons la boucherie. En fait, nous ferions toutes mieux de commencer à nous dévêtir. Il sera mort avant que j'aie quitté mes jupons, vous verrez. »

C'est pour moi un effort, maintenant, ne serait-ce que de respirer, et des déferlantes d'obscurité se brisent en moi, se retirant avec un raclement de filets d'écume sur les galets de mes pensées, brassant des idées enfouies pour les ramener dans les miroitements de la lumière. Je songe à Francis et je comprends sa façon de sursauter à chaque grincement de porte. Je songe à Dee. Je songe à Faxton, mais je ne puis en invoquer une image dans ma tête. Tout ce que je vois, ce sont des rues vides qui contournent des ruines lamentables avant que celles-ci disparaissent à leur tour, et qu'à leur place s'étende un grand oubli d'herbe, que ne marquent ni clocher, ni enclos, ni caniveau.

Tout autour de moi maintenant, les femmes retirent leurs vêtements dans un grand concours de chuchotements et de rires. Eleanor passe en sautillant, son corps dénué de jupes et de poil paraissant presque dépourvu de genre, pour assister sa grand-mère au dévoilement interminable de son énorme forme blanche ; le ventre pendant en replis au-dessus des génitoires presque à nu, dont les rares poils qui subsistent sont d'un gris jaunâtre, comme du suif de chandelle, renversé et sale. Appuyée nue à l'autre bout de la table, Emmy, ses fesses blanches posées sur le bois sombre couvert d'entailles, aide Mrs. Deene à démêler ses cheveux auburn. S'appelait-elle Deene ? Ou était-ce Dee ? Ou Deery ? Je n'arrive plus à me souvenir.

Elle s'assied et me fait face de l'autre côté de la table, sans rien porter sur elle, et elle fixe mon visage des yeux tandis qu'Emmy commence à tresser pour elle ses cheveux châtains. La salle est une véritable fournaise et je regarde un globe cristallin de sueur traverser la clavicule de la femme assise pour disparaître dans la traînée de lumière entre ses seins. La scène me rappelle beaucoup quelque chose que j'ai déjà vu, des femmes humides qui se coiffent mutuellement, mais, prisonnier du brouillard comme je suis, je ne puis le situer.

À ma droite, la grand-mère de Nell enjambe sans pudeur le chaos de ses dessous répandus autour de ses pieds. Aidée par ce chérubin d'Eleanor, elle récupère ensuite un coffret de couteaux quelque part au-dessus du fourneau. Sélectionnant sur le plateau des couteaux à découper, elle se met en devoir avec la petite fille de les affûter contre une brique de l'âtre que je ne puis voir, n'entendant que le crissement rythmé du fer sur la pierre. Il y a dans mon ventre une douleur terrible qui semble pourtant détachée de moi, comme si elle concernait quelqu'un d'autre. Les vagues de lumière et d'ombre qui paraissent déferler sous mes yeux à travers la pièce encombrée se succèdent plus vite, désormais, comme des vaguelettes.

Lassées d'attendre que mon souffle étouffé cesse, les femmes nues en viennent à m'ignorer. Assises autour de leur table, elles causent de petites choses, comme si je n'étais pas en train d'agoniser parmi elles. Elles discutent de leurs ennuis de santé, du prix du grain et de ce qu'elles feront lorsque John sera sorti de prison. Sans vêtements, elles ne semblent pas humaines, mais plutôt un groupe de sœurs funestes, Parques ou Gorgones sorties de la légende. Tout autour d'elles flotte une luminescence vaporeuse qui paraît se fondre sur ses bords en nuances subtiles. Le moindre geste laisse des traces dans l'air derrière lui, un bras qui descend se transformant en fait en plumage scintillant, déployé et splendide. Elles parlent, mais je ne peux plus discerner aucun sens dans ce qu'elles disent.

Leurs paroles sortent d'un glossaire de lumière, leurs lèvres remuent en silence, comme de l'autre côté du miroir de voyance, et à mes oreilles le chant a atteint une clarté parfaite, ses canons et ses phrases maintenant résolus. Par-dessus le rugissement des hauteurs, chaque syllabe étrangère est lumineuse et sonore, douloureusement familière dans sa profondeur exotique, un murmure stratifié qui se répercute en toutes choses. Je connais ce chant.

Je le connais.

Complices ès tricots

1705 après J.-C.

À l'intérieur de la tête des hiboux et des fouines logent des joyaux qui apporteront une cure à la fièvre ou à la colique. La foudre est la jouissance de Dieu, qui frappe le frêne où Sa semence se développe entre les racines, avec des têtes arrondies et de fines queues. Une femme ou un homme peuvent prendre ces semences en bouche, et obtenir ainsi la Vision, si bien qu'ils peuvent assembler toutes leurs pensées en un feu, pour voyager avec sa fumée vers le ciel. Là, ils rencontreront cigogne et héron qui les emporteront plus haut jusqu'à ce qu'on puisse appréhender la Grande Cathédrale, avec ses voûtes parfaites formées de rien d'autre que de la Loi et du Nombre. J'ai avalé ma propre pisse, et j'ai vu ces choses.

Il n'y a pas une heure de cela, Mr. Danks, le prêtre de Tous-les-Saints est venu avec sa bible et des huissiers dans la cellule que je partage avec Mary ; après quoi, on nous a fait sortir et on nous a pendues à une potence, à la porte nord de la ville, jusqu'à ce que nous soyons à l'article de la mort, le gosier pratiquement broyé. La corde coupée, on nous a ensuite attachées ici. Arborant maintenant les brûlures de la corde comme un prestigieux collier de charge, nous sommes assises, à demi conscientes et resplendissantes sur notre trône de fagotins.

Ligotée ici à côté de moi, Mary a mis sa petite main chaude dans la mienne. Elle n'a pas plus peur que moi, apaisée par la brise qui souffle des terrasses invisibles, rassérénée dans cette clarté mauve qui embrume leurs prairies, la nuit. Même si notre lynchage ne nous avait pas tant serré la gorge, nous interdisant tout discours, il n'y aurait nul besoin d'échanger un mot entre nous pour le savoir. C'est le même Royaume, la même idée du Royaume, où l'idée du Royaume est le Royaume même. Ils vont me brûler, et je n'ai pas encore vingt-cinq ans.

Sur les prairies froides de mars, les oiseaux édifient un ouvrage délicat et terrible à partir de filets de chant, de jeux d'échos. Nous sommes toutes deux les dernières à être ainsi assassinées par le feu en Angleterre. Ceci, des esprits malins nous l'ont assuré, et des créatures colorées qui vivent dans des villes supérieures où tous les jours ne font qu'un, où il n'y a ni hier, ni demain non plus. Après cela, fini ce suif humain autour d'une mèche de jupon. Fini, la belle joue fardée de cloques.

Maintenant, je soulève lentement mes paupières alourdies jusqu'à avoir les deux yeux ouverts, à l'instant précis où Mary agit de même à côté de moi. Voyant cela, le bétail attroupé devant notre bûcher se récrie bruyamment, étonné, et recule d'un pas, leurs trognes, sorties d'une étable, malades de terreur. La veuve Pic, qui a affirmé nous avoir entendues parler de tuer Mrs. Wise, dessine maintenant une croix sur son sein flétri et crache, tandis que le pasteur Danks commence à lire d'une voix forte son livre mangé aux mites, ses mots s'essuyant sur le matin comme des taches de cendres.

Si vous saviez seulement, macaques de grange, ce que vous avez brûlé ici. Ce n'est point pour mon compte que je dis ceci, mais pour Mary, qui est belle quand je suis sans charme. Si vous pouviez voir le coin de ses yeux quand elle dit quelque chose de drôle, alors vous la connaîtriez. Si vous connaissiez le goût fort de sa chatte quand elle n'est pas encore pleinement éveillée le matin, vous détourneriez les yeux de honte et vous éteindriez vos torches. Capturée dans sa toison de dame, ma salive se changeait en joyaux, et chacun d'eux contenait en aquarelle la demeure de petits homoncules brillants. Quand elle monte l'escalier, c'est comme une chanson, et à l'heure mensuelle du sang, elle sait parler la langue des félins ; mais après tout, que représente cela ? Tout cela compte pour rien. Mettez-y le feu, réduisez le tout en cendres, ses cheveux roux, les dessins qu'elle fait.

Je veux bien reconnaître que nous avons conversé avec ces neuf Ducs qui règnent sur l'Enfer. Maintenant que j'ai vu ce lieu, il n'a plus de terreur pour moi, car il est beau, et son embouchure s'orne de joyaux précieux. Ce n'est que la face du Ciel telle que les dupes et les craintifs la voient et, dans tout mon commerce avec ses Ambassadeurs, je les ai connus gentilshommes, à la fois majestueux et beaux dans leurs manières. Bélial ressemble à un crapaud de verre merveilleux, aux yeux nombreux, en un cercle autour du front. Il est profond et pourtant inconnaissable, tandis qu'Asmodée ressemble davantage à un tissu délicat de dessins qui entourent la tête : sarcastique, féroce et habile aux arts de la mathématique. Malgré leur courroux et leurs caprices, ils ne sont point tant mauvais qu'étrangers à nous, et plus que jolis en leur façon, si bien que vous devriez envier ceux qui contemplent d'aussi splendides effets de la Nature.

Maintenant, un homme aux sourcils épais que je ne connais pas avance avec sa torche, et la porte à des chiffons noués et de la paille, au pourtour des fagots. Nous fermons les yeux et poussons un soupir. Plus très longtemps, mon amour. Plus beaucoup de chemin à faire. Les balcons invisibles ne sont plus si haut au-dessus de nous, maintenant.

Nous nous sommes rencontrées quand j'avais quatorze ans. J'avais quitté Cotterstock pour Oundle, plus loin sur la route, parce que mes parents ne voulaient plus de moi. Mary avait exactement le même âge ; elle était pâle et tachée de son, avec des jambes et des bras robustes. Elle m'a laissée me cacher dans l'arrière-cour de son père pendant ces premiers mois de froid, et dans sa chambre certaines nuits, s'il advenait que son frère et sa sœur n'y soient point. Nous parcourions la ville, et à quels jeux nous jouions ! À la tombée du soir, nous nous mettions au défi de rester là, en contrebas du passage pavé de l'hôtel de Talbot, qui mène à la cour sombre, derrière. Nous jurions entendre le fantôme de la vieille reine Marie qui avait dormi là la nuit avant qu'on lui coupe la tête, et qui arpentait le palier à l'étage, la tête calée sous son bras. Poussions de petits cris. Serrions chacune nos bras autour de nous, là, dans l'ombre.

Parfois, nous nous aventurions de l'autre côté des dalles lavées de pisse et de bière de la cour, traversant jusqu'à Drummington Lane, derrière le Talbot. Nous nous tenions là, pour écouter le Puits du Tambour, qui avait résonné d'un fracas semblable à un roulement de tambour la nuit précédant la mort du roi Charles et aussi en d'autres occasions, comme à la mort de Cromwell. Nous tendions l'oreille et retenions notre souffle, bien qu'aucun son ne résonnât jamais.

Nous courions dans les prés pour nous cacher parmi les cytises, et nous imaginions être des sauvages au cul bleu venus d'Afrique, qui rampaient là à demi nus avec des expressions féroces et cocasses entre les tiges assoupies qui dodelinaient. Nous nous enfoncions un doigt l'une en l'autre, commençant par en rire avant de nous échauffer et de devenir graves. Nous avons trouvé une musaraigne morte, raide et lustrée comme si la mort n'était qu'une couche de vernis. Un après-midi j'ai regardé Mary faire pipi dans les primevères, fermé mes yeux sur la broche ondulante d'or tressé qui creusait dans la terre sous elle une rigole d'écoulement, mais j'entendais quand même le gazouillis de sa musique et je revoyais dans ma tête la natte de son jet.

Voici maintenant le premier baiser de la fumée, un bécot affectueux d'époux, sur le nez ; tout comme avec un mari, nous gardons toutes deux les yeux clos pendant qu'il se prolonge. Le moment vient bientôt où il fourre sa langue âcre et étouffante jusqu'à la moitié dans nos gosiers. Des piqûres d'orties, rudes et cuisantes, se lovent là derrière nos narines blessées. J'espère que les fagots ne sont pas en bois vert et humide, ni en aucune façon lents à se consumer, car lorsque notre pacte a été conclu, l'Homme au Visage noir a assuré que nous ne connaîtrions pas les feux du châtiment. Un silence sifflant mousse dans mes oreilles, comme face à une approche insondable, mais meurt rapidement, réduit dans le crépitement de papier froissé qui est maintenant tout autour de nous. Chut, Mary Phillips, et n'aie crainte, car on nous a fait une promesse, à toi et à moi.

Nous avons trouvé un emploi qui me convenait, et déniché aussi à Benefield une petite chambre où j'ai pu loger, ces dix années suivantes, même s'il se passait rarement un jour où nous n'étions pas en compagnie l'une de l'autre. Tandis que nous grandissions, la grande aventure qui existait entre nous a pratiquement été notre coracle, qui nous a emportées avec le temps hors de ce pays de cytises, plein de fantômes et de jeux secrets, pour nous rejeter au milieu de ces îles bourrues que sont les hommes.

Les hommes. Nous nous y sommes vautrées, au cours des quelques années qui ont suivi, n'est-ce pas, Mary ? Même si, je le confesse, je m'y suis vautrée plus que toi, tu n'as point rechigné à ta part. Cantonniers, bedeaux, patrons de pubs et équarrisseurs qui avaient encore sur les mains la puanteur du meurtre. Ils nous payaient une petite bière dans la salle du pub du Talbot ; nous prenaient contre le mur d'enceinte comme ils auraient pissé un coup, en titubant sur le chemin du retour vers leur femme et leur foyer. Pour cette raison, je n'ai pas souvent dormi avec eux, mais lorsque c'est arrivé, j'ai été surprise. Quand ils ne sont pas éveillés, ils sont plus doux au toucher, et plus semblables aux femmes. Quel dommage, alors, qu'ils se lèvent jamais.

Et ils se levaient, pourtant. Ils quittaient le lit avant moi, partis avant que j'aie pleinement ouvert les yeux, et quand je les voyais le dimanche se promener avec leur famille, seules les épouses me regardaient, le visage dur. Si elles m'apercevaient plus tard au marché, alors qu'elles étaient en groupes de deux ou trois, elles me criaient : « Regardez-la passer, la catin ! », ou sinon apprenaient à leurs petits à me narguer en criant : « Shaw la putain » et « Nell la traînée », partout où j'allais. Comment se fait-il que le jeu plaisant et simple du pain dans le fournil suscite tant de mépris, de honte et de misère ? Pourquoi devons-nous prendre la plus douce part de notre être pour en faire un silex de plus auquel nous nous blessons nous-mêmes ?

Il se produit maintenant quelque chose d'étrange. Me tordant dans mes liens, j'ai motif à nouveau d'ouvrir les yeux, sur quoi je découvre que tout est suspendu. Le monde, la fumée, les nuages, la foule et les flammes qui sautent, tout cela est figé et immobile. Arrêté.

Comme ce royaume est étrange et charmant, quand tout mouvement l'a fui, comme son exactitude est parfaite. Les franges dragonnantes de fumée pétrifiée, à l'examen, possèdent une beauté qui est perdue pour la vision normale, où de petites franges identiques par la forme s'épanouissent, telles des fougères, à partir de la crosse mère qui se tord. Et dire que je n'avais jamais remarqué.

En baissant les yeux, je n'éprouve qu'une légère surprise en constatant que nous brûlons, Mary et moi. Quoi, nos tristes jupons n'ont jamais paru si beaux que maintenant, noyés de feu, de lumière et de couleur : constellés de rubis par des flammes immobiles. Il n'y a ni douleur, ni même chaleur, bien que je voie que le feu a rendu l'un de mes pieds noir. En lieu de douleur, j'éprouve une tristesse fugace, car je tenais mes pieds pour ce que j'avais de plus joli, même si Mary dit qu'elle aime mes épaules et mon cou. Quand nous serons dévêtues de toute forme, nous quitterons nos cendres, véritablement nues, et il n'y aura nulle partie de nous qui ne sera belle.

Bien que Mary soit étouffée bien au-delà de toute possibilité de parler, j'entends sa voix au-dedans de moi, qui me dit : Elinor, oh, Elinor, et m'enjoint de regarder profondément dans les flammes qui, je ne sais comment en l'absence apparente de mouvement, ont monté à ma poitrine comme un farouche blason.

Je contemple ces glaçons inversés d'or et de lumière, et en chacun figure un moment, minuscule et complet, captif de l'ambre scintillant. Voici mon père, rossant ma mère tandis qu'elle se plie en hurlant sur la table de la cuisine, une scène aperçue comme par une porte entrebâillée. Voilà le rêve que j'ai fait quand j'étais petite, d'une maison sans fin emplie de plus de livres qu'il n'en existe en ce monde. Voici le jour où je me suis ouvert l'épaule sur un clou, et là, la musaraigne morte, cirée et froide.

Sous la base de chaque flamme, se trouve une absence immobile, claire : un intervalle mystérieux entre la mort de la substance et la naissance de la lumière, où le temps lui-même est suspendu dans ce néant de transformation, cette pause entre deux éléments. Je comprends, maintenant, qu'il n'y a jamais eu qu'un feu unique, qui flambait avant que le monde débute et ne sera pas éteint tant que le monde n'aura pas pris fin. Je vois mes compagnons dans la flamme, ceux qui sont à naître et ceux qui sont morts. Je vois le petit garçon au cou tranché, je vois l'homme en haillons qui siège dans un crâne de fer ardent. Je les reconnais presque, j'ai presque conscience de ce qu'ils représentent, comme les lettres d'un alphabet barbare.

Il ne s'agissait au début que d'une simple plaisanterie, le dessin tracé avec du sang de cochon, la chandelle. Nous n'imaginions pas qu'il en sortirait quoi que ce soit, ni que cela s'accomplirait avec une aussi terrible facilité. Certains noms ont été prononcés à voix haute, et finalement, il y a eu des réponses qui semblaient venir d'un lieu obscur ; sortir d'un brouillard vivace descendu dans nos pensées. C'était en février de l'an dernier, quand tous les étangs portaient coiffe de glace.

Accroupies nues en grelottant dans ma chambre exiguë, nous avons écouté les mots nouveaux que nous percevions en nous, cette écoute étant d'une sorte qu'on ne peut accomplir par les oreilles et qui, parfois, ressemble davantage à un changement d'humeur ou de vision qu'à un discours. Elle nous a dit bien des choses.

Nous sommes tous, chacun de nous, les éclats douloureux et sanglants d'un Dieu qui a été déchiqueté par le cri de l'Éternité à sa naissance. Quand la totalité des jours sera échue, Celle qui est Épouse et Mère de chacun de nous réunira toutes les bribes d'existence éparpillées, en un seul lieu où nous saurons de nouveau ce que nous savions au commencement des choses, avant cette affreuse dispersion. Chaque être se divise entre ce qui est et, sinon, ce qui n'est pas. Des deux, la seconde part est la plus grande, et a plus d'importance. Connaître la pensée, c'est se trouver en un autre pays. Tout est réel. Tout.

Rien de plus qu'une voix intérieure, au début, l'Homme au Visage noir est devenu apparent par petites étapes. Nous avons d'abord eu la sensation que quelqu'un occupait le siège vide placé dans un coin de ma chambre, mais quand nous vérifiions, il n'y avait personne. Après un temps, nous avons pu toutes deux le distinguer en observant du coin de l'œil, mais si nous le regardions en face, il avait disparu.

Il était à la fois grand et terrible, avec du poil et des moustaches comme un animal, des yeux d'un jaune lumineux et pâle, comme ceux des boucs, dans son visage peint de noir de lampe. Une lumière sombre et mauve flottait tout autour de lui, et il semblait que sa chair soit partout brodée de tatouages, en lignes qui s'enroulaient comme des serpents ou une nouvelle calligraphie. Des objets qui étaient des branches ou des cornes poussaient sur sa tête de chaque côté, et quand il parlait dans nos pensées, sa voix était assez grave pour refroidir l'air. Il nous a dit que nous devions tendre les mains, mais j'ai été seule à oser le faire, Mary ayant trop peur.

Je suis restée là un moment, la main tendue et, au début, je n'ai rien senti sinon l'impression d'être une sotte. À la fin, toutefois, j'ai perçu le contact très léger de quelque chose, comme des doigts qui enveloppaient les miens et qui étaient très froids, par-dessus le marché. Quand il a parlé, c'était à moi seule, car lorsque Mary et moi avons discuté des choses par la suite, elle a confessé n'avoir rien entendu alors.

Il a dit : « Elinor Shaw, n'aie point peur de moi, car j'appartiens à la Création, comme toi-même. »

Il a ensuite dit quelque chose que je n'ai pas compris, puis a demandé à pouvoir nous emprunter quelque chose pendant un an et deux mois. Il ne désirait pas un objet matériel, mais bien quelque chose d'immatériel, à tel point que j'ai eu peur, d'abord, en croyant qu'il me demandait mon Âme. Il m'a rassurée, en me disant qu'il ne me demandait rien d'autre que la simple Idée de moi, pour laquelle il avait un emploi que je ne saurais entendre, et ceci pendant un peu de temps seulement. Même en ce jour de ma mort, je demeure incapable de discerner comment l'Idée de moi pourrait avoir de la valeur, ni pour qui.

Il a promis en retour qu'il nous dirait comment invoquer des Esprits malins et recevoir d'eux conversation et obéissance. Au surplus, il a promis que nous ne sentirions pas les flammes de l'Enfer ou du châtiment.

Je ne sais pas avec certitude de quelle façon a été obtenu le morceau de parchemin sur lequel nous avons apposé notre marque avec du sang pour sceller le pacte. Nous avons un moment cru que notre visiteur l'avait lui-même produit, mais d'où, je n'en sais rien, car il était nu. Il me semble maintenant que le parchemin pouvait se trouver là-haut dans ma chambre quelque temps avant son arrivée, oublié jusqu'à cette nuit où nous l'avons découvert par hasard. L'Homme a insisté pour que nous signions avec du sang, disant que chaque fonction humaine et son fluide sont possédés d'un pouvoir terrible, séduisant pour ces esprits qui ne sont pas eux-mêmes dotés de corps, et qui considèrent donc de telles substances comme une nouveauté. Développant ce point, il a déclaré que nous pourrions laisser les Esprits malins que nous invoquerions téter les sucs de notre sexe, ce qui les amadouerait, les incitant à nous accorder leur faveur. Il a dit cela sans la moindre malice, comme s'il n'y avait pour lui aucune honte en un tel acte. Pour ma part, j'ai rougi, et ma Mary de même, quand je lui ai rapporté la chose.

Ce qui est advenu par la suite, je ne saurais le dire. Dans ma confession, j'ai dit que l'Homme au Visage noir nous avait rejointes toutes deux au lit, et avait pris son plaisir avec nous, et cela est très proche de ce qui s'est passé, mais dans une autre perception des choses que ce dont nous avons coutume. Je ne suis pas sûre qu'il ait jamais été avec nous dans le lit quand nous y étions, en chair et en os, ni que les choses que nous avons pensé qu'il faisait avec nous, nous ne les avons pas, en vérité, faites l'une à l'autre. Cependant, nous avons toutes deux senti sa présence avec nous dans le délire de cet échange et cette confusion, l'intensité d'une présence en rien semblable à l'homme, qui poussait en nous, froide comme la glace mais excitante.

Nous étions avec lui en dehors du temps. Notre lit était tous les lits où l'homme ou la femme ont jamais donné naissance, baisé ou expiré. Quand Mary m'a léché les fesses, elle a pu voir une curieuse fleur de lumière s'y épanouir, si bien que nous avons ri, mais dans nos pensées, la voix de l'Homme au Visage noir nous a dit : « Voyez cette Rose de Puissance. Il y en a une placée près de chacune des portes du corps », après quoi, nous avons repris plus de sérieux.

Quand nous avons atteint notre Joie, il y a eu un moment à nul autre pareil où le monde entier avait disparu et n'avait jamais existé, où il n'y avait à sa place que la plus parfaite blancheur. Nous étions la blancheur, chacune de nous était rendue sublime, et nous n'étions rien. Après, s'il pouvait en vérité exister un après à une telle chose, nous avons dormi jusqu'au matin, où nous nous sommes éveillées pour nous retrouver seules avec une chandelle morte et un parchemin maculé de sang.

Mes bras et mes épaules sont embrasés, maintenant. À côté de moi, sous les jupes de Mary, j'entends siffler et crépiter sa toison d'amour qui grille ; blason animal, secret et sacré, de notre espèce. Quelle splendeur elle doit avoir en ce moment, empanachée de feux splendides, pareille à une vision. Je voudrais y frotter mon visage, baigner mon menton d'étincelles en lieu de salive. Je la vénérerais. Je l'adorerais. Et toujours aucune douleur.

Ces choses dont on nous a accusées, d'avoir en à peine plus d'un an tué quinze enfants, huit hommes et six femmes par nos artifices diaboliques ; de la même manière, d'avoir aussi débarrassé le monde de quarante porcs, cent moutons et trente vaches, ce qui d'après mes calculs suggère que nous avons ensorcelé trois bêtes par semaine. Il y a aussi quelque dix-huit chevaux que j'avais oubliés. Tout autour d'Oundle et aussi loin que Benefield et Southwick, pas une fourmi n'a été écrasée sans qu'on n'assure que nous étions de quelque façon responsables du trépas de la malheureuse bestiole. Lorsqu'ils ont tout à fait épuisé les meurtres dont nous accuser, ils ont commencé à dresser le catalogue de nos péchés plus véniels, établissant que nous étions compagnes de lit et aussi « complices ès tricots », ce qui nous a donné bien des sujets d'amusement.

Que tricotions-nous avec notre cire et notre argile, nos petites aiguilles ? Si je dois être honnête, pour l'essentiel, ce n'était guère qu'amusement égoïste ; mais cependant, plus nous en venions à connaître le Royaume Supérieur et plus il nous touchait, si bien que nous sommes toutes deux devenues plus révérencieuses. Toutefois, nous avons continué à glousser, penchées sur notre tricot, et nous jetions malédictions et charmes en rangs infinis, un mot à l'endroit, un miracle à l'envers.

Si nous pouvions raconter ne serait-ce que la moitié de tout cela, les Esprit malins que nous avons invoqués et nombre de créatures plus hautes de cette sorte, encore. Ainsi que je l'ai déjà dit, la chose est d'une facilité effrayante, pour peu que l'on vous montre comment faire. Nous avions quatre espèces d'esprits malins liés à notre appel, toutes d'emplois et de couleurs différents. Certains d'entre eux étaient compliqués et rouges, et ceux-ci avaient connaissance tant du Grand Art que de diverses autres matières. Certains étaient bruns et conformés comme des anguilles ornementées ou, autrement, comme des torses affublés de queues, et s'ils ne semblaient pas aussi habiles que les autres, nous pouvions entendre nos pensées réciproques dans leur nage et leurs palpitations, et sur leurs vagues envoyer nos rêves à travers le monde.

Certains Esprits malins étaient noirs, avec une peau luisante où le Tout des choses se reflétait comme en un miroir. Ceux-là avaient une apparence d'hommes, quoique de stature plus réduite, et étaient employés pour prophétiser, ou pour voir de loin. Brillant sur leur front, nous avons vu l'époque sombre déjà écoulée, et nous avons connu les jours des pluies de feu à venir, tracés sur leurs ventres d'ébène.

Les Esprits malins blancs ressemblaient à des furets, ou des chats minces peut-être, avec de petites mains comme celles des hommes âgés, et dans leurs traits, un peu du visage d'un vieillard, aussi. Ceux-ci n'avaient d'autre emploi que le mal. Nous ne les avons pas utilisés. Pas si souvent, en tous cas.

Le problème des Esprits malins est qu'il faut leur donner tout le temps une tâche à accomplir, de crainte qu'ils ne se lassent de la compagnie des mortels et ne prennent congé. De plus, il n'est que justice qu'ils soient récompensés de chaque ouvrage accompli, un paiement que Mary et moi leur dispensions couchées sur le dos, dans le cercle de craie, robes remontées et genoux écartés. Après l'avoir donné, nous étions toujours fatiguées. Nous ne pouvions pas les voir tandis qu'ils lapaient entre nos cuisses, seulement les sentir parfois, en train de téter nos petits boutons.

(En cette nuit misérable où Billy Boss, Jacky Southwel, aussi sergent de ville l'un que l'autre, ont été envoyés nous chercher, on nous a examinées. Tous les hommes présents ont regardé ces petits boutons où nous disions que nos Esprits malins nous avaient tétées, et ont paru fort étonnés, comme s'ils n'avaient point vu de telles choses auparavant. Pour les décrire, ils ont dit que cela ressemblait à des tétons ou à des morceaux de viande rouge, dans nos parties intimes. Je plains leurs malheureuses épouses, s'ils ont pris femme.)

À part les Esprits malins, nous avons invoqué des créatures d'une grande singularité qui ressemblent à des chiens monstrueux, parfois appelés Poulains pelus. Ils ont des yeux ardents, et certains sont très vieux. Ils vivent près des carrefours ou des ponts, où existe un choix entre les choses et où le voile entre ce qui est et ce qui n'est pas s'use et s'élime, se déchirant avec facilité.

Ils ont un genre de chiot, bien plus petit et plus hideux à contempler, étant à la fois noir et aveugle, avec de longues langues qui cherchent. Leur présence donne aux choses un climat de peur, mais cela s'épaissit en plaisir délicieux et choquant, si on vient à les toucher. Nous en avons envoyé une paire à Bessy Evans, quand elle a dit qu'elle n'avait aucun plaisir dans la vie, et voyez tous les remerciements que nous en avons reçus.

Je me le rappelle encore, ce matin-là, nous, debout avec Mary dans la cour devant chez elle, et Bessy qui parlait tant et plus de son John, comment il ne l'avait pas touchée depuis un an, et comment il allait dormir dans une autre pièce, séparé d'elle. Nous avons dit qu'elle était sotte de mener si triste vie, sur quoi elle nous a demandé si nous lui enverrions quelque chose pour lui faire du bien. Nous avons juré d'agir de notre mieux, et quand nous l'avons revue le lendemain matin, elle semblait une autre femme, en nous racontant comment dans la nuit elle avait rêvé que deux créatures pareilles à des taupes étaient entrées dans son lit pour sucer ses parties inférieures, tant devant que derrière, ce qui, nous a-t-elle informées, était quelque peu effrayant et cependant agréable en même temps. Par la suite, quand elle a témoigné contre nous, elle a juré que ces visites nocturnes l'avaient tant effrayée qu'elle avait fait venir le pasteur Mr. Danks, qui était monté plusieurs nuits dans sa chambre, où ils avaient prié ensemble afin de bannir les créatures.

Quatre nuits ! De son propre aveu, voilà pendant combien de temps cette grosse truie ingrate a pris du plaisir avec nos chiots subtils avant de songer à appeler un pasteur, et encore : uniquement parce que nous ne voulions plus les lui envoyer et qu'elle désirait avoir un homme dans sa chambre à leur place. Quatre nuits !

Mais je vais vous dire une chose : bien qu'en général ce soient les hommes que j'aime le moins, il y a des moments où je n'aime pas du tout les femmes. Lorsque je songe à ce que nous avons fait pour elles par sympathie, parce qu'elles étaient du même sexe que nous, et comment elles se sont toutes empressées de nous accuser, une fois que la hache est tombée. Quand elles avaient une brioche au four en n'étant pas encore mariées, ou qu'elles soupçonnaient leur mari de coucher avec une autre, elles chantaient sur un tout autre ton, alors. C'était des : « Nell, fais-le-moi passer », ou des : « Mary, rends-la plus grasse qu'une truie, ramène-le-moi. » Nous avons guéri leurs bébés du croup et couvert de verrues par enchantement la queue des hommes infidèles. Nous avons envoyé des joyaux bleus de lumière soulager leurs crampes quand elles devenaient mauvaises, et leur avons donné des formules pour tenir à distance les violeurs et les voleurs. Nous avons déliré, prophétisé et lu l'avenir dans leurs étrons.

Mais avons-nous tué ?

Je crois, oui. La vieille mère Wise, au moins, et oui, le petit Ireland, peut-être. Je ne puis dire que c'était sans intention de le faire, car nous le voulions, assurément, lorsque nous avons jeté nos sorts, mais pour ma part, je le regrette maintenant. La colère, la rancœur, la méchanceté et toutes ces communes humeurs terrestres sont des luxes dangereux que celui qui pratique le Grand Art ne peut se permettre. Elles reviendront à vous, comme des chiens affamés. Elles dévoreront tout.

Avec Mrs. Wise, c'était parce qu'elle ne voulait pas nous vendre de babeurre, même si cela allait plus loin que cela. D'abord, elle tenait compagnie à toutes les commères du village, ces langues de rat qui nous traitaient de putains, et partageait cette opinion avec elles, tout cela parce que Bob Wise, son époux, avait glissé la main dans mon corsage et qu'il m'avait embrassée alors qu'il était soûl, l'avant-dernier Jour des Labours.

C'est drôle, maintenant que j'y réfléchis : pour le Jour des Labours, il avait revêtu le costume du Sorcier, comme quelqu'un le fait toujours, chaque année. Il avait le visage peint en noir, et portait des rameaux et des branches attachés sur sa tête comme des cornes, car ainsi le veut la tradition. Je lui ai demandé s'il portait des cornes parce que sa femme se roulait dans le foin avec un autre, à quoi il m'a répondu qu'il se fichait bien de savoir où elle était, du moment qu'il m'avait à sa place ; ensuite, il m'a embrassée sur la bouche et m'a attrapé le téton un petit moment. Il était trapu et vulgaire, et loin d'être aussi grand, mais pourquoi n'ai-je pas pensé au déguisement de Bob Wise, la première fois que nous avons invoqué l'Homme au Visage noir ? Que signifie cette ressemblance, et pourquoi n'y ai-je pas songé jusqu'à maintenant ?

Peu importe. Quand sa femme a refusé de nous donner du babeurre, elle m'a accusée d'être toutes les catins sous le soleil par-dessus le marché, si bien que je me suis mise en colère et que je me suis souvenue de toutes les fois où j'avais longé les étals du marché d'Oundle, leurs hurlements et leurs quolibets résonnant encore dans mes oreilles cuisantes, et moi qui étais trop effrayée et pleine de rage pour répliquer. Je suis arrivée à la maison en fureur, entrant comme un ouragan dans la chambre de Mary pour la réveiller, et j'étais tellement folle de rage que, pendant un moment, elle n'arrivait à rien comprendre de ce que je lui disais. Quand elle m'a eu calmée un peu, j'ai préparé une effigie de cire qui était lardée d'épingles, et Mary a appelé un Esprit malin blanc pareil à un blaireau aux mains de bébé qui répondait au nom de Suce-mon-Pouce, ou parfois, quand l'envie lui en prenait, Jélérasta. Celui-ci est apparu, parlant parfois anglais, mais le plus souvent en une langue que nous pensions être de l'hébreu. Il a soupé du nectar de la Rose de Lumière au ventre de Mary, puis nous l'avons chargé de porter les maux liés à mon marmouset de suif, percé comme un martyr, presque invisible à l'intérieur d'une boule hérissée de clous et d'aiguilles. Cela se passait dans l'après-midi.

Ce soir-là, la veuve Pic est venue nous rendre visite. Bien que le nom de son mari ait été Pearce, on l'appelle la veuve Pic parce que ses cheveux ont reculé sur les côtés, exactement comme cela se passe chez les hommes à l'époque de la maturité, pour dessiner une sorte de pic sur le front. Elle était venue nous demander si nous pourrions lui donner de la chance avec les hommes pour l'année nouvelle, car nous étions à la Saint-Sylvestre, mais nous avions beau lui avoir rédigé un charme, elle ne voulait plus s'en aller et était encore assise avec nous quand notre porte s'est ouverte à la volée et que l'horloge de l'église a sonné minuit. Suce-mon-Pouce est entré, revenu du lieu où on l'avait dépêché, et il s'est coulé sur le plancher pour sauter dans le giron de Mary, où il a savouré sa chaleur et son odeur.

La veuve a regardé l'Esprit malin avec une terreur fascinée, puis elle a détourné les yeux comme si elle n'était pas sûre de ce qu'elle voyait, ni même de voir quelque chose. Sa mine tellement gênée nous a fait rire, car elle nous importunait depuis trop longtemps. Je crois que Mary espérait lui faire peur et la chasser quand elle a dit, en me montrant du doigt : « Regardez-la, la sorcière qui a tué la vieille mère Wise, d'abord en confectionnant une poupée de cire, et ensuite en la lardant d'épingles ! » La veuve Pic est partie tout de suite après et nous en avons ri toutes deux, sans penser qu'il y avait sûrement des choses bien plus prudentes à dire.

Nous avons appris le lendemain qu'après avoir pris congé de nous, la veuve avait filé tout droit à la maison de la mère Wise où, première visiteuse de l'an, elle avait trouvé la femme prise de grandes douleurs, tant que, très peu après minuit, elle en est morte. Dieu garde son âme méchante et chagrine. J'ai moins de regret pour elle que je n'en ai pour le petit Charlie Ireland, que nous avons tué la semaine d'avant, je crois.

Les deux morts n'étaient pas sans rapport entre elles. Dans le cas de Mrs. Wise, Mary a employé Suce-mon-Pouce alors que ma poupée de cire et mes épingles auraient sans doute réglé prestement la besogne toutes seules. Elle a agi ainsi, et avec plaisir, en vérité, afin de fournir de la besogne à l'Esprit malin et de le garder heureux, car c'est un fait que les Esprits malins s'en vont ou s'aigrissent si on ne les tient pas sans cesse actifs, activité qui paraît les rendre plus forts. Étant plus forts, ils exigent plus de travail, et ainsi de suite. Une fois qu'on les a invoqués, il est difficile de savoir à quoi les employer, semaine après semaine.

Mary avait d'abord invoqué Suce-mon-Pouce un peu avant Noël, quand, comme moi avec Mrs. Wise, elle avait été prise d'un accès de colère. Cela avait été causé par Charlie Ireland qui, avec d'autres garçons de son âge, traînait dans Southwick Village où nous passions souvent. Mary était allée à Southwick en espérant trouver un jambon que nous pourrions bouillir pour dîner et, en sortant de chez le boucher, elle s'est trouvée cernée par une bande de garçons, avec Charlie Ireland à leur tête. Encouragé par ses compagnons, il l'a traitée de vieille sorcière et de putain et lui a demandé si elle lui goberait le guilleri pour un quart de penny.

Je ne l'ai jamais vue d'humeur aussi massacrante que lorsqu'elle est rentrée à la maison, ce soir-là. Sans dire un mot, elle est allée dans sa chambre où d'abord, après un silence, j'ai pu percevoir des bruits, comme si elle se donnait du plaisir, et je l'ai ensuite entendue causer à voix basse ; avec quoi, je n'en savais rien. Un peu de temps a passé avant qu'elle ouvre la porte, sur quoi elle s'est révélée, nue, debout, avec la petite créature furet, blanche et lisse, qui chuchotait en français en se lovant autour de ses talons, avant de filer de la pièce, puis de la maison, disparaissant à notre vue.

Nous n'avons pas revu l'Esprit malin cette nuit-là, et Mary m'a dit qu'elle lui avait donné pour instruction de remonter les rues sombres et vides pour trouver la maison des Ireland à Southwick, où il devait grignoter les entrailles du garçon et lui infliger douleurs et maux. L'idée de son désagrément a émoussé sa colère, et nous avons cru toutes deux que cela en resterait là, jusqu'au soir suivant où la créature aux doigts de bébé nous est revenue, une fois de plus.

Elle a arpenté la pièce et babillé en une multitude de langues devant notre cheminée. Elle a paru tout d'abord bouder, puis s'irriter quand nous ne lui avons confié aucun travail à accomplir. L'Esprit malin nous jetait des regards mauvais ou tirait nos robes par l'ourlet, avec ses petites mains chaudes et douces, et n'a point voulu partir, malgré nos suppliques et nos ordres en ce sens. Puis il a commencé à nous houspiller en anglais, disant que nous devions le nommer Jélérasta, maintenant, et qu'il ne nous laisserait point sommeiller que nous n'ayions trouvé une tâche conforme à sa nature.

Aux petites heures du matin, mon humeur au plus bas, j'ai imploré Mary d'inventer une mission pour l'animal avant que je devienne folle ; faiblissant de voir ma faiblesse, elle y a consenti. Suce-mon-Pouce (ou Jélérasta) a été envoyé une fois encore grignoter les entrailles du malheureux enfant et, comme nous l'avons entendu raconter ensuite, lui faire pousser des cris pareils à ceux d'un chien. Quand, la nuit suivante, la créature est revenue nous rendre visite, elle était plus grosse et plus déterminée, ne nous laissant d'autre choix que de la dépêcher une fois de plus à Southwick et dans la demeure des Ireland.

Cette fois-ci, la créature est rentrée presque aussitôt, dans l'heure, paraissant à la fois furieuse et contrariée. Elle nous a dit, passant parfois à d'autres langues dans son exaspération, que les parents de l'enfant, sans doute conseillés par des importuns qui se mêlent de tout, avaient rempli de pisse du garçon une cruche en grès, dans laquelle ils avaient laissé tomber des épingles et des aiguilles de fer, avant de l'enterrer sous la pierre de l'âtre. Suce-mon-Pouce, pour des raisons que l'Esprit malin ne savait expliquer, était empêché par cette protection d'entrer dans la maison. Il était donc revenu pour nous tenir toute la nuit éveillées à force d'affreux pinçons, de tiraillements et de discours de récrimination en langues étrangères.

Le lendemain, hagardes et contrites, nous sommes toutes deux allées voir la mère du garçon pour confesser nos crimes et la supplier de déterrer la cruche et nous la donner, ce qu'elle a accepté de faire, sottement, une fois que nous avons eu promis que son fils serait désormais laissé en paix. Cette nuit-là, l'Esprit malin blanc Jélérasta a tué Charles Ireland dans son lit alors que nous dormions à poings fermés comme des nouveau-nés. Nous avons utilisé les épingles et les aiguilles que nous avions trouvées dans la cruche de pisse pour nous charger de la mère Wise la semaine suivante, après quoi Suce-mon-Pouce a paru satisfait, si bien que nous ne l'avons pas vu depuis ce temps.

Voilà nos crimes. Ceux-là, je les reconnais, mais aucun autre. Nous n'avons pas tué le petit Gorham, ni rendu la veuve Broughton boiteuse pour nous avoir refusé des petits pois. Pas plus que nous n'avons foudroyé le cheval de trait de John Webb quand il nous a traitées de sorcières, car son cheval était mort depuis longtemps quand nous avons rencontré l'Homme au Visage noir pour la première fois. Nous n'étions pas sorcières, alors, et on ne nous traitait pas de telles, seulement de catins. Au surplus, la carne était vieille et pourrissait sur pied. Qui se serait épuisé à user de Sorcellerie pour la tuer, quand une bourrasque de vent aurait suffi à la tâche ?

Certes, quand Boss et Southwel sont venus nous rendre visite, nous avons aisément admis toutes ces choses, comme si nous avions le choix. Ils nous ont toutes les deux rudoyées et fait pleurer, et ils ont déclaré que si nous n'avouions pas, on nous tuerait, tandis que si nous reconnaissions le meurtre de Lizbeth Gorham et de quelques autres, on nous libérerait. Si nous n'avons pas cru à la dernière partie de leur promesse, nous étions convaincues de la première et avons fait pleinement confessé nos actions, tant les véritables que les autres.

À terme, s'est déroulée une forme de Procès, quoique la mauvaise opinion à notre encontre fût si forte, avec Bob Wise et la mère de Charlie Ireland en train de brailler depuis la galerie, que l'issue était évidente avant même de commencer ; après quoi, l'affaire a été conclue avec une hâte indécente, et on nous a emmenées à la prison de Northampton pour y attendre d'être brûlées.

Dès lors, nous n'avions plus de raison de feindre, ni de retenir notre Puissance : tant que nous avons été enfermées, nous avons maudit et ri, tant de jour que de nuit, et causé les plus effrayantes scènes.

Il y a eu un après-midi où l'on a fait entrer des curieux dans la geôle pour visiter les lieux ; pour frissonner d'excitation et de peur, face aux détenus dans leur détresse. Un certain Laxon et sa femme étaient tout spécialement venus voir les célèbres sorcières qu'on devait brûler. Tous deux sont restés un moment devant notre cellule et, bien que le mari n'ait pas eu grand-chose à dire, sa femme abondait en bons conseils. Elle a tenu des discours très pieux sur l'erreur de notre conduite, et nous a dit que la situation prouvait que le Diable nous avait abandonnées, comme il le faisait avec tous ceux qui le suivaient.

On imaginera aisément que je me suis vite lassée des avis de Mrs. Laxon, et j'ai donc eu recours à quelques noms et abjurations murmurés dans la Langue des Anges, si bien qu'au bout d'une petite minute seulement, les jupons et la robe de la femme ont commencé à s'élever dans les airs, en dépit des hauts cris qu'elle et son époux ont poussés en essayant de les empêcher de monter de la sorte, jusqu'à ce que tous ses vêtements soient retournés au-dessus de sa tête, et qu'elle se retrouve exposée dans toute sa nudité. Mary et moi avons ri toutes les deux en voyant cela, et j'ai dit à la femme que j'avais prouvé qu'elle mentait.

Quelques jours plus tard, l'expression sur le visage de Mr. Laxon nous déclenchait encore des fous rires, et nous avons fait si grand tumulte que cela a amené le Gardien de la Prison à notre cellule, et il nous a menacées des fers. Nous avons dit le Gorgo et le Mormo contre lui, après quoi il a été contraint de s'arracher tous les vêtements et de danser nu dans la cour de la prison, une heure ou davantage, jusqu'à s'effondrer, épuisé, de l'écume blanche séchée aux lèvres.

Nous nous sommes amusées et, à la fin, ils nous ont fait sortir et nous ont toutes deux brûlées, réduites en poussière. Ils avaient une Magie plus forte. Bien que leurs livres et leurs mots n'aient point de vie, qu'ils soient tristes et point si jolis que les nôtres, ils avaient une plus grande pesanteur, et nous ont ainsi tirées à terre, en fin de compte. Notre Grand Art concerne tout ce qui peut changer ou bouger dans la vie, mais, avec leurs interminables griffonnages, ils cherchent à immobiliser la vie, si bien qu'elle sera bientôt étouffée, écrasée sous leurs manuscrits. Pour ma part, je préfère encore le Feu. Lui au moins, il danse. La Passion ne lui est pas étrangère.

Je regarde autour de moi, et je vois qu'il est plus tard, et le ciel est sombre, maintenant, alors qu'il y a peu, c'était encore le matin. Où est partie toute la foule ? Mary et moi avons presque disparu : une lueur morne et poudreuse au sein des cendres qui refroidissent. Demain, des petites filles danseront entre nos côtes, ces os courbes et calcinés entassés comme les rognures d'ongles de géants sales. Elles chanteront, et leurs pieds soulèveront des nuages de nous, gris et suffocants, et si le vent venait à souffler nos fragments dans l'œil de quelqu'un, eh bien, alors, on versera peut-être des lames.

Les braises clignent et s'éteignent, une par une. Bientôt, elles ne sont plus. Bientôt, seule demeure l'Idée de nous. Il y a dix ans, dans le champ de cytises, nos regards se croisent et nous retenons notre souffle. Un scarabée cliquette, dans l'herbe. Nous attendons.

Le soleil au mur semble pâle

1841 après J.-C.

Mercredi 17 Nov – me suis éveillé dans maison de Patty & de moi à Northborough ressenti profonde angoisse mais ne saurais dire pourquoi ni de quoi – j'écris maison car ne me sens pas chez moi & ne peux emploier l'expression foyer – ai écrit au matin lettre à Mr. Reid à Alloa & demandé s'il voulait me prêter certains de ses Journaux écossais n'ayant pas lu de Journal depuis quelques années je lui serais très reconnaissant de quelques faits-divers distrayants ou de nouvelles littéraires mais aura-t-il la bonté de m'en envoyer je ne sais – dans ma lettre pour lui j'ai inclus un Chant qui est prévu pour Le Jeune Harold mais je pense qu'il ne vaut pas grand-chose & pourrais ne pas le garder très mauvais temps – tout en « nuages de vapeurs & orages » qui posent sur les choses une lumière mélancolique si bien que je dois me forcer & me dominer si je ne veux pas me sentir d'humeur aussi abjecte que lors de ma détention à la prison Matthew Allen de la Forêt l'après-midi suis allé me promener le long de l'ancien Ruisseau & ai pensé à Mary car en vérité je ne pense à personne d'autre malgré la bonté qu'ont pour moi ma nouvelle épouse Patty Turner & nos enfans je suis bien fortuné d'avoir deux femmes mais je le confesse je m'inquiète de ne pas avoir reçu de nouvelles de Mary depuis si longtemps – je ne l'ai pas vue depuis un an environ & elle n'a pas répondu depuis ma dernière lettre à mon arrivée à Northborough en juillet dernier après ma folle évasion & ma marche dont on me dit qu'elle représente près de cent vingts kilomètres je crains qu'elle ne m'ait oublié pendant que j'étais à High Beech & ai eu de la tristesse en trouvant notre cachette au bord de la rivière là où nous nous sommes assis la première fois quand nous étions jeunes au Printemps de la vie il y a quelque trente ans de cela les fourrés ont recouvert le buisson d'aubépine sous lequel nous avons joué maintenant si bien que je n'ai pas pu distinguer lequel c'était & pourtant l'idée m'est venue que ma première Épouse aurait pu perdre un objet quand l'extase de l'amour nous a ravis sous sa voûte obscure il y a tant d'années de cela – une Dentelle ou une Boucle que je pourrais découvrir par hasard pour peu que j'écarte les branches & les rameaux mêlés pour regarder mais quand j'ai essayé je n'ai réussi qu'à m'enliser jusqu'au genou dans une boue froide & humide & une épine m'a piqué l'œil, si bien qu'il s'est mis à pleurer & m'a presque rendu aveugle d'ailleurs la lumière était mauvaise si bien qu'à travers la fumée qui montait des Champs le soleil argenté ressemblait plutôt à la Lune – je suis rentré à la chaumière en clopinant avec un soulier tout trempé & une douleur au pied qui me fait encore boiter depuis que j'ai marché avec ce soulier abîmé auquel manquait la moitié de la semelle durant mon retour d'Essex à pied Patty était allée faire ses ménages & comme elle était fatiguée a manifesté peu de Compation à mon égard lorsqu'elle est rentrée – je lui ai dit que j'avais cherché la boucle de Mary dans l'Aubépine près de la Rivière & que je me suis blessé à l'œil mais elle s'est fâchée & a refusé d'écouter & s'est lancée dans ses vieilles histoires qu'Elle était mon unique Épouse & que ma tendre Mary et moi ne nous sommes jamais mariés à l'en croire Elle a dit qu'elle ne voulait pas entendre parler de la rivière ni de ce que Mary & moi avons fait là-bas & si je m'étais fait mal à l'œil c'était entièrement de ma faute si je fouinais dans les haies au lieu d'aller gagner un salaire vu notre grande pauvreté Je me suis indigné en lui disant que j'avais écrit à Matthew Allen il y a quelque temps pour lui demander où était passée la pansion annuelle que ma fille la Reine Victoria m'avait promise car on m'avait dit que le premier trimestre avait commencé avant la dernière saison des foins à moins que je n'aie rêvé Ici Patty a fondu en larmes & s'est mise en colère sans raison comme le font souvent les Femmes & a dit sur Mary une horreur que je n'écrirai pas en ces pages – Elle a dit ensuite qu'elle ne voulait plus continuer à vivre de cette façon & que vendredi prochain nous prendrions la diligence de Northampton Town pour aller visiter un établissement qui, dit-elle, me conviendrait mieux que mon séjour en Essex, remarque qui m'a donné l'impression qu'une lourde pierre d'angoisse s'enfonçait en moi – l'aurais interrogée plus avant mais d'humeur mauvaise & orageuse elle est partie se coucher si bien que je reste seul ici à écrire ces mots dans la pauvre clarté jaune de la Lampe posée sur l'étagère au-dessus de la table Ainsi on va me remettre dans un asile car il n'est pas d'autre endroit à l'intérieur de Northampton dont ils jugeraient qu'il peut me convenir – Eh bien voilà alors & il n'y a rien à y faire pourtant je regrette quand je songe à tout le trajet que j'ai parcouru à pied en m'échappant de High Beech pour me retrouver encore en prison ici à la maison – je me souviens du dimanche de juillet où on m'a libéré de mon incarcération un petit moment pour me promener en forêt d'Epping où j'ai rencontré des voyageurs que j'ai pris pour des romannichels tels que ceux avec qui j'ai vécu autrefois dans ma jeunesse mais ceux-ci étaient d'une autre sorte et s'habillaient de fourrures puantes & de peaux de vache, portant les cheveux longs & des marques de peintures barbares sur le visage – cela me semble étrange quand j'y songe maintenant mais ce n'était pas le cas sur le moment – je me suis assez bien entendu avec cette rude compagnie & ils m'ont confié qu'ils avaient subi un deuil très récent et mis en terre une voyageuse de leur confrérie dans une Tombe entre les arbres – ils m'ont dit qu'elle souffrait d'un pied & m'ont regardé d'un œil très étrange en disant ces mots si bien que j'ai eu peur sans raison que je puisse exprimer – au bout d'un moment ils m'ont indiqué un idiot pâle & triste, un jeune garçon qui rôdait aux extrêmes limites de leur camp où d'autres enfans du voyage cherchaient avec cruauté à le chasser à coups de pierres Il pleurait & poussait de petits cris pitoyables chaque fois qu'elles l'atteignaient au tibia & mes compagnons m'ont dit que c'était le fils simple d'esprit de celle qu'ils avaient si récemment couchée sous terre qu'il ne savait pas s'occuper de lui ni travailler au bien commun & qu'on l'avait donc banni maintenant qu'il n'avait plus de Mère pour se charger de lui J'ai senti beaucoup de pitié en mon cœur pour ce garçon mais il n'a pas tardé à s'enfuir en courant entre les chênes d'été qui s'étalaient à la vue et à disparaître & on n'en a dès lors plus parlé en vertu du code dur & brutal selon lequel vivent ces gens bien que je le confesse nous autres dans nos Villes & nos Villages ne sommes guère différents ni moins disposés à transformer un homme en proscrit un des Romannichels a paru me prendre en amitié & offert de m'aider à m'évader de la maison de fous en me cachant ici dans son camp l'idée m'a parue assez bonne si bien que j'étais déterminé mais je l'ai informé que bien que n'ayant point d'argent je lui donnerais cinquante livres s'il voulait m'aider à m'enfuir avant le samedi suivant ce qu'il a volontiers accepté – je ne suis pas vraiment certain de ce qui s'est passé ensuite – j'ai parfois le sentiment que toutes mes rencontres avec le Romannichel se sont déroulées en cet unique après-midi de dimanche tandis qu'à d'autres moments je peux me rappeler que toute une semaine a passé & que je suis revenu là-bas le vendredi pour trouver mon nouvel ami rien moins qu'impatient de mener notre plan à bon port si bien que je n'en ai guère parlé & à mon retour deux jours plus tard j'ai trouvé leur camp abandonné et ils avaient tous disparu – ces événements se sont-ils passés en une semaine ou en un seul après-midi je ne sais mais de toute façon c'était encore un dimanche quand je me suis tenu entre les arbres qui soupiraient et il y avait seulement un cercle brûlé & noirci dans l'herbe pour dire que mes amis romannichels avaient jamais été là exceptés un vieux chapeau à large bord & un bonnet de paille du genre qu'on appèle le ploum pudding – j'ai fourré le chapeau dans ma poche en pensant qu'il pourrait s'avérer utille en une autre occasion ce qui par la volonté de Dieu s'est vérifié il est tard & je suis fatigué de tant écrire – Patty dort sûrement maintenant & si je prends garde à ne pas la réveiller en me couchant alors nous ne nous disputerons pas Elle est bonne avec moi malgré sa méchante langue mais quand je suis allongé à ses côtés je voudrais que ce fut plutôt Mary Clare qui s'appelait naguère Mary Joyce Je suis un sot & au lit maintenant

18 Nov – jeudi – N'ai rien fait

19 Nov – Vendredi – La nuit dernière j'ai rêvé que je revenais à Northborough & le trouvais vide ma chaumière toute désertée & ma première femme Mary partie Ensuite dans le rêve j'étais de nouvau marié & je vivais dans les roseaux au bord d'une rivière avec ma deuxième Épouse Patty Clare qui était naguère Patty Turner & nos enfans quoique à la façon bizarre qu'ont les choses en rêve c'était comme si ma seconde femme & mes enfans étaient tous des canards aux yeux sombres & au plumage vert jusqu'à ce que je pousse un cri dans mon sommeil & que je les effraie si bien qu'ils s'envolaient loin de moi à travers les marais & quand je me suis réveillé j'avais le visage trempé de larmes pris la diligence pour Northampton avec ma Seconde Épouse & notre Fils John qui à quinze ans seulement est un vrai petit homme fort et très bien mis & grave dans son expression – j'étais fier de lui & pourtant

cela m'a amusé de le voir donner le bras à sa Mère à notre descente de voiture car il tenait fort bien le rôle du Mari bien mieux que je ne faisait moi-même – il y avait sur toute la ville une méchante bruine suspendue comme un vieux drap gris au-dessus de ses prés pourtant je l'aimais toujours Ce pays a un attrait & quand j'étais loin d'ici dans la prison de Mr. Allen je l'ai bien senti alors & j'ai entendu sa douce voix chanter pour moi à travers les prés & les lieues qui nous séparaient & mon Cœur s'en est ému bien que j'ai vécu en Essex & que j'ai visité Londres en pas moins de quatre occasions c'est toujours ici que je suis chez moi & je n'imagine pas avoir jamais la Force de partir de nouvau ni même la volontée de le faire – la Ville a beaucoup changé depuis la dernière fois que j'y suis venu & ne ressemble guère aux bons souvenirs que je concevais durant mon incarcération le Château normand n'est plus guère désormais qu'un tas de pierres & une grande partie des prés communaux alentour ont été clôturés & fermés – les belles vieilles églises se portent bien pour leur part mais on a détruit beaucoup des grotesques fantastiques des sculptures de St.-Peter je voulais remonter Sheep Street pour voir sa merveilleuse église ronde mais Patty se fatigait & je me suis donc contenté de m'asseoir sur le parvis entre les colonnes de Tous-les-Saints à la place suis enfin entré dans une Auberge pour avoir du pain & du fromage & une demi-pinte d'Ale son nom ne me revient pas maintenant mais elle était placée au sommet d'une rue où l'on gardait des Ours & pas loin de l'Église ronde du Saint-Sépulcre – dans la Taverne on causait bruyamment d'une folie construite près de Kings Thorp à l'endroit où la route part vers Boughton & où on a creusé une Mine dans le Sol avec espoir d'y trouver du charbon – il paraît que l'Ingénieur était un fieffé coquin & qu'il a semé des morceaux de Charbon autour de la Fosse afin qu'on les trouve & qu'il puisse vendre ses parts à meilleur Compte – cela ne me surprend pas car les Hommes de Commerce sont toujours des Canailles & des Menteurs comme Edward Drury originaire de Stamford & l'Éditeur John Taylor qui à eux deux me doivent près de cinquante livres que je n'ai pas oubliées en dépit de ma tête qu'on prétend malade l'après-midi quand je n'ai plus pu diférer nous sommes allés nous promener jusqu'à l'Asile sur la Route de Billing & je dois reconnaître qu'il a assez belle allure pour un tel Endroit avec de vieux murs en pierre brune d'aspect rustique & que les arbres alentour ont caché en grandissant mais sous la pluie les lieux font grise mine nous avons rencontré un certain Mr. Knight qui était à mon avis un fort sérieux personnage me témoignant beaucoup de compation à en juger par toutes les questions qu'il m'a posées – il a paru très intéressé par ma Première Femme & a demandé quand je L'avais vu pour la dernière fois je lui ai répondu que nous nous étions rencontrés tous les deux à Glinton il y a un an seulement ce à quoi il m'a dit Allons voyons ce n'est pas possible puisque vous avez passé quatre ans à High Beech réponse qui m'a désorienté & troublé dans mes pensées & il m'a donc laissé en Paix il a discuté un Moment seul à seul avec Patty pendant que John & moi visitions le Parc – nous sommes Restés ensemble en nous tenant par la main sans Rien dire ni lui ni moi & en regardant le parc de l'asile jusqu'au ruban d'argent de la Nene & tous les villages au-delà au bout d'un petit moment Patty nous a rejoints en disant que c'était arrangé & qu'on me trouverait une place avant un mois ce qui m'a Consterné mais j'ai pourtant fein d'être satisfais pour Patty & pour l'enfan – ils disent que je pourrai sortir me promener à ma Guise & que je ne serai pas prisonnier comme je l'étais là-bas en Essex alors peut-être que ce ne sera pas aussi Désagréable mais nous verrons bien & en attendant faisons aussi Bonne figure que le Sort le permettra durant notre retour à Northborough nous n'avons pas beaucoup parlé et je suis donc resté assis à regarder par la fenêtre de la voiture les champs qui s'assonbrissaient où j'ai entendu monter le cri bref & enroué d'un Geai quelque part au-dessus des chaumes noircis nous avons passé devant une Auberge où des Hommes Chantaient une ballade grivoise & bien que Patty se soit indigné & ait grondé le Petit John de l'écouter le chant m'a fait sourire – Quand je me suis évadé de High Beech en ce mardi de juillet j'ai pris la route que m'avait suggérée mon ami romannichel mais je me suis vite égaré et j'ai manqué le chemin du bourg d'Enfield & me suis ainsi retrouvé sur la grand-route d'Enfield où j'ai abouti dans une auberge fort semblable à celle qu'a croisé ce soir notre diligence sinon que là-bas sur la grand-route d'Enfield la Salle Commune semblait plus silencieuse & son apparence plus étrange – au premier coup d'œil je l'ai prise pour une Ruine abandonnée avec son toit effondré mais en approchant j'ai bientôt vu que c'était une Taverne qui valait toutes celles de ce pays le nom sur la pancarte accrochée était La Peine perdue ce que j'ai trouvé singulier à l'oreille et ceux que j'ai interrogés à ce sujet depuis lors disent qu'ils n'ont jamais entendu parler d'un tel Endroit – alors que je passais devant Quelqu'un que je connaissais sortait justement par la porte le jeune Idiot que j'avais vu chassé du camp romannichel il portait au genou une vilaine Blessure qui semblait s'être infectée & parlait avec un accent si fort que je ne comprenais pas la moitié de ce qu'il disait mais quand j'ai demandé dans quelle Direction se trouvait Enfield il a tendu le doigt & fait un geste pour que je comprenne ce qu'il voulait dire & j'ai repris ma route rempli de bonne humeur et de confiance – suis ainsi enfin arrivé à Stevenage par la Route d'York avant la tombée du soir j'ai grinpé un portail cadenassé & puis une barière jusqu'à une cour où se trouvait une Masure avec des bottes de trêfle empilées pour mon Lit – je me suis étendu la tête au Nord afin de ne pas perdre mes repaires à mon réveil mais j'ai dormi d'un sommeil troublé par des rêves pénibles j'ai cru que Ma première femme était couchée là à mes côtés la tête posée sur mon bras gauche & ensuite il a semblé qu'on me l'enlevait pendant la nuit si bien que je me suis éveillé en grand émoi de la trouver partie mais en m'éveillant j'ai entendu quelqu'un dire « Mary » pourtant j'ai cherché & il n'y avait personne aux environs & donc j'ai remercié Dieu de sa providence à me fournir un lit à défaut d'un repas & j'ai repris ma route vers le Nord c'est peu après sept heures que nous sommes rentrés à la chaumière & il faisait tellement sombre et le jeune John est monté aussitôt se coucher auprès de son frère & il n'a pas fallu longtemps avant que Patty & moi ne nous lancions dans une nouvelle querelle au sujet de Mary – mon opinion d'Elle ne souffre pas de ce qu'elle dit car je sais bien qu'elle est fatiguée & que mes Sottises la laissent à Bout de Ressources mais ses mots n'ont aucun sens pour moi – elle Dit John ne comprends-Tu pas que tu ne l'as jamais épousée que tu la connaissais simplement quand elle était enfan & ensuite c'est Pourquoi Dis-tu qu'elle est ta Femme alors que tu n'en as pas d'autre que moi & tant & plus jusqu'à ce que ma pauvre tête commence à me tourner & une fois de plus elle part se coucher sans moi et je reste avec seulement une lumière jaune & des pages jaunis pour unique consolation mais il n'y en a aucune il n'y en a aucune

20 Nov – samedi – très morose toute la journée & ainsi fait peu de chose sinon revoir la chanson que j'ai Envoyée à Mr. Reid qui me semble à présent meilleure que la dernière fois que je l'ai examiné

Au point du jour je pense à toi
& cherche, m'amour, où tu es
& quand l'ombre du soir grisoit
Ô tu m'es en pensé

Au bord des près je vais errant
aux iris du marais
& Mon premier amour d'enfan
Voudrais y retrouver

cela continue mais je suis surtout contant du début je dois poursuivre & m'assurer que Le jeune Harold est terminé avant que je sois interné car sinon je ne sais comment il sera achevé dans l'après-midi sorti de nouvau me promener dans le pré communal et le long du Ruisseau bien que je sache que cela me rendrait triste & j'ai encore réfléchi à la grande injustice qui existe dans la vie les Hommes sont honnis pour leur humble condition mais pourtant on les méprise encore plus s'ils cherchent à s'élever au-dessus quand j'étais à Helpstone j'étais Johnny Tête en L'Air & quand je me jugeais supérieur au vulguère en vertu d'une nature véritablement poétique on se moquait de moi pour ce qu'on qualifiait de prétension – & cependant quand je suis devenu plus populaire & qu'on m'a invité à lire devant les beaux Messieurs alors une fois terminé on m'envoyait manger à l'office avec les Domestiques si bien qu'il semble que je ne puis être en paix dans aucun niveau de la Société & ne suis ainsi nulle part à ma place même les parens de ma Mary se sont dressé contre moi & il me semble qu'ils me trouvaient de naissance trop basse pour sortir avec leur fille qui était de plus haute qualité ils ont pris prétexte d'autres raisons pour que je ne puisse La rencontrer & ont laissé entendre que je m'étais mal conduit mais je crois maintenant que ce n'était qu'un Orgeuil mauvais qui leur a fait jurer qu'elle ne me verrait pas & nous a tenus Séparés par la suite pour ne plus nous rencontrer de nouvau mais alors quand nous sommes-nous mariés je ne saurais dire ma Mémoire est mauvaise & j'ai les idées souvent brouillées je ne veux pas y penser maintenant en me réveillant au Deuxième matin de mon périple j'ai continué vers le nord je n'avais pas marché bien loin lorsque j'ai aperçu sur le côté gauche de la route un creux sous le talus très semblable à une caverne où dormaient un homme & un Garçon roulés en boule comme dans une tombe ouverte – je les ai salués & ils se sont éveillés tel Lazare & pendant un instant j'ai pris le garçon pour l'Idiot chassé du campement romannichel que j'avais vu la dernière fois à La Peine perdue car en vérité ils se ressemblaient beaucoup tous les deux et pourtant plus je le regardais plus & je doutais et je n'ai donc rien dit l'homme était plus âgé avec un aspect négligé & quand je lui ai demandé ma route il a parlé avec le genre d'accent qu'ont les gens du Derbyshire pour me dire que le village au Nord de là était Baldeck sur quoi je les ai remerciés et j'ai pressé le pas il m'a semblé qu'une odeur de brûlé les enveloppait tous les deux comme si leurs vêtements étaient impréniés de fumée mais cela venait plus que certainement de mon imagination & je ne les ai plus revus – j'ai continué un temps à marcher & quelque part sur le côté vers Londres j'ai trouvé un pub qu'on appelait la Charrue où un homme à cheval en tenue d'éboueur m'a jeté un penny pour que je m'offre une demi-pinte de bière – je n'ai pas eu autant de chance plus tard en croisant deux toucheurs qui ont été effrontés & malveillants l'un d'eux avait un gros ventre & tous deux ont été très menaçants si bien que j'ai résolu de ne plus mendier un Penny auprès des gens dont je pouvais croiser la route J'ai poursuivi mon chemin à travers Jacks Hill qui n'a rien d'autre qu'une boutique de bière & quelques maisons sur une colline qui semblaient de construction récente & j'ai vu une borne qui disait que je me trouvais à plus de cinquante kilomètres de Londres – les bornes passaient rapidement au début de la journée mais alors que la nuit approchait elles ont semblé être séparé par de longues distances & j'ai continué de la sorte à traverser bien des Villages que je ne me rappele plus maintenant bien qu'à Potton j'ai rencontré un paysan qui a marché avec moi jusqu'à ce que je doive m'arrêter pour me reposer sur un tas de silex près du bord de la route Je clopinais avec un pied blessé par le gravier qui était entré dans mes souliers dont l'un avait presque perdu sa Semelle ici mon compagnon devait prendre une diligence & m'a bientôt fait ses adieux pour continuer sa route en disparaissant à ma vue – j'ai suivi au bout d'un moment affaibli & affamé en espérant trouver sous peu un endroit où dormir mais il n'en a rien été & j'ai marché seul le long des maisons éclairées qu'il y avait dans le noir & j'ai vu à l'intérieur des scènes joyeuses qui m'ont presque fait fondre en larmes tandis que je passais devant d'elles mort de faim & dépourvu d'amis – bientôt je n'ai plus su si je marchais vers le Nord ou vers le sud si bien qu'un sentiment de désespoir m'a envahi & j'étais à demi convincu que je revenais vers High Beech et mes joliers jusqu'à ce qu'à travers les arbres sur le bas-côté j'aperçoive une lumière brillant comme la lune qui s'est révélé quand je me suis approché être une lampe accrochée à la porte de l'Octroi de Temsford où un homme qui tenait une chandelle est sorti & m'a regardé de près il m'a dit que lorsque j'aurais franchi la porte je devais me diriger vers le Nord & c'est ainsi que j'ai continué de meilleure humeur

& même un peu de ma force première tout en fredonnant l'air de Highland Mary peu de temps après je suis arrivé à une curieuse maison toute seule près d'un bois elle portait une enseigne que je n'ai pas pu lire et qui se dressait assez curieusement à l'intérieur d'une sorte d'abreuvoir ou de canalisation & pourtant la maison elle-même semblait plus étrange étant plutôt une monstrueuse hutte d'argile & de roseaux comme je n'en avais encore jamais vu – il y avait un genre d'avant-toit au-dessus de la porte & comme j'étais fourbu je m'y suis glissé & j'ai été bien heureux de constater que je pouvais me coucher en étendant les jambes les oocupants étaient allés se coucher car je les entendais se tourner nichés dans leur lit pendant que j'étais étendu là de tout mon long sur les pierres sous l'auvent & j'ai dormi à poings fermés jusqu'à l'aube où je me suis éveillé très rafraîchi & j'ai béni la Reine de ma Bonne Fortune comme je dois le faire maintenant que je suis à Northborough avec Patty & mes enfans même si celle pour qui je me Languis n'est pas Ici

Je pense à toi tôt le matin
Au soleil à midi
À nos jeux – & reste soudain
Sous la lune interdit

Je pense à toi je pense à tout
Ce bonheur fut à nous –
Le soleil au mur semble pâle
L'automne clot le bal

21 Nov – Dimanche – N'ai rien fait

22 Nov – Lundi – résolu ce jour de me rendre moi-même à pied jusqu'à Northampton pour vérifier s'il serait facile de rendre visite à ma Seconde Épouse & à ma famille pendant que je serai retenu là-bas à l'asile je ne pensais pas que cela poserait beaucoup d'obstacle pour quelqu'un comme moi qui a marché si loin & je voyais assez juste même si j'avais compté sans ma boiterie à la jambe qui m'a quelque peu ralenti Je suis parti à l'aube avant que Patty se lève ou les enfans & ai coupé à travers champs ils sont maintenant dénudés & durcis par le gel & donc pas malaisés pour la marche mais ils ont un aspect sombre & sinistre j'ai traversé les villages & été ravi d'assister à l'éveil de leurs existences simples quand ils vaquaient aux affaires du jour, les écoliers qui galopaient dans les petites rues & de

jeunes Lévriers minces sortis chasser le Lièvre dans le couvert des broussailles – dans les prés sur ma Gauche j'ai vu des Romannichels mais ils ne ressemblaient pas à ceux que j'avais rencontré en forêt d'Epping ni à ceux que j'ai croisé plus Tard sur la Grand-route en m'éveillant ce jeudi matin en bordure de Temsford je me suis mis debout & me suis éloigné de quelques pas de la véranda de pierre où j'avais fait mon lit la nuit précédente & pourtant quand je me suis retourné pour considérer l'étrange maison de roseaux & d'argile où j'avais trouvé un abrit elle n'était plus visible nulle part pas plus que son enseigne que je m'étais efforcé de lire cependant j'ai trouvé un vieil abreuvoir avec un trou par lequel un jeune arbre avait poussé & j'ai conclus que j'avais dû le prendre pour un panneau indicateur dans la pénombre en ruminant ces pensées j'ai continué pour dépasser St. Neots où je me suis reposé une demi-heure ou plus sur un tas de Silex quand j'ai vu une grande & jeune romannichelle sortir par le Portail de la Propriété plus loin sur la route & venir ensuite vers l'endroit où j'étais assis c'était une assez jeune femme avec une honnête figure & fière allure & elle portait autour du cou un collier de vieilles perles bleues faites d'un genre de Verre usé & embrumé je lui ai posé quelques questions auxquelles elle a répondu de bonne grâce & d'humeur joyeuse mais au bout d'un Moment j'en suis venu à penser qu'il y avait comme de la ruse dans ses manières comme si elle cherchait à dissimuler quelque chose en elle – né en moins j'ai poursuivi ma route avec elle jusqu'à la ville suivante ayant toujours eu plaisir à la compagnie des belles femmes & en chemin elle m'a dit que je ferais mieux d'utiliser quelque chose pour tenir le bord de mon chapeau & a ajouté à mi voix que j'allais me faire remarquer ce qui m'a encore une fois fait penser qu'il y avait en elle de la ruse & de la rouerie si bien que je l'ai ignorée & n'ai rien répondu elle a enfin montré du doigt un petit clocher d'église qu'elle a appelé l'Église de Shefford & m'a dit de venir avec elle par un sentier de sa connaissance qui était un raccourci pouvant m'économiser une vingtaine de kilomètres de voyage – je craignais désormais qu'elle ne cherche à se Débarrasser de moi si je quittais mon trajet pour la suivre bien que ce soit à coup sûr une autre lubie sortie de mon Imagination & je l'ai donc remerciée en lui disant que je craignais de m'égarer & de ne pas retrouver la route du nord & que je ferais mieux de rester sur la route là-dessus elle m'a souhaité la bonne journée & est entrée dans une maison ou une échoppe qui se trouvait sur le côté gauche J'ai continué mon voyage & j'étais si faible que je n'ai aucun souvenir des endroits que j'ai traversé sinon que la route semblait par endroits presque aussi stupide que moi & je levais souvent la tête avec Un sursaut pour découvrir que je marchais en Dormant le jour & la Nuit n'ont plus fait qu'un pour moi car je ne voyais plus de différence entre l'un & l'autre – j'avais perdu le fil du Temps si bien qu'il me semblait souvent être dans un tout Autre endroit & je ne savais même plus mon nom ni en quelle année l'on était j'y réfléchissais en marchant maintenant vers Northampton dans le froid de novembre – ne m'arrêtant qu'une seule fois pour m'asseoir sur un muret de pierre près d'un Moulin et manger du Pain & du Fromage que j'avais emporté dans ma poche pour me sustenter – au fur & à mesure que le jour avançait le temps s'est amélioré si bien que les nuages gris se sont écartés pour laisser passer la lumière du Soleil & tomber sur le champ ce qui m'a rendu un moment heureux jusqu'à ce que je trouve Son nom sur mes lèvres

De te trouver je n'ai d'espoir
Voici les crues d'hiver
Le vent expire aux arbres noirs
Triste mon cœur se serre

Je songe à toi les saisons passent
Lorsque les fleurs je vois
Quand l'hiver triste et nu se glace
Je ne songe qu'à toi

assez parlé de cela je me suis levé tout à fait rafraîchi & me suis dirigé vers la ville mais mon Pied me faisait encore un peu mal il n'a pas été difficile de repairer Northampton quand elle est apparue devant moi avec toutes les fumées déployées comme des banierres sur la vive brise d'automne je me suis arrêté pour boire au Puits de Beckett car c'est là que Thomas le Martyr qu'on a jugé & Condamné ici a également fait halte mais avec plus de raison que moi de se plaindre & ensuite j'ai passé la porte de Dern pour entrer en Ville nous sommes tous condamnés à notre Façon cependant pour la plupart d'entre nous il n'y a pas de Procès & on nous Juge selon des usages que nous ignorons comment peut-on acclamer un Homme pour ses vers à un moment & au suivant le laisser choir comme un charbon ardent quand il a eu son jour de faveur C'est une énigme qui dépasse mon entendement & il faudrait un Homme bien supérieur à moi pour la résoudre le troisième ou quatrième jour de ma marche hors d'Essex je ne sais lequel j'étais tellement affamé que j'ai mangé l'herbe qui poussait au bord de la route pour calmer mon appétit ce qu'elle a fait & de goût elle ressemblait beaucoup au pain si bien qu'elle a paru me fortifier & j'ai continué de meilleure Humeur qu'avant – au bout d'Un moment je me suis souvenu que j'avais du tabac mais ayant épuisé ma boîte de lucifers je n'avais aucun moyen d'allumer ma pipe aussi j'ai plutôt maché mon tabac & j'ai avalé chaque chique quand elle était finie et après je n'ai plus eu faim j'ai continué en traversant Bugden puis Stilton où je boitais tant que je me suis étendu sur une digue de gravier où j'ai failli m'endormir & alors j'ai entendu des voix que j'ai prises pour celles d'Anges car je n'ai pas compris leur langage tout d'abord L'un d'eux qui semblait être une jeune femme a dit pauvre créature puis une autre plus âgée a déclaré Ô il feint mais a ensuite ajouté Ô non il ne cimule pas Tandis que je me mettais debout & reprenais la route en boitant – j'ai entendu les voix mais n'ai pas regardé en arrière & je n'ai pas vu d'où elles venaient & j'ai poursuivi de la sorte en direction de Peterborough & ensuite de chez moi en traversant les prés de l'été Je suis assis encore une fois à ce journal sous le portique de Tous-les-Saints ici sur le parvis & je vois au bas de la colline Gold street où les usuriers ont leur place & après le Marché aux juments & le clocher de Saint Peter jusqu'à l'endroit où les tristes ruines du château s'élévent près du pont si l'on peut dire qu'elles s'élévent – après être entré en ville par la Porte de Dern un peu après midi je me suis promené un moment & en découvrant que c'était jour de Marché j'ai décidé de visiter cet endroit sur Drum Lane pas très loin de l'église où je suis maintenant assis au soleil en train de grifoner tous les marchands offraient un spectacle joyeux rempli de rayures & de couleurs vives sur leurs auvents & avec les fruits & les rouleaux de tissu neuf & coloré en éventaire & j'aimerais maintenant me rappeler la moitié de toutes les choses qu'ils criaient les boutiques & les maisons qu'on a bati autour de la place du marché sont pour la plupart neuves & reconstruites après le grand incendie qu'ils ont Eu ici la place était cernée par les flammes & tous les villageois se sont échappés en passant par la porte d'entrée de la Maison de Galles où on paie les bouviers venus du pays de Galles puis ont gagné la sécurité par l'arière il y a un beau vieux relais de poste debout sur la place depuis maintenant trois cents ans où on peut encore voir des langues noires de suie qui ont léché la vieille pierre uzée & je remercie Dieu pour sa grande Providence à préserver tous ceux qui n'ont pas brûlé ce jour-la – au bout d'un moment quand je me suis lassé de l'agitation du marché je suis arrivé au cimetière à l'arrière de cette église & j'ai marché un temps entre les tombes j'ai trouvé une pierre pour Mat Seyzinger le célèbre cocher du *Nottingham Times* que j'ai vu une fois & qui en son temps avait beaucoup d'admirateurs – il n'y a plus de ces gens d'autrefois & le peuple de maintenant n'a plus l'humour ou la profondeur de caractère qu'il avait jadis – Jem Welby a fait verser sa diligence devant cette même église & quand on lui a demandé de s'expliquer il a répondu qu'Il avait jeté les passagers sur la route afin de les compter Nul doute qu'on le jugerait Fou aujourd'hui & qu'on l'enfermerait ainsi que je vais l'être moi-même Suis arrivé à l'asile sur la route de Billing peu de temps avant d'entendre les Cloches sonner trois heures à l'endroit où je suis maintenant assis près la porte – En venant ici mes pensées étaient Mary ci & Mary ça & rien d'autre que Mary Dans ma tête je l'ai gourmandée d'être restée si longtemps séparée de moi & ensuite l'ai implorée d'être bonne & de me pardonner car je suis si embrouillé dans tout ce que je ressens ont-ils raison de dire que nous n'avons jamais été Mariés – ce n'est pas possible car je me souviens qu'en ce jour nous avons marché au bord du ruisseau Elle & Moi & là tout a été rendu juste & nous avons été mariés devant Dieu Je me suis agenouillé avec elle sous la voûte d'Aubépines d'où venait une lumière très verdâtre & j'ai dis Voilà maintenant ceci est notre Église pourquoi essaient-ils de m'écarter d'Elle & de me raconter de telles Histoires qu'il n'est guerre étonnant que je devienne Fou Ô Mary mary pourquoi ne veux-tu pas me voir car je ne suis nulle par maintenant sinon dans le Désespoir quand je suis venu ici à pied d'Essex en boitant & pris de vertige par manque de nourriture en traversant Peterborough je suis ensuite arrivé à Walton puis à Werrington et j'étais sur la grand-route à peu de distance de la maison de ma première femme si bien que j'avais le cœur léger & quand j'ai vu une charrette venir vers moi avec un homme une femme & un petit garçon dedans je n'y ai pas prêté attention pourtant en approchant de moi elle s'est arrêtée & voilà la femme qui saute de la charrette & essaie de m'y faire monter avec elle en disant Ô John john tu ne me reconnais pas Mais je ne savais pas qui c'était et donc je l'ai crue ivre ou aussi folle que moi – mais alors l'homme assis avec elle a dit Allons john c'est votre femme & j'ai donc regardé de nouvau & c'était Patty & à côté d'elle notre fils Charles – et si j'étais effrayé de ne pas l'avoir reconnue j'étais rempli de Joie à l'idée que j'avais de nouvau une Femme avec moi & peut-être deux bientôt & je les ai donc prié de me conduire à Northborough pour être auprès de Mary nous sommes vite arrivés en vue de l'église de Glinton mais Mary n'était pas là & je n'ai pu obtenir aucune autre nouvelle d'elle que cette vieille histoire selon laquelle elle était morte six ans plus tôt mais je n'ai pas prêté attention à ces sornettes puisque voilà moins d'un an les gazettes n'ont-elles pas clamé que j'étais moi-même mort & couché dans ma tombe et si elles disaient vrai & que j'étais en Enfer j'ai tambouriné aux portes de ses voisins & j'ai dit que je pensais qu'elle était là à quoi ils m'ont répondu eh bien vous vous êtes trompé comme le Cochon de Hob & ils m'ont claqué la porte au nez – je me suis assis sur les marches de la chaumière de Mary à Northborough & j'ai pleuré pendant que Patty & notre fils regardaient et Disaient viens John tu ne vois pas qu'elle n'est pas là – j'ai ramassé un caillou sur le chemin que peut-être un jour son tendre pied a frolé & l'ai mis dans ma bouche & tout était perdu et Patty m'a ramené à la charrette En route vers notre maison que les gens des environs appelent la Chaumière du Poète Patty était assise à côté de moi qui pleurais et était elle-même près de fondre en larmes en me voyant si désemparé & tout le temps répétait Allons john qu'est-ce qui te fait dire qu'elle était ta femme Tu l'as connue quand tu avais quatorze ans et qu'elle en avait dix et tu ne l'a plus jamais revue ensuite pourquoi dis-tu ça pourquoi pourquoi pourquoi et je ne sais pas et je ne peux pas dire je suis assis maintenant près des portes de l'asile et je regarde le soleil s'allonger sur la pierre brune fatiguée au-dessus de laquelle pèsent des branches aussi lourdes que mon Cœur tout cela disparaît comme poussière au Vent & rien n'est assuré – je regrette ces haies qui disparaissent et la Terre cloisonnée & je me désole de voir les prés se charger de brique – mais au Marché & en Ville les tabliers & les auvents suspendus au-dessus des boutiques ressemblent beaucoup à des fleurs d'un genre différent & disparaîtront donc bientôt eux aussi le temps nous découdra tous & maintenant les ombres avancent sur le mur de l'asile si vite qu'on peut voir leur mouvement Je suis resté assis avec elle sous l'Aubépine après & j'ai dit Voilà nous sommes mariés maintenant & lui ai fait promettre qu'elle ne Dirait à personne ce que nous avions fait Je me tourne & je plisse des yeux vers l'endroit où la lumière se déverse de l'Ouest comme du feu & pendant un moment je vois cette Douce enfan débout contre elle comme Un ange mais c'est une toile de sac prise dans les clotures de l'asile d'aliénés & je ne serai plus jamais libre

Tant qu'un souffle sur terre est vif
Quoi que mon destin soit
Que je sois libre ou sois captif
Mary je pense à toi

J'ai toujours des jarretelles, en voyage

1931 après J.-C.

J'ai toujours des jarretelles, en voyage. J'en vends, je veux dire, j'en porte pas. Ça fait toujours bien rire. Vous remarquerez que la rigolade, c'est souvent le meilleur moyen de partir du bon pied, qu'on s'adresse à un client, ou à une petite dame. Ou à un policeman, d'ailleurs. Vous savez, très souvent dans le camion qui va et vient en me trimballant entre Angel Lane et le tribunal, je lance une remarque, vous voyez. Pour blaguer avec eux, quoi, comme on fait. L'autre jour, on a croisé une jeune femme dans la rue et, sans mentir, le visage qu'elle avait, j'en ai jamais vu un comme ça. Je l'ai signalée au petit jeune à qui j'étais menotté. Je lui ai dit : « Ah bah, c'est pas la peine de regarder le dessus de la cheminée alors que le feu a besoin d'être tisonné ». Vous vous en doutez, ça l'a fait sourire. C'est des êtres humains, comme tout le monde.

J'ai remarqué au coin, de l'autre côté de la rue par rapport au tribunal, qu'il y a des toilettes pour dames adossées à la grande église au centre, là, Tous-les-Saints. Faut descendre quelques marches et on voit seulement l'escalier virer et descendre en s'éloignant, avec du carrelage blanc qui monte à la moitié du mur. J'aimerais bien savoir ce qu'il se passe là-dessous, je vous le dis, moi. Vous imaginez, hein, si vous pouviez jeter un coup d'œil ? Je ferme les yeux et je les vois, en train de remonter leurs culottes sur leurs bonnes grosses fesses. J'en ai rêvé, une fois, quand j'étais petit, de me retrouver dans les toilettes des dames. J'étais déjà un vrai petit polisson, à l'époque, vous vous doutez bien. Il y avait cette crasse verte qui poussait entre les carreaux et Dieu seul sait ce que ça pouvait sentir. L'odeur de tous les postérieurs du monde d'un seul coup, je parie. C'est une idée, ça. Je parie que vous trouverez pas un gars qui y a pas pensé une fois ou deux, s'il est franc.

Beaucoup de femmes qui viennent au tribunal s'asseoient dans la tribune du public. Ça vous surprendrait, les regards qu'elles me jettent, parfois. C'est pas à moi de le dire, mais j'ai une vraie troupe d'admiratrices, comme si j'étais une de ces sacrées vedettes de cinéma, même si je suis pas mal fichu de nature. Bien sûr, faut pas que je les encourage trop, avec Lilian assise tous les jours devant le banc des accusés à soupirer après moi. Ça ferait pas bonne impression, hein, si on me voyait faire les yeux doux à une fille au dernier rang, devant ma propre femme ? Pas après tout le raffut quand les journaux ont publié ce que j'avais raconté à la police, comme quoi mon harem me retient loin de chez moi.

Mon avocat, maître Finnemore, estime que j'ai vraiment gaffé sur ce coup-là, mais bon, ce n'est pas comme qui dirait un homme qui a l'expérience du monde. À mon avis, dans l'ensemble, le public aime bien les canailles au grand cœur, et il admire en secret les grands séducteurs. Ils seraient bien contents de s'amuser, ne serait-ce qu'à moitié autant que moi. Enfin, faudrait pas que Lily ait trop l'air d'une martyre, alors je dois me méfier de pas me faire pincer à flirter depuis le banc des accusés. Il y a une petite brune avec de jolis roberts qui vient parfois durant sa pause repas et qui reste là debout dans un coin, à me regarder. Ça me plairait bien qu'elle porte des jarretelles du fabricant que je représente, et comme il est installé pas loin d'ici, à Leicester, y a de bonnes chances que ce soit le cas. En considérant les choses sous un certain angle, je suis déjà rendu sous ses jupes. Qu'est-ce que vous en dites ?

Lilian a déjà reçu pas mal de témoignages de soutien, et on lui a donné du travail dans une boutique, ici, sur Bridge Street, pour avoir de quoi vivre pendant qu'elle suit le procès. Le poste où je suis enfermé sur Angel Lane débouche directement sur Bridge Street, si bien qu'on passe tous les matins devant la boutique en allant au tribunal. Une petite confiserie, en fait, c'est vraiment l'endroit parfait pour une fille à croquer comme elle. Elle est folle de moi, cette fille, depuis toujours. Elle aime pas s'asseoir sur mon genou, ce qui est ma façon préférée de câliner une femme, mais sur tous les autres chapitres à part ça, c'est la meilleure femme que j'ai.

Si j'y pense, il faudra que je lui demande de m'apporter cent grammes de bonbons au menthol et à l'eucalyptus, pour voir si ça pourrait pas m'adoucir un peu la gorge. À force de témoigner, j'ai le gosier qui me joue des tours. Si je fais pas attention, j'aurai déjà plus du tout de voix avant qu'ils en aient fini avec moi, et là, qu'est-ce que je vais devenir ? Y a pas mal de gens qui me considèrent comme le meilleur baryton amateur qui ait chanté au club de Friern Barnet à Finchley, où mon interprétation de « Trumpeter, what are you sounding now » remporte toujours un franc succès. J'ai plutôt une jolie voix et je n'ai pas envie de me l'abîmer avec ce genre de truc. Je sais, en général, les hommes prennent un peu en grippe les gars qui ont la voix un peu légère, mais dans l'ensemble, les dames semblent préférer ça. Faudrait pas que j'aille m'enrouer en déblatérant sur le banc des accusés, et que j'aille tout gâcher, pas vrai ?

Il sautait comme un cabri, en cognant sur le pare-brise de ma Morris. C'était vraiment pas beau à voir, je vous le dis. Et le bruit ! On aurait dit qu'on ébouillantait un chat. On aurait pu penser qu'il serait resté dans les pommes et qu'il aurait rien senti, mais c'est le feu. Ça l'a réveillé. Je vais être tout à fait franc, je l'entends encore. C'était même pas des mots en anglais reconnaissable, tellement c'était horrible, ce raffut. À un moment, il a ouvert la portière d'un coup de pied, et je me suis dit : « Eh ben, bravo, Alf. Tu t'es bien fourré dans le pétrin, ce coup-ci. » Sauf que là, forcément, il avait avalé de la fumée et des flammes et il avait son compte. Il s'est affalé de tout son long sur la banquette avant, une jambe en dehors de la voiture, et puis plus rien. Bien sûr, moi, pauvre pomme, j'étais dans le sens du vent et l'idée de bouger m'est même pas venue jusqu'à ce que mes yeux se mettent à pleurer. On devait être beaux à voir, tous les deux.

J'ai vu la photo de ma Morris Minor qu'ils ont publiée dans le *Daily Sketch*, j'en aurais chialé. C'était une petite berline, et pas tellement vieille. Je l'avais assurée pour cent cinquante livres, mais je m'attends pas à récupérer une grosse somme, vu la situation. À en juger par ce qu'on apercevait sur la photo, il en restait plus grand-chose, de la fichue bagnole. Les garde-boue étaient tous tombés comme des côtes et on voyait l'endroit où le caoutchouc avait fondu sur les roues en laissant les jantes à nu. Si jamais je mets la main sur les gars qui l'ont volée, ah, mais non, attendez, c'était pas vrai, ça, si ? J'ai tout inventé. C'est un sacré boulot, par moments, pour tout garder en tête.

C'était le pire, quand on a deux femmes à la fois, en dehors de tout le pognon que ça coûte. J'avais du mal à me rappeler mes histoires, par moments, je vous garantis. Tous ces petits détails compliqués. À qui j'avais raconté quoi. Avec Lilian, c'était pas trop dur, parce qu'elle est plutôt distraite de nature, et moins portée à remarquer que je me contredis, mais Ivy, alors là. C'est une autre affaire. Ça fait pas six mois que je l'ai épousée, et elle saute déjà tout de suite sur le moindre détail.

Je me suis marié avec Lil en novembre 1914, ça remonte donc à plus de seize ans, maintenant. Durant tout ce temps, si elle a jamais eu un soupçon, elle l'a gardé pour elle. Même lorsqu'on lui collait la preuve sous le nez, comme quand je lui ai apporté notre bébé, à la petite Helen et moi, pour qu'elle s'en occupe – pas celui qui est mort, le deuxième, notre petit Arthur –, même à ce moment-là, elle a encaissé le coup sans faire plus de bruit qu'une petite souris et m'a dit qu'elle me pardonnait, alors que je le lui avais même pas demandé. Mon petit Arthur a presque six ans, maintenant, et Lilian, faut lui reconnaître ça, elle l'a élevé comme si c'était le sien. Jamais aucune distance avec lui, à ce que je sais. Comme je disais, elle est folle de moi, elle. Jamais une question. On a du mal à croire que ça fait seize ans. J'ai loupé notre anniversaire en novembre dernier, avec toute cette histoire qu'on a eue. Je vais demander à un des flics d'aller lui acheter un truc, si j'y pense. Mieux vaut tard que jamais, comme je dis toujours.

Quant à Ivy, je sais pas si ça durera seize mois ; alors, seize ans, n'en parlons pas. Quand on s'est mariés en juin à Gellygaer, ça semblait une bonne idée, enfin, quand je dis bonne, je veux dire qu'elle était déjà en cloque de quatre mois et que ça se voyait, comme souvent avec les maigrichonnes. Mais bon Dieu, les nichons qu'elles se paient. Ça vaudrait presque le coup d'avoir une bouche de plus à nourrir, du moment qu'on a de beaux nichons comme ça à fourrer dans la sienne. Ah, là, vous voyez ? Vous avez encore ri. C'est ce que je disais, avec le rire, y a pas mieux pour rompre la glace. Tout le monde se sent tout de suite plus à l'aise.

Bon, mais sérieusement, avec Ivy quelque chose me disait depuis le départ que je commettais une gaffe. C'est pas que je ne la trouve pas bien sous tous rapports, mais, simplement, on sentait pointer toutes les complications. Tenez, la dernière fois que je l'ai vue, quand j'ai filé directement au pays de Galles cette nuit-là après mes « cinq minutes de délire », à Hardingstone. Bon, vous vous imaginez bien, j'étais dans tous mes états, d'avoir perdu la voiture. Je suis sorti de Hardingstone Lane et je traînais là au bout du chemin en regardant derrière moi le long de la route pour surveiller les deux gars qui m'avaient vu quitter le champ. J'arrivais pas à les repérer dans le noir, malgré ma Morris qui flambait toujours, derrière la haie.

Vous savez comment ça se passe, dans ce genre de moments. On a l'impression que tout ce qu'on fait paraît louche, alors qu'en fait, un coup sur deux, personne y fait attention. Je suis allé me planter au bord de la route de Londres, près de la vieille croix de pierre qu'ils ont là-bas, où on a déposé la reine Eleanor au cours du cortège funèbre qui la ramenait à Londres. En levant le pouce, j'ai pas tardé à arrêter un camion, qui venait justement par ici. J'ai raconté des bobards, une histoire de vieux copain plein aux as au volant d'une Bentley, qui devait passer me prendre et que j'avais loupé, et le chauffeur du camion l'a vite gobée. Il m'a amené à Tally Ho Corner sur la route de Barnet. On est arrivés là-bas vers six heures ; il commençait à faire jour.

Là-bas, j'ai raconté au type du Service des Transports qu'on m'avait fauché ma voiture devant un café parce que, à vrai dire, j'arrivais plus à garder les yeux ouverts, à ce moment-là, et j'avais oublié les couillonnades que j'avais sorties sur la Bentley. Mais j'ai le chic, avec les gens, y en a pas mal qui l'ont dit, et le type a pas fait exception. Il m'a collé à bord d'un bus, le Cardiff de neuf heures et quart, si bien que je suis arrivé là-bas dans l'après-midi et que j'ai pris un autre bus pour Penybryn. De là, je pouvais me rendre à pied jusque chez Ivy, à Gellygaer, et je suis arrivé vers huit heures, ce soir-là.

Bon, comme je vous dis, y a toujours des problèmes, avec Ivy. C'est pas sa faute, simplement y en a toujours, et ce soir-là a pas été différent. Tout d'abord, son paternel, le vieux Jenkins, il m'a coincé dans le couloir et m'a demandé pourquoi j'avais mis tant de temps à arriver, avec son Ivy malade, à l'article de la mort, et mon bébé qui allait arriver. Vous connaissez les Gallois, ils aiment bien verser dans le mélo à l'occasion, et le temps qu'il ait fini, c'était plus Ivy, c'était la petite Cosette, il m'a jamais fait un tel numéro. Je lui ai raconté qu'on m'avait fauché ma bagnole à Northampton, ce que je commençais à croire moi-même, j'avoue, à force de débiter si souvent cette histoire. C'est drôle, mais, parole d'honneur, coincé dans le couloir à ce moment-là, j'avais complètement oublié l'autre pauvre bougre et le feu.

Après m'être dépêtré du papa, j'ai dû affronter la fille. Ivy était adossée à des oreillers dans sa chambre et elle avait vraiment mauvaise mine. Elle attendait le bébé quasiment d'une minute à l'autre. Je m'étais pas plus tôt assis au bord du lit qu'elle m'a demandé quand est-ce qu'on allait déménager dans notre nouvelle maison du Surrey. Franchement, elle m'a pris à contre-pied, et je l'ai regardée sans rien comprendre. J'avais totalement oublié l'histoire de Kingston-on-Thames, que je lui avais racontée, à elle et à son père, lorsque j'étais pompette, à la réception du mariage. Avant que j'aie pu trouver une bonne réponse, elle a lâché des baquets de larmes en disant que je l'aimais pas, et qu'elle était sûre que j'en voyais une autre. Pourquoi je passais toutes ces nuits loin d'elle, et ainsi de suite. Vous imaginez le truc, en gros.

Elles pensent jamais à tout ce que vous avez pu vivre, hein ? Achète-moi ci, achète-moi ça, allons vivre ailleurs. Cinq cents livres par an, que je gagne maintenant, chez les Gaines & Jarretelles de Leicester, et on pourrait croire que je suis à l'aise, mais pas du tout. Tout ça a disparu en gamins et en femmes longtemps avant que j'en voie le moindre penny. C'est toujours la même histoire.

Comme ça se trouvait, bien que j'en aie pas parlé à Lilian, j'avais prévu de vendre la maison et les meubles qu'on avait sur Buxted Road à Finchley, pour utiliser l'argent à m'installer avec Ivy et le marmot quand il arriverait. Bon, vous direz de moi tout ce que vous voudrez, mais j'ai toujours eu le cœur beaucoup trop tendre dès qu'il s'agit de mômes. J'aurais offert un dédommagement à Lily et au petit Arthur, naturellement.

Bien sûr, je pouvais pas raconter tout ça à Ivy sans qu'elle apprenne l'existence de Lily et de mes arrangements à Finchley, alors j'ai joué le gars indigné et j'ai fait une scène sur le vol de la voiture devant le café, qui faisait que j'avais mis dix-huit heures pour arriver à Gellygaer. Je constate que quand quelqu'un se met en colère, ça paie souvent de se conduire comme si on était encore plus en colère qu'eux, en réponse. Avec un roublard de mon genre, ça loupe jamais, et Ivy a pas tardé à me dire qu'elle regrettait de m'avoir engueulé, que c'était juste ses nerfs, avec le bébé qui arrivait et le fait qu'elle allait pas bien du tout. Je lui ai dit : « Allez, allez, Ivy, mon petit lierre grimpant, tu peux t'accrocher à moi », et quand elle a fait ça, j'ai glissé la main dans le haut de sa chemise de nuit pour tripoter. Elle avait le nichon dur et lourd avec le bout raide comme un crampon de football. J'ai dormi dans leur chambre d'ami, cette nuit-là, et je bandais rien qu'à y penser, même après la contrariété que j'avais eue au cours du repas, avec la voisine et son foutu journal.

Si je veux être honnête, mon plus gros défaut, c'est la fesse. Je vous jure, la moitié du temps, je pense à rien d'autre, et quand on est souvent seul comme moi, qu'on conduit de ville en ville, c'est encore pire. On passe pas mal de temps à rêvasser, lorsqu'on sillonne les routes. Par moments, faut que je m'arrête sur une aire de stationnement et que je me paluche, rien que pour pouvoir penser à autre chose qu'à la fesse pendant une heure ou deux. En voiture, je transporte avec moi un catalogue avec des photos de mannequins qui présentent la collection de la compagnie. Ce sont juste de petites images, quatre par page, et on voit seulement les femmes du ventre jusqu'au haut des cuisses. Vous allez penser que je suis dingue, mais pour moi elles ont chacune leur caractère propre, quelque chose dans leur posture qui fait qu'on peut savoir quel genre de fille c'est. Certaines sont du type avec lequel on sait qu'on s'entendrait et qu'elles auraient une personnalité sympa.

Il y en a une que j'appelle Monica. En regardant sa photo de près, on voit comme un duvet clair sur ses jambes, alors j'imagine qu'elle est blonde. Le genre de fille qu'on pourrait trouver au guichet de la Poste, avec les cheveux comme elles les portent maintenant, tout raides sur le dessus et frisés sur la nuque. Ça lui irait bien, le bleu ciel. Elle a le nombril plus en hauteur qu'en largeur, alors, il ressemble à un petit trou de serrure sur une pêche. Elle porte un des nouveaux corsets en longueur qui flattent bien les femmes aux hanches plus fines, ce qui est un bon choix, à mon avis, et ça montre qu'elle est du genre réfléchi qui prend beaucoup de soin à sa tenue. Rien qu'en regardant sa peau, on peut dire qu'elle a pas beaucoup plus de vingt ans.

C'est l'âge, je vais vous dire, où elles se fatiguent des petits jeunes, où elles en ont marre, et où elles commencent à trouver du charme aux hommes mûrs. Si seulement je pouvais me débrouiller pour que Monica m'entende chanter « La romance du cordonnier », de *Chu Chin Chow*, je lui ferais tomber culotte en un rien de temps. De tout mon harem, vous savez que c'est Monica que je considère souvent comme ma préférée ? Elle me coûte rien, elle me crée jamais d'ennuis. Je tire mon coup dans mon mouchoir, je ferme le catalogue et je reprends la route.

J'ai pas toujours été comme ça, avec les femmes. Demandez à ma Lily, elle vous le dira : quand elle m'a connu, avant guerre, j'arrivais tout juste à l'embrasser pour lui souhaiter bonne nuit. Pour vous dire à quel point j'étais timide. Il a fallu que je m'engage dans le 24ᵉ régiment territorial de la Reine pour trouver le cran d'aller inviter une fille à sortir. L'uniforme, vous comprenez. Ça changeait les choses. Oh, allez-y, marrez-vous, mais c'est vrai. J'ai entendu les femmes rabâcher tout le temps que c'est affreux, ces hommes qui se battent, mais il leur suffit de voir vos godillots et vos boutons pour vous sauter dessus. Elles saluent votre départ, s'enferment chez elles et envoient des plumes blanches aux objecteurs. Dans les tranchées, la moitié des gars seraient pas là s'il y avait pas la façon dont leurs copines les regardent quand ils sont en tenue pour la guerre. Allez-y, dites-moi le contraire.

Pour tout dire franchement, Lily a été la première fille avec qui je suis sorti ; j'allais pourtant sur mes vingt ans. La première fois qu'elle m'a attiré au lit, j'étais un tel bleu que je me suis couché sur elle et que c'est moi qui ai écarté les guibolles, avant de comprendre ce que j'avais à faire. Faut dire ce qui est, ça a pas été une réussite. Bon, j'arrivais pas à la lui mettre, j'ai fini par me dégoûter complètement, et quand Lily m'a dit que c'était pas grave, ça a été encore pire. Il a fallu une semaine après le mariage, pour qu'on s'y prenne enfin comme il fallait. Je veux dire, on se faisait des frotti-frotta, on s'embrassait, mais rien d'autre, et quand on y est enfin arrivés, on a tout fini en un éclair ; bon, ça, ça s'est arrangé avec le temps. Tout bien considéré, j'avais beau pas être une affaire au lit, je crois qu'on était plus heureux à l'époque, ma Lilian et moi. C'est dommage qu'on ait jamais eu la chance d'avoir des gamins, même si j'ai rattrapé mon retard depuis.

On a eu quatre mois ensemble, avec ma Lily et, à la fin, le youp-la-boum était du tonnerre. On était sacrément amoureux, et puis voilà, mars 1915 arrive, et on m'envoie en France. Bon Dieu, là, c'était l'horreur. On peut pas comprendre tant qu'on a pas vécu ça. Vous vivez dans la boue, tout autour de vous, y a des petits gars pas plus vieux que vous, avec la moitié de la mâchoire emportée. Alors, on renonce à tout, sauf à faire ce qu'on vous dit. J'ai vu un cheval qui avait plus de pattes couché tout frémissant dans la boue de la tranchée, putain, on aurait dit un phoque. J'ai vu des hommes brûler.

J'étais en France que depuis deux mois quand j'ai pris un éclat d'obus à Givenchy. La tête et la jambe. C'est surtout la tête qui a dégusté, apparemment, mais moi, comme un couillon, je suis infoutu de me rappeler quoi que ce soit. Ni le moment où ça s'est passé, ni la matinée avant, et pas grand-chose après. Envolé. Net et sans bavure. Mon premier souvenir ensuite, c'est d'être à l'hôpital devant l'assiette du repas, à moitié vide. J'ai levé une cuillère de purée filandreuse, je l'ai regardée, et je me suis souvenu que j'étais Alf Rouse. Ça fait tout drôle, comme sensation, je vous garantis.

J'ai pas assez d'éducation pour expliquer ça, mais le monde

m'a plus semblé pareil, ensuite. Je veux pas dire que la Guerre m'avait ouvert les yeux, comme j'ai entendu d'autres le prétendre. Je veux dire que le monde paraissait différent, comme si c'était un autre monde, une copie du monde réel. Comment je pourrais vous expliquer ça ? Tout avait l'air faux. Pas faux, mais monté à la va-vite, comme s'il allait se démantibuler d'un instant à l'autre. La meilleure façon de décrire ça, c'est de dire que c'était comme quand y a cours de dessin à l'école et que la maîtresse commence par vous donner une feuille de papier où vous pouvez faire des ratures, parce que c'est pas l'image définitive, ça compte pas. En reprenant conscience à l'hôpital, j'ai eu l'impression de me réveiller dans le brouillon, pas dans l'image. Rien n'avait d'importance. On pouvait effacer et tout recommencer. Quand j'y pense, je me dis que j'ai toujours eu cette impression depuis, sauf que maintenant, j'ai l'habitude.

C'est là que j'ai commencé à avoir mon « truc » pour le sexe faible. Bien sûr, d'un côté, j'avais des occasions avec les infirmières qui étaient là-bas. On dirait pas, à voir certaines, mais il s'en passait de drôles, plus que vous imagineriez. Vous comprenez, tout bien considéré, là-bas, comme femmes, y avait qu'elles, et elles avaient l'embarras du choix. On pourrait croire qu'elles seraient pas trop d'humeur, après avoir vu toute la journée des gars à moitié réduits en chair à pâté, mais je pourrais vous en raconter de belles, faites-moi confiance. Bon, bien sûr, j'avais une pointe de remords, de temps en temps, rapport à Lilian, mais pas de quoi tomber à la renverse. Comme je vous dis, à ce moment-là, les choses s'étaient en quelque sorte tout aplaties, et rien de ce que je pensais, ou faisais, semblait avoir beaucoup d'importance. Je veux dire, je sais où sont le bien et le mal, mais on arrive à un point où, faut être honnête, on s'en soucie plus trop.

Une fois, y a une petite infirmière potelée qui m'a turluté pendant qu'un pauvre bougre qui avait perdu ses mains délirait pleins gaz dans le lit à côté du mien. J'ai laissé faire, mais franchement, j'étais pas tellement partant, vous me croirez si vous voulez. Elle avait quelque chose de drôle, qui me déplaisait, l'infirmière, sa façon d'agir. Elle avait un peu perdu la boule, à la voir. Y en avait beaucoup, comme elle.

Quand j'ai été démobilisé avec une pension, l'année suivante, et que je suis rentré chez moi, ça s'est pas arrangé du tout, côté bonnes femmes. En fait, la situation était encore pire. Ça venait de la blessure, vous comprenez. C'était ça qui les attirait. Ma blessure. Ce que je vous ai dit, les filles qui étaient dingues des gars en uniforme, ben, c'était rien à côté de ce qu'il se passait quand on était blessé ou qu'on portait un pansement. Même après avoir retiré les bandages, il suffisait de leur raconter qu'on avait été blessé, et c'était dans la poche. Je rabattais mes cheveux sur un côté pour qu'elles puissent voir la cicatrice près de ma raie, et je les laissais toucher si elles voulaient. Je vais vous dire : au bout de dix minutes, je me les grimpais. Elles en perdaient le souffle, tellement elles en voulaient. C'est de drôles de numéros, les bonnes femmes. Je les comprends pas, même après toutes celles que j'ai eues. Il doit bien y en avoir soixante-dix, quatre-vingts, que je me suis faites depuis que je suis devenu représentant de commerce en sortant de l'armée, mais, pour moi, ça reste un mystère. Je suppose qu'elles le demeureront toujours, maintenant.

Je dirais pas que la petite Helen était la première avec qui j'ai couché pendant mes tournées. Après tout, ça durait déjà depuis cinq ans, mais c'est surtout à Helen que j'ai commencé à m'attacher. Je voulais m'occuper d'elle. En fin de compte, c'était une gamine, et donc, elle avait besoin qu'on veille sur elle. N'importe qui en ferait autant, quand on a du cœur.

C'était une petite Écossaise, Helen. Une petite bonne. Je la sautais sur la banquette arrière de la Morris. Y en a eu, des souvenirs, sur cette banquette. Je regrette qu'elle soit partie en fumée. Je suppose qu'elle était un peu jeune, Helen. Quatorze ans seulement, mais vous connaissez les filles, de nos jours. Très adultes et complètement formées. Si elles sont assez vieilles pour saigner, elles le sont assez pour attirer le loup, comme je dis toujours. Elle est bonne, hein ? C'est à l'armée que je l'ai entendue la première fois, ça m'a bien fait marrer.

Je l'ai mise en cloque, mais le petit est mort peu après sa naissance, ça nous a fichu un coup, à l'époque. Comme je vous disais, j'aime beaucoup les enfants. Enfin, bref, j'ai continué à la voir et, deux ans plus tard, quand elle a eu seize ans, elle en a attrapé un autre. Bon, Helen était jeune, mais elle avait de la suite dans les idées, parfois, et sur ce coup-là, elle a pas cédé. Elle a dit qu'on devait se marier, pour le petit, et j'avais pas grand-chose à répondre à ça. Je lui avais raconté que Lily et moi, on avait divorcé, vous voyez, alors je pouvais pas utiliser le prétexte que j'étais déjà marié pour me défiler. J'étais dans le pétrin, je vous le dis.

Finalement, j'ai dû en passer par une fausse cérémonie de mariage avec elle, juste par lui faire plaisir, et puis je les ai installés à Islington, elle et le bébé, dans un petit appartement coquet où on pouvait vivre comme mari et femme. Je lui ai dit que je serais souvent sur les routes, loin de la maison. Évidemment, j'avais raconté la même chose à Lily, à Finchley, ce qui fait que tout a bien tourné, pendant un temps. Mais bon, elle était pas idiote, et elle a fini par soupçonner que j'avais une liaison en dehors du mariage. Bien sûr, ce qu'elle savait pas, c'est que c'était le cas, et que c'était elle.

Tout a fini par être découvert et, mon Dieu, vous auriez dû entendre l'esclandre. Je sais pas exactement où je me serais retrouvé si Lily avait pas été si compréhensive. Elle a tout le temps répété que c'est pas de ma faute, si je suis obsédé sexuel, que c'est seulement arrivé depuis la Guerre. Elles ont accepté toutes les deux de se rencontrer, Helen et elle, une fois que ça s'est calmé, et elles ont tout réglé autour d'une génoise dans un salon de thé. Elles estimaient toutes les deux qu'il valait mieux que le bébé d'Helen, le petit Arthur, grandisse dans un milieu convenable, alors, Lily et moi, on l'a pris pour qu'il vienne vivre avec nous à Buxted Road. Vous direz ce que vous voudrez, y a pas beaucoup de femmes qui feraient ça pour leur gars, hein ? Accepter le bébé d'une autre et le nourrir ?

Ma Lily, y en pas une sur un million, comme elle. Je me souviens de la dernière nuit avant que tout ça me pète à la figure, la dernière fois que j'ai vu Buxted Road. On était assis là dans le salon en façade, les lumières éteintes, Lilian, le petit Arthur et moi, en train de regarder toutes les fusées et les chandelles romaines éclater juste au bout de la rue, parce que c'était la nuit du Bûcher. Je lui avais dit que j'avais rendez-vous à Leicester avec les gens des gaines et jarretelles, si bien qu'elle a pas protesté quand, juste après sept heures, je me suis préparé à prendre la grande route du Nord dans la direction des Midlands. Je lui ai donné un de mes baisers extra-spéciaux en guise d'adieu, parce que la situation entre nous me plaisait plus trop et j'avais décidé de la quitter.

En quittant Buxted Road, je me suis rendu tout droit chez Nellie Tucker. Je suis pas fier de dire ça, mais j'avais pas remis les pieds là-bas depuis qu'elle avait eu son bébé, la semaine d'avant, donc on peut dire que c'était pas trop tôt. Je me souviens plus, je vous ai parlé de Nellie ? Je me suis mis avec elle en 1925, à l'époque de mes problèmes avec Helen et ma Lily. J'étais vraiment sous pression à ce moment-là, vous pensez bien, et je me suis tourné vers Nellie pour avoir quelqu'un avec qui en parler, entre autres. Naturellement, de fil en aiguille, on a pas tardé à avoir un bébé. Lily m'aurait tué, alors je l'ai tenu secret et je donnais cinq livres à Nelly tous les mois pour l'entretien. Tout se passait bien, jusqu'à ce qu'elle tombe encore enceinte, cette dernière fois. Elle l'a eu fin octobre, le 29, autant que je me souvienne.

Je suis passé la voir en quittant Lily ce soir-là, et je suis arrivé là-bas un peu après sept heures. L'aîné et le bébé étaient déjà tous les deux au lit, si bien qu'on a pu tirer un coup vite fait sur le canapé. J'ai eu un peu le cafard après, comme ça arrive parfois, et j'ai commencé à lui déballer mes problèmes, à lui raconter toutes les dettes que j'avais. Elle écoute bien, Nellie. Elle a toujours bien écouté.

La situation, avec moi, je suppose que ça ressemble à ce film avec Victor MacLaglen, *Une fille dans chaque port*. Vous l'avez vu ? Il est épatant. Je suis allé le voir l'an dernier avec ma Lily, et les femmes, là-dedans, ah ! quelle collection ! Mirna Loy, elle est pas mal. Et Louise Brooks, encore que, pour être tout à fait honnête, elle me plaît pas à moitié autant, avec ce genre de coiffure. Ça fait lesbienne, si vous voyez ce que je veux dire. Mais pour moi, la vraie vedette, c'était Sally Rand. Vous devez la connaître, Sally Rand. « La fille aux bulles » ? Elle dansait avec des éventails et de grosses bulles, et faut reconnaître, c'est très artistique, ce qu'elle fait. Elle porte rien du tout sous ces bulles, et pourtant on voit jamais rien. Elle chantait « I'm Forever Blowing Bubbles », *je fais tout le temps des bulles*, comme de juste. Charmante, comme fille.

Je suis resté chez Nellie une heure, environ, et je suis parti tout juste après huit heures. J'aurais dû aller pisser un coup avant de m'en aller, mais, bon, je l'ai pas fait, et donc, le temps que j'arrive à hauteur d'Enfield dans le sens de St Albans, j'étais pas loin d'éclater. J'ai vu un pub installé un petit peu en retrait de la chaussée, et j'ai pensé : « Tiens, j'ai le temps de boire un petit coup pour me donner du courage pour la route ». En plus, je pouvais utiliser les toilettes. C'est marrant, je suis déjà passé par là et j'ai beau connaître la plupart des pubs du coin, celui-là était nouveau, pour moi. Je crois que c'est à cause de la façon dont on arrive dessus, après le virage. La première fois que je l'ai aperçu, c'est quand mes phares l'ont balayé et l'ont chopé : à première vue, il avait l'air à moitié en ruine. Ils auraient intérêt à le retaper un peu, à mon avis. Ils y perdraient pas, parce que, placé en retrait de la route comme il est, je parie que la plupart des gens le ratent. Il avait un drôle de nom, dans mon souvenir, mais j'arrive pas à me rappeler quoi, à présent. Ça va sûrement me revenir.

J'ai garé la bagnole à l'arrière, je suis entré, et première escale : les waters. Bon Dieu, c'était ce qu'on appelle les grandes eaux ! Y a des fois comme ça, on a l'impression que ça dure des heures. Bien sûr, j'exagère, mais vous voyez le genre. Je suis sorti des W-C pour aller au bar, y avait pratiquement personne. Mort, le coin.

La Peine Perdue. Hein, qu'est-ce que je vous disais ? Je savais que c'était un drôle de nom. Accoudé au bar, y avait un vieux gitan avec un drôle de chapeau à large bord. Très franchement, il avait l'air d'un filou, alors j'ai gardé mes distances par rapport à lui. J'ai demandé à la fille derrière le bar de me servir un cognac, et puis j'ai cherché autour de moi un endroit où m'asseoir. Dans un coin, y avait un type un peu dépenaillé, en train de discuter avec un petit gars d'une dizaine d'années. J'ai cru que c'était son fils, au départ, mais ensuite, le gamin a dit quelque chose au type et il a quitté le bar. Il est pas revenu, donc peut-être qu'il connaissait pas du tout l'autre zigue ; il était juste assis à côté de lui quand j'ai regardé. Histoire de passer cinq minutes, j'avais envie de parler à un type, après avoir eu des femmes sur le dos toute la journée ; alors quand le petit gars s'est levé pour partir, je suis allé m'asseoir à la table, à côté du type mal fagoté.

On a pas tardé à lier conversation, et j'ai vu qu'il était impressionné, quand je lui ai montré ma carte de visite. Ça se trouvait qu'il allait vers le nord, lui aussi. Il était originaire du comté de Derby, il m'a dit ; ça m'a pas surpris, vu qu'il avait un sacré accent. Il m'a dit qu'il travaillait à la mine, là-bas, mais qu'il avait voulu partir tenter sa chance à Londres, comme pas mal de gens, et il avait pris la direction du sud. Ça vous épatera pas trop si je vous dis que ça s'était pas passé comme prévu ; il rentrait maintenant sur Derby, en espérant retrouver son ancien boulot à la mine.

Ils m'ont demandé pourquoi j'avais proposé de le prendre en voiture, comme si j'avais une raison de le faire, et ils veulent pas me croire quand je leur réponds qu'au début, j'avais aucune idée de ce que j'allais faire. J'ai dit que je l'amènerais jusqu'à Leicester, parce que j'ai vraiment eu pitié du pauvre bougre, et ça va pas chercher plus loin. Il a fait toute une histoire, il voulait me payer une nouvelle chope avant de partir, en signe de gratitude, et il en a bu une, lui aussi, ce qui, franchement, était un coup de trop. À voir l'état dans lequel il était, il en avait déjà bu plus d'une avant que j'arrive, et une fois qu'on est montés en voiture, j'en ai plus tiré grand-chose de cohérent. Il a passé presque tout le temps à dormir et à ronfler.

L'histoire aurait pu tourner autrement s'il m'avait fait un peu la conversation, comme je voulais, simplement pour me détourner les idées de mes problèmes. Mais là, la seule compagnie que j'avais était bien trop pintée pour causer, alors il me restait rien d'autre à faire que de conduire en ressassant les choses, avec derrière moi ce gars qui grinçait comme une scierie. Plus on roulait, plus il m'énervait. Je veux dire, j'étais dans un beau pétrin, là, avec le bébé de Nelly né une semaine plus tôt, et Ivy prête à accoucher, et pendant ce temps-là, l'autre ronflait comme un cheval de trait en me bavant sur le siège. Je dis pas que je ressens une animosité contre lui, maintenant, évidemment pas, mais c'est ce que j'ai éprouvé, sur le coup.

On a remonté la route romaine vers le comté de Northampton, où on est entrés par Towcester. C'est marrant, les trucs dont on se souvient, mais je me rappelle à quoi je pensais quand on a croisé le clocher de l'église de Greens Norton, sur la gauche. Je sais pas pourquoi, je repensais au temps où j'étais petit, quand on vivait à Herne Hill, sur la route juste après l'auberge de la Demi-Lune. Quand j'étais petit, j'étais curieux, comme tous les gamins. Je voulais tout savoir. Un jour, je devais pas avoir plus de sept ans, je me souviens que j'ai posé des questions à M'man sur Herne Hill, pourquoi ça s'appelait comme ça. Elle m'a dit qu'elle en savait rien, mais que, si ça m'importait tant que ça, j'avais qu'à regarder dans l'encyclopédie de Pears, alors c'est ce que j'ai fait.

Je sais pas si vous avez déjà ouvert un livre, quand vous étiez morveux, et si vous avez vu une image qui vous a fait si peur que vous avez claqué le bouquin et que vous avez jamais osé le rouvrir ? Eh ben, moi, c'est ce qui m'est arrivé. J'ai ouvert l'encyclopédie à la page que je cherchais, à la lettre H. Il y avait une vieille gravure au trait d'un gars : il avait des cornes de cerf qui lui sortaient de la tête. Je sais, ça a l'air de rien, maintenant, mais ça m'a terrifié. De ma vie jusque-là, j'avais jamais vu d'image qui m'ait même à moitié autant bouleversé, je saurais pas dire pourquoi.

J'ai fermé le livre et je suis allé le cacher dans la chambre de mes parents sous la garde-robe, et de vieux numéros de *Reveille* qui avaient fini là. Je voulais l'enterrer, vous comprenez. C'est vous dire quelle trouille j'en avais. Pourquoi j'ai pensé à ce type avec des cornes en passant devant l'église de Greens Norton, j'en ai pas la moindre idée, mais c'est comme ça. C'est bizarre, le cerveau. La moitié du temps, on sait pas pourquoi on fait quelque chose, enfin, moi du moins, je le sais pas.

Prenez ce que j'ai raconté ce soir-là en arrivant chez Ivy au pays de Galles, juste après être allé dans sa chambre et l'avoir tripotée. Ses parents avaient été bien aimables de m'offrir à manger un bon morceau de jambon d'York avec des patates, et j'avais à moitié fini mon assiette quand on a frappé à la porte. Les Jenkins avaient une voisine, trois portes plus loin, qui avait l'air de savoir tout ce qui se passait chez eux, y compris mes affaires avec Ivy, et justement, la voilà qui s'amène sur le pas de leur porte, avec un numéro du journal local. Est-ce qu'on avait vu, elle a demandé, la photo de la voiture retrouvée à Northampton ? Bon, dans les villages, ça se passe comme ça, vous comprenez, tout le monde connaît les affaires de tout le monde. J'étais pas à Gellygaer depuis plus d'une heure ou deux, et déjà quelqu'un avait entendu ce que j'avais raconté au père d'Ivy sur ma bagnole qu'on m'avait fauchée. Et comme ça se trouve, y avait encore pire pour moi, en réserve.

Ils l'ont fait entrer et l'ont laissée faire passer son journal à tout le monde. Quand je l'ai vu, j'avais du jambon d'York plein la bouche. Je vais vous dire, c'est un miracle si je me suis pas étouffé. Y avait une photo de ma Morris Minor, toute brûlée au beau milieu du champ, à Hardingstone. À côté, un paragraphe expliquait qu'on avait retrouvé un corps humain dans les décombres. Bon, c'est comme je vous disais, la moitié du temps, on sait pas pourquoi on fait ou on dit les choses, mais quand j'ai vu ça, je me suis écrié directement, sans réfléchir : « C'est pas ma voiture ». J'ai enchaîné en marmonnant je sais pas trop quoi, que je m'attendais pas à voir les journaux faire tant d'histoires là-dessus.

Dire ça, c'était vraiment une connerie, je le vois bien, maintenant que j'y repense. Je veux dire, c'était ma voiture, y avait pas de doute là-dessus. On pouvait lire la plaque d'immatriculation, MU 1468, clair comme tout. C'était à peu près le seul morceau qui avait pas cramé. Tout ce que j'ai gagné à prétendre que c'était pas la mienne, c'est d'avoir l'air bizarre et d'éveiller les soupçons de tout le monde. Je m'en suis tiré du mieux que je pouvais en prétextant que j'étais fatigué pour aller me coucher dans la chambre d'ami, où j'ai pensé aux nichons d'Ivy et où je me suis fait une petite veuve poignet pour me changer les idées.

Bon, d'habitude, j'ai pas plus tôt terminé mon affaire que je dors à poings fermés, mais pas cette nuit-là. Oh non. J'ai pas fermé l'œil, sauf par moments, où je m'assoupissais pour faire d'horribles petits rêves qui me réveillaient presque avant d'avoir commencé. Ils étaient frappants, sur le coup, mais maintenant, j'arrive pas à me rappeler quoi que ce soit, sauf qu'ils m'ont bien flanqué la frousse et que je suis resté éveillé jusqu'à ce que les premières lueurs glissent sur les lis du papier peint, contre le mur du fond.

Le temps que je me lève, le journal du matin était arrivé. C'était le *Daily Sketch*. Ils avaient publié la même photo de ma Morris incendiée, seulement cette fois-ci, en plus, ils indiquaient mon nom, ce que j'ai trouvé sacrément gonflé de leur part. Évidemment, ça a mis le feu aux poudres avec les parents d'Ivy. Tout ce que j'ai trouvé à dire, c'est qu'il devait y avoir eu une épouvantable erreur quelque part et que j'allais rentrer à Londres, le temps de tout remettre en ordre. Les Jenkins avaient un autre voisin, un certain Brownhill, qui avait un petit garage à Cardiff. Il a ouvert son clapet et a proposé de me poser là-bas en allant travailler, afin que je puisse prendre le bus pour Hammersmith. Je pouvais difficilement refuser, alors j'ai fait mes adieux à Ivy en lui disant ce qu'elle avait envie d'entendre, qu'on irait bientôt vivre tous les deux à Kingston-on-Thames. Son père m'a serré la main, mais il a fallu que la maman d'Ivy insiste ; ensuite, on s'est mis en route.

Le trajet est long, jusqu'à Cardiff, et je ne sais pas si ça m'a pas porté sur les nerfs : quelle que soit la raison, je me suis aperçu que j'arrivais absolument plus à m'arrêter de parler. Je causais, je causais ; de ma voiture, de comment on me l'avait barbotée devant un café, et ce Brownhill qui quittait pas des yeux la route devant lui, et qui disait de temps en temps : « Ah oui ? » ou « C'est vrai ? ». Mais en dehors de ça, c'était la croix et la bannière pour lui décrocher un mot. En arrivant à Cardiff, il a insisté pour m'accompagner à la gare, où il m'a escorté jusqu'au bus pour Hammersmith.

Bien sûr, depuis, on m'a raconté ce qu'il a fait, qu'il avait filé tout droit chez la police dès qu'il s'était assuré que j'étais dans le bus. Il leur a annoncé que j'arrivais et que je lui avais raconté certains détails suspects. À mon avis, il avait juste envie de mettre son grain de sel dans l'affaire. Dans les villages, ils sont tous pareils, rien leur plaît plus qu'un petit scandale. Cela dit, je me suis demandé si le père d'Ivy l'aurait pas poussé, en s'arrangeant pour me ramener en voiture à Cardiff avec cette idée derrière la tête, précisément. C'est pas très sympa, d'imaginer qu'il me ferait ce coup-là, mais ça m'étonnerait pas trop de lui. Il m'a jamais beaucoup aimé, le père d'Ivy. Il a toujours estimé qu'elle avait abandonné une belle carrière d'infirmière pour un type qu'il jugeait pas assez bon pour elle, comme si y avait jamais eu à Gellygaer un gars qui gagne cinq cents livres par an.

Je suppose, si je suis totalement franc envers moi-même, que c'est la tenue d'infirmière en particulier qui m'a attiré chez Ivy, au départ. C'est un « truc » que j'ai, et là encore, je suppose que ça doit avoir je ne sais quel rapport avec la Guerre. Les hôpitaux, et tout ça. Parfois, rien que l'odeur du Germolene ou l'alcool à 90, ça me met plus vite dans l'ambiance qu'un bon livre cochon. Elle avait un sacré chien, Ivy, avec sa petite coiffe et ses bas noirs en laine. C'est dommage, elle rentre plus dans sa tenue d'infirmière depuis qu'elle a dépassé les cinq mois, et ça remonte à un bon bout de temps.

Dites donc, il fait très froid, ici, pour un mois de janvier, vous trouvez pas ? Angel Lane. Je vais vous dire, j'en ai pas vu beaucoup, des anges, par ici, ces deux derniers mois, rien qu'une cargaison de bobbies, tous avec des gueules en cul de bus. Remarquez, je saurais pas reconnaître un ange, si j'en voyais un. Des femmes nues, voilà comment je les imagine, les anges. Ah, ce serait quelque chose, d'avoir ça qui vous volette autour, quand vous passez l'arme à gauche, pas vrai ? Plein de filles toutes nues ? Voilà comment j'aimerais m'en aller. Y a des façons sacrément pires, faites-moi confiance.

Il dormait toujours à poings fermés quand j'ai vu le premier panneau qui annonçait Hardingstone, le type, je sais pas comment il s'appelait, celui que j'avais ramassé dans le pub aux abords de St Albans. Bill. Je crois qu'il m'a dit qu'il s'appelait Bill. Il ronflait encore et, pour ma part, dans ma tête, y avait une moitié qui se faisait de la bile à se demander comment j'allais me débrouiller avec toutes ces factures, ces femmes, tous ces enfants, pendant que l'autre moitié arrêtait pas de repenser à ce type, avec ses bois de cerf, dans l'encyclopédie de Pear. Aucune idée pourquoi. C'est comme je vous ai dit, ça peut être bizarre, le cerveau, parfois.

Quelque part dans tout ça, l'idée m'est venue que je devrais tourner sur le chemin d'Hardingstone quand il se présenterait. Ce qui est arrivé après, je m'embrouille encore là-dessus. J'ai raconté tellement de versions que je sais plus moi-même lesquelles sont vraies et lesquelles j'ai inventées. Ça vous arrive jamais ? Non ?

J'ai fait une déposition sur tout ce qui était arrivé à ces messieurs du poste de police de Hammersmith qui attendaient mon bus, là, quand il est arrivé de Cardiff, grâce à Mr. Brownhill qui avait besoin de s'en mêler. Faut être honnête, j'ai bien fait l'andouille quand je suis descendu du bus et que je les ai trouvés tous les trois, en train de m'attendre. J'avais pas prévu le coup, j'aurais dû, je suppose, mais non. Ça m'a tellement pris de court que j'ai dit le premier truc qui m'a passé par la tête. J'ai dit que j'étais content que tout soit fini, et je leur ai dit que j'avais pas dormi. J'ai dit que j'allais de ce pas à Scotland Yard. Bon, tout ça, ça va encore, mais avant de pouvoir me retenir, je suis allé leur déclarer que j'étais responsable. J'ai pas dit de quoi, mais quand même, ils m'ont jeté un drôle de coup d'œil. Je m'en serais flanqué des baffes, avec les ennuis que ça m'a créés, depuis.

Je sais pas si je vous l'ai dit, mais ils ont essayé de me prendre en défaut, là-dessus, au tribunal aujourd'hui, sauf que j'étais trop malin pour eux. Comme on dit à Finchley : faut se lever de bon matin pour piéger Alfie Rouse. Le procureur, maître Birkett, il me demandait pourquoi il m'avait fallu presque deux jours pour signaler les faits à la police, ce qui m'a pris au dépourvu, l'espace d'une minute, mais je me suis vite rétabli.

« Eh bien, j'ai dit, j'ai très peu confiance dans les agents de village qu'on trouve dans les postes de police plus provinciaux, plus petits, alors je me suis dit que j'allais aller directement au sommet. J'avais pas dit que je me rendais à Scotland Yard, quand on m'a arrêté à Hammersmith ? »

Oh, ça, ça lui a pas plu, j'ai bien vu, la façon dont je l'ai pas laissé me coincer, alors, il me réplique ensuite : « Ah uiiii ? N'ââvez-vous pââs dit aussi que vous étiez responsâââble ? Qu'entendiez-vous par lâââ, mon brâââve ? » La façon qu'ils ont de parler, vous savez.

Bon, je commençais à me sentir bien en confiance, à ce moment-là, alors je lui réponds du tac au tac, pour dire : « Eh bien, aux yeux de la police. Je croyais que le propriétaire était responsable de tout ce qui pouvait arriver à son véhicule. Vous me corrigez si je me trompe. »

J'ai levé un sourcil en disant le dernier truc, le « Vous me corrigez si je me trompe », pour que le jury et les filles dans la tribune du public voient que je me payais sa tête, et je crois que j'en ai entendu deux ou trois glousser, à moins que je l'aie imaginé. Elles sont de mon côté, on le sent bien. Une bonne proportion des femmes du jury, alors ça va bien aller, forcément. J'ai croisé le regard d'une ou deux, et j'ai une bonne idée de celles qui ont un petit béguin pour moi. Si je m'en tiens simplement à ce que j'ai dit, y aura pas d'accroc.

Quand ils m'ont accueilli à la descente du bus à Hammersmith Bridge Road, ils m'ont conduit au poste de police du coin où je leur ai raconté ce qui s'était passé tôt le matin du 6, aussi bien que j'ai pu. J'ai dit que j'avais ramassé le gars sur la grande Route du Nord, à l'extérieur de St Albans, ce qui était la vérité, et qu'en approchant de Hardingstone, j'ai cru voir sa main sur ma mallette d'échantillons, que je garde sur la banquette arrière de la voiture, où il était assis. Ensuite, j'ai un peu commencé à piquer du nez au volant, et encore après, j'ai entendu le moteur tousser et avoir des ratés, comme si je commençais à être à sec, alors je me suis dit que j'allais me ranger dans un pré, à l'écart de la route principale, un peu plus loin sur le chemin. En plus, j'avais besoin de me soulager, on avait fait pas mal de route depuis St Albans.

Il s'est réveillé alors que je me garais dans le pré, et je lui ai dit que j'allais me rafraîchir. Je lui ai dit que s'il voulait se rendre utile, il avait qu'à prendre le bidon d'essence sur le siège arrière et remplir le réservoir, parce que apparemment, on allait être à sec. J'ai soulevé le capot et je lui ai montré où on versait, et là, il m'a demandé si j'avais une cigarette qu'il pourrait me taper. Je lui en avais déjà donné plusieurs, alors j'ai dit que non, et puis je me suis un peu éloigné de la voiture pour me soulager en privé. J'étais arrivé à une certaine distance de la route et j'avais baissé mon pantalon quand j'ai entendu un grand bruit ; j'ai vu la lumière du feu derrière moi. J'ai remonté mon grimpant et j'ai couru à la voiture, mais c'était trop tard. Je le voyais, à l'intérieur, mais je pouvais rien faire. Ce couillon avait dû s'allumer une cigarette alors qu'il était assis à côté du bidon d'essence. Les gens font de ces trucs, des fois.

Ils ont vu que j'avais ma mallette avec moi et ils m'ont demandé si j'étais revenu la sortir de la voiture en flammes, mais je m'attendais à cette question. Je l'avais vu poser la main sur la mallette et j'avais dans l'idée qu'il risquait de me la piquer, alors je l'ai emportée avec moi en quittant la bagnole. Je leur ai dit que j'avais paniqué en voyant la voiture prendre feu, ça se comprend, et que j'ai couru vers la route où les deux jeunes voyous m'ont vu sortir de la haie. J'ai dit que j'étais déboussolé, depuis, et que j'avais pas su quoi faire, ce qui n'était rien d'autre que la pure vérité.

Plus tard, des policiers du comté de Northampton ont rappliqué à Hammersmith pour me parler, puis ils m'ont ramené avec eux, ici, à Angel Street. J'ai demandé si je pouvais voir Lilian, et quand ils m'ont dit que je la verrai un peu plus tard, j'ai honte de le dire, j'ai un peu laissé mes sentiments prendre le dessus, j'étais tellement éreinté, et je leur ai raconté quelle femme c'était, Lily, qu'elle était trop bien pour moi, qu'elle s'occupait bien de moi et tout. J'ai signalé qu'elle refusait de s'asseoir sur mes genoux, mais qu'à part ce seul défaut, elle était tout ce qu'un homme peut désirer.

Si je m'en étais tenu là, j'avais rien à craindre, mais j'étais d'humeur à me vanter et je tenais à faire grosse impression, alors j'ai poursuivi en leur racontant que j'avais plein de petites amies à travers tout le pays, et que mon harem me forçait à me déplacer beaucoup, si bien que j'étais rarement à la maison. Je ne sais pas comment, c'est arrivé jusqu'aux journaux, mais, je l'ai déjà dit, j'ai le sentiment que ça va compter plutôt en ma faveur que contre moi, malgré tout ce que maître Finnemore peut croire. C'est qu'un avocat. Les femmes, il y connaît strictement rien.

Pauvre bougre. Je le revois encore, quand on s'est garés dans le champ, assis sur la banquette arrière, roupillant à poings fermés. J'arrivais pas à penser à autre chose qu'aux factures, aux bébés, à tout ce qui se cassait la figure autour de moi. Je suis descendu de voiture en faisant le moins de bruit possible et je suis allé voir dans le coffre si je trouvais le maillet que je garde là, depuis que je suis parti camper dans le Devon avec Lily y a quelques années. Je le garde pour ma protection, je suppose : quand on est souvent sur les routes, comme moi, on croise de drôles de gens. J'étais en train de fouiller à l'arrière, et j'imagine que j'ai dû faire un peu de raffut, c'est sans doute ce qui l'a réveillé.

Enfin, brèfle, voilà que j'entends la portière de la voiture qui s'ouvre à l'arrière et le gars qui descend. Je me penche sur le côté du coffre ouvert pour voir, et il était là, il me tournait le dos, en train d'essayer de déboutonner son pantalon, apparemment, histoire d'arroser mon pneu un coup. J'ai pensé à Lil et au petit, à Finchley, comment ils allaient prendre ça quand j'aurais vendu la maison et les meubles, et Nellie avec un autre bébé à nourrir maintenant, et Ivy et ce foutu Kingston-on-Thames, et comment ma vie virait au cauchemar, pire que n'importe quelle image dans un bouquin. J'aurais bien aimé que ce soit dans un bouquin parce que j'aurais pu le fermer d'un coup et plus jamais avoir à y repenser. À un moment, tandis que tout ça me galopait dans la tête, j'ai fini par mettre la main sur le maillet.

En fait, ils ont l'air plutôt jolis, les prés, là-bas, à Hardingstone. Je ne les ai pas trop bien vus cette nuit-là, à cause de l'obscurité, mais d'après la photo du *Sketch*, ça avait l'air de vrais prés de la campagne comme il y en avait autour de Londres quand mon papa était gamin. Le genre sauvage et un peu envahi sur les bords, rien à voir avec un parc. Dans les parcs, y a plein de bordures, de dessins et de parterres de fleurs. Ça manque d'aventure et je trouve que ça fait chochotte, moi. Bon, un gamin, il a envie d'entrer à quatre pattes dans les buissons comme un Indien, ou de se trouver un petit repaire, ou une planque dans les roseaux où il pourra juste rester assis tout seul pour sortir que lorsqu'on l'appellera.

Il s'est retourné vers moi juste au moment où j'abattais le maillet, si bien qu'au lieu de lui taper juste sur le crâne, là, derrière, comme j'en avais l'intention, je l'ai chopé au-dessus de l'oreille et il est parti en biais, comme une vache à l'abattoir. Il est tombé contre la Morris, il a glissé à terre pour se retrouver la figure dans l'herbe. Il a fait un bruit, rien qu'un son tout seul qu'il a dit dans la boue, mais il a pas bougé. Je suis resté là je sais pas combien de temps, à le regarder à mes pieds, en respirant comme on fait quand on vient de tirer un coup. J'avais pas vraiment réfléchi à ce que j'allais faire, jusque-là. Je veux dire, l'idée ne m'était même pas venue à l'esprit avant d'arriver à Towcester. Je l'ai regardé, étendu là dans le peu de lumière qui venait de l'intérieur de la voiture, la petite veilleuse, et j'ai su que j'avais intérêt à trouver quelque chose vite fait.

Bon, en tant que représentant, ou que voyageur de commerce, comme je préfère m'appeler, j'ai un gros avantage, dans le domaine de l'initiative. J'ai un boulot qui exige d'un gars qu'il ait l'habitude d'improviser. Je vais vous donner un exemple. Il y a une compagnie, dans le Nord, à laquelle je rends visite une fois par trimestre, dont je connais le commercial depuis des années, un brave petit vieux qui a un faible pour les jeunesses et assez de fric à dépenser sur une succession de petites amies. Au fil du temps, je me le suis mis dans la poche, en lui apportant de temps en temps certaines des jarretelles les plus sexy, avec plein de fanfreluches, un simple cadeau qu'il peut refiler à sa dulcinée préférée. Enfin, bref, j'arrive là-bas un jour, je débarque dans son bureau avec une poignée des jarretelles les plus osées que vous ayez jamais vues, on aurait dit que j'avais fait le ménage dans un bordel.

Ce que je savais pas, c'est qu'on l'avait viré un mois après ma dernière visite pour avoir tapé dans la caisse, et là, à sa place, siégeait une vieille rombière avec la gueule d'une pisse-vinaigre qui reverra plus jamais cinquante-cinq ans, et des nichons comme deux cochons dans un hamac. Je me suis arrêté pile, je l'ai regardée, elle, et puis le paquet de dessous dans ma main. En un éclair, j'ai eu l'idée. Je l'ai regardée droit dans les yeux, et ensuite j'ai fait tout un cinéma de balancer dix shillings de mes meilleures jarretelles dans la corbeille à papier du bureau, avec les enveloppes déchirées et tout ça. Elle m'a regardé comme si j'étais devenu fou. J'ai pris ma plus belle voix et je lui ai dit : « Madame, pardonnez-moi. J'avais entendu dire qu'une dame était à la tête de ce rayon, et j'avais pensé m'attirer sa sympathie en lui offrant des vêtements qui pourraient la rendre plus séduisante, mais je constate à présent que ce serait totalement inutile. »

J'aurais aussi bien pu dire que je voyais bien que ce serait impossible, mais j'ai tenu ma langue et ça a payé, comme je m'en doutais. Une de mes meilleures clientes, par la suite, celle-là. Ce que j'essaie de dire, c'est que ça fait partie de la vie du voyageur de commerce, trouver des idées sur l'instant.

Je me suis penché et j'ai passé la main sous son ventre pour le soulever, et j'ai essayé de le ramener vers l'avant de la voiture. Mon idée, vous voyez, c'était de l'installer sur le siège du conducteur, enfin, à peu près. J'avais pas trop envie de le tirer derrière le volant, alors je l'ai traîné en faisant le tour de la voiture par l'avant jusqu'à l'autre portière, ce qui veut dire que je l'ai fait passer dans les phares qui étaient encore allumés. Bon Dieu, il était pas beau à voir, tracté dans la lumière comme ça. Il saignait d'une oreille, maintenant, et apparemment, je lui avais enfoncé la pommette en le cognant avec le maillet. Je vais être honnête avec vous, j'ai cru qu'il était mort.

On penserait que je saurais faire la différence entre quelqu'un de vivant et quelqu'un de mort, mais l'idée qu'en ont les petits jeunes, c'est pas comme lorsqu'on a fait la guerre. Tout ça finit par se brouiller un peu, je trouve, la distinction entre vivant et mort. On voit un type, allongé la tête dans la boue, avec juste une moitié de bras et, oui, je suppose qu'il pourrait être encore en vie, mais s'il est pas mort, il le sera dans une heure ou deux ; alors franchement, à quoi bon ? Ça paraît cruel, mais comme pas mal de choses, on s'y habitue. Je l'ai fait. J'ai été un Héros de la Guerre, moi. J'ai une médaille et une cicatrice, là, en haut, près de la raie dans mes cheveux. Je vous l'ai montrée ?

J'ai dû poser le zigue par terre pour pouvoir tendre la main à l'intérieur de la voiture et ouvrir la portière du côté passager que, par crainte des voleurs de voitures, je garde verrouillée ; c'est une règle. Après quoi, j'ai refait le tour, et j'ai trimballé de nouveau le gars pour le placer sur le ventre, sur la banquette avant, même s'il n'avait pas l'air très naturel avec une jambe coincée sous lui. J'ai pensé à sortir de la voiture ma mallette d'échantillons, qui était posée à côté du siège du conducteur. Y avait le catalogue, dedans, vous comprenez. Je ne voulais pas que Monica finisse mal.

Ensuite, j'ai tâtonné sur la banquette arrière pour attraper le bidon d'essence que je garde là et j'ai commencé à en asperger l'intérieur de la voiture, et il en est tombé pas mal sur le truc, à l'avant. J'étais en train de faire ça et de me demander ce qu'était devenu le maillet, j'arrivais pas à me rappeler où je l'avais posé, quand tout d'un coup il a fait du bruit. On aurait dit qu'il marmonnait quelque chose, mais dans aucune langue que j'ai jamais entendue. Ça m'a filé la chair de poule, je vous le dis. J'ai fermé toutes les portières après avoir dessiné une piste d'essence jusqu'à la voiture, et ensuite, je me suis dit que j'allais jeter un coup d'œil sous le capot pour desserrer le raccord du réservoir et enlever le bouchon du carburateur. Je connais les bagnoles, vous comprenez, avec mon travail, tout ça. C'était une petite touche de ruse, pour donner l'air d'un accident.

J'ai cherché partout un petit moment, mais j'ai pas retrouvé le maillet, alors je suis revenu à l'endroit où j'avais posé le bidon d'essence pour marquer la fin de ma piste, et j'ai craqué une allumette. Les flammes ont couru sur l'herbe comme de petites fourmis qui marchent à la file, et ensuite il y a eu un bruit comme un gros soupir et elles étaient partout sur la voiture. Ma petite Morris Minor.

C'est à peu près à ce moment-là qu'il s'est réveillé et qu'il a commencé à hurler et à gigoter, jusqu'à ce qu'il ouvre la portière d'un coup de pied, mais là, comme je l'ai dit tout à l'heure, il avait déjà son compte. Je vais vous dire ce qui était moche : il avait une jambe qui sortait de la voiture et je ne sais pas combien de temps je suis resté planté à la regarder, mais le feu l'a détachée complètement. Elle est tombée comme ça, elle était couchée dans l'herbe, une jambe en train de brûler. Je vais pas vous mentir, j'avais jamais vu pareil spectacle.

Que ça reste entre nous, mais ce que tout le monde considère comme la touche la plus roublarde de l'affaire m'est venue en tête qu'après coup. À lire les journaux qui racontent ça, j'ai eu l'idée d'agir la nuit de Guy Fawkes pour être sûr que le feu attirerait pas l'attention, ce qui, je dois le reconnaître, est vraiment très malin. Je regrette de pas y avoir pensé avant. La vérité, c'est que j'y ai pensé cette nuit-là, dans le pré. L'idée a surgi de nulle part, en un éclair. Parfois, ça arrive comme ça, je suppose, voilà tout. C'est seulement après, en regardant les flammes, que je me suis dit qu'on était la nuit du Bûcher. J'ai pensé : « Tiens, ça tombe bien. »

Après être resté là debout un bon moment, et m'être fait pleurer à cause de la fumée dans mes yeux, j'ai réalisé que je ferais mieux de me tirer. J'ai traversé les prés jusqu'à l'endroit où un trou dans la haie donnait sur le chemin de Hardingstone. C'est bien ma veine, mais, juste au moment où j'émergeais sur le chemin, je tombe pile sur deux gars, tous les deux pompettes, à voir leur tête, qui rentraient chez eux après une soirée de Guy Fawkes à la salle des fêtes du coin. Le *Salon de Danse**, je crois avoir entendu ce nom. En m'approchant, je me suis rendu compte qu'ils pouvaient tous les deux voir la voiture en feu à l'autre bout du pré, et j'ai cru les entendre en parler.

J'ai jugé qu'il valait mieux y aller au culot et bluffer, et donc, je leur ai dit : « On dirait que quelqu'un a allumé un bûcher », ou un truc dans ce goût-là, puisque cette histoire de Guy Fawkes m'était venue à l'esprit, entre-temps. Ils m'ont tous les deux regardé sans rien dire, alors j'ai pressé le pas vers la route principale devant moi.

La nuit était claire. Vraiment limpide. La lune était levée et brillait fort sur la croix de la Reine morte, sur la route de Londres. Tout avait une odeur excitante, effrayante, pleine de fumée et de poudre noire, ça sentait la guerre. Ma cicatrice me démangeait, alors je suis resté à me gratter la tête comme si j'étais perdu. J'avais une mallette de dessous dans une main et une boîte d'allumettes *England's Glory* dans l'autre. J'étais quelqu'un d'autre, avec toute sa vie devant lui, et je crevais de trouille, mais c'était une sensation formidable.

Il me tarde de sortir d'ici. Je vais fêter ça. Je vais remplir le monde de bébés, de chansons et de jolis dessous. Je vais offrir un chapeau à ma Lily et je coucherai avec des filles laides, par gentillesse. Je suis pas un mauvais bougre, au fond, et je pense que le jury le sait. Oh, je suis un peu fripouille par moments, c'est sûr, malin comme pas deux, on me la fait pas, mais je suis un drôle de numéro, un type au cœur passionné qui lui crée des problèmes. Je les vois depuis mon box et je sais qu'avec eux, j'ai déjà un pied dehors, à la façon dont ils me regardent. C'est l'instinct, c'est tout. On le sent toujours, vous savez, quand ils ont l'air d'hésiter.

Ils sont en train d'y croire.

* En français dans le texte original.

L'Escalier d'incendie de Phipps

1995 après J.-C.

Ils sont en train d'y croire.

Les derniers mots du chapitre précédent, écrits en lumière grise, se tiennent là, sur la scène sombre de l'écran, sous le menu Aide inscrit en haut sur l'arche du proscenium. Le curseur clignote, un lent applaudissement visuel dans l'auditorium noir et désert.

Le dernier acte : fini, les imitations. Fini, les tours de passe-passe avec les voix ou les costumes d'époque. Les perruques, les fourrures et les robes abandonnées sont balayées. Les masques retirés et les visages en coquilles mortuaires sont rendus au magasin des accessoires et accrochés à leurs patères. Le crâne rongé par les vers de Francis Tresham se balance à côté de l'empreinte en cire de John Clare, avec son front lunaire et son menton en galoche. Un moulage de Nelly Shaw, les lèvres retroussées sur ses dents par des affres ardentes, se cogne contre la joue en papier mâché d'Alfie Rouse, en un baiser involontaire.

Sur scène, même si le décor reste le même, le paysage a quelque peu changé. Certains des édifices du fond peint des années 30 ont été effacés et on en a ajouté de nouveaux ; des masses à la Caligari sur le ciel d'ardoise de novembre. C'est l'an 1995. Les lumières s'éteignent. Les travées vides attendent le monologue final.

Me recule maintenant de l'écran, du texte, du curseur et de sa pulsation de transe hypnotique. Prends conscience d'un mal aux yeux, d'un bureau qui déborde. Le cendrier creux en forme de grenouille qui bâille, une immonde cascade de mégots et de ponce âcre débordant de sa gorge en porcelaine. L'index de la main droite, en suspens au-dessus des touches. L'auteur tape les mots « l'auteur tape les mots ».

Me mets debout et sens l'énergie qui comble la pièce, un courant pompé à travers le temps à toutes ces lectures futures, à tous ces autres gens et à leurs divers degrés d'absorption, à leur conscience à demi submergée à l'intérieur du texte et à demi détachée du moment, du continuum et, en conséquence, accessible. L'ingère en une inspiration massive, sa brûlure et son crépitement. Tout paraît juste et puissant. Tout se déroule correctement.

Tout autour, les ouvrages de documentation en rapport avec la ville sont entassés en tours ; se muent en une reproduction à échelle réduite de la ville elle-même. Il y a *Sorcellerie dans le comté de Northampton – six traités rares et curieux datant de 1612*, et les poèmes choisis de John Clare. Les Coritani, les croisés, les inventaires de meurtres et les vies de saints en une topographie d'histoire matérialisée, des falaises de mots profondes de quelque quarante siècles qu'il faut négocier pour atteindre la porte, et au-delà l'escalier sans moquette, tonnant. Le descends comme une avalanche sur-tranquillisée en direction du salon ; de la télévision et du canapé.

L'histoire est une chaleur, oppressante et épuisante. Tombe plutôt que m'assieds sur le canapé en péril, un héritage, et tente de localiser la télécommande rien qu'au toucher, tâtonnant à travers le pergélisol de revues et de tasses de thé vides qui dissimule la moquette, dans son propre intérêt. Il serait bien plus simple de regarder, certes, mais plus déprimant. Les doigts se referment sur l'instrument, une barre aux fruits et aux noix imaginée par une forme de vie basée sur le silicone, et localisent le bouton requis. Un vague coup de fouet en direction du sud allume le journal télévisé sur Channel Four. L'histoire est une chaleur. Zeinab Badawi présente chaque soir le creuset noirci à notre examen.

La conférence sur le cessez-le-feu dans les Balkans débitée en bouchées de sept secondes par une caméra maternelle et serviable, pour réduire les risques de suffocation. Les représentants des deux côtés semblent gênés, blêmissant sous les flashes. Des bagarreurs de cours de récréation appelés au premier rang, forcés de présenter des excuses et de se serrer la main, une rancœur d'après-classe déjà apparente dans leurs yeux et leur voix. Et je ne veux plus entendre parler de camps de viol ou de purification ethnique. Retournez à votre place.

On s'attend à ce que la visite imminente du président Clinton au Nord de l'Irlande concentre l'attention sur un processus de paix qui vire rapidement au processus d'embaumement. Clinton, très Kennedy si l'on mesure de telles choses à la coiffure et aux fellations, a annoncé qu'il ne se contenterait pas de venir en Irlande lancer les illuminations de Noël ; cela dit, si d'ici là le Congrès coupe le téléphone et l'électricité à la Maison-Blanche, il pourrait réviser son opinion. Deux familles de Clinton irlandais, une de chaque côté de la frontière, rivalisent pour l'honneur de la présidentielle descendance qui a giclé contre leur arbre généalogique, on espère toutefois que cela ne dégénérera pas en violence sectaire.

Une analyse du budget de la nuit dernière conclut sur ses effets les plus probables : il sera plus avantageux pour les dix pour cent les plus riches, et plus avantageux de crever pour les plus pauvres. Le gouvernement nigérien a lynché Ken Saro Wiva pour avoir protesté contre la sodomie environnementale infligée à un pays choqué par l'aventurisme pétrochimique ; un traumatisme Total. Blancheur momentanée sous les lagons de Mururoa.

De vieilles éditions d'un journal local du XVIIe siècle, le *Mercury & Herald*, dressent une liste de morts alors récentes, de causes devenues depuis longtemps incompréhensibles : une agitation des poumons, les Mauves. Un homme y figure sous le commentaire « mort d'un coup de planète ». Assis, mâchoire molle dans l'aura cathodique de cet Armaguédon photogénique, juge qu'il est plus que temps de ressusciter l'expression. L'offensive permanente de cette imagerie abrutissante qui aplatit nos paysages intérieurs sous ses coups de boutoir, un tapis de bombes sur l'esprit. Le langage du monde, qui nous submerge. Rien n'est imparti, sinon la sensation sous-jacente d'un paysage à son instabilité maximale, flexible comme de la gélignite suintante. L'histoire est une chaleur, un feu doux sur lequel la planète commence juste à entrer en ébullition, notre culture à passer de l'état liquide à l'état gazeux au sein des convulsions violentes et chaotiques de la transition de phase. Ici, dans la vapeur qui monte, un processus avance vers son point de crise, ne s'interrompant que pour une page de publicité.

De façon stupéfiante, au sein de la liste superbement modulée d'actions, de frissons et d'extinctions globaux, s'intercale pour la première fois une mention de Northampton : les habitants de la cité de Pembroke Road dont les jardins jouxtent la voie ferrée essaient d'attirer l'attention sur un nouveau foyer de leucémie. La nuit, quand le vent est à l'ouest, on entend le couinement spectral et le grommellement des trains de marchandises à l'autre côté de la ville. Mon frère Mike, qui est plus charmant, parfois plus drôle, mais, franchement, très loin d'être aussi charismatique, habite juste à côté de Pembroke Road, avec sa femme Carol et leurs enfants. Ils veulent déménager, mais faire visiter les lieux aux clients potentiels en combinaisons et casques hazmat ne va pas faciliter les choses.

Pour être tout à fait juste, toute cette étendue de cités entre Spencer et King's Heath a fait son apparition post-nucléaire depuis les années 60. Une décennie plus tôt, à peine, King's Heath avait remporté des prix pour sa conception, considérée comme le modèle parfait d'une Angleterre future. Cela s'est vérifié, hélas. En 1970, la confiserie elle-même avait un rideau de fer, et des chiens abandonnés se regroupaient en terrifiantes meutes de chasse médiévales. La boîte de nuit locale semblait avoir été décorée par un étalagiste schizophrène dont la dernière visite au cinéma remontait à *Barbarella* ou peut-être à *Répulsion*, avec ses mannequins féminins efflanqués qui émergeaient du mur et des colonnes, anorexiques et traumatisés sous des jeux de lumières émétiques. La jeunesse de King's Heath grattait ses allumettes contre les tétons de plâtre, faisait circuler un paquet de dix Sovereigns et buvait jusqu'à l'amnésie ou l'animosité sous les tourbillons lumineux aux nuances de biriani d'une roue à gel défectueuse, finissant, pour la majorité d'entre eux, cabossés ou engrossées, en fonction de leur sexe. La ville hausse les épaules, une réponse érodée par le temps à son propre déclin physique : ce n'est pas comme si elle attendait mieux.

Éteins la télé, temporairement vaincu. En partie dissimulé par trois semaines de *New Scientist* pas encore lus et des emballages vides de biscuits, se trouve un brouillon du chapitre précédent. Pas encore sûr si la boutique de Bridge Street qui a offert à Lily Rouse un emploi était ou non une confiserie, mais décide finalement de laisser en l'état, par déférence pour les mécanismes de la fiction plutôt que ceux moins substantiels de l'Histoire. Lily reste entre ses bocaux que le sucre frappe de cataracte ; clame l'innocence de son époux avec une loyauté qui fait frémir, tout en pesant les Rainbow Drops*. On le conduit à la prison de Bedford, le second domicile de Paul Bunyan, et il monte à l'échafaud, la jarretelle suprême, le nom de Lily sur

* Bonbons de riz ou de maïs soufflé enrobés d'une couche de sucre coloré.

ses lèvres, ce qui n'est pas un mince exploit quand on tient compte de toutes les femmes et les coparentes qu'il aurait pu songer à mentionner. Alfie le dragueur.

Bunyan : le premier à avoir tracé la carte du pays de l'esprit et de l'imagination enfoui sous le milieu de l'Angleterre, reportant sur un terrain allégorique des voyages réels entrepris dans le royaume matériel. De même, son travail avait, semble-t-il, l'intention d'éveiller l'appréhension d'un paysage visionnaire, sous les rues et les champs subjugués ; d'allumer un rêve incendiaire pour faire brûler d'un sens nouveau la matière terne et lourde des comtés et des villes, et les transformer. Septembre 1681 vit le comte de Peterborough apporter une nouvelle charte à Northampton, des scènes reprises l'année suivante dans la *Sainte Guerre* de Bunyan, mais réimplantées dans la ville allégorique d'Âme Humaine. Sous ce pseudonyme, la conscience du poids et de l'importance mythiques possédés par le lieu et ses habitants est soulignée, la centralité énorme et invisible de la ville confirmée.

Un grand avantage dont jouit le *Voyage du pèlerin* en tant que narration par rapport au présent ouvrage, vient de sa structure, où le pèlerinage progresse vers une fin nécessaire, la rédemption. Ici, toutefois, il n'y a pas de dénouement aussi net à portée de main. Le territoire est le même, mais nous n'avons pas ici de pèlerin unique, sinon l'auteur, peut-être, ou le lecteur, et la progression n'est pas certaine. Et si l'on ne peut exclure une rédemption, sa probabilité est ténue, dans le meilleur des cas. Elle n'a vraiment pas figuré comme un thème majeur, jusqu'ici.

Tout repose sur ce chapitre final. Face à la contrainte d'une narration à la première personne au temps présent, il ne paraît pas y avoir d'autre solution qu'une apparition en personne, qui exige en retour une approche strictement documentaire : se contenter d'inventer ne conviendrait pas. Cet ouvrage est une fiction, pas un mensonge.

Bien entendu, cela tend à reporter sur la ville elle-même la lourde responsabilité de clore le roman. Si tous ses thèmes, ses motifs et ses spéculations doivent trouver une résolution, alors ils la trouveront dans la réalité de la brique et de la chair. La confiance dans le processus fictionnel, dans l'entrecroisement occulte du texte et de l'événement, doit être inflexible et absolue. Ici est le lieu de magie, le lieu insensé dans l'écartement des électrodes entre mot et monde. Toutes les énergies subtiles transitent par ici dans leur voyage vers la forme. Correctement dirigées, elles fourniront les conclusions que la narration exige : les terribles chiens noirs viendront. Il y aura des feux, et des têtes tranchées, et le langage des anges. Une improbable harmonie est requise entre incident et artifice, qui peut demander un peu de recherche. Rien à faire, il faut sortir se promener.

Dehors, la pluie tombe dru sur l'Escalier d'incendie de Phipps, de constants parasites ambrés dans la lueur Lucozade des lampes à sodium. Toute cette cité a été édifiée au tournant du siècle par Pickering Phipps, brasseur et industriel, en une tentative désespérée d'atteindre à un salut spirituel. Ses chances étaient maigres, à première vue.

Il a placé une fonderie en haut de Hunsbury Hill afin de surplomber la ville, et excavé les vestiges du camp de l'Âge de fer adjacent pour trouver du minerai et construire la voie ferrée. L'essentiel de ce qu'il versait à ses ouvriers lui revenait par-dessus le comptoir de ses pubs, le vendredi soir où il le versait. Northampton comptait beaucoup de pubs, à l'époque. On pouvait partir du haut de Bridge Street et, en ne prenant qu'une demi-pinte de bitter à chaque étape de la route, ne jamais atteindre l'hôtel de la Charrue en bas, à l'autre bout, désormais repoussé à l'infini.

Phipps a raisonné qu'on pouvait considérer ses débits de boissons comme une tentation placée sur le droit chemin du juste, et que le Tout-Puissant, ne voyant pas cela d'un très bon œil, allait certainement le condamner aux flammes. Dans l'idée de Phipps, sa seule chance était de courtiser la faveur du Créateur en bâtissant une cité qui comptait quatre églises, mais pas un seul pub. Avec cette modeste prébende donnée à un Dieu considéré comme une déclinaison plus vaste d'un échevin de la commune de Northampton, le brasseur pensait échapper à une fournaise jugée plus abominable que celle qu'il avait dressée sur Hunsbury Hill. Bien qu'on l'ait nommée « Phippsville » sur les documents officiels, le consensus local a vite rebaptisé la cité L'Escalier d'incendie de Phipps, sa sortie de secours pour échapper aux flammes. Mon foyer depuis dix ans, maintenant, dans l'une ou l'autre maison.

Il semble exister une prédilection locale pour exprimer les contours du monde de l'esprit en termes de pierre et de mortier, la matière sous sa forme la plus dense, la plus durable. Phipps bâtit un labyrinthe sec et austère, ses alignements de maisons deviennent les marches de son ascension vers le Paradis. Simon de Senlis édifie son église ronde comme un glyphe templier, afin de marquer le martyre et la résurrection. Thomas Tresham encrypte dans son pavillon triangulaire insensé la Sainte Trinité mise hors la loi. Ces testaments de brique sont de lourds paragraphes directement tracés sur le monde et par conséquent lisibles de Dieu seul. Le reste d'entre nous, ceux qui ne construisent pas, nous extériorisons les arcanes de nos âmes secrètes dans des écritures plus fugitives, plus immédiates pour notre instant humain : des sorts de dépérissement ou le bagout d'un représentant de commerce. La lettre de délation. La prose, ou la violence.

Plissant des yeux dans le noir et le crachin, tourne de Cedar Road sur Collingwood, le déluge transformé maintenant en un crépitement régulier de platine terne sur les dalles inégales du trottoir. Passe devant la petite rangée incertaine de boutiques, au bureau de poste braqué si souvent qu'il s'est attiré une coterie de fans parmi le public de l'émission *Crimewatch* – pour la plupart, des criminels qui la regardent de façon à suivre l'actualité et les potins de leur corporation. Continue, croisant l'embouchure de ruelles qui s'ouvrent sur les longs gosiers sombres d'entrées de service, des flaques se ridant dans les trous et les affaissements d'un pavage vieux d'un siècle, une mousse irisée accumulée entre les grossières pierres grises. Ici, des viols et des écoliers étranglés, et pourtant ces couloirs misérables et poignants n'ont même pas droit de cité dans le guide local des rues de A à Z. Nos vrais plans de rues, les plus pertinents, sont tracés uniquement dans la mémoire et l'imagination.

Un virage à droite, sur Abington Avenue, la gifle froide de son vent de travers et de la pluie battante. De l'autre côté de la rue se dresse l'Église Unie de la Réforme, un des quatre piliers sur lesquels repose le tir à l'aveuglette de Phipps vers la rédemption. Francis Crick venait au catéchisme ici, dans les années 20 ; tellement impressionné, de toute évidence, par les contes bibliques d'une Création en sept jours qu'il a fini par découvrir l'ADN. Le double flot hélicoïdal des interactions humaines court en spirale autour du bâtiment récemment restauré : des rixes à l'heure où ferment les pubs, et des copulations. L'amour, la naissance et le meurtre dans leur tourbillon normal.

Kettering Road et ses minables brocantes de province, qui se sont agglomérées dans les affluents de la ville, des sargasses de pendules à balancier et de masques à gaz. La salle de combat laser abandonnée, avec ses vitrines savonnées, où l'avenir a fermé ses portes en avance, faute d'enthousiasme local. Plus loin vers le bas, égarée dans le flot de la circulation d'Abington Square en lisière du centre-ville, se tient la statue de Charles

Bradlaugh, le doigt leve et pointé résolument vers l'ouest et les champs, par-delà l'étendue urbaine, venant au secours des consommateurs du dimanche qui ont oublié la route de Toys'ЯUs.

Charles Bradlaugh fut le premier député travailliste de Northampton, et le premier athée autorisé à entrer au Parlement, mais pas sans débats. La nuit où fut décidée son admission à la Chambre des communes vit une manifestation sur la place du Marché, avec des policiers anti-émeutes dépêchés pour administrer la tape d'un gouvernement ferme. Bradlaugh n'était pas étranger à la controverse et avait fait un peu de prison avec Annie Besant, théosophiste et agitatrice*, pour avoir distribué une « publication obscène », c'est-à-dire des informations sur la contraception d'un genre considéré en général comme déplacé pour les épouses ou les domestiques. Parmi les politiciens locaux, il a peu de concurrence, à part peut-être Spencer Perceval, Premier Ministre britannique qui est unique pour avoir été, premièrement, originaire du comté de Northampton et, deuxièmement, assassiné. Bradlaugh se tient sur la butte herbue** et désigne d'un doigt accusateur Abington Street, les quartiers commerçants, en ce mégot de XXe siècle.

Abington Street, devenue rue piétonnière il y a quelques années, a des corbeilles de fleurs qui se balancent au gibet des réverbères d'un style imitation Dickens, tandis qu'une esthétique sous-Docklands envahit graduellement ses façades. On dirait que lorsque la Démocratie et la Révolution sont enfin arrivées à Miniville, l'ancien régime corrompu du maire et du conseil municipal a été évacué par hélicoptères avec l'assistance de la CIA pour se réinstaller ici, et imposer brutalement les valeurs de leur junte du Pays des Jouets sur cette artère naguère séduisante.

Il y a une cinquantaine d'années, c'était le Bunny Run, le Défilé des lapines, la parade des débutantes, le chakra sexuel de la ville, où des ouvrières prises de fou rire traversaient en gloussant et en trottinant les fourches Caudines sans malice de la testostérone locale. Maintenant, en 1995, le joyeux désir s'est

* Découvrant en 1888 l'exploitation et les conditions effroyables de travail des ouvrières dans la fabrique d'allumettes Bryant & May, Annie Besant avait alerté l'opinion et suscité la formation d'un syndicat.

** Allusion à la butte en herbe de Dallas où se serait tenu un autre tireur lors de l'assassinat de J.-F. Kennedy.

avarié pour devenir de la brutalité et des coups fréquents, une violence qui se manifeste dans l'architecture même de la rue, qui, inévitablement, infuse pour se trouver un exutoire à l'échelle humaine. On a commencé par démolir le somptueux et majestueux New Theatre en 1959. De vagues échos de George Robey, Gracie Fields et Anna Neagle se morfondent dans les tristes décombres. Ensuite a disparu Notre-Dame, une école religieuse en brique rouge, réceptacle gothique de quatre-vingt-dix années de désirs d'écoliers, et, enfin, l'arcade Art déco jaunie de la Société Coopérative, une belle relique, vaguement égyptianisante, avec une avenue centrale en pente douce, comme si on l'avait conçue pour faire rouler la dernière pierre qui emmurerait vivants les esclaves surpris à feuilleter les brochures du Centre d'assistance sociale.

Ici, sans masque, un processus qui distingue cet endroit tel qu'il s'incarne dans l'époque industrielle. Dans les collections de photographies locales, les seuls détails constants sont les monticules de briques, les grues contre le ciel. Saturne pris d'une petite fringale et tombé à court de jeunesses, la ville se dévore elle-même. Tout ce que nous avions de grand, nous l'avons réduit en pièces. Nos châteaux, nos grands magasins, nos sorcières et nos glorieux poètes. Cassez-moi tout ça, fichez-y le feu et foutez-moi ça à l'asile. Ah, bon Dieu.

Au bas de la rue, une Place du marché fantomatique et déserte s'élève sur la droite, tandis que l'ancienne masse patricienne de Tous-les-Saints, mal éclairée, se dresse à gauche. Contre le flanc de l'église, s'abrite un rang de taxis voûtés sous la pluie et luisants, comme des corbeaux. En face, les devantures des boutiques sur Mercer's Row invitent à une autre lecture de la ville : seul le rez-de-chaussée a été modernisé, comme si l'instant présent n'était qu'une simple brume de chaleur d'un tumulte d'événements qui s'arrêtait à cinq mètres au-dessus du niveau de la rue, laissant les étages supérieurs sous le bail de siècles précédents. Montez à l'étage chez Sergeants, le boucher, et le Café Geisha sera toujours ouvert, des serveuses spectrales glissant entre les tables vides et murmurantes, porteuses de sandwiches, triangulaires et terrifiants. Bram Stoker partageant un tea for two avec Errol Flynn, entre deux matinées au cinéma Repertory.

Poursuis dans les flaques, contournant la façade de Tous-les-Saints avec l'abri de son portique. Ici, une plaque à la mémoire de John Bailles, fabricant de boutons des XVIe, XVIIe et XVIIIe siècles, la meilleure tentative du comté à ce jour pour atteindre une immortalité robuste et sans fantaisie. Pratiquement onze douzaines d'années : bien du temps passé à manufacturer des boutons. Il n'y a que les fermetures Éclair et le Velcro qui l'ont tué.

L'église fixe avec un impassible dédain anglican l'étroite fissure de Gold Street ; son visage de pierre braque un ressentiment protestant vers les ombres sémites qui subsisteraient dans cet ancien antre d'usuriers. Au XIIIe siècle, c'est de là qu'on a fait sortir pour les lapider des Juifs locaux, accusés de sacrifier des bébés chrétiens lors de rituels occultes et cabalistiques. Ce fut un des premiers épisodes d'antisémitisme européen violent à être identifiable comme tel ; une ville aussi impatiente et précoce pour ses pogroms qu'elle a été réticente pour cesser de brûler des sorcières.

Pendant la Seconde Guerre mondiale, un bombardier s'est écrasé en haut de la rue ; un grand ange d'aluminium avec une plaie ouverte à la poitrine, tombé du Jugement dernier. Il a été inexorablement attiré vers le bas par des rayons tracteurs de magie sympathique qui émanaient du bar clandestin souterrain situé sous la boulangerie d'Adam, derrière l'église, un merveilleux espace oublié, conçu pour reproduire la forme et l'agencement des sièges dans un avion enterré. Un vrombissement imaginaire de moteurs au-dessus de jetstreams de silex froid, de stratocumulus d'argile, de même à même s'appelant, attirant le bombardier en l'air dans un piqué fasciné et désemparé. Rien qu'un cycliste qui s'est cassé le bras lorsque l'impact l'a désarçonné de son engin : aucune autre victime. Encore une fois, les rues démontrent leur miséricorde étonnante et capricieuse. Un par un, les villageois quittent à la file par la Maison de Galles la place du Marché en flammes. Le cycliste se relève dans les ruines, groggy et blessé, et contemple, abasourdi, Jane Russell qui fait la moue, peinte sur les décombres de la carlingue.

De Gold Street par-dessus la voie rapide de Horsemarket, le Marché aux chevaux, où se ruent maintenant plus de chevaux-vapeur que jamais ; un virage vers la gauche descendrait vers la brasserie Carlsberg, une horreur à la Fritz Lang. C'est dans la filiale copenhaguoise de cet établissement que le physicien Niels Bohr a formulé pour la première fois son axiome selon lequel on ne peut considérer, en dernière analyse, toutes nos observations de l'Univers que comme des observations de nous-mêmes et de nos propres processus. Obsédante notion, où il est difficile de voir seulement la conséquence d'une Bière Spéciale de trop ; elle est aussi vraie pour les observations sur une ville qu'appliquée au cosmos, ou aux quanta cachés.

Traverse Horsemarket vers Marefair, avec l'impitoyable mausolée du quartier général du Contrôle des crédits de Barclayscard sur notre droite. Visage impassible, regard caché derrière des fenêtres noires opaques, il ne laisse rien filtrer. Northampton, jadis centre du commerce de la botte et du soulier, qui s'est engraissé grâce à la guerre et n'a vu dans la longue marche tragique de John Clare que la vente d'une paire supplémentaire, est maintenant le siège de Barclayscard et de Carlsberg, icônes parfaites des années Thatcher, qui reflètent nos nouvelles gammes d'exportation : le hooligan gorgé de bière, la victime du crédit. On est vraiment, on est vraiment. On est vraiment phénoménal.

De l'autre côté de la rue se trouvent les bureaux du conseil municipal où, dit-on, Cromwell a dormi et rêvé une nuit de 1645, avant de gagner Naseby à cheval et de présider au sanglant accouchement par le siège de notre actuelle démocratie parlementaire, dont la forme adulte reste aujourd'hui encore clairement déformée et traumatisée par cette nativité innommable. Ils ont ensuite fait marcher les prisonniers royalistes jusqu'à Ecton, les ont parqués pour la nuit dans un pré, à côté de l'auberge du Globe, avant la marche vers Londres, le procès, la prison ou l'exécution. Beaucoup de blessés sont morts là-bas, dans la prairie derrière l'auberge. Un siècle plus tard, William Hogarth, un client fréquent, a offert de concevoir et de peindre une nouvelle enseigne pour le Globe, et a changé son nom : the World's End, le Bout du monde, la Fin du monde, en représentant la planète en train de prendre feu. Les enseignes des pubs du comté constituent un jeu de Tarots secret, dont cette lame représente le plus mauvais augure, affirmant le thème local du feu sous son terrifiant aspect final.

Quand on poursuit la marche, l'église de St Peter se tient dans l'éclat des projecteurs, dorée sous les quelques dernières rafales de pluie, un édifice saxon reconstruit après la conquête normande. On a célébré ici la cérémonie funèbre de l'oncle Chick, un affranchi à plus d'un titre : le trafiquant de la famille, qui a fait du marché noir et a perdu par la suite une jambe, mais pas son sens de l'humour superbement désagréable, ni son rictus entendu de crapaud divin portant des diamants au front. Le prêtre a fait son éloge funèbre, en le décrivant comme un homme honnête, respectueux de la loi, respectable à tous égards. Papa et Tante Lou n'ont pas arrêté d'échanger des coups d'œil désorientés durant tout le service, se demandant avec perplexité de quoi il parlait.

Ici aussi, la vision de l'idiot et de la mendiante estropiée près du portail. Les ossements de Ragener, déterrés dans une lumière d'éternité. Les frères saints, Ragener et Edmund ; leurs lointaines tombes de novembre, et leurs miracles distincts.

Quand on a retrouvé la tête tranchée d'Edmund, elle était protégée par un féroce chien noir qui n'a pas voulu laisser les gens approcher. Les babines roses et ourlées, retroussées sur des crocs jaune pâle ; le saint assassiné avec son regard couvert de mouches, des feuilles mortes plein la bouche, ses cheveux grouillant de fourmis : voilà les icônes d'une héraldique locale secrète, les lames cryptées qui caractérisent le jeu de Northampton : Flammes, Églises, Têtes et Chiens.

Descente de Black Lion Hill, suivant toujours le trajet suggéré par le doigt de Charles Bradlaugh, jusqu'au croisement et au pont, plus loin ; l'ancien cœur de la communauté, où tout a commencé. Les Poulains pelus, tels que les décrivent les légendes locales, affectionneraient les carrefours ou un pont sur une rivière, des sites où le tissu est étiré à son plus ténu entre notre monde et le lieu caché au-dessous. Bien entendu, la ville s'est cristallisée autour de ces mêmes lieux, et ne récolte donc que ce qu'elle mérite.

À partir d'ici, St Peter's Way s'incurve vers le sud et, vers le nord, c'est St Andrew's Road qui part, adresse de mon enfance et frontière occidentale des Boroughs, le plus vieux et le plus étrange quartier de la ville, surgi à l'endroit où la piste néolithique du Sentier du Jurassique*, qui allait de Glastonbury à Lincoln et traversait la rivière Nene. Là, près du pont, se trouvait autrefois le château de Simon de Senlis, où l'on a jugé et condamné Becket et qui a à son tour subi un sort comparable, peu de temps après. À présent, c'est Castle Station, la gare du château, qui se tient ici, avec pour unique fragment survivant de l'ancien édifice la poterne déplacée, comme l'oreille d'un mort conservée en souvenir par son assassin.

Au coin, se trouve le Railway Club, ma destination de ce soir. Depuis la mort de Maman, il y a quatre mois, c'est devenu un lieu de réunion hebdomadaire avec le frangin ; un point de contact, maintenant que la table du repas dominical maternel n'est plus. Au-delà des doubles portes en forme de sas qui donnent accès depuis la rue se trouve une seule salle, vaste, basse de plafond, éclairée comme pour une intervention de neurochirurgie. Une estrade basse à l'autre bout où s'assoit parfois l'annonceur de bingo, investi du prestige occulte et de

* Sentier pédestre dont la majeure partie se situe dans le comté de Northampton, le long d'une crête de grès remontant à l'ère Jurassique.

l'autorité de sa profession, le public suspendu, souffle coupé, à chaque syllabe comme aux proclamations d'un devin ou d'un numérologue.

En dehors des enfants, il est inhabituel de découvrir ici quelqu'un en dessous de cinquante ans. L'ambiance collective est chargée, abruptement illuminée par les éclats d'électricité statique d'un rire enfumé. C'est une atmosphère stable, apaisante et familière. Ces gens ont toujours été ici, près du château disparu, près du pont. Les mots ont changé, mais pas la voix, ni encore l'essentiel de leurs griefs.

Le frangin est déjà là, à la table habituelle avec son fils Jake, six ans, déjà possédé d'un grand calme, voire possédé tout court. On commande des verres, et la conversation, confortable comme de vieilles chaussures, s'oriente vers les événements de la semaine. Au bout de cinq ans, Mike a découvert où avaient abouti les cendres de papa ; où les suivront celles de maman. Non que quelqu'un ait passé tout ce temps à les chercher, bien entendu. Simplement, personne au crématorium ne semblait avoir la moindre idée de l'emplacement de la Roseraie B ; on avait récemment déclaré, mais à tort, que la Roseraie B n'existait pas. Cela avait soulevé une brève bourrasque de soupçons gênants : le Soleil Vert, c'est de la chair humaine. Par chance, l'affaire a été résolue, et la plaque parentale découverte totalement par accident parmi les allées de roses, des rangées d'hommes et de femmes miraculeusement changés en pétales, parfum et épines.

Ayant achevé son compte rendu, le frangin sirote, essuyant de sa lèvre supérieure une écume des antipodes, avant de reprendre la parole. « Et toi, tu fais quoi ?

– Le livre, c'est tout.

– Celui sur Northampton ? »

Hochement de tête, suivi par une description superficielle du travail, avant que se mettent en place des impératifs professionnels et que commence l'inévitable quête de matériau : l'exploitation systématique de chaque conversation pour trouver un mot, un fait ou une phrase volés. Mike est soumis à la lassante litanie du chiffonnier : quel âge a le Railway Club, à présent ? Qui l'a bâti ? Des anecdotes ? Vieux meurtres à vendre, vieilles célébrités, vieux papiers ? Gardant un œil sur son fils aîné, de l'autre côté du club, occupé à organiser les autres gamins en divisions des Power Rangers-Jugend, il réfléchit.

« Un jour, l'oncle Chick a piqué une caisse de bière de la réserve à l'endroit où elle s'ouvre sur Andrew's Road. Il l'a traînée tout le long de St Peter's Way jusqu'à la maison de Nan sur Green Street. C'était la nuit de Noël. De la neige partout. S'il n'avait pas été aussi bourré, il aurait réfléchi. Il a suffi aux flics de suivre la piste jusqu'à sa porte d'entrée. C'est la seule fois que la loi a fait une descente à Green Street à cause de Chick. Il a fait plus attention, après ça. »

La référence à Green Street fait vibrer la détente d'une association d'idées. Domicile de la grand-mère paternelle, Nan, la Mémé, sa maison qui sentait le moisi, la vieillesse humaine et les pommes flétries. La famille de Maman aussi a commencé là-bas, avant que le conseil municipal les transfère sur Andrew's Road. Le pré descendait derrière l'église St Peter vers l'alignement de maisons qui moutonnaient en bas, une barricade contre l'avancée de l'industrie et l'asphalte au-delà. Toutes les maisons ont disparu, maintenant. Rien ne sépare plus les zones d'herbe pelée en diminution de l'invasion des immeubles de bureaux qui se pressent en silence, poliment, toujours plus près, des vautours aux manières impeccables.

Il y a trente ans, Jeremy Seabrook a écrit *The Unprivileged* – « les déshérités » – son ouvrage séminal sur la pauvreté en Grande-Bretagne et, avec bon sens, il s'est concentré simplement sur l'expression de ce qu'était Green Street et de ce que la rue représentait : cet agrégat de vies, d'incidents et de besoins. Green Street est devenue l'emblème d'une classe de dépossédés ; d'une pétition passionnée pour la restauration, de la rue autant que des gens. La réponse ? La démolition, dans les deux cas.

Il serait presque impossible ne serait-ce que de formuler cette supplique de nos jours. Les emblèmes et les archétypes se sont depuis longtemps délités en clichés et en autoparodies. Comment parlerons-nous en gardant notre sérieux de la putain locale qui a fait une passe pour que Nan puisse acheter un pot de Marmite* pour les gamins ? Mièvres conneries de Northampton, bourrées de prostituées au grand cœur et de nous-étions-si-pauvres-que-même-le-rachitisme-était-un-luxe. Et pourtant, une fille dont le nom n'a pas survécu a laissé un étranger la prendre dans une arrière-cour pour aider les enfants de sa voisine, et comment se fait-il que nous n'ayons plus de langage pour contenir de telles choses ?

Pendant ce temps, au Railway Club, la conversation passe en trajectoire d'attente, en orbite autour de la masse jupitérienne

* Sorte de pâte à tartiner au goût fort, typiquement britannique, à base de levure.

de l'oncle Chick, une gravité que l'absence de substance corporelle n'a pas diminuée. Mike se souvient du premier verre qu'il a pris avec Chick lorsqu'on a amputé celui-ci de la jambe. Il avait accompagné papa et l'oncle Gord au Silver Cornet, s'arrêtant en route pour acheter un journal du dimanche chez le marchand. Mike est resté dans la voiture avec Chick, en se demandant, mal à l'aise, comment aborder le sujet de la jambe disparue de son oncle, le moignon posé à côté du levier de vitesses.

Pendant qu'ils attendaient en silence, ils ont pris conscience que, de l'autre bout de la rue, une silhouette solitaire se dirigeait vers eux avec une lenteur endolorie, se précisant en approchant d'eux pour devenir un malheureux paria, affligé à la fois d'un pied-bot et d'une bosse proéminente dans le dos. Chick, plissant des yeux dans la pâte à choux mal cuite de leurs orbites, a regardé le type passer en clopinant, se dispensant finalement du silence pour s'adresser au frangin : « Tiens, Mick. Va lui d'mander à ce connard, là, s'i' veut pas s'battre. »

Ris. Commande une autre tournée. À la fin, la discussion accomplit un tour complet de circuit et revient s'encastrer dans le poteau de départ.

« Alors, ce livre, de quoi ça parle ? »

Ça parle du message vital que les lèvres raidies des décapités articulent encore ; du testament de chiens noirs et spectraux écrit à la pisse à travers nos mauvais rêves. Ça parle d'invoquer les morts pour qu'ils nous disent ce qu'ils savent. C'est un pont, un carrefour, un point d'usure dans le rideau qui sépare notre monde du monde souterrain, entre le mortier et le mythe, les faits et la fiction, une gaze élimée, épaisse à peine comme une page. Il parle de la puissante glossolalie des sorcières et de leur révision magique des textes dans lesquels nous vivons. Rien de cela n'est exprimable.

À la place, une évasion délibérée, avec des yeux de gecko : « Ben, c'est difficile à dire tant qu'il ne sera pas fini. »

Termine mon verre. Jake se tient debout, grave et immobile tandis qu'on l'aide à enfiler son manteau d'hiver, l'investiture d'un cardinal nain. Dehors, tandis que nous nous dirigeons vers l'avant-cour de la gare en quête d'un taxi, il s'arrête près de la poterne repositionnée, et insiste pour qu'on lui lise à voix haute le panneau qui est là. Selon son père, il manifeste avec une précocité inquiétante les signes de l'obsession familiale vis-à-vis des lieux et de leurs antécédents. La ville comme virus héréditaire. Les rues supprimées et les anciennes cours deviennent implicites, dans le sang.

Une course de taxi le long de St Andrew's Road, jusqu'à la maison de la copine. D'ici, les Boroughs montent jusqu'au Mayorhold, une enceinte triangulaire où les gens du cru organisaient jadis une parodie d'élection annuelle, pour nommer maire du quartier le pochard ou l'idiot du village, un geste annuel de mépris dirigé contre un processus civique qui les excluait. Le Mayorhold est maintenant un croisement de voies, nu et laid ; la charge de maire est vacante depuis des années, sa chaîne de fonction en couvercles de pots en fer-blanc depuis longtemps perdue, oubliée. Il suffirait de la retrouver, et une ville plus ancienne, plus vraie, brûlant de sens, renaîtrait de ces braises, de ces défilés boiteux.

Suis déposé dans Semilong, un genre d'index des Boroughs, compilé plus tard. Adieux en hâte à Mike et Jake, avant que le taxi continue sa route avec eux jusqu'à King's Heath. La colline de Baker Street descend vers le bourdonnement intermittent d'Andrew's Road, jusqu'à Paddy's Meadow, le pré de Paddy, la Nene et le dépôt de marchandises rangé au-delà. Le pré doit son nom à Paddy Moore, ancien militaire, maître nageur irlandais d'un site de baignade là-bas, dans la rivière lente et fauve. Enfants, couleuvres d'eau, et loutres venues d'amont parfois, il surveillait tout le monde. Donnait des cours de natation à des hordes de petits garçons tout nus, qu'encourageaient sans aucun doute la badine qu'il gardait coincée sous son bras et ses occasionnelles démonstrations de violence corporelle à l'encontre du dernier à sortir de l'eau. Lorsqu'on a fermé la baignade, en lui donnant les rues à balayer à la place, il a eu le cœur brisé et il en est mort. Ces enclos sont un corail patiemment accumulé de ces jours et de ces vies.

De l'autre côté de la route, en bas de la rue, se trouve le lieu où une vague connaissance est morte l'an dernier en se vidant de son sang sur un pas de porte, suite à un coup de couteau. Fred la Flamme, qui connaissait mieux la victime, se trouvait là-bas pour convertir un loft pour sa copine et il s'est fait arrêter par la brigade criminelle, tous des doublures trépidantes pour la prochaine production de Lynda LaPlante. On lui a demandé s'il était « L'Amsterdam connection ». C'était du batave, pour lui : il se trouvait simplement à proximité du lieu du meurtre, le jour où ça s'était passé. Quand on vit ici assez longtemps, on finit par se retrouver à un coin de rue d'une atrocité.

Ici, au point le plus intérieur des terres, au nombril de la nation, s'accumule tout le sang vicié, avec des éruptions qui ne sont pas exceptionnelles et plus de crimes de violence par tête que dans des villes de notoriété bien supérieure. Ces sanglantes taches solaires d'activité semblent n'avoir d'autre motivation que les fluctuations du champ magnétique de la ville : un touriste sexuel fraîchement débarqué de Milton Keynes, la gorge tranchée par un duo de tapineurs. Ils l'ont fait tourner en rond en voiture pendant des heures, sous prétexte de chercher un hôpital tandis que son identité s'échappait sur le capitonnage du siège arrière. Leur mobile ? le vol, selon les tribunaux : un briquet Ronson, trois livres quarante. Un enfant retrouvé mutilé, brûlé et en partie dévoré dans un garage, il y a quinze ans. Un gamin retardé, enfermé dans une cabane de jardin, traité comme un chien par sa mère embarrassée, jusqu'à ce qu'il la tue avec un couteau à pain.

Les ténèbres dissimulées derrière les rideaux de mailles. La folie. Les mauvais traitements. Lorsqu'on examine la toile de Northampton, ne serait-ce que de façon très superficielle, voilà les couleurs dominantes. L'émerveillement, la mélancolie et un humour mordant sont représentés, indéniablement, mais c'est le sang qui capte l'attention. Pourquoi ici ? Pourquoi autant ? Y a-t-il un incident primordial, perdu dans le passé préhistorique du comté, un gabarit de tous ces événements à venir ? « La Mecque du Meurtre des Midlands », comme l'appelle Dave J., parrain des Goths qui vit du côté de la porte nord de la ville, entre les têtes de traîtres et les cendres de femmes brûlées.

Pendant ce temps-là, sur Baker Street, la petite amie est chez elle. Melinda Gebbie, dessinatrice underground, anciennement de Sausalito, Californie, ancien mannequin de photos de *bondage*, récemment devenue boxeuse poids quark. Aspirée comme tant d'autres par ce trou noir urbain, totalement invisible à la télévision, détectable uniquement comme une absence, par la façon dont la lumière des médias se courbe autour de lui ; par la dévastation à sa périphérie. Melinda s'est aventurée trop près de l'horizon des événements, le lieu où les lignes de l'autoroute A45 convergent, et elle a été absorbée. Bien qu'elle ait gardé une perception frénétique du monde, elle donnerait à des observateurs situés en un point hypothétique en dehors de la ville l'impression qu'elle reste immobile, figée à tout jamais à la lisière de cette singularité dévorante. Rien ne sort d'ici, qui ne soit de nouveau attiré à l'intérieur. Il est quasi impossible d'arriver à l'énorme vélocité de libération nécessaire, une infraction aux lois spéciales de la relativité auxquelles ce lieu est soumis.

C'est une gravité à laquelle les Américains semblent plus

sensibles que la moyenne, peut-être en réponse à une attraction atavique vers cette boue de leur naissance. Les familles de Washington et de Franklin étaient des émigrés de Sulgrave et du bout du monde, Ecton, fuyant sans doute les suites de la Guerre civile. Le blason du village de Sulgrave, la barre et l'estoille, la rayure et l'étoile, figure, ressuscité, sur la bannière de ces colonies parvenues. Ce lien suscite l'inquiétant mirage de vastes gratte-ciel aux flancs de verre se dressant au-dessus des hameaux endormis, de taxis jaunes se disputant une pole position dans les ruelles pavées. Ce paysage est le placenta perdu de l'Amérique, jeté, mais encore noir et gluant de nutriments. Attirés par la trace ancestrale, les enfants prodigues du comté sont rappelés en lui, sautant les rouleaux de l'Atlantique à contre-courant jusqu'à leur territoire de frai.

Après quelques instants passés à grelotter sur les seuils de Semilong, mon coup à la porte reçoit une réponse. Invité à entrer, dans un univers fauviste de poche : des couleurs, du matériel de dessin, une prolifération insensée de souvenirs insolites, d'ornements et une gamme spectromatique de crayons qui défie l'imagination – certains ne sont visibles que par les chiens et les abeilles. À l'étage, un groupe pornographique de GI Joe transexuels et de Barbies délurées, chirurgicalement améliorés par l'emploi imaginatif de pâte fimo. Mon frère Mike est passé un jour pour arroser les plantes ; a reçu un vilain choc face à une silhouette en carton découpé grandeur nature de Mme Doubtfire, et un chien apparemment empaillé dans la chambre de la façade ; n'est plus jamais revenu.

M'assieds, Gulliver halluciné au milieu des robots, des trolls et des mutants lilliputiens. Me sens immédiatement détendu ; chez moi. Bois du thé et remplis son salon de fumée. Dis à son chat des ignominies, des horreurs, quand elle n'est pas dans la pièce. Oublie le roman un moment, mais pas plus que ça.

Elle me dit qu'elle rêve de chiens : un jeune poulain pelu lisse et aveugle qu'elle a recueilli dans son lit, dans un rêve ; dans un autre, le crâne énorme d'un chien spectral exhumé, identifiable par ses orbites béantes, monstrueuses. Ils font de l'exercice dans les têtes et n'ont pas besoin d'un plus vaste territoire à marquer de leur odeur. Bien que soumise à des récapitulations interminables et ennuyeuses de chaque travail en cours, Melinda ne rêve que de cela, ces chiens noirs géants qui n'aboient qu'en rêve et se manifestent dans les marges de cette fiction, présages attendant toujours une résolution.

Reste une heure ou deux, puis rentre chez moi en taxi. Grimpe par l'échelle à la chambre du grenier, vert océan chiffonné de veines d'or. Un autel est dressé dans le renfoncement en brique émaillée de la cheminée, bourré de statuettes de crapauds et de déités étrangères ; une figurine du beau dieu serpent de période romaine tardive actuellement adoré. Un fort parfum de myrrhe. Une lumière verdâtre contamine les dos rangés des livres sur le chamanisme et la Cabbale, Spare et Crowley, le Dr Dee et les entités énochiennes, clés du monde crucial de l'Irréel. Il y a cinq ans, ce récit a commencé avec des histoires de sorciers locaux coiffés de cornes, sans aucune suggestion d'une implication personnelle dans cette occupation encore à venir. Le texte, de façon prévisible, se fond dans l'événement. Le gamin du néolithique, sa mère récemment décédée. Le crématorium et ses roseraies insaisissables, tout cela à moins d'un kilomètre des champs de crémation de l'Âge de bronze. Me réveille avec une dent branlante tombée et posée sur la langue.

Bien que cela soit parfois troublant, telle a toujours été l'intention : l'effacement d'une ligne qui sépare l'irréfutable de l'invention. L'Histoire, sempiternellement révisée et réinterprétée, apparaît simplement comme un autre genre de fiction, quand on l'examine ; devient dangereuse si on considère qu'elle porte une vérité intrinsèque au-delà de cela. C'est cependant une fiction que nous devons habiter. Faute de territoire qui ne soit pas subjectif, nous ne pouvons vivre que sur la carte. Toute la question est de savoir quelle carte nous choisirons, si nous vivrons à l'intérieur des textes insistants du monde, ou si nous les remplacerons par un langage plus fort de notre cru.

Ce n'est pas une tâche impensable. Il y a des points faibles à la frontière des faits et de la fiction, des passages où le voile entre ce qui est et ce qui n'est pas se déchire aisément. Allez au carrefour et tracez les lignes nécessaires. Procédez à des invocations et récitez des noms barbares ; le Gorgo et le Mormo. Appelez les chiens, les esprits animaux, et allumez des feux imaginaires. Traversez les murs pour entrer dans le paysage des mots, devenez un autre personnage à la première personne à l'intérieur de la bizarre procession du récit. Faites du réel une histoire et de l'histoire le réel, le portrait qui lutte pour dévorer son modèle.

À l'évidence, ce n'est pas une trajectoire d'action sans danger, ce mariage tenté du langage et de la vie : ces conneries magiques. Toujours le risque d'un billet pour l'hôpital psychiatrique de St Andrew en ultime rebondissement ; un déclin douloureux, lent, en compagnie de l'ombre abandonnée de John Clare.

L'association avec Clare touche un point sensible. Il y a en ville un pub, naguère un centre pour les artistes du cru, ses bohèmes, ses chimiquement égarés, récemment redécoré et remeublé pour devenir la Perruque et la Plume, avec l'espoir d'attirer une clientèle d'avocats et de magistrats de passage qui ne s'est apparemment jamais matérialisée. Le propriétaire du bar a commandé une décoration du plafond façon Sixtine, avec des célébrités locales sélectionnées intercalées entre les avocats et les juges. L'œuvre qui en résulte dépeint le présent auteur dans un coin supérieur en grande conversation avec John Clare. Quel conseil prodigue-t-il ? « Ne force pas trop sur ces histoires de classe ouvrière », peut-être ? Plus probablement, c'est : « Cherche-toi un autre boulot. »

Le lit est confortable et la chambre du grenier sereine, encore une conversion de Fred la Flamme. C'est Big John Weston qui a exécuté le jointoiement des briques, gonflé d'hubris au point de signer sa création au burin en bas à droite, au-dessus de la plinthe. Weston, ancien junkie et, plus récemment, ancien bipède, est une dangereuse anomalie, uniquement placée sur cette planète pour foutre le bordel dans les restes fossiles : couvreur épileptique ; ancien cambrioleur spécialiste des verrières. On l'a averti que tout ça finirait dans les larmes. Il s'est brisé les deux jambes en traversant le plafond d'un entrepôt, alors que la porte du rez-de-chaussée était restée ouverte. La fois où il a plongé la tête la première du toit d'un troisième étage pendant une crise, il a eu de la chance, et c'est son crâne qui a amorti la chute.

Ce qui a mal tourné, c'est sa jambe, la première fois. Des veines s'effondrent, se rétractant devant l'aiguille, et la circulation s'enraye. Le membre a enflé en un douloureux jouet comique gonflable, a puisé simultanément sa substance dans le reste du corps, jusqu'à transformer Weston en squelette d'ange géant essayant de s'extirper d'un sac en papier kraft. Les visites à l'hôpital étaient éprouvantes. À cause de sa tolérance aux opiacés, on ne pouvait trouver de dosage assez fort pour atteindre la douleur, qui ne le tuerait pas net du même coup. On ne sait comment, il a survécu avec une gamme complète de membres intacts et a suivi une cure. Est resté clean un mois ou deux, puis a proposé de sécuriser une armoire à pharmacie qui appartenait à un ami. La première fois que sa femme a compris qu'il avait rechuté, c'est quand il s'est endormi à table, la tête la première, avec des bulles qui remontaient à travers la purée. Il a expliqué qu'il se sentait un peu fatigué, ces derniers temps.

Quand ses problèmes de circulation ont recommencé en début d'année, ils n'ont pas pu sauver sa jambe. Il est repassé en désintox et en réhabilitation depuis, ruant dans les brancards tant qu'il a encore de quoi ruer, et les signes sont encourageants. Il espère un jour surfer sur Internet. Le pied.

La curieuse prolifération de jambes blessées, voire carrément perdues, dans le texte actuel, tout comme cette obsession de novembre, a émergé spontanément des chroniques elles-mêmes. La religieuse estropiée, Alfgiva, et le croisé boiteux, Simon ; le pied de Clare, blessé durant son périple de retour d'Essex, et la jambe complètement détachée par le feu à l'extérieur de la voiture d'Alf Rouse. Au bout d'un moment, on remarque, dans cette ville de la botte et du soulier, le vaste éventail d'enseignes et de fresques qui représentent une jambe ou un pied isolés de tout contexte de corps. Nous pouvons interpréter ces membres perdus ou endommagés comme des hiéroglyphes de mise en garde sur le parchemin des lieux, des marques codées de chemineaux consignant les difficultés et les dangers de la piste.

Les têtes tranchées sont plus difficiles à élucider : un motif plus cru, plus insistant, et réitéré avec une fréquence plus grande. La tête de Dioclétien frappée sur la monnaie ou celles, plus matérielles, de Mary Tudor, de Francis Tresham, du capitaine Pouch, et la mystérieuse tête adorée par les Chevaliers du Temple. Ragener, et Edmund, avec un Cerbère noir et grondant pour le traîner par une oreille jusque dans l'autre monde, le monde souterrain. Les têtes sont les œufs tendres au regard fixe d'où éclôt le jeune crâne. Ce sont les emblèmes sanglants d'une information, finale et chtonienne, qui réclame un salaire. Quand Odin a demandé la sagesse à la tête de Mimir, il l'a payée d'un œil : ce savoir entraîne avec lui une abrogation des perceptions, ou du moins une réduction. On perd la profondeur de champ.

Le temps passe, un processus saccadé, interrompu, dans la vie et le manuscrit. La fille aînée, la plus petite, arrive en train de Liverpool pour Noël, dans un état d'ivresse composite lorsqu'elle atteint Castle Station. Portant désormais des anneaux au sourcil, aux oreilles, dans le nez, à la lèvre inférieure, comme si sa grosse tête rasée regorgeait de poches secrètes. Leah. Tout le monde a trouvé le prénom charmant. Il signifie « vache » en hébreu. Dans un jour ou deux, sa sœur cadette, plus grande, Amber, suivra, une goth de quatorze ans et trente mètres de haut qui a pour influences principales Morticia Adams et le World Trade Center. A quitté son école il y a six mois et fixé divers conseillers d'éducation/d'orientation droit dans les yeux jusqu'à ce qu'ils capitulent devant sa volonté hideuse et lui laissent suivre les cours du soir. Quel privilège, que la compagnie de ces femmes magnifiques et inquiétantes.

Dans la transe invocatoire de ce dernier chapitre qui me tient, dans ma recherche d'un dénouement, d'une sortie, d'un escalier d'incendie, une dernière expédition me semble inévitable, nécessaire. Fred la Flamme est réquisitionné comme chauffeur ; Leah en remorque. Sommes partis en fin d'après-midi pour Hunsbury Hill, de la neige sur le sol, à bord du plus récent élan d'optimisme de Fred. Sorti diplômé d'une école hallal de mécanique automobile, il a abattu toutes ses voitures précédentes de ses propres mains, dans les règles. Avec ses tatouages et sa boucle d'oreille, ses yeux comme des boutons de Broadmoor* sous le sourcil couleur carotte d'un démon de spectacle pour enfants, il incarne un rêve horrible inventé par la classe moyenne pour terrifier ses enfants. Il a le rire de Pig Bodine, dans *L'Arc-en-ciel de la Gravité* : hyeugh-hyeugh-hyeugh. Il a le courage et les amendes de ses convictions, aussi démesurés l'un que les autres.

Fred tenait la porte la nuit où Iain Sinclair et son hypnotique golem, Brian Catling, ont fait une lecture dans l'église ronde du Saint-Sépulcre. C'était chercher les ennuis, franchement. La conjonction délibérée de deux présences chamaniques, chargées, et de ce site pas encore désamorcé. À mi-chemin de la lecture par Catling de *The Stumbling Block*, il y a eu une interruption, un éclat par un accro aux médicaments à pulsions homicides, localement notoire. Un hooligan de la poésie. Prestement expulsé, il a été escorté jusqu'à un bar voisin par Fred et s'est vu offrir un pot pour l'amadouer. Et là, l'explosion. Du verre brisé. Une détente, l'écume aux babines, par-dessus la table, droit sur la jugulaire de Fred. Deux dents cassées, du sang partout. Éjecté du bar à la suite de son agresseur, dehors, dans la rue, Fred s'est retrouvé nez à nez avec la gueule frémissante d'une arme, à espérer qu'il n'allait pas mourir là, entre l'Agence pour l'emploi et l'Hôtel des Impôts, victime de la spécialité locale, la fusillade à la volée. Il s'en est tiré, on ne sait comment. A dormi au rez-de-chaussée avec une épée, cette nuit-là, inconsciemment aspiré par l'aura de croisades de l'église et de la soirée.

Ces éruptions soudaines et violentes, des mouvements de

* Asile anglais réservé aux fous criminels.

marée dans le soubassement mental de Northampton, qui s'épanouissent pour se concrétiser dans le sang à la moindre provocation, des forces cachées qui existent sous la surface, sous le vernis pavé de la pensée éveillée et de la rationalité. La ville ressemble à un esprit exprimé par le ciment, au subconscient profondément enfoui dans des régions plus basses où s'accumulent les peurs et les rêves. Cet infra-monde existe de façon littérale, mais occulte : des réseaux de tunnels sillonnent la terre sous l'agglomération, des terriers qui remontent à ses premiers jours. Les principales églises, pense-t-on, sont reliées entre elles de cette façon, et des rumeurs parlent d'un passage qui courrait sous la rivière jusqu'à l'abbaye, du côté de Delapré.

Quoique aperçu de mémoire de contemporains, avec des entrées murées dans des caves vues pendant l'enfance, ce domaine souterrain pellucide est désormais relégué à la légende, et le conseil municipal publie des réfutations sur l'existence de telles catacombes. Une fois de plus, le décalage entre les faits et la tradition populaire : une strate vitale, cachée, du psychisme du comté est supprimée, refusée.

L'empressement des autorités à effacer du récit du comté ce sous-texte secret est suspect et décidé indûment : on connaît l'existence, sous l'église circulaire du Saint-Sépulcre de Senlis, de la crypte qui représente le tombeau de Jésus à Gethsémani ; pourtant, elle n'a aucune entrée, et on ne l'a plus vue depuis sa fondation, il y a des siècles. Quand des ouvriers dans Church Street, tout près de là, ont crevé la paroi de leur tranchée et atteint, derrière, un espace rempli de courants d'air il n'y a eu aucun doute qu'ils avaient découvert par hasard la crypte oubliée. Le pasteur, empli d'un enthousiasme fiévreux à cette perspective, s'est précipité le lendemain matin sur Church Street, pour découvrir qu'on avait fait appel pendant la nuit à une équipe d'ouvriers du conseil municipal afin de murer l'ouverture.

Le soubassement de la ville est zone interdite. L'espace sacré a été réquisitionné par les contingences de la Défense civile : les bunkers de bureaucrates exemptés de nucléaire, les loges où ils autoriseront les budgets de l'Apocalypse. Nous n'avons plus le droit de soulever les dalles pour révéler le cadavre de saints assassinés, des os avec une moelle de lumière effroyable. La froide certitude remplace les spéculations visionnaires. Ainsi déplacée, l'âme secrète du paysage s'installe ailleurs, sur une position de repli qu'on pourra défendre avec succès. Le mystère bat en retraite derrière ses plus anciens bastions ; cherche des sites en hauteur.

Dans la cité de Briar Hill, tout en bas de Hunsbury Hill, on a découvert des vestiges néolithiques, antérieurs aux restes des âges de bronze et de fer trouvés plus haut sur la pente. Le véhicule vaguement suspect de Fred se faufile le long des routes étroites et sinueuses entre les immeubles de la cité ; évitant les zones où les autocollants jaunes des Patrouilles de Quartier sont les plus drus, il se gare dans une impasse silencieuse.

À pied à travers la cité, vers le sommet et les vestiges du camp de l'Âge de fer, avec Leah qui ouvre à grands pas la voie dans la neige, cliquetant et tintant du visage, une musique lugubre dans la pénombre. Elle parle d'un rêve qu'elle a fait il y a quelques semaines, dans lequel elle trouvait sa chambre occupée par une chienne noire colossale, grande comme un cheval, affalée de toute sa masse en travers d'un lit trop petit pour elle, ahanant et s'évertuant dans les affres du travail, trop énervée toutefois pour mettre bas. Leah a dû plonger la main à l'intérieur et tirer à la lumière les monstrueux chiots de poulain pelu, sur quoi le rêve a muté et elle s'est retrouvée dans un hôpital, ayant juste accouché elle-même de ces horreurs aveugles, emplie pourtant de fierté maternelle et d'un amour souverain pour ses répugnants rejetons. Elle les présentait aux visiteurs, qui levaient les yeux du berceau, rendus muets par l'horreur. Mort subite du nourrisson. Tous ses chiots noirs nouveau-nés gisaient raides et glacés. Elle s'est éveillée, secouée par d'irrépressibles larmes de deuil.

Les chiens noirs flairent la périphérie du livre, s'en vont renifler à travers les cauchemars des proches de l'auteur au fur et à mesure que le texte et ses molosses fantasmatiques approchent ensemble des bordures de la réalité. On voit rarement des poulains pelus en dehors des rêves, de nos jours. Une manifestation isolée dans les années 70 : un automobiliste sur l'A45 a découvert un chien d'ombre massif, grand comme un poney, qui se maintenait à hauteur de son véhicule lancé à vive allure, tout en galopant à travers les champs bordant la route. Depuis lors, toutefois, aucune apparition. Semi-réelle peut-être, ou matérielle par intermittences, seulement, une créature sortie du bestiaire de Borges, qui avance à travers les terres désolées et fluctuantes aux marges de la forme, un feu luisant à perpétuité dans sa prunelle écarquillée.

Les maisons de Briar Hill forment un labyrinthe dans le crépuscule qui tombe, leur familiarité perdue sous leur saupoudrage de neige. Enfin se présente l'énorme cercle blanc du camp exploité, cerné d'un fossé et de frênes qui se dressent, noirs sur la lumière déclinante. Un étrange silence. Rien ne bouge dans les maisons agglutinées au-delà de la ligne d'arbres. Peut-être que tout le monde est parti.

Pourquoi ses habitants de l'Âge de fer ont-ils abandonné ce lieu avec tant de hâte que tous leurs épis de maïs frais sont restés derrière eux ? Pas le feu. Ni une épidémie, une inondation, ou l'attaque de bêtes sauvages. Ni les Romains. Il s'est passé quelque chose, ici. Un camp d'une soixantaine de personnes a basculé de l'histoire dans le mythe, nouvelles victimes de l'inquiétante fragilité des territoires limitrophes qui séparent ces deux états.

Quelque part dans le crépuscule, des hommes s'esclaffent. Quelque chose descend en courant du bord du fossé surélevé et s'assoit dans la neige, là dans le campement désert.

Regarde d'un œil myope, avant de me tourner vers Fred : « C'est quoi, ça ? »

Il plisse le front, en essayant de focaliser sa vision dans la pénombre, ses sourcils roux froncés. « Un chien.

– De quelle couleur ? »

Nouvel examen de la forme, toujours assise et immobile, qui n'aboie ni ne grogne.

« Noir, à ce qu'on dirait. »

Deux hommes jaillissent en riant du couvert des arbres, descendent la pente en courant vers l'endroit où la silhouette attend sans bouger. L'un des deux la ramasse et jette le poids mou et inerte de l'animal sur son épaule, comme un sac. Le duo file alors en gloussant, à travers le site gelé, englouti par des ombres de l'autre côté, disparus à la vue. C'était un chien ? Sinon, comment a-t-il descendu la pente dans une course de dix mètres à travers le champ ? Parfois, chose changer et devenir pareil autre chose. Ici, dans ce no-man's land crépusculaire qui sépare le jour de la nuit, bée le gouffre entre ce qui s'est passé et ce qui n'a jamais été. Les certitudes de l'histoire y tombent, avalées d'un coup. Ne demeure que l'anecdote, que le récit.

Finalement, nous quittons le site à la file, perplexes. Derrière les arbres, un panorama typique de la ville étalée, contemplée du lieu où ont été exécutées les toutes premières gravures au trait de l'endroit, bien que le sujet ait beaucoup changé entre les séances de pose. À l'époque, les clochers des églises dominaient un petit groupe de bâtiments bas. Maintenant, un champ d'étoiles couleur Pernod, une constellation qui n'a pas eu de chance, clouée au sol par une météo défavorable.

À l'est se situe le scintillement des extensions nouvelles, qui en quinze ans ont doublé la taille et la population de

Northampton. Blackthorn et Maidencastle, les Pruneliers et le Château de la vierge, baptisés par nostalgie d'après les sites naturels qu'on a coulés dans le ciment pour les créer. Bellinge. Rectory Farm et Ecton Brook – la ferme du presbytère, le ruisseau d'Ecton. Un Bloc de l'Est dont la malveillance cuit à petit feu : le crack, les armes, et les véhicules incendiés.

Vers l'ouest, le halo terrestre jaunissant de l'épicentre de Northampton, le point d'impact à partir duquel s'élargissent en rides concentriques les grands cercles lents de brique et de mortier. D'ici, on voit tout. Levez les mains devant vous de chaque côté de votre visage, et vous pouvez tenir la ville, étirant ses lumières en berceau du chat entre vos doigts écartés. Des pubs et des alignements de maisons. Des cinémas à l'abandon, adaptés et transformés. La circulation avance, toxine constante à travers les artères surchargées. Des caillots de néon accumulés au niveau de ses valves, le cœur froid et brillant vacille mais continue, évitant l'infarctus pour le moment ; simple rémission.

Rentre chez moi. M'installe pour écrire, ici, sur l'Escalier d'incendie de Phipps. Voilà cinq ans que ce livre a débuté. À l'époque, la sonde Galileo partait pour Jupiter. Les premières images retransmises commencent juste à arriver sur nos écrans : des phénomènes jamais vus encore de gaz asservis par la gravité monstrueuse. Les séduisantes cicatrices de comètes. Le paysage longtemps attendu se révèle enfin.

Il y a quelques chapitres de cela, la notion d'un chamane portant sur sa peau la ville tatouée, ses limites et les méandres serpentins de la rivière devenus partie intégrante de lui, si bien qu'il peut devenir la ville à son tour, une magie d'association à l'objet liée aux lignes qui le représentent : lignes de teinture ou lignes de texte, il n'y a pas de différence. L'impulsion est identique : enchaîner le lieu par le mot ou le symbole. Le chien, le feu et la fin du monde, les hommes et femmes boiteux ou décapités, monument et monticule. Tel est notre lexique, un alphabet grotesque pour formuler l'incantation, conjurer le monde perdu, la populace invisible. Réduire les fractures du squelette de la légende, une nécromancie désespérée pour dresser les édifices décomposés à défiler et à parler, emplis par la voix des morts ressuscités. Nos mythes sont pâles et malades. Voici une soucoupe pleine de sang, déposée pour les nourrir.

Le Temps du Rêve de chaque ville ou bourgade est une essence qui précède la forme. La toile de la plaisanterie, du souvenir et de l'histoire constitue une infrastructure vitale sur laquelle se fonde le plan matériel et concret. Une ville d'idée pure, uniquement érigée dans la tête de la population. Et cependant, c'est notre seule fondation authentique. Que la vision s'efface, dépérisse ou tombe en désuétude, et les briques et le mortier réels ne tardent pas à se désagréger. Telle est la leçon froide et constante de ces quinze dernières années ; l'héritage de la Vierge de Fer. Il suffit de restaurer la ligne mélodique, et le tissu du monde se ravaudera autour d'elle.

Sans en avoir cure, le site remonte son col à la première brise du millénaire à venir, essaie de discréditer ses angoisses. La population enfle, déborde sur des boîtes en carton et des pas de porte zébrés de pisse. Les caméras de surveillance à chaque coin de rue constituent un témoignage dur et objectif de la réalité de la ville, recevable comme preuve. Si nous voulons réfuter cette chronologie brutale et réductrice, il faut une fiction plus farouche, plus captivante, arrachée aux morts qui connaissaient ces lieux et qui ont laissé sur sa pierre l'empreinte de leurs doigts.

John Merrick, assis en train de peindre sur les bords du lac à Fawsley, monstrueuse tête de fœtus d'ange en silhouette découpée sur l'éblouissement des flots d'argent, au-delà. Hawksmoor à Eastern Neston, voûté, traçant des lignes d'encre grâce à son théodolite ; alignant l'ensemble sur le clocher de l'église de Greens Norton, sans que nul ne sache vraiment pourquoi. Charles Wright*, le Gamin de Bell Barn, tirant des larmes de tout le monde par ses déclamations dans la Salle de Perfectionnement mutuel. Les voleurs, les putes et les victimes dans l'humidité des fossés. Sorcier, conseiller municipal et fou, magistrat et saint. Nous suintons des fabriques de pantoufles démolies et des arcades pour nous réunir dans les rues de Faxton, des villages qui ont simplement disparu. Nous nous tenons là pour dire notre texte au moment qui nous revient et, autour de nous, les feux du temps et du changement se déploient de façon incontrôlée. Nos mots s'enflamment sur nos lèvres, tombés en cendres aussitôt que prononcés.

C'est la dernière nuit de novembre, et le mois, étendue glacée de fumée, de cordite et de signes célestes, se trouve désormais derrière nous. L'heure est venue de clore et de sceller cette invocation ; d'achever le chemin du récit par l'immersion absolue du narrateur – engagement et sacrifice. Le moment de conclure le rituel approche, s'annonçant par un changement d'ambiance et de lumière, une atmosphère de potentialité

* Poète local.

informe. En haut, dans les mouchetures marines brumeuses de l'espace du grenier, un cercle de suif cérémoniel est maintenant établi pour briller et pour fondre. Dans ce bredouillement d'éclat et d'ombre, les bords fixés des lieux deviennent ambigus, augmentant le relâchement du monde. Dans cette lumière qui clignote, l'information est celle de n'importe quel siècle.

Le rituel est simple, en son genre, prévu seulement comme un point focal, une plate-forme conceptuelle où se tenir, au cœur des tourbillons et des glissements de ce terrain illusoire : des serpents imaginaires sont placés aux points cardinaux, en protection contre les pièges mentaux que symbolisent ces directions majeures, tandis qu'appel est fait en même temps à des vertus tout aussi symboliques. En ce domaine l'idée est la monnaie unique, et toutes les idées sont des idées réelles. Un langage pesant est engendré et utilisé pour arrimer ces images comme des bouées de repère à l'intérieur de l'esprit. Cette incantation et le roman progressent ensemble vers le silence prégnant, suspendu, de leur culmination. Voilà comment on fait les choses ici, et comment on les a toujours faites.

Vin, fleurs de la passion et autres substances de la terre. Formes peintes avec les doigts tordus en l'air. Des gestes dérangés, bien entendu, mais, après tout, le dérangement est le but recherché. Exprime le désir en termes à la fois lucides et transparents. Écris-le, de crainte qu'il ne soit oublié quand le spasme frappera. Maintenant, au creux de l'estomac, le fourmillement d'extases horribles qui approchent. Un nom prononcé, un appel lancé, et puis le silence. Échec. Rien ne se passe et soudain, l'élan d'autre chose. Soudaine déperdition de chaleur, et convulsion. Parcours précipité, visage blême, d'une échelle de grenier transformée en escalier d'Escher, ne parvenant à atteindre l'ultraviolet de la salle de bains éclairée au néon qu'au moment où le venin remonte pour se déverser dans la porcelaine béante.

Frissons et hallucinations, dans un lustre magique et opalescent, descendu maintenant même sur les filets tendus de bile sépia. De pâles serpents de lumière nagent dans les poils emmêlés. Une barbe constellée de joyaux de vomi, les yeux papillotants révulsés. Le besoin de cracher, de boire, pour laver la gorge brutalisée de la brûlure des acides.

Au rez-de-chaussée, l'atmosphère se coagule, s'épaissit d'une présence, alors qu'approchent les derniers paragraphes de l'invocation. Ces mots, encore à écrire, sont immanents dans l'air chargé. La télévision est allumée. Dérivant sur la fenêtre lumineuse et insistante de l'écran, une image de la nouvelle cour d'assises, sur Campbell Square, derrière l'église ronde de Senlis, s'insinue dans l'opalescence et le délire. L'issue d'un procès pour meurtre, un crime perpétré plusieurs mois plus tôt ; un habitant de Corby, victime chez lui d'une agression mortelle, tous les détails gardés secrets jusque-là. Sur la nuque, les petits cheveux se hérissent. La pièce refroidit encore tandis que les voiles commencent à se déchirer. Quelque chose les traverse.

Des images de la famille, affligée et hagarde au sortir du tribunal. Quelque chose à propos de la tête de la victime : on ne l'a pas retrouvée sur les lieux du crime. Perdue des semaines durant, jusqu'à ce qu'on la découvre sous une haie. Dénichée par un chien noir. Traînée sur l'herbe et les trottoirs à travers le crépuscule violacé des rues de Corby, les mâchoires sombres serrées sur un repli de joue pâle et cireuse. L'imagerie a surgi, glacée et scintillante comme une rosée. Un des yeux du trophée est terne, mi-clos, les cheveux gris sont poissés de boue. Le souffle du Labrador, un chuchotement chaud et pressant dans la sourde oreille froide. Des babines noires de chacal se retroussent, pour impartir le savoir rauque d'Anubis, l'information de voyage pour les morts récents. La tête se cogne aux détritus dans le caniveau, opine pour approuver solennellement cette sinistre communication, et sait ce que savent les saints. Ronde et sanglante ; un point, tracé d'une écriture plus ample.

Un océan de parasites enfle, gronde dans l'esprit. Les mains levées, inquiètes, dans le champ de vision. Contemple des caractères et des mots incohérents qui semblent ramper sur la peau nue, une poésie épidermique. La lueur de la lampe est obscure et givrée, comme filtrée par une fumée. L'air se raréfie.

Titube à travers la cuisine jusqu'à la porte de derrière et la cour, pour sortir en vacillant dans le chiendent et le clair des étoiles, et recouvrer graduellement mon calme dans l'air pur de la brise nocturne, sous le lent carrousel lointain des constellations. Toutes les vieilles lumières identiques. Leur continuité parfaite et grave. Reste là, chancelant sur l'Escalier d'incendie de Phipps, sanctuaire promis du siècle à venir ; un balcon grinçant et incertain, qui n'est plus si loin au-dessus, maintenant. Au-dessous, à travers les volutes des nuages, les paliers des années disparues, ces étages inférieurs tous perdus à cause d'une étincelle ou d'une panique, et déjà engloutis. Au-dessus, de longues guenilles de cirrus s'accrochent à l'arche de la nuit, un aperçu interrompu de la grâce à travers des voiles de vapeurs et de suie.

Tels sont les temps que nous attendons avec crainte et avidité. Le marmonnement de la fournaise de notre passé se fait plus sonore dans notre dos, sa cadence plus distincte. Presque intelligibles, maintenant, ses syllabes se révèlent. Notre monde s'embrase. Le chant monte d'une lumière dévorante.

Table

DANS LA MÊME COLLECTION

Daniel Keyes, *Les Mille et Une Vies de Billy Milligan*
Christopher Moore, *Le Sot de l'ange*
Christopher Moore, *Un sale boulot*
Patrick O'Leary, *L'Oiseau impossible*
Sean Stewart, *L'Oiseau moqueur*
Koushun Takami, *Battle Royale*
Jeff VanderMeer, *La Cité des saints et des fous*

Photocomposition Facompo
(Lisieux)

Achevé d'imprimer en décembre 2007
par Bussière
pour le compte des éditions Calmann-Lévy
31, rue de Fleurus 75006 Paris

N° d'éditeur : 14392/01
N° d'imprimeur : 074052/4
Dépôt légal : janvier 2008

Imprimé en France